Mary Alice Monroe

MÄDCHEN

ROMAN

Deutsch von
Christine Heinzius und Birte Mirbach

BLOOMSBURY BERLIN

Die Originalausgabe erschien 2013 unter dem Titel
The Summer Girls bei Gallery Books, New York
© 2013 Mary Alice Monroe, Ltd.
Für die deutsche Ausgabe
© Berlin Verlag in der Piper Verlag GmbH, Berlin 2014
Alle Rechte vorbehalten
Umschlaggestaltung: ZERO Werbeagentur, München
Typografie: Birgit Thiel, Berlin
Gesetzt aus der Dante von Fagott, Ffm
Druck und Bindung: Pustet, Regensburg
Printed in Germany
ISBN 978-3-8270-1224-1

www.berlinverlag.de

Für Nana
Elisabeth Potter Kruesi
Mit viel Liebe und Dankbarkeit

Sea Breeze, Sullivan's Island, SC
5. April 2012

Meine lieben Enkeltöchter – Dora, Carson und Harper,

ich grüße euch, meine geliebten Mädchen! Am 26. Mai feiere ich meinen achtzigsten Geburtstag – könnt ihr euch vorstellen, dass ich so alt bin? Würdet ihr nach Hause kommen, nach Sea Breeze und zu eurer alten Mamaw, und mir beim Feiern helfen? Wir werden es ordentlich tun, mit einem Lowcountry-Eintopf, Lucilles Keksen und vor allem miteinander.

Meine Lieben, wie ein überreifer Pfirsich habe ich meinen Zenit überschritten. Mein Geist ist weiterhin scharf und meine Gesundheit vergleichsweise gut. Und doch habe ich mit der Zukunft im Blick beschlossen, in ein Altenheim zu ziehen. Es ist an der Zeit, alles, was ich über die vielen Jahre in meinem Haus angesammelt habe, auszusortieren.

Und mir ist bewusst geworden, dass es viel zu lange her ist, seit wir zusammen waren. Ich weiß, dass ihr viel zu tun habt und dass eure Sommer mit Terminen und Reisen vollgepackt sind. Doch bitte sagt, dass ihr zu meinem Fest kommt! Für den Sommer, wenn ihr irgendwie könnt! Das ist das einzige Geschenk, das ich mir wünsche. Ich sehne mich so sehr danach, diese letzte Saison in Sea Breeze mit meinen Sommermädchen zu teilen.

Eure
Mamaw

PS: Diese Einladung gilt nicht für Ehemänner, Liebhaber oder Mütter!

1

LOS ANGELES

Carson ging die üblichen langweiligen Rechnungen und Wurfsendungen der heutigen Post durch, als ihre Finger an einem dicken, cremefarbenen Umschlag hängen blieben, auf dem in einer bekannten blauen Schrift *Miss Carson Muir* stand. Sie hielt den Umschlag ganz fest und ihr Herz pochte, als sie die heißen Betonstufen zu ihrer Wohnung hinauflief. Die Klimaanlage war kaputt, so dass nur selten leichter Wind voller Verkehrskrach und -dreck durch die offenen Fenster wehte. Es war eine winzige Wohnung in einem zweistöckigen Gebäude in der Nähe von L. A., aber sie lag nah am Meer und die Miete war erschwinglich, daher wohnte Carson schon seit drei Jahren dort, länger als sie je in einer anderen Wohnung gelebt hatte.

Carson warf die anderen Briefe achtlos auf den Glassofatisch, streckte ihre langen Glieder auf dem abgesteppten braunen Sofa aus und fuhr dann mit dem Finger unter die Klappe des Umschlags.

Wellen der Vorfreude breiteten sich in ihren Adern aus, als sie langsam die blau umrandete, cremeweiße Karte herauszog. Sofort roch sie einen Hauch Parfüm – sanfte, süße Gewürze und Orangenblüten –, sie schloss die Augen und sah den Atlantik, nicht den Pazifik, und die weißen Holzhäuser auf Pfählen, umgeben von Palmen und uralten Eichen. Ein Lächeln umspielte ihre Lippen. Es war so charakteristisch für ihre Großmutter, ihre

Briefe mit Parfüm zu besprühen. So altmodisch – so typisch für die Südstaaten.

Carson kuschelte sich tiefer in die Kissen und genoss jedes Wort des Briefes. Als sie fertig gelesen hatte, sah sie auf und starrte benommen auf die Staubpartikel, die in einem Sonnenstrahl schwebten. Der Brief war eine Einladung ... war das möglich?

In diesem Augenblick wäre Carson am liebsten aufgesprungen und hätte sich auf den Zehen gedreht, ihr langer Zopf wäre dabei geflogen wie der des kleinen Mädchens in ihren Erinnerungen. Mamaw lud sie nach Sullivan's Island ein. Ein Sommer in Sea Breeze. Drei ganze mietfreie Monate am Meer!

Mamaw hatte immer das beste Timing, dachte sie und stellte sich die große, elegante Frau vor, mit den sandfarbenen Haaren und einem Lächeln, so schwül wie ein Sonnenuntergang im Lowcountry. Es war ein schrecklicher Winter voller Abschiede gewesen. Die Fernsehserie, für die Carson gearbeitet hatte, war nach drei Jahren ohne Warnung abgesetzt worden. Sie verdiente kaum noch etwas und versuchte nur, die Miete für den nächsten Monat zusammenzubekommen. Seit vielen Wochen driftete sie auf der Suche nach Arbeit durch die Stadt wie Treibholz in rauer See.

Carson sah noch einmal auf den Brief in ihrer Hand. »Danke, Mamaw«, sagte sie laut und aufrichtig bewegt. Zum ersten Mal seit langem spürte Carson ein wenig Hoffnung. Sie lief im Kreis, dehnte ihre Finger, spazierte dann zum Kühlschrank, nahm eine Flasche Wein heraus und goss sich einen Becher ein. Dann durchquerte sie das Zimmer hin zu ihrem kleinen Holzschreibtisch, schob den Stapel Kleidung vom Stuhl, setzte sich und öffnete ihr Laptop.

Sie fand, wenn man am Ertrinken war und ein Seil zugeworfen bekam, sollte man keine Zeit mit Nachdenken verschwenden.

Man griff einfach danach, dann stieß man sich ab und schwamm wie der Teufel in Sicherheit. Sie hatte eine Menge zu tun und nicht viel Zeit, wenn sie zum Monatsende die Wohnung verlassen wollte.

Carson hob die Einladung noch einmal hoch, küsste sie, dann legte sie ihre Hände auf die Tasten und begann zu tippen. Sie würde Mamaws Einladung annehmen. Sie würde zurück ins Lowcountry fahren – zu Mamaw. Zurück an den einzigen Ort auf der ganzen Welt, der für sie je ein Zuhause gewesen war.

SUMMERVILLE, SOUTH CAROLINA

Dora stand am Herd und rührte in einer roten Soße. Es war 17:35 Uhr und das große viktorianische Haus fühlte sich leer und verlassen an. Sie hatte früher die Uhr nach ihrem Mann stellen können. Selbst jetzt, sechs Monate nachdem Calhoun gegangen war, erwartete Dora, dass er jeden Moment mit der Post in der Hand durch die Tür kam. Sie war drauf und dran, dem Mann, der vierzehn Jahre lang ihr Ehemann gewesen war, die Wange hinzuhalten, um einen flüchtigen Kuss zu bekommen.

Dora wurde von lauten Schritten auf der Treppe abgelenkt. Einen Augenblick später stürmte ihr Sohn in die Küche.

»Ich habe es aufs nächste Level geschafft!«, verkündete er. Er lächelte nicht, aber seine Augen strahlten triumphierend.

Dora lächelte ihn an. Ihr neunjähriger Sohn war ihre Welt. Eine große Aufgabe für einen so kleinen Jungen. Nate war schmal und blass und hatte einen lauernden Blick, weshalb sie sich immer fragte, warum ihr kleiner Junge Angst hatte. Wovor?, wollte sie vom Kinderpsychologen wissen, der freundlich gelächelt hatte. »Nate hat nicht unbedingt Angst, er ist wachsam«, hatte er beruhigend geantwortet. »Sie sollten es nicht persönlich nehmen, Mrs Tupper.«

Nate war nie ein Kuschelbaby gewesen, aber sie begann sich Sorgen zu machen, als er nach einem Jahr aufhörte zu lächeln. Mit zwei stellte er keinen Augenkontakt mehr her und hörte auf, seinen Kopf zu drehen, wenn man ihn rief. Mit drei suchte er bei ihr keinen Trost mehr, wenn er sich wehgetan hatte, und ihm fiel auch nicht auf – oder es war ihm egal –, wenn sie laut oder wütend wurde. Außer, wenn sie brüllte. Dann bedeckte Nate seine Ohren und begann panisch hin- und herzuschaukeln.

Ihr Instinkt hatte geschrien, dass mit ihrem Baby etwas nicht in Ordnung war, und sie begann heimlich, Bücher zur Kindesentwicklung zu lesen. Wie oft hatte sie sich mit ihren Sorgen an Cal gewandt, weil Nates Sprachentwicklung verzögert war und seine Bewegungen linkisch? Und wie oft hatte Cal sich gegen sie gestellt und darauf beharrt, dass der Junge in Ordnung war und sie sich alles nur einbildete? Sie war wie eine Schildkröte gewesen, die den Kopf einzieht, hatte Angst gehabt, ihm zu widersprechen. Allein die Erwähnung von Nates Entwicklung trieb einen Keil zwischen sie. Als Nate vier war, begann er jedoch, mit den Händen zu wedeln und merkwürdige Geräusche zu machen, und sie vereinbarte ihren ersten, lange überfälligen Termin bei einem Kinderpsychologen. Damals bestätigte der Arzt, was Dora schon lange befürchtet hatte: Ihr Sohn litt an hochfunktionalem Autismus.

Cal nahm die Diagnose wie ein psychologisches Todesurteil auf. Aber Dora war überrascht, dass sie sich erleichtert fühlte. Eine offizielle Diagnose war viel besser, als ständig Ausreden zu suchen und ihre Ängste irgendwie in Schach halten zu müssen. Jetzt konnte sie ihrem Sohn wenigstens aktiv helfen.

Und das tat sie. Dora stürzte sich in die Welt des Autismus. Es war sinnlos, sich zu ärgern, dass sie nicht schon früher ihren Instinkten gefolgt war, jetzt wusste sie, dass eine frühe Diagnose und Therapie für Nates Entwicklung wichtige Schritte bedeutet hätten. Stattdessen konzentrierte sie ihre Energie auf eine Selbsthilfegruppe und arbeitete unermüdlich an einem intensiven häuslichen Therapieprogramm. Es dauerte nicht lange, bis sich ihr gesamtes Leben um Nate und seine Bedürfnisse drehte. All ihre Pläne für die Renovierung des Hauses verschwanden, genauso wie ihre Friseurtermine, Verabredungen zum Mittagessen mit ihren Freunden, ihre Kleidung in Größe 38.

Und ihre Ehe.

Dora war am Boden zerstört gewesen, als Cal scheinbar aus heiterem Himmel an einem Samstagnachmittag im Oktober verkündete, dass er nicht mehr länger mit ihr und Nate leben könne. Er versicherte ihr, dass er sich um sie kümmern würde, packte einen Koffer und verließ das Haus. Und das war's.

Dora schaltete jetzt schnell den Herd aus und wischte die Hände an ihrer Schürze ab. Sie setzte ein strahlendes Lächeln auf, um ihren Sohn zu begrüßen, kämpfte gegen ihren Impuls, sich vorzubeugen und ihn zu küssen, als er das Zimmer betrat. Nate mochte es nicht, angefasst zu werden. Sie griff über die Arbeitsfläche nach der Einladung mit dem marineblauen Rand, die heute früh gekommen war.

»Ich habe eine Überraschung für dich«, sagte sie in einem singenden Tonfall. Sie hatte das Gefühl, dass es der richtige Moment war, um ihm von Mamaws Sommerplänen zu erzählen.

Nate legte seinen Kopf schief, er war neugierig, aber unsicher. »Was?«

Sie öffnete den Umschlag und zog die Karte heraus, der Duft

von Großmutters Parfüm wehte ihr in die Nase. Dora lächelte voller Vorfreude und las den Brief laut vor.

Als Nate nichts sagte, erklärte sie: »Es ist eine Einladung. Mamaw feiert ihren achtzigsten Geburtstag.«

Er schien sich sofort in sein Schneckenhaus zurückzuziehen. »Muss ich da hin?«, fragte er, seine Stirn voller Sorgenfalten.

Dora verstand, dass Nate nicht gern zu Feiern ging, nicht einmal bei Menschen, die er liebte, wie seine Urgroßmutter. Dora beugte sich zu ihm und lächelte. »Es ist doch nur Mamaws Haus. Du fährst doch so gern nach Sea Breeze.«

Nate drehte den Kopf, um aus dem Fenster zu sehen, und wich ihrem Blick aus, während er sprach. »Ich mag keine Partys.«

Er wurde ja auch nie zu welchen eingeladen, dachte sie traurig. »Es ist eigentlich keine Party«, erklärte Dora rasch, sie achtete darauf, ihren Tonfall fröhlich, aber ruhig zu halten. Sie wollte nicht, dass Nate sich dagegen entschied. »Es kommt ja nur die Familie – du und ich und deine zwei Tanten. Wir sind für ein Wochenende nach Sea Breeze eingeladen.« Sie lachte kurz auf, weil sie es kaum glauben konnte. »Eigentlich für den ganzen Sommer.«

Nate verzog das Gesicht. »Für den *Sommer*?«

»Nate, wir fahren jeden Juli nach Sea Breeze, um Mamaw zu besuchen, erinnerst du dich? Dieses Jahr fahren wir nur ein bisschen früher, weil es Mamaws Geburtstag ist. Sie wird achtzig Jahre alt. Es ist ein ganz besonderer Geburtstag für sie.« Sie hoffte, dass sie es deutlich genug erklärt hatte, damit er es begriff. Nate konnte mit Veränderungen nur sehr schlecht umgehen. Er wollte, dass alles in seinem Leben seine Ordnung hatte. Besonders jetzt, da sein Vater gegangen war.

Die letzten sechs Monate waren für beide schwer gewesen. Obwohl es nie viel Kontakt zwischen Nate und seinem Vater gegeben hatte, war der Junge wochenlang nach Cals Auszug extrem aufgebracht gewesen. Er hatte wissen wollen, ob sein Vater krank und im Krankenhaus war. Oder war er auf Geschäftsreise, wie die Väter einiger Klassenkameraden? Als Dora ihm klargemacht hatte, dass Cal nie mehr zurückkehren würde, um mit ihnen zusammenzuwohnen, hatte Nate die Augen zusammengekniffen und sie gefragt, ob sein Vater dann tot sei. Dora hatte Nates schweigsames Gesicht betrachtet und fand es verstörend, dass die Möglichkeit, sein Vater sei tot, ihn nicht erschütterte. Er musste nur sicher wissen, ob Calhoun Tupper lebte oder tot war, damit alles in seinem Leben seine Ordnung hatte. Sie musste zugeben, dass es die Aussicht auf eine Scheidung weniger schmerzhaft machte.

»Wenn ich zu Mamaws Haus fahre, muss ich mein Aquarium mitnehmen«, sagte Nate schließlich. »Die Fische werden sterben, wenn ich sie allein zu Hause lasse.«

Dora atmete angesichts dieser Bedingung langsam aus. »Ja, das ist eine sehr gute Idee«, meinte sie munter. Dann, weil sie nicht wollte, dass er grübelte, und weil es bis jetzt ein guter Tag für Nate gewesen war, schnitt sie ein Thema an, das er nicht bedrohlich finden würde. »Wie wäre es, wenn du mir jetzt was über das neue Level deines Spiels erzählst? Was ist deine neue Aufgabe?«

Nate dachte über diese Frage nach, dann legte er den Kopf schief und begann in ermüdenden Details von den Aufgaben zu erzählen, die im Spiel auf ihn warteten, und welche Pläne er dafür schmiedete.

Dora wandte sich wieder dem Herd zu und murmelte ab und zu »aha«, während Nate weiterplapperte. Ihre Soße war kalt geworden, und all die Leichtigkeit, die sie empfunden hatte, als sie die Einladung gelesen hatte, verpuffte in ihrer Brust, so dass sie sich leer fühlte. Mamaw hatte deutlich geschrieben, dass es ein reines Mädchenwochenende sein sollte. Oh, Dora hätte es genossen, ein Wochenende wegzukommen von den zahllosen monotonen alltäglichen Aufgaben, ein paar Tage voller Wein und Lachen, mit ihren Schwestern reden, wieder ein Sommermädchen sein. Nur ein paar Tage ... war das zu viel verlangt?

Anscheinend. Sie hatte Cal gleich angerufen, als die Einladung gekommen war.

»Was?« Cals Stimme drang schneidend durchs Telefon. »Du willst, dass ich Babysitter spiele? Ein ganzes Wochenende lang?«

Dora spürte, wie sich ihre Muskeln anspannten. »Es wird Spaß machen. Du siehst Nate doch gar nicht mehr.«

»Nein, es wird keinen Spaß machen. Du weißt, wie Nate ist, wenn du weg bist. Er wird mich nicht als Ersatz für dich akzeptieren. Das tut er nie.«

Sie hörte in seiner Stimme, dass er sich verweigerte. »Um Himmels willen, Cal. Du bist sein Vater. Du musst es schaffen!«

»Sei vernünftig, Dora. Wir wissen beide, dass Nate weder mich noch einen Babysitter tolerieren würde. Er regt sich furchtbar auf, wenn du wegfährst.«

Tränen traten ihr in die Augen. »Aber ich kann ihn nicht mitbringen. Es ist ein reines Mädchenwochenende.« Dora hob die Einladung hoch. »Hier steht: ›Diese Einladung gilt *nicht* für Ehemänner, Liebhaber oder Mütter.‹«

Er schnaubte. »Typisch für deine Großmutter.«

»Cal, bitte ...«

»Ich sehe das Problem nicht«, erwiderte er, während Verzweiflung in seine Stimme kroch. »Du nimmst Nate immer mit nach Sea Breeze. Er kennt das Haus und Mamaw ...«

»Aber sie hat gesagt ...«

»Ehrlich, es ist mir egal, was sie gesagt hat«, schnitt ihr Cal das Wort ab. Es entstand eine Pause, dann schloss er in einem kühlen Tonfall, den sie als endgültig erkannte: »Wenn du zu Mamaw willst, dann musst du Nate mitnehmen, so ist es nun mal ... Mach's gut.«

So war es immer mit Cal gewesen. Er hatte nie versucht, all die positiven Eigenschaften Nates zu sehen – seinen Humor, seine Intelligenz, seinen Fleiß. Stattdessen war Cal neidisch auf die Zeit gewesen, die sie mit ihrem Sohn verbrachte, und hatte sich beschwert, dass ihr Leben sich um Nate drehte und nur um Nate. Also hatte er selbst wie ein trotziges Kind reagiert und sie beide verlassen.

Doras Schultern hingen müde herab, als sie Mamaws Einladung mit einem Magnet an der Kühlschranktür neben der Einkaufsliste und einem Schulfoto ihres Sohnes befestigte. Auf diesem Foto wirkte Nate mürrisch, seine großen Augen starrten misstrauisch in die Kamera. Dora seufzte, küsste das Foto und wandte sich wieder dem Abendessen zu.

Während sie Zwiebeln hackte, füllten sich ihre Augen mit Tränen.

NEW YORK CITY

Harper Muir-James pickte an ihrer Scheibe Toastbrot herum wie ein Vögelchen. Wenn sie kleine Stückchen abbiss, jedes gewissenhaft kaute und zwischen den einzelnen Häppchen Wasser trank, aß sie weniger, fand sie. Während sie aß, stellte sie sich dem emotionalen Sturm, der in ihr tobte, seit sie die Einladung, die mit der Morgenpost gekommen war, geöffnet hatte. Harper hielt die Einladung zwischen den Fingern und sah auf die bekannte blaue Tintenschrift.

»Mamaw«, flüsterte sie. Der Name fühlte sich auf ihren Lippen fremd an. Es war so lange her, seit sie ihn laut ausgesprochen hatte.

Sie stellte die dicke Karte an die Kristallvase voller Blumen auf dem Marmorfrühstückstisch. Ihre Mutter legte Wert darauf, dass in ihrer Eigentumswohnung aus den 1930ern, die am Central Park lag, in allen Zimmern immer frische Blumen standen. Georgiana war auf ihrem Familienanwesen in England groß geworden, wo so etwas Standard war. Harpers Blick glitt müde von der Einladung in den Park vor dem Fenster. Der Frühling war gekommen und hatte in den kahlen Braun- und Grautönen des Winters das Frühlingsgrün explodieren lassen. Vor ihrem inneren Auge veränderte sich jedoch die Szenerie und sie sah das grüne Schlickgras in den Feuchtgebieten des Lowcountrys vor sich, die mäandernden Flüsse voller Stege und die großen wächsernen Magnolienblüten vor den glänzenden grünen Blättern.

Ihre Gefühle für die Südstaatengroßmutter waren wie die Wasserstraße hinter Sea Breeze – tief und voller glücklicher Erinnerungen. In ihrer Einladung sprach Mamaw von ihren »Sommermädchen«. Das war ein Ausdruck, den Harper über ein Jahrzehnt lang nicht mehr gehört hatte – oder auch nur gedacht. Sie war erst zwölf Jahre alt gewesen, als sie zum letzten Mal einen Sommer in Sea Breeze verbracht hatte. Wie oft hatte sie Mamaw in all der Zeit seitdem gesehen? Es überraschte Harper, dass es nur drei Male gewesen waren. In den vergangenen Jahren hatte sie so viele Einladungen erhalten. Hatte so viele

Entschuldigungen geschrieben. Harper schämte sich, während sie grübelte, wie sie so viele Jahre hatte verstreichen lassen können, ohne Mamaw zu besuchen.

»Harper? Wo bist du?« Eine Stimme aus dem Flur.

Harper musste wegen eines trockenen Toastkrümels husten.

»Ach, hier bist du«, sagte ihre Mutter und kam in die Küche.

Georgiana James betrat ein Zimmer nicht einfach, sie trat auf. Stoff rauschte, während eine Aura von sprühender Energie sie umgab. Von ihrem Parfüm ganz zu schweigen, das wie eine Trompetenfanfare vor ihr in den Raum wehte. Als Cheflektorin in einem großen Verlag war Georgiana immer in Eile, um einen Abgabetermin einzuhalten, jemanden zum Mittag- oder Abendessen zu treffen oder zu einem der unendlich vielen Meetings zu gehen. Wenn Georgiana nicht gerade irgendwohin eilte, saß sie hinter geschlossenen Türen und las. So oder so hatte Harper ihre Mutter in ihrer Kindheit und Jugend kaum gesehen. Jetzt, mit achtundzwanzig, arbeitete sie als ihre private Assistentin. Obwohl sie zusammenwohnten, wusste Harper, dass sie einen Termin ausmachen musste, wenn sie mit ihrer Mutter reden wollte.

»Ich habe nicht erwartet, dass du noch hier bist«, sagte Georgiana und küsste ihre Wange.

»Ich wollte gerade gehen«, erwiderte Harper, der der Anflug von Kritik im Tonfall ihrer Mutter nicht entgangen war. Georgianas hellblaue Tweedjacke und ihr marineblauer Bleistiftrock passten perfekt zu ihrem zierlichen Körper. Harper blickte auf ihren eigenen glatten schwarzen Bleistiftrock und die graue Seidenbluse und suchte nach losen Fädchen oder Knöpfen, die die Adleraugen ihrer Mutter entdecken könnten. Dann griff sie mit einer, wie sie hoffte, nonchalanten Bewegung nach der Einladung, die sie dummerweise an die Kristallblumenvase gestellt hatte.

Zu spät.

»Was ist das?«, fragte Georgiana und griff danach. »Eine Einladung?«

Harpers Magen zog sich zusammen. Sie sah ihrer Mutter ins Gesicht, ohne zu antworten. Es war ein schönes Gesicht, auf die gleiche Weise schön wie eine Marmorstatue. Ihre Haut war weiß wie Alabaster, ihre Wangenknochen traten deutlich hervor und ihre hellroten Haare waren glatt geschnitten, so dass ihr spitzes Kinn betont wurde. Nie lag eine Strähne falsch. Harper wusste, dass ihre Mutter im Verlag »die Eiskönigin« genannt wurde. Anstatt sich davon gekränkt zu fühlen, fand Harper den Spitznamen passend. Sie beobachtete Georgianas Gesicht, während sie die Einladung las, sah, wie sich die Lippen langsam anspannten und die blauen Augen eisig wurden.

Georgianas Blick schoss von der Karte hoch und traf Harpers. »Wann hast du das bekommen?«

Harper war so zierlich wie ihre Mutter und hatte deren blassen Teint. Aber anders als bei Georgiana war Harpers Reserviertheit nicht das Zeichen von Kälte, sondern ähnelte dem Stillhalten von Beutetieren.

Harper räusperte sich. Ihre Stimme klang weich und zittrig. »Heute. Die Einladung kam mit der Morgenpost.«

Georgianas Augen blitzten, sie schlug die Karte mit einem verächtlichen Schnauben gegen ihre Handinnenfläche. »Die Südstaatenschönheit wird also achtzig.«

»Nenn sie nicht so.«

»Warum nicht?«, entgegnete ihre Mutter mit leichtem Lachen. »Es ist doch die Wahrheit, oder nicht?«

»Es ist nicht nett.«

»Nimmst du sie in Schutz?«, fragte Georgiana in neckendem Tonfall.

»Mamaw schreibt, dass sie auszieht«, sagte Harper, um das Thema zu wechseln.

»Mir macht sie nichts vor. Diese Bemerkung wirft sie wie einen Köder aus, um euch Mädchen mit Möbeln oder Silber oder was immer sie in diesem primitiven Strandhaus hat, anzulocken.« Georgiana schnaubte. »Als hättest du an irgendetwas Interesse, das sie vielleicht antik nennt.«

Harper runzelte die Stirn, der Snobismus ihrer Mutter ärgerte sie. Ihre Familie in England besaß Antiquitäten, die mehrere hundert Jahre alt waren. Das machte die hübschen alten amerikanischen Sachen in Mamaws Haus aber kein bisschen weniger wertvoll, dachte sie. Nicht, dass Harper irgendetwas davon wollte. Tatsächlich erbte sie jetzt bereits mehr Möbel und Silber, als sie je gebrauchen konnte.

»Deswegen lädt sie uns nicht ein«, erwiderte Harper. »Mamaw möchte, dass wir alle ein letztes Mal zusammen in Sea Breeze sind. Ich, Carson, Dora …« Sie zuckte ihre schmalen Schultern. »Wir haben dort eine schöne Zeit verbracht. Ich glaube, es könnte nett werden.«

Georgiana reichte Harper die Einladung. Sie hielt sie zwischen zwei Fingern, als wäre sie etwas Abstoßendes. »Nun, du kannst sowieso nicht hinfahren. Mum und ein paar weitere Gäste kommen am ersten Juni aus England. Sie erwartet, dich in den Hamptons zu sehen.«

»Mamaws Feier ist am sechsundzwanzigsten Mai und Granny James kommt in der Woche danach. Das sollte kein Problem sein. Ich kann zur Party fahren und problemlos rechtzeitig in die Hamptons kommen.« Harper beeilte sich, hinzuzufügen: »Ich meine, es ist schließlich Mamaws achtzigster Geburtstag. Und ich habe sie seit Jahren nicht mehr gesehen.«

Harper sah, wie ihre Mutter die Schultern anspannte. Ihre

Nasenflügel bebten, während sie ihr Kinn hob – untrügliche Anzeichen der Gereiztheit, die Harper sofort erkannte.

»Nun«, sagte Georgiana, »wenn du deine Zeit verschwenden willst, dann fahr halt hin. Ich halte dich sicher nicht auf.«

Harper schob ihren Teller weg. Ihr Magen zog sich bei der Warnung, die diesem Satz innewohnte, zusammen: *Wenn du hinfährst, gefällt mir das nicht.* Harper schaute auf die Einladung mit dem marineblauen Rand hinab. Sie rieb ihren Daumen an dem dicken Velinpapier, fühlte, wie weich es war. Sie dachte noch einmal an die Sommer in Sea Breeze, an Mamaws Lächeln über die Faxen der Sommermädchen.

Harper sah wieder zu ihrer Mutter und lächelte fröhlich. »In Ordnung. Ich denke, ich fahre hin.«

～

Vier Wochen später kroch Carsons verbeulter Volvo über die Ben Sawyer Bridge nach Sullivan's Island wie ein altes Pferd, das zum Stall zurückkehrt. Carson schaltete die Musik im Wagen aus und die Erde wurde ganz still. Der Himmel über den Sumpfgebieten war ein Panorama aus gebranntem Sienarot, mattem Gold und melancholischen Blautönen. Die wenigen zarten Wolken störten den Untergang des großen Feuerballs am wässrigen Horizont nicht.

Als Carsons Volvo die Brücke überquert hatte, befanden sich die Räder auf Sullivan's Island. Sie war fast da. Dass ihre Entscheidung jetzt Realität wurde, ließ sie vor Aufregung mit den Fingern auf dem Lenkrad trommeln. Sie war kurz davor, an Mamaws Schwelle aufzutauchen, um den gesamten Sommer zu bleiben. Sie hoffte sehr, dass Mamaws Angebot ehrlich gemeint war.

Carson hatte ihre Wohnung kurzfristig gekündigt, alles, was hineinpasste, in ihren Volvo gepackt und den Rest in ein Lager. Mamaws Haus bedeutete für Carson einen Zufluchtsort, während sie Arbeit suchte und ein paar Dollar sparte. Von der Westküste zur Ostküste war es eine anstrengende Dreitagesreise gewesen, aber sie war endlich angekommen, übernächtigt und mit verspannten Schultern. Als sie das Festland verlassen hatte, schenkte ihr die Inselluft neue Energie.

An der Middle Street gab es eine Kreuzung. Carson lächelte, als sie Leute vor den Restaurants sitzen sah, die lachten und tranken, während ihre Hunde unter den Tischen schliefen. Es war Anfang Mai. In ein paar Wochen würde die Sommersaison beginnen und die Restaurants wären dann übervoll mit Touristen.

Carson öffnete das Fenster und ließ die Ozeanbrise herein, weich und süß duftend. Sie war jetzt schon sehr nah. Sie bog von der Middle Street ab auf eine enge Straße, die vom Ozean weg ins Inselinnere führte. Carson fuhr an der katholischen Stella-Maris-Kirche vorbei, deren stolzer Turm in den strahlend blauen Himmel ragte.

Die Räder des Wagens hielten knirschend auf dem Kies und Carsons Hand umklammerte die Dose Red Bull, die sie getrunken hatte.

»Sea Breeze«, murmelte sie.

Das alte Haus stand zwischen Lebenseichen, Zwergpalmen und Steineichen mit Blick auf den Anfang der Bucht, die Charleston Harbor vom Intracoastal Waterway trennte. Auf den ersten Blick schien Sea Breeze ein bescheidenes Holzrahmenhaus mit großzügiger Veranda und einer langen, eleganten Treppe zu sein. Mamaw hatte das Originalhaus auf Pfähle stellen lassen, damit es besser vor Sturmfluten geschützt war. Damals hatte sie das Gebäude auch erweitern, das Gästehaus renovieren und die Garage reparieren lassen. Diese Ansammlung zusammengewürfelter Holzbauten besaß vielleicht nicht die protzige Grandezza der neueren Häuser auf Sullivan's Island, dachte Carson, aber keines dieser Gebäude konnte mit dem subtilen, authentischen Charme von Sea Breeze mithalten.

Carson schaltete die Scheinwerfer aus, schloss ihre müden Augen und atmete erleichtert aus. Sie hatte es geschafft. Sie war viertausend Kilometer gefahren und spürte das Vibrieren immer noch in ihrem Körper. Sie saß im stillen Wagen, öffnete die Augen und starrte durch die Windschutzscheibe auf Sea Breeze.

»Zuhause«, wisperte sie, schmeckte das Wort auf ihren Lippen. So ein starkes Wort, beladen mit Bedeutung und Gefühl, dachte sie und wurde plötzlich unsicher. Gab ihr die Geburt allein das Recht, Ansprüche an diesen Ort zu stellen? Sie war nur eine Enkeltochter und dazu nicht mal eine besonders aufmerksame. Obwohl Mamaw für sie, anders als für die anderen Mädchen, mehr als eine Großmutter war. Sie war die einzige Mutter, die Carson je gehabt hatte. Carson war erst vier gewesen, als ihre eigentliche Mutter gestorben war. Ihr Vater ließ sie danach bei Mamaw, während er verschwand, um seine Wunden zu lecken und sich wiederzufinden. Er tauchte vier Jahre später wieder auf, um mit ihr nach Kalifornien zu ziehen, aber Carson kehrte jeden Sommer zurück, bis sie siebzehn war. Ihre Liebe zu Mamaw war immer wie dieses Verandalicht gewesen, das einzige, wahre, leuchtende Licht in ihrem Herzen, wenn die Welt dunkel und bedrohlich war.

Jetzt, da sie Sea Breeze im goldenen Schein des dämmrigen Himmels sah, schämte sie sich. Sie verdiente kein warmes Willkommen. Sie war in den letzten achtzehn Jahren nur ein paar Mal zu Besuch gewesen – zwei Beerdigungen, eine Hochzeit und einige Urlaube. Sie hatte zu oft Entschuldigungen gesucht.

Ihre Wangen wurden heiß, als ihr bewusst wurde, wie egoistisch es von ihr gewesen war, anzunehmen, dass Mamaw immer hier wäre und auf sie warten würde. Sie schluckte schwer und stellte sich der Wahrheit, dass sie selbst jetzt nicht gekommen wäre, wenn sie nicht pleite wäre und nicht wüsste, wohin sonst.

Sie atmete schluchzend ein, als die Haustür geöffnet wurde und eine Frau auf die Veranda trat. Sie stand im goldenen Licht, aufrecht und königlich. Im Lichtschein wirkte ihr fluffiges weißes Haar wie ein Heiligenschein um ihren Kopf.

Carsons Augen füllten sich mit Tränen, als sie aus dem Auto stieg.

Mamaw hob ihren Arm und winkte.

Carson spürte die Verbundenheit wie einen Sog, als sie ihren Koffer über den Kiesweg zur Veranda schleppte. Als sie näher kam, sah sie Mamaws blaue Augen hell und freundlich strahlen. Carson ließ ihr Gepäck stehen und lief die Treppe hinauf in ihre offenen Arme. Sie drückte ihre Wange gegen Mamaws, war ganz von ihrem Duft umhüllt und plötzlich wieder vier Jahre alt, mutterlos und ängstlich, ihre Arme fest um Mamaws Taille geschlungen.

»Na also«, sagte Mamaw an ihrer Wange. »Du bist endlich zu Hause. Warum hat das so lange gedauert?«

2

Marietta Muir hasste Geburtstage. In ein paar Tagen würde sie achtzig Jahre alt. Sie schüttelte sich. Marietta stand auf der Dachterrasse ihres Strandhauses am Atlantik, der an diesem Morgen heiter war und die Küste wie ein alter Freund streichelte. Sie fragte sich, wie viele Sommer sie in der Umarmung dieses Wasserkörpers verbracht hatte. Nie genug.

Mariettas Finger tippten auf das Terrassengeländer. Es war sinnlos, sich jetzt über ihren Geburtstag aufzuregen. Schließlich hatte sie selbst die Party arrangiert und ihre Enkeltöchter nach Sullivan's Island eingeladen. Aber welche Wahl hatte sie denn, außer der, aus ihrem achtzigsten Geburtstag eine große Feier zu machen? Wie oft hatte sie ihre Enkeltöchter über die Jahre nach Sea Breeze eingeladen und wie oft hatten sie mit Entschuldigungen geantwortet? Marietta dachte an die Briefe, die sie erhalten hatte, jeder in einer Schrift, die in Charakter und Stil so unterschiedlich war wie die Mädchen selbst, doch jeder voll mit den gleichen Entschuldigungen. *Oh, Mamaw! Es tut mir so leid! Ich würde so gern kommen, aber ...* Durch die Ausrufezeichen wirkten die Ausreden noch unaufrichtiger. Wie sonst als mit der Einladung zu ihrem achtzigsten Geburtstag hätte Marietta drei widerspenstige junge Frauen aus den verschiedenen Ecken des Landes dazu bringen können, zu Besuch nach South Carolina zu kommen?

Als sie klein waren, kamen ihre Enkeltöchter schrecklich gern nach Sea Breeze. Nach der Pubertät jedoch hatten alle zu viel mit ihrem Erwachsenenleben zu tun. Dora hatte geheiratet und war, ganz ehrlich, von den Ansprüchen durch Sohn und Ehemann völlig überfordert. Carsons Ehrgeiz hatte die älteste der drei Halbschwestern mit ihrer Kamera um die ganze Welt geführt. Und Harper ... wer weiß? Sie war ins Lager ihrer Mutter gewechselt, ignorierte Briefe, schickte oberflächliche Dankeskarten für Geschenke, rief nie an. Die schlichte Wahrheit lautete: Seit die Mädchen zu Frauen geworden waren, besuchten sie ihre Großmutter kaum noch.

Mariettas Fingerspitzen tippten wieder auf das Terrassengeländer. Na ja, wenigstens kamen dieses Mal alle, selbst wenn vielleicht nur ihre Andeutung von Beutegut sie angelockt hatte. Diese kleinen Piraten ... Es war bekannt, dass der Gründungsvater der langen und abwechslungsreichen Familiengeschichte tatsächlich ein Freibeuter gewesen war. In höflicher Gesellschaft wurde nie darüber gesprochen, aber stillschweigend wusste man, dass die Grundlage für das spätere Vermögen der Familie die Beute dieses Piraten war.

Mariettas dünner werdende Lippen spitzten sich besorgt. Was sie in ihren Briefen *nicht* erwähnt hatte, war, dass sie plante, Familiengeheimnisse zu lüften, besonders über den Vater der drei. In ihrem langen Leben hatte sie gelernt, dass dunkle Tatsachen immer irgendwann herauskamen und Leben zerstören konnten. Am besten war es, sie ans Licht zu bringen, solange Marietta noch die Zeit dazu hatte.

Zeit – das war die Crux ihrer Einladung. Sie hatte ihre Enkelinnen zu ihrer Geburtstagsfeier eingeladen. Sie hoffte, dass sie zustimmen würden, den gesamten Sommer hier zu verbringen. Sie *mussten* es einfach, dachte sie etwas ängstlich. Sie faltete die Hände. *Bitte, lieber Gott, lass sie für eine letzte Saison bleiben.*

Marietta sah auf ihre Finger, die ein großer Diamant im Altschliff schmückte, und dachte: *Ach, der Zahn der Zeit.* Früher waren ihre Hände glatt und elegant gewesen, nicht faltig wie jetzt. Es tat ihr weh, die zerknitterte Haut zu sehen, die Altersflecken, die Art, wie ihre einstmals langen Finger sich nun wie die Krallen eines alten Raben um das Geländer krümmten. Alter konnte so demütigend sein.

Aber sie fühlte sich nicht alt – sicher nicht wie achtzig. Das war viel älter, als sie sich je hätte träumen lassen. Älter als ihre Mutter oder ihr Vater geworden war und älter als viele ihrer Freunde. Oder ihr geliebter Ehemann Edward, der vor einem Jahrzehnt gestorben war. Und viel älter als ihr geliebter Sohn, Parker. Sie hatte gedacht, sie würde nicht überleben, als er starb. Eltern sollten nach dem Tod eines Kindes nie weiterleben müssen. Aber sie *hatte* überlebt, eine lange Zeit sogar. Und in ihrem Kopf war sie nicht die *alte* Marietta oder die *junge* Marietta. Sie war einfach Marietta.

Die Schmerzen und Zipperlein waren jedoch sehr real, wie auch die schlechter werdenden Augen und ihre Vergesslichkeit bei Namen. Marietta betrachtete ein letztes Mal das Panorama. Hier oben von der Dachterrasse ihres Hauses konnte Marietta über die erste Reihe der Inselhäuser und das Dickicht von maritimen Büschen weit hinaus bis zum goldenen Strand sehen. Inzwischen drängten sich zwei weitere Häuserreihen auf dem engen Platz vorm Strand. Aber von der Dachterrasse aus konnte sie immer noch über die störenden Dächer schauen und hatte den gleichen Blick auf den glänzenden Ozean wie früher. Im azurblauen Wasser spiegelte sich der wolkenlose Himmel und weißrandige Wellen schlugen ohne Eile an die Küste, sie warfen Sand auf, der so alt und voller Geheimnisse war wie die Zeit selbst.

Sie lachte reumütig. So alt wie sie selbst.

»Miz Marietta!«

O Mist, dachte Marietta. Lucille war sicher aufgebracht, weil sie gemerkt hatte, dass sie sich mal wieder aufs Dach geschlichen hatte. Marietta drehte dem Geländer der Dachterrasse den Rücken zu und sah besorgt die steile Treppe hinunter. Als sie jung war, war sie diese Stufen jeden Morgen wie eine Gazelle hinaufgerannt, atemlos vor Vorfreude, um nachzusehen, wie das Meer an diesem Tag aussah. *Rückgrat*, sagte sie sich selbst, als sie fest nach dem Treppengeländer griff. Marietta begann zögernd den Abstieg auf der engen Treppe. Auf halbem Weg traf sie auf Lucille. Die dunklen, runden Augen ihrer Haushälterin glitzerten, als sie zu Marietta aufsahen.

»Lucille, hast du mich erschreckt«, rief Marietta aus und hielt das Geländer fester.

»Ich habe *dich* erschreckt? Was denkst du dir eigentlich dabei, diese Treppen wie ein Mädchen rauf und runterzurennen? Du könntest fallen! Und bei deinen Knochen wäre es das Ende. Ich bin ganz außer Atem, weil ich sofort hierhergelaufen bin, als ich herausgefunden habe, wohin du verschwunden bist.« Sie kam noch ein paar Stufen zu Marietta herauf und packte sie fest am Arm. »Ich kann dich keine Minute allein lassen, ohne dass du dich in Schwierigkeiten bringst.«

»Unsinn«, lachte Marietta und nahm Lucilles Unterstützung an. »Ich kann mich gar nicht mehr erinnern, wie lange ich diese Treppe schon benutze.«

Lucille schnaubte. »Und du blickst dabei auf eine lange, lange Zeit zurück. Du bist kein junges Mädchen mehr, Miz Marietta, egal, was du denkst. Du hast versprochen, mir Bescheid zu sagen, wenn du auf dieses Dach willst. Ich muss mit dir kommen, damit du nicht hinfällst.«

»Und was würdest du tun, wenn ich doch falle?«, fragte Marietta spöttisch. »Du bist so alt wie ich. Wir würden beide wie ein Haufen alter Knochen übereinanderpurzeln.«

»Nicht *so* alt ...«, murmelte Lucille, während sie den Treppenabsatz erreichte und Marietta dann die letzten Stufen hinunterführte.

Marietta mochte es nicht, beaufsichtigt und umsorgt zu werden wie ein Kind. Sie war auf ihre Unabhängigkeit immer stolz gewesen. Ebenso wie sie stolz darauf war, ihre eigene Meinung zu haben und damit nicht hinterm Berg zu halten. Als sie unten ankamen, richtete sie ihre Schultern auf und schüttelte schnaubend Lucilles Griff ab. »Ich weiß ganz genau, wie alt du bist. Du bist neunundsechzig, also ein ebenso altes Huhn wie ich.«

Lucille kicherte und schüttelte den Kopf. »Das bin ich«, gab sie zu, »aber ich nehme jedes Jahr, das ich kriegen kann, vielen Dank auch.«

Marietta sah Lucille an, die ihr gegenüberstand, die Arme resolut vor der Brust verschränkt. Sie standen fast Auge in Auge und maßen einander mit den Blicken. Marietta war lang und schlank wie ein Reiher. Ihre kurzen weißen Haare rahmten ihr Gesicht wie Federn ein, und wenn sie ruhig und beobachtend dastand wie jetzt, wirkte sie so königlich wie dieser elegante Schreitvogel.

Ganz im Gegensatz dazu Lucille, die kompakt und kräftig war wie ein gut gefüttertes Teichhuhn. Ihr früher glänzend schwarzes Haar war jetzt weiß, aber ihre großen dunklen Augen strahlten immer noch die Sturheit und List dieses geselligen Vogels aus. Und Gott wusste, dass ihr Gackern barsch war. Obwohl sie fast siebzig war, war Lucilles Haut so glatt wie poliertes Ebenholz, und es war seit Jahren Mariettas geheime Mission, Lucille dazu zu bringen, ihr die Cremes zu verraten, die ihre alternde Haut so weich erhielten. Lucille war vor ungefähr fünfzig Jahren als Hausmädchen von Marietta eingestellt worden und hatte der Familie treu in der Muir-Villa und in East Bay in Charleston gedient. Als Marietta das große Haus verkauft hatte und dauerhaft nach Sea Breeze gezogen war, war Lucille mit ihr gekommen.

Heute war Lucille eher eine Gefährtin als ein Hausmädchen. Lucille kannte jedes Geheimnis in Mariettas Leben und stand wie ein strenger Wächter an der Tür. Marietta dachte manchmal, dass Lucille zu viel über sie und ihre Familie wusste. Sie fühlte sich vage unbehaglich, dass es da eine Person gab, die eng in ihr Leben involviert war und die sie nicht täuschen konnte. Nur Lucille war es erlaubt, diese ironischen Kommentare abzugeben, die Mariettas Illusionen zerstören oder die nackte Wahrheit aussprechen konnten, egal wie schwer es für Marietta war, sie anzuhören. Marietta vertraute ihr bedingungslos, und Lucilles Loyalität ihr gegenüber stand außer Frage. Sie waren einander tatsächlich treu ergeben.

Marietta ging zielstrebig von der Veranda weg. Der Westflügel gehörte zum ursprünglichen, alten Strandhaus. Er bestand aus einem Durcheinander von drei Zimmern: eines, in dem sie und Edward geschlafen hatten, eines war Parkers Zimmer gewesen und der breite Raum mit der Wandverkleidung aus Kiefernholz, den Regalen und den Gemälden von Jagdhunden hatte als Hobbyraum gedient. Jahre später, als Marietta das Haus erweitert hatte und Parkers drei Töchter die Sommer über kamen, belegten die Mädchen den Westflügel mit dem Recht des Besetzers mit Beschlag. In ihrem Kopf hörte Marietta sie noch immer kichern und kreischen. Die armen Männer wurden aus ihrem Bau vertrieben und grummelten dabei etwas von Hormonen und der Eitelkeit der Jugend.

»Hast du die Halsketten herausgelegt, um die ich dich gebeten habe?«, fragte Marietta Lucille, während sie durch den Hobbyraum gingen.

»Sie sind in deinem Zimmer, auf deinem Bett.«

Marietta ging durch das Wohnzimmer in ihren Schlafraum. Dieser Teil machte den Ostflügel aus und war ihr Zufluchtsort. Sie hatte Sea Breeze renoviert und restauriert, als sie von Charleston dauerhaft auf die Insel gezogen war. Der arme Edward hatte nicht lange genug gelebt, um seine Pensionierung zu genießen. Marietta hatte ihn nur ein Jahr nach Parkers Tod zusammengesunken auf seiner Computertastatur gefunden, wodurch sie ganz allein in ihrem neu gemachten Haus blieb.

Sie ging über den Plüschteppich direkt zu ihrem aufwändig geschnitzten Himmelbett aus Mahagoni, wo sie drei schwarze Samtbeutel auf der Tagesdecke liegen sah. Drei Halsketten für ihre drei Enkeltöchter.

»Es ist höchste Zeit, dass ich entscheide, welchem Mädchen ich welche Halskette schenke.«

Lucille verschränkte die Arme vor ihrer üppigen Brust. »Ich dachte, du hättest gesagt, dass du *sie* aussuchen lassen wolltest, welche ihnen am besten gefällt.«

»Nein, nein, Lucille«, erwiderte Marietta ungeduldig. »Das würde nicht funktionieren.« Sie hielt inne, drehte sich um und sah Lucille an. »Es heißt«, sagte sie im Tonfall eines Weisen, »dass Perlen die Essenz der Person aufnehmen, die sie trägt.« Sie nickte, wie um ihrer Verkündung Nachdruck zu verleihen. Dann ging sie weiter. »Ich habe diese Perlenketten über Jahrzehnte getragen. Jede Perle ist *übervoll* von meiner Essenz. Siehst du nicht«, sagte sie, als wäre es offensichtlich, »dass ich jeder meiner Enkeltöchter etwas von mir selbst gebe, indem ich ihnen meine Perlen schenke?« Die bloße Vorstellung hatte immer noch die Kraft, ihr Freude zu bereiten. »Ich habe mich seit Jahren auf diesen Moment gefreut.«

Lucille war an Mariettas Hang zum Dramatischen gewöhnt und noch nicht überzeugt. »Sie könnten sich doch selbst eine Halskette aussuchen und trotzdem diesen Essenzkram bekommen. Was, wenn ihnen diejenige, die du für sie auswählst, nicht gefällt?«

»Nicht gefällt? Was kann einem denn daran nicht gefallen? Jede Halskette ist kostbar!«

»Ich rede nicht davon, wie viel sie wert ist. Ich rede vom Gefallen. Du willst doch nicht, dass sie zu den anderen schielen, um nachzusehen, was die bekommen haben. Es ist gut möglich, dass du falschliegst. Ich kenne keine drei Menschen, die unterschiedlicher sind als diese drei Mädchen. Wenn du mich bitten würdest, auszuwählen, also, ich könnte es nicht. Ich hätte keine Ahnung, was ihnen gefällt.« Lucille kniff die Augen zusammen und nickte ruckartig. »Und du auch nicht.«

Marietta hob ihr Kinn. »Natürlich weiß ich das. Ich bin ihre Mamaw. Ich *weiß* es.«

»O ja«, erwiderte Lucille mit einem zweifelnden Kopfschütteln, während sie zurück ins Wohnzimmer gingen. »So viel zum Thema: Du willst Menschen nicht mehr manipulieren.«

»Wieso? Findest du, ich manipuliere sie?«

»Ich meine nur ... Ich erinnere mich noch gut daran, dass du gesagt hast, du willst dich hinsetzen und zusehen, wie die Mädchen ihre Wahl treffen, damit du selbst beobachten kannst, welchen Geschmack sie haben und zu welcher Art von Frau sie geworden sind. Du hast gesagt, du wolltest ihnen dabei helfen, einander wieder näherzukommen. Wie willst du das denn machen, wenn du jetzt schon alles so richtest, wie es dir gefällt? Hast du denn durch Parker nichts gelernt?«

Marietta blickte zur Seite, die Wahrheit in dieser Anschuldigung verstörte sie. »Mein Leben war ganz Parker gewidmet«, sagte sie, ihre Stimme brüchig vor Betroffenheit.

»Das weiß ich«, antwortete Lucille sanft. »Und wir wissen beide, dass das der Ruin des Jungen war.«

Marietta schloss die Augen, um sich zu beruhigen. Jetzt, da seit dem frühen Tod ihres Sohnes Jahre vergangen waren, konnte sie sein Leben mit einem ehrlicheren Blick betrachten, nicht mehr durch ihre Hingabe verzerrt.

Marietta und Edward hatten sich Kinder gewünscht, sie erwartet. Keine Horde, aber mindestens einen Erben und einen Ersatz. Rückblickend war es ein Wunder, dass Marietta einen Sohn geboren hatte. Nach Parkers Geburt erlitt sie zahllose Fehlgeburten und die Verzweiflung einer Todgeburt. Sie hatte Parker vergöttert ... ihn verwöhnt. Erst Jahre später erfuhr sie, dass sie das war, was Ärzte eine suchtfördernde Person nennen.

Edward hatte sich beschwert, dass es ihn schon ein Vermögen gekostet hätte, den Jungen durch die Alkoholexzesse der Studentenverbindungspartys und durch zahllose Beziehungen mit Mädchen zu bringen, damit er wundersamerweise einen Abschluss machte. Nach dem College wollte Edward seinen Sohn »von der Lohnliste streichen« und ihn zwingen, »ein Mann zu werden und herauszufinden, was es bedeutet, Geld zu verdienen«. Worauf Marietta mit einem ironischen »Ach, du meinst, so wie du?« geantwortet hatte.

Parker konnte in den Augen seiner Mutter nichts falsch machen, und Marietta wurde geschickt darin, für seine Fehler Ausreden zu finden. Wenn er launisch war, sagte sie, er sei sensibel. Die Ursache für seine Frauengeschichten, sogar noch nach seiner Heirat, waren immer unbefriedigende Partnerinnen. Und sein Trinken ... nun ja, alle Männer tranken gern, oder nicht?

Parker war ein schönes Kind gewesen und zu einem – das konnte niemand leugnen – unverschämt gutaussehenden Mann herangewachsen. Er war groß und schmal, hatte hellblonde Haare und blaue Augen – die Farbe der Muirs – mit unglaublich langen Wimpern. In Verbindung mit seinem Südstaaten-Oberklassenerbe war er in ihren Augen der wiedergeborene Ashley Wilkes. Wenn Parker seiner Mutter bittend in die Augen sah, war es ihr unmöglich, ihm wegen seiner Torheiten böse zu sein. Sein Vater war über die Jahre jedoch dagegen immun geworden.

Die Frauen aber nie.

Die Frauen flogen auf ihn. Marietta hatte es heimlich genossen, zu sehen, dass sie sich wie Vögel vor ihm aufplusterten. Sie war eitel genug, es sich als Verdienst anzurechnen. Und doch war Marietta nie naiv gewesen. Eben weil sie wusste, dass Parker sich nicht um die Konsequenzen scherte, hatte sie es auf sich genommen, ihm seine zukünftige Frau vorzustellen.

Diese Frau war Winifred Smythe, eine ausreichend attraktive junge Frau aus einer guten Familie aus Charleston. Wichtiger noch: Sie war eine formbare Frau mit einer moralischen Erziehung und sie war willig. Jeder, der die beiden zusammen sah, musste einfach zustimmen, dass sie ein »goldenes Paar« waren. Ihre Hochzeit in St. Philip's machte Schlagzeilen auf der Gesellschaftsseite. Als Winnie ein Jahr später eine Tochter zur Welt brachte, fühlte es sich für Marietta wie ein persönlicher Triumph an. Parker nannte seine Tochter Dora, nach seiner Lieblingsautorin aus den Südstaaten, Eudora Welty.

Zu dieser Zeit verkündete Parker, dass er an einem Roman schrieb. Marietta verliebte sich in die Vorstellung von ihrem

Sohn als Künstler. Edward sah es als Ausflucht dafür an, dass er sich keine reguläre Stelle suchte. Parker hatte versucht, mit seinem Vater in der Bank zu arbeiten, aber das hatte nicht einmal ein Jahr lang funktioniert. Parker hasste es, in einem Gebäude ohne Fenster eingesperrt zu sein, und er hasste Zahlen, Anzüge und Krawatten. Er behauptete, er müsse schreiben.

Also bekam er von seinen Eltern Unterhalt und fing an, einen Roman zu schreiben, der es ihm, laut Parker, erlauben würde, in die geheiligte Reihe der Südstaatenautoren zu treten. Es waren die Siebziger und Parker wurde zum Stereotyp eines Schriftstellers: Er stopfte sein schäbiges Büro im Confederate Home zur Inspiration mit Jim-Beam-Flaschen und Marihuana voll. Er trug Rollkragenpullover, ließ seine Haare wachsen und war ganz allgemein sehr nachlässig, was seine »Kunst« betraf.

Zwei Jahre später war Parkers Roman immer noch nicht fertig, und er hatte eine Affäre mit dem Kindermädchen. Marietta war in das Haus gestürmt, das sie dem Paar am Colonial Lake gekauft hatte, und hatte verlangt, dass Parker das Kindermädchen verließ und seine Frau mit einem kostbaren Schmuckstück um Verzeihung bat. Es war ein Schock für sie, dass Parker sich ihr zum ersten Mal widersetzte und sich weigerte, ihrer Bitte nachzukommen. Die andere Frau, ein verführerisches französisches Mädchen von knapp achtzehn, war schwanger, und er wollte sich von Winnie scheiden lassen, um Sophie Duvall zu heiraten.

Und das tat er auch. Sobald die Scheidung von Winnie rechtskräftig war, heiratete Parker Sophie. Erwartungsgemäß brachten seine Entschuldigungen und Bitten seine Eltern dazu, ihn und Sophie in der Bruchbude zu besuchen, die sie auf Sullivan's Island gemietet hatten. Marietta jammerte Edward gegenüber, dass dieses Haus nur noch stand, weil die Termiten sich an den

Händen hielten. Marietta und Edward kamen nicht zur Pseudohochzeit vor einem Friedensrichter, aber sie fassten Mut, als ihr Sohn seine erste Stelle fand, als Manager eines unabhängigen Buchladens in der Stadt. Edward war so hoffnungsvoll, weil sein Sohn sich für *irgendetwas* engagierte, dass er Unterhaltszahlungen für das Paar nach der Geburt des Kindes – einem Mädchen – zustimmte. Parker nannte seine zweite Tochter Carson, nach Carson McCullers, womit er den Tick, seine Kinder nach Südstaatenautoren zu benennen, fortsetzte.

Arme Sophie, dachte Mamaw, als sie sich jetzt an diese zerbrechliche Frau erinnerte. Sie litt an postpartalen Depressionen und wurde schließlich Parkers Trinkgefährtin. Ihr Lebensstil rutschte ab von bohemehaft zu gestört. Ihr Trinken ließ Marietta nächtelang nicht schlafen. Die Tragödie, die sie befürchtet hatte, geschah vier Jahre später. Niemand erwähnte je das schreckliche Feuer, das Sophie das Leben kostete. Die Umstände wurden vertuscht und zu einem weiteren Familiengeheimnis der Muirs.

Nach Sophies tragischem Tod riss Parker sich stark genug zusammen, um seinen Roman zu beenden. Voller neuem Enthusiasmus zog er nach New York, um als Assistent in einem Verlag zu arbeiten. Er war entschlossen, einen Verleger zu finden, und, dachte Mamaw seufzend, es gelang ihm auch. Leider veröffentlichte die Verlegerin seinen Roman nicht. Stattdessen heiratete sie ihn. Georgiana James war eine aufstrebende Junglektorin bei Viking. Sie hatte Energie, Ehrgeiz und die großzügige Unterstützung ihrer wohlhabenden britischen Familie. Sie heirateten sehr bald und ließen sich nur Monate danach scheiden, noch bevor das Kind geboren wurde. Es war ein weiteres Mädchen, und in einem seltenen Moment des Entgegenkommens und weil Georgiana die literarische Anspielung gefiel, wurde das Kind, wie Parker es wollte, Harper genannt, nach der Südstaatenautorin Harper Lee.

Georgiana stellte sich als sture Gegnerin gegen alles, was von den Muirs kam, heraus. Sie lehnte Mariettas Einladungen nach Charleston stets ab und lud sie auch nicht nach New York ein, damit sie Harper besuchen konnte. Aber Mamaw blieb hartnäckig, entschlossen, aus dem Leben keiner ihrer Enkeltöchter ausgeschlossen zu werden.

In diesen stürmischen Jahren zog Carson zu ihrer Mamaw in das Haus in South of Broad in Charleston. Während der Sommermonate kam auch die kleine Dora zu ihnen nach Sea Breeze auf Sullivan's Island. Mamaw lächelte wehmütig, als sie an diese lang, lang vergangenen Jahre dachte. Die zwei Mädchen waren ein Herz und eine Seele, immer zusammen. Selbst nachdem Carson mit ihrem Vater nach Los Angeles gezogen war, kam sie immer noch jeden Sommer nach Sea Breeze, um ihn mit Dora zu verbringen. Erst Jahre später war Harper alt genug, um auf der Insel zu ihnen zu stoßen.

Diese wenigen, kostbaren Sommer der frühen 1990er Jahre stellten die einzigen Gelegenheiten dar, bei denen sich alle drei Enkeltöchter zusammen in Sea Breeze befanden. Es waren nur drei Jahre, aber was für magische Sommer. Dann kamen die Teenagerjahre. Als Dora siebzehn wurde, wollte sie ihre kostbaren Ferien nicht mehr mit ihren »Babyschwestern« verbringen. Carson und Harper wurden zum Duo. So kam es, dass Carson zum Bindeglied zwischen den Mädchen wurde. Das mittlere Kind, das mit jeder Schwester allein mehrere Sommermonate verbracht hatte.

Mamaw legte ihre Hand an die Stirn. In ihrem Kopf vermischten sich alle Sommer, wie das Alter der Mädchen, wenn sie zusammen spielten. Sie hatte ein Kaleidoskop der Erinnerungen. Zwischen ihren Enkeltöchtern hatte es einmal eine ganz besondere Verbindung gegeben. Es machte ihr Sorgen, sie heute als fast Fremde zu sehen. Mamaw konnte den Ausdruck *Halbschwestern* nicht ausstehen. Sie waren Schwestern, blutsverwandt. Diese Mädchen waren ihre einzigen lebenden Verwandten.

Mit neuer Entschlossenheit wandte sich Marietta wieder den Samtbeuteln zu. Eine nach der anderen ließ sie die Perlenketten auf die blassrosa Überdecke gleiten. Die drei Halsketten glänzten im Tageslicht, das durch die großen Fenster fiel. Während Marietta die schimmernden Perlen betrachtete, berührte sie mit der Hand unbewusst ihren Hals. Früher einmal hatte jede dieser Ketten dessen schlanke Länge geschmückt, damals, als ihr Hals noch ihr ganzer Stolz war. Heute war er ihr leider peinlich. Es handelte sich ausschließlich um natürliche Perlen der höchsten Qualität. Nicht diese modernen Süßwasserdinger, die eher Accessoires darstellten als wertvolle Stücke der Juwelierskunst. Damals, zu ihren Zeiten, waren Perlen eine Rarität und gehörten zu den teuersten Stücken der Schmucksammlung einer Frau.

Es gab die Tradition, einem Mädchen zu ihrem sechzehnten Geburtstag oder ihrem Balldebüt eine bescheidene klassische Perlenkette zu schenken, die knapp unter dem Halsansatz lag. Marietta griff nach der ersten Halskette. Es war eine dreifache Perlenkette mit einem auffälligen Verschluss mit Rubinen und Diamanten. Ihre Eltern hatten ihr diese Kette für ihren Debütantinnenball geschenkt. Ihr Vater liebte alles Extravagante, und das war sicherlich eine extravagante Wahl gewesen, eine, durch die sie sich wie eine Königin unter all den Prinzessinnen in ihren weißen Kleidern und mit ihren einfachen Perlenketten gefühlt hatte.

Marietta betrachtete die Perlen, die von ihrer Handfläche hingen, überlegte, wem sie diese Kette schenken sollte. »Diese werde ich Harper geben«, verkündete sie.

»Der Ruhigen«, kommentierte Lucille.

»Weniger ruhig, eher reserviert«, widersprach Marietta. »Ich nehme an, das ist das Britische in ihr.«

»Mir egal«, sagte Lucille. »Sie war wie eine kleine Maus, nicht wahr? Verschwand immer mit einem Buch. War auch leicht zu erschrecken. Aber Gott, dieses Mädchen war so süß wie Honig.« Lucille spitzte nachdenklich die Lippen, dann schüttelte sie den Kopf. »Ich weiß nicht, aber das ist eine ziemlich protzige Kette für so ein winziges Ding wie sie.«

»Genau darum geht's. Die Perlen werden sie zur Geltung bringen. Und sie wird sie gut tragen«, erwiderte Marietta und dachte an Harpers stolze Haltung. »Weißt du, sie ist dem Alter, in dem ich diese Perlen bekommen habe, am nächsten. Und ich glaube, dass die cremefarbenen Perlen gut zu ihrem cremefarbenen Teint passen.«

»Cremefarben?« Lucille kicherte tief in ihrer Brust. »Sie ist wahrscheinlich das weißeste weiße Mädchen, das ich je gesehen habe.«

Marietta lächelte über die Wahrheit, die darin lag. Harpers Haut wurde in der Sonne nicht braun, sie verbrannte nur, egal wie viel Sonnenschutzmittel sie auftrug. »Sie hat diese helle englische Haut, wie ihre Mutter. Georgiana James«, sagte sie mit leichter Missbilligung, als sie sich an die kühle Frau in teuren Kleidern erinnerte, die sie bei ihrem letzten Gespräch von oben herab behandelt hatte. »Ich schwöre, dass Georgiana ihr Make-up mit einem Spachtel aufträgt. Sie sieht wirklich wie eine Wasserleiche aus! Und sie behauptet, königliches Blut zu haben«, schnaubte Marietta. »In den Venen fließt kein Tropfen blaues Blut. Ich würde sogar behaupten, auch nicht viel rotes. Aber die liebe Harper hat wirklich die gefühlvollsten Augen, findest du nicht? Die Augenfarbe hat sie von den Muirs ...«

Lucille verdrehte die Augen.

Marietta legte die Perlen in ihrer Hand zusammen und dachte über die junge Frau nach, die in New York City lebte und die Distanz wahrte. »Georgiana hat Harper uns gegenüber vergiftet«, verkündete sie und schoss sich jetzt auf das Thema ein. »Diese Frau hat meinen Sohn nie geliebt. Sie hat ihn wegen seines guten Aussehens und seines Familiennamens benutzt.« Marietta lehnte sich etwas näher zu Lucilles Ohr und flüsterte dramatisch: »Für sie war er kaum mehr als ein Samenspender.«

Lucille schnalzte mit der Zunge, runzelte die Stirn und machte einen Schritt zurück. »Da haben wir es wieder. Du hast davon keine Ahnung.«

»Sie hat sich von ihm scheiden lassen, kaum dass sie schwanger war!«

»Das kannst du dem Kind doch nicht vorwerfen.«

»Ich werfe es Harper nicht vor«, sagte Marietta beleidigt. »Es ist ihre Mutter, dieser englische Snob, die denkt, dass Südstaatler nur ein Haufen ignoranter Dorftrottel sind, der werfe ich es vor.« Sie wedelte wegwerfend mit der Hand. »Wir wissen alle, dass Parker nicht der einfachste Mann war, um mit ihm zusammenzuleben, Gott hab ihn selig. Aber dass sie ihn nach der Geburt nicht das Baby sehen ließ, war herzlos. Und er war damals schon so oft indisponiert.«

»›Indisponiert‹?«, wiederholte Lucille. »So nennst du es, dass er ständig betrunken war?«

Marietta kämpfte gegen das Bedürfnis an, ihren Sohn mit einer beißenden Antwort zu verteidigen, aber Lucille war damals mit ihr nach New York gefahren, um Parker in die erste von mehreren Entzugskliniken zu bringen. Die traurige Wahrheit war, dass Parker trotz all seines Charmes und Witzes ein notorischer Trinker gewesen war. Das hatte ihn am Ende umgebracht.

Marietta wollte jetzt nicht daran denken, sie steckte die Halskette resolut in einen Samtbeutel und wandte sich der zweiten Kette zu. Neunzig Zentimeter von perfekt abgestimmten, glänzenden rosa Perlen flossen über ihre Finger, als sie sie aus dem Samt hob. Ein kleiner Seufzer entwich ihr. Sie hatte diese exquisite Perlenkette in Opernlänge zu ihrer Hochzeit getragen und später zu förmlicheren Gelegenheiten, bei denen die Perlen über ihre Brust fielen und so ihre zahllosen prächtigen, langen Kleider betonten.

»Diese Kette ist für Dora«, sagte sie.

»Sie ist die Herrschsüchtige«, bemerkte Lucille.

Mariettas Mund zuckte angesichts Lucilles Fähigkeit, die Charaktere der Mädchen festzunageln. »Nicht herrschsüchtig, aber vielleicht das eigensinnigste der Mädchen«, gab sie zu. Dora war dem Weg der meisten traditionellen jungen Frauen aus den Südstaaten gefolgt. Sie hatte kurz nach ihrem Collegeabschluss Calhoun Tupper geheiratet, einen Mann aus ihrem gesellschaftlichen Umfeld. Dora hatte sich auf ihre Rolle als Ehefrau gestürzt, die ihrem Mann den Rücken freihielt, damit er Karriere bei der Bank machen konnte, dann hatte sie sich in ihrer Gemeinde, ihrer Kirche und später für ihren Sohn engagiert. Wie Marietta hatte sie Schwierigkeiten, schwanger zu werden, aber ebenfalls wie Marietta hatte sie wenigstens einen Sohn.

»Die Länge wird ihren Körper strecken«, sagte Marietta.

»Sie ist eine dicke Frau. Sie könnte die Länge gebrauchen.«

»Sie ist nicht dick«, stellte sich Marietta vor ihre Enkelin. »Sie hat einfach ihre Figur etwas gehen lassen.«

»Oh, ich habe das nicht negativ gemeint. Ich mag Frauen mit ein bisschen Fleisch auf den Knochen. Diese Dünnen, Knochigen kann ich nicht leiden.«

Es war nicht Doras üppige Figur, die Marietta Sorgen machte, sondern ihre Traurigkeit. Sie war nicht nur übergewichtig, sie war überfordert. Marietta ließ die lange Kette in einen extra Samtbeutel gleiten. Dann hob sie die letzte Halskette hoch.

Es war eine einfache Kette aus großen schwarzen Südseeperlen. Die prachtvollen barocken Perlen schimmerten von blasssilber bis zu tiefschwarz mit einem irisierenden Glanz. Marietta dachte an Carson mit ihren dunklen Haaren und der Haut, die im Sommer nach Stunden am Meer golden wurde. Mit ihrer Vorliebe fürs Reisen würde sie eine so exotische Kette zu schätzen wissen.

»Und diese ist für Carson«, sagte sie entschlossen.

»Sie ist die Unabhängige«, fügte Lucille hinzu.

»Ja«, stimmte Marietta leise zu. Im Geheimen war Carson ihre Lieblingsenkelin. Vielleicht lag es daran, dass sie mit dem mutterlosen Mädchen die meiste Zeit verbracht hatte, als sie für einen längeren Aufenthalt zu ihr gekommen war, nachdem ihr Vater sie ohne viel Aufhebens hatte fallen lassen, um herumzureisen. Aber Carson war auch diejenige, die Marietta am ähnlichsten war, leidenschaftlich und ohne Angst vor Herausforderungen, entscheidungsfreudig und eine große Schönheit mit einer langen Liste von Verehrern.

»Surft Carson draußen?«, fragte Marietta. Carson war als erste der Mädchen in Sea Breeze angekommen.

»Na klar«, erwiderte Lucille kichernd. »Das Mädchen steht mit den Hühnern auf, während wir alle noch im Bett liegen. Faul ist sie jedenfalls nicht.«

»Sie ist am glücklichsten auf dem Wasser.« Marietta sah wieder auf die quecksilbrigen Farben der Perlen und dachte an den gleichen Charakterzug von Carson. Feuer und Eis. Sie war warmherzig, aber kühlte schnell ab. Es machte ihr Sorgen, dass ihre so hübsche Enkelin keinen Platz – oder auch einen Mann – für sich fand, wo sie bleiben wollte. Etwas Dunkles brannte in ihrer Seele, wie in diesen Perlen. Das war gefährlich für das Herz einer Frau. Marietta ließ die Perlen über ihre Finger in den Samtbeutel gleiten.

Sie betrachtete die drei Beutel, die auf der Überdecke lagen. Es war das Vorrecht einer alten Frau, sich die Fehler ihres Lebens einzugestehen. Sie erkannte nun, dass ihre Unterlassungssünden an ihrem Sohn die Samen für die Probleme in seinen Ehen gesät hatten. Und doch war es jetzt zu spät, sich Gedanken über die Schwiegertöchter zu machen, die alle eine Enttäuschung gewesen waren. Aber ihre Sommermädchen ...

Dieser Sommer war ihr letzter Versuch, den Kreis zu schließen, jede Enkeltochter klar zu erkennen, die große Lücke zu überbrücken, die während des letzten Jahrzehnts zwischen ihnen gewachsen war, und hoffentlich die Zuneigung zwischen ihnen wiederzuerwecken.

Drei Enkeltöchter, drei Halsketten, drei Monate ... dachte sie. Das war der Plan.

3

Carson hatte schon immer geglaubt, dass in ihren Adern Salzwasser floss. Sie hielt es nicht lange ohne das Meer aus. Ein Tag, an dem sie ihre Zehen nicht wenigstens einmal in den Ozean tauchte, war ein halb gelebter Tag. Kurz gesagt, das Meer war ihr Leben.

Der Tag hatte als typischer Maimorgen auf Sullivan's Island begonnen. Bereits nach wenigen Tagen in Sea Breeze fand Carson wieder einen bequemen Rhythmus. Sie wachte auf, wenn das blasse Licht des Tagesanbruchs die Wände ihres Schlafzimmers perlig rosa malte. Lautlos stand die junge Frau aus dem Einzelbett in dem Zimmer auf, das sie im Haus ihrer Großmutter immer belegte. Heute Morgen war ihr Kopf schummrig und ihr Mund fühlte sich wie trockene Watte an, wegen des Weins, den sie am Abend vorher getrunken hatte. Sie wusste immer noch nicht, wie Mamaw es schaffte, nach nur zwei Gläsern aufzuhören. Wann würde sie je lernen, dass viel trinken und früh aufstehen nicht zusammengingen?

Carson zog einen Bikini an, der vom Abendschwimmen immer noch kalt, feucht und salzig war. Während sie eine dicke Schicht Sonnencreme mit Schutzfaktor 50 auf ihr Gesicht auftrug, spähte sie durch den Fensterladen und sah die gespenstischen Reste eines Mondes im dunstigen Himmel des Morgengrauens.

Sie lächelte bei der Vorstellung, eine Welle zu erwischen, während die rote Sonne am Horizont hervorbrach. Es war ihr Lieblingsaugenblick des Tages.

Carson beeilte sich, schlüpfte in Flipflops und fasste ihre langen, dunkelbraunen Haare mit einem Gummi zu einem lockeren Knoten zusammen. Die Holzböden im alten Strandhaus knirschten, als sie über den schmalen Flur in die Küche ging. Das Letzte, was sie wollte, war, Mamaw aufzuwecken. Ihre Großmutter begriff nicht, wie wichtig es war, die ankommende Flut abzupassen.

Abgesehen von ein paar neuen Geräten war die alte Küche mit dem Boden und den Schränken aus Kiefernholz sowie den kleinteiligen Fenstern unverändert. Lucille erlaubte keine Änderungen. Vor langer Zeit waren die Küchenwände gelb gestrichen worden, aber über die Jahre war es zu einem Farbton verblichen, der Carson immer an ranzige Butter erinnerte. Und doch liebte sie alles an diesem Haus und es tat ihr zutiefst leid, daran zu denken, dass Mamaw es vielleicht verkaufte.

Sie öffnete die Fliegengittertür und trat in das frische Morgenversprechen. Es lag Stille in der Luft. Der Tag war noch kühl und rein. Während sie über die Veranda und durch taufeuchtes Gras ging, glitt ihr Blick über die schiefe Garage, das Haus und das malerische Häuschen, in dem Lucille wohnte. Die Gebäude versammelten sich um eine alte Eiche, an der lange Moosfäden hingen. Im Morgenlicht sah das alles wie ein Pastell von Elizabeth Verner vom historischen Charleston aus. Mamaw liebte Sea Breeze und hatte immer darauf geachtet, dass es penibel gepflegt wurde. Carson wurde bewusst, dass der Ort so erschöpft und müde war wie seine Herrin. Sie dachte wieder daran, wie wertvoll jeder Tag war.

Neben ihrem Surfbrett lag eine große Stofftasche mit Sandalen, Sonnencreme, einem Handtuch und einer Mütze. Sie legte noch ein frisches Handtuch und eine eiskalte Flasche Wasser dazu und ging über den Hof zu ihrem Auto, das den Spitznamen Biest trug. Der Volvo roch nach Salz und Kokosnussöl und auf dem Boden lagen Sand und leere Wasserflaschen.

Bis zu ihrem Lieblingsplatz auf der benachbarten Isle of Palms war es nur eine kurze Fahrt. Carson entdeckte ein paar Autos, die bereits am Palm Boulevard nahe der Thirty-Second Avenue geparkt waren. Villen standen Seite an Seite zwischen der Straße und den Dünen wie ein pastellfarbener Zaun, der den Blick von der Straße aufs Meer versperrte. Sie ging den Strandweg entlang, ihre Fersen gruben dabei tiefe Löcher in den kühlen Sand. Die Dünen waren voller wilder Frühlingsblumen – gelben Primeln, lila Petunien und den strahlend roten und orangenfarbenen Kokardenblumen. Sie entdeckte das zerrupfte Gerippe eines toten Vogels, kaum sichtbar zwischen den Blüten. Ameisen eilten zwischen den hohlen weißen Knochen hin und her, während zerrupfte Federn sich im Wind bewegten. *Armes Ding*, dachte Carson. Sie wusste, dass die Natur nicht immer schön war.

Das Surfbrett wog schwer in ihrem Arm, aber sie ging ohne Pause bis zur letzten Düne. Als sie oben angekommen war, spürte sie die erste Bö der salzigen Luft. Carson legte ihr Brett in den Sand und grinste breit, als sie das unvergleichliche Panorama von dunklem Meer und Himmel sah, die an einem endlosen Horizont miteinander verschmolzen. Sie schloss die Augen und atmete tief den Geruch von Heimat ein.

Carson konnte dem stetigen Ruf der Gezeiten nicht widerstehen. Der Geruch hier – würziger Matsch vermischt mit Salz – hatte etwas, das ihr Gedächtnis in Schwung brachte. Die Küste der Südstaaten mit ihren brechenden glasigen Wellen war weicher, freundlicher als die felsigen Klippen und die heftige Brandung in Kalifornien. Alles im Lowcountry beruhigte. Und egal wie oft sie weggegangen war oder wie oft sie sich geschworen hatte, nie mehr zurückzukehren, diese tiefen Gezeitenwurzeln zogen sie immer wieder zurück.

Am Strand fanden sich ein paar gebräunte Männer und Frauen, die ihre Bretter wachsten und miteinander redeten. Die Kameradschaft zwischen den örtlichen Surfern ging tief. Sie waren zusammen aufgewachsen, und über die Jahre, in denen sie sich täglich auf dem Wasser sahen, wurden aus den losen Freundschaften Verbindungen geschmiedet, die ein Leben lang hielten. Das Echo ihres hohen Lachens vermischte sich mit dem Vogelgezwitscher. Weiter draußen auf dem Ozean waren schon ein paar wenige Surfer auf ihren Brettern, sie dümpelten hintereinander und warteten auf die nächste ordentliche Welle. Sie ging schnell zu den anderen am Strand und frischte das Wachs auf, wo ihr Fuß gestern die letzte Schicht abgerieben hatte.

Sie verschwendete keine Zeit. Die Dünung war einen halben bis ganzen Meter hoch, ganz ordentlich für South Carolina. Sie spürte, wie die Begeisterung in ihren Adern zu sprudeln begann. Schließlich wand sie sich in ihren Shorty – einen Surfanzug mit kurzen Ärmeln und Beinen –, der ihren Körper wie eine zweite Haut umspannte. Sie musste sich ein wenig hineinzwängen und ignorierte die nervigen Blicke von einigen Männern am Strand. Als sie mit ihren Vorbereitungen fertig war, nahm Carson ihr Brett und machte erste Schritte ins frische Wasser.

Los geht's, dachte sie, während sie sich durch die Dünung kämpfte. Sie paddelte im eisigen Wasser bis zu der Stelle, wo die Wellen brachen. Als sie die erste blaue Wand einer guten Welle sah, packte sie ihr Brett an den Seiten, drückte es nach unten, zog den Kopf ein und tauchte unter. Das Brett schnitt durch das Wasser, während die kalte Welle über ihr brach. Sie barst durch das Wasser, nach Luft schnappend, die Haare klatschnass, Wassertropfen glitzerten im Sonnenlicht auf ihrem Gesicht.

Carson liebte dieses erste belebende Eintauchen ins Meer. Es hatte etwas von einer Taufe, sie war dadurch erfrischt und sauber und ihre Sünden waren vergeben. Diese Offenbarung trieb sie Morgen für Morgen immer an den Strand. Es machte süchtig. Grinsend paddelte sie weiter und rüstete sich für die nächste Welle.

Einmal draußen, hinter der Brandungszone, zog Carson sich hoch, um auf dem Brett zu sitzen und auf eine Welle zu warten. Ihre langen nackten Beine baumelten im trüben küstennahen Wasser, während sie auf den sandigen Strand dahinter schaute. Aus dieser Entfernung fühlte sie sich mehr wie ein Teil der See als des Landes. So weit draußen auf dem Ozean gab es ein tiefes Gefühl der Einsamkeit, ein Bewusstsein dafür, wie klein man angesichts dieser Weite doch eigentlich war. Anstatt sich jedoch klein vorzukommen, fühlte sie sich in dieser Arena als Teil von etwas, das viel größer war als sie selbst. Das verlieh ihr ein Gefühl von Macht, aber auch von Frieden.

Andere Surfer schlossen sich ihr auf dem Meer an, sie schwappten auf und nieder wie Pelikane, während sie auf die richtige Welle warteten. Surfen war ein Einzelsport, aber Surfer wählten ihre Lieblingsplätze aus. Das hier war ihrer. Sie hatte hier gesurft, als sie Teenager war, und hatte jetzt schnell die aktuelle Surfergemeinde kennengelernt. Es waren sogar ein paar bekannte Gesichter darunter. Trotz der Tatsache, dass sie im Grunde eine Einzelgängerin war, fand sie es schön, dass ihr jemand draußen auf dem quecksilbrigen Ozean zusah.

Sie dümpelte eine lange Zeit auf dem Wasser und wartete auf eine gute Welle. Als sie zur aufgehenden Sonne sah, wurde ihr bewusst, dass es wieder Ebbe wurde und sie weiter nach draußen driftete als üblich. Hinter sich sah sie einen Krabbenfischer. Die Entfernung zwischen ihnen war ungewöhnlich klein. Der Trawler war sogar so nah, dass sie das raue Schreien der Seemöwen hören konnte, die über grünen Netzen schwebten und eine Mahlzeit stibitzen wollten. Pelikane kreisten und ein paar Delfine schwammen auch in der Nähe und warteten auf Almosen.

Carson runzelte verärgert die Stirn. Da war Ärger vorprogrammiert. Jedes Mal, wenn Fische sich versammelten, lauerten auch Wildtiere. Der Instinkt riet ihr, weiter vom Schiff wegzupaddeln, aber in der Ferne sah sie, wie sich eine große Welle aufbaute. »Endlich«, murmelte sie und packte fest ihr Brett. Auf ihr würde sie zurückreiten.

Plötzlich weckte ein Pelikan ihre Aufmerksamkeit, der knapp drei Meter neben ihrem Brett seine langen Flügel einklappte und sich in den Ozean stürzte. »Hoppla«, rief sie aus, als sie die kleinen Wellen spürte. Der Vogel war kaum im Wasser verschwunden, als die See an derselben Stelle in Gischt explodierte und ein massiger Hai aus dem Wasser sprang, den Pelikan zwischen seinen Zähnen. Carsons Atem stockte, als sie zusah, wie der Hai sich in die Luft schraubte, eine glitzernde graue Kanone, dann fiel er mit einem bombastischen Platschen wenige Meter entfernt wieder ins Meer. Carson zog ihre Beine aufs Brett und starrte geschockt vor sich hin, während sie von der Welle des eintauchenden Hais durchgeschüttelt wurde.

Eine Sekunde lang schien es, als hätte die ganze Erde die Luft angehalten. Am Strand versammelten sich Leute nahe dem Wasser und zeigten auf sie. Ein paar Meter weiter waren die Augen eines anderen Surfers schreckgeweitet. »Verschwinde von da!«, schrie der Typ, während er hart auf den Strand zupaddelte.

Was soll ich tun?, brüllte es in ihrem Kopf. Sie hatte Angst davor, ihre Arme und Beine noch einmal ins Wasser zu halten. Sie hatte die Welle verpasst und der Hai konnte überall in diesem trüben Wasser sein, sogar direkt unter ihr. Carson schaute über das Meer. Die Sonne glitzerte wie Diamanten auf dem Wasser. Über ihr hatten die Seemöwen wieder angefangen, schrill zu kreischen, während sie den abdrehenden Krabbenfischer umkreisten. Alles schien friedlich. Carson atmete aus und lehnte sich langsam nach vorn auf ihren Bauch, um zu paddeln.

Da sah sie aus den Augenwinkeln eine schnelle Bewegung. Sie drehte sich um und sah die unverwechselbare Rückenflosse eines Hais, der um den Krabbenfischer kreiste. *Lieber Gott, bitte lass das Biest nicht in einen Fressrausch kommen*, betete sie, paddelte kräftig und konzentrierte all das aufschießende Adrenalin darauf, es an den Strand zu schaffen. Neben den Vogelschreien hörte Carson die Rufe der anderen Surfer, die ihr zubrüllten, sie solle von dort verschwinden. Augenblicke später spürte sie an ihrem rechten Bein einen heftigen Stoß von einem großen Körper. Er fühlte sich wie nasses Sandpapier an. Carsons Magen zog sich zusammen, und sie riss ihre Beine wieder auf das Brett und umklammerte sie.

»O Gott, o Gott«, wimmerte sie. Das Salzwasser brannte in ihren Augen und ihr ganzer Körper zitterte, während sie die dunkle See absuchte. Sie wusste, dass ihr Surfbrett von unten aus dem Wasser wie eine Meeresschildkröte oder ein Seehund aussah – perfekte Beute für einen Hai. Zum ersten Mal fühlte sich Carson auf dem Meer gejagt und hilflos.

Sie zitterte, wartete, während die Zeit unendlich langsam dahinkroch. Alles schien wieder ruhig. Die Sonne veränderte die Farbe des Himmels von dämmrig zu einem strahlenden, wolkenlosen Blau. Sie hob die Hand wie einen Sonnenschutz über die Augen und blinzelte, während sie das blaue Wasser, das sich ewig weit auszudehnen schien, überblickte. Sie war allein. Die anderen Surfer hatten es an Land geschafft und der Krabbenfischer fuhr langsam gen Norden. Einen Augenblick lang spürte Carson Hoffnung. Sicher würde der Hai dem Schiff und all den Fischen folgen.

Dann schwankte ihr Surfbrett, als ein dunkler Schatten nahe vorbeischwamm, er war genauso lang wie ihr Ein-Meter-achtzig-Brett. Carson verschluckte einen Schrei, als der große graue Körper neben ihr aus der Tiefe aufstieg, aber sie atmete erleichtert auf, als sie den runden Kopf, die lange Schnauze und das süße Lächeln eines Delfins sah.

Der Delfin umkreiste ihr Brett in seinem typischen Auf und Ab noch zwei Mal, bevor er wieder verschwand. Carson strich ihre Haare aus dem Gesicht und holte tief Luft. Sie hatte irgendwo gelesen, dass Delfine nicht in der Nähe von Haien schwammen. Ermutigt lockerte sie noch einmal langsam ihre Beine und begann zögernd auf den Strand zuzupaddeln, wobei sie sich bemühte, keine Spritzer zu machen. Sie war schon ein bisschen weitergekommen, als sie den Hai links von sich kreisen sah. Carson verfluchte ihn und hob ihre Beine wieder aufs Brett.

Der Hai war vielleicht drei Meter lang und bestand aus mindestens zweihundert Kilo harten Muskeln. Es war ein Bullenhai, eine der aggressivsten und unvorhersehbarsten Arten, die in niedrigem Wasser jagte. Menschen standen nicht auf seinem Speiseplan, aber die Bullen waren leicht reizbar und versetzten tödliche Bisse. Und dieses Raubtier war eindeutig neugierig auf sie. Es kam in seinem unverwechselbaren Zickzackkurs auf sie zu.

Plötzlich tauchte der Delfin wieder auf. Er schwamm nah an ihr Brett heran und begann mit seiner Schwanzflosse aggressiv auf das Wasser zu schlagen, als trommele er zur Warnung. Es schien zu funktionieren, der Hai drehte plötzlich ab und der Delfin tauchte wieder auf. Carson spürte, wie die Sekunden vergingen, sie umfasste ihre Beine, ihre Zähne klapperten. Was passierte da? Sie hatte gehört, dass Delfine Menschen vor Haien beschützten, und sie betete, dass genau das jetzt geschah.

Aber der Hai ließ sich nicht vertreiben. Er tauchte etwas weiter draußen wieder auf, wollte nicht ablassen. Der Delfin drehte um und fing an, hektisch zwischen ihr und dem Hai hin- und herzuschwimmen, bevor er wieder verschwand. Carsons Blick war auf den Hai fixiert, der sich ihr plötzlich zuwandte. In diesem Augenblick schien die Zeit stillzustehen. Carson fühlte sich taub, während alle Geräusche im Vakuum dieser seelenlosen Augen verschwanden. Ihr Mund formte einen stummen Schrei.

Aus dem Nichts schoss der Delfin plötzlich an ihr vorbei und direkt auf den Hai zu. Er war so schnell, dass er wie ein Geschoss über das Wasser jagte, um gegen die Flanke des Hais zu prallen. Das bullige Raubtier krümmte sich unter der Kraft des Stoßes in seine verletzlichen Kiemen zusammen. Für den Bruchteil einer Sekunde schien der erstaunte Hai schlapp im Wasser zu treiben. Dann, in einer raschen, reflexhaften Bewegung, schwang das Monster seinen Kopf zum Angriff, sein blutrotes Zahnfleisch und die spitzen Zähne entblößt. Der Delfin schlug einen Haken, aber vorher erwischten die Zähne des Hais seinen Schwanz.

»Nein!« Carson konnte einen Aufschrei nicht unterdrücken, als sie beide wieder im Wasser verschwanden. Es ging alles so schnell – eine Sache von Sekunden. Ihr brach das Herz wegen des Delfins, aber sie wusste, dass sie verschwinden musste, solange sie es konnte. Zum Glück baute sich eine gute Welle auf. Das war ihre beste, vielleicht einzige Chance zur Flucht. Sie paddelte um ihr Leben, mit kräftigen Zügen, unendlich dankbar für das vertraute Gefühl, als das Wasser sie vorwärtstrieb. Sie hielt sich an ihrem Brett fest, den Blick auf den Strand gerichtet, und ritt die Wellenkrone auf wackeligen Beinen in Richtung Strand.

Normalerweise achtete Carson darauf, ihr Brett nicht zu zerkratzen, indem sie bis an den Strand surfte, aber heute ritt sie die Welle bis ganz zu Ende. Ihre Beine waren wie aus Gummi und wurden vom Sand aufgeschürft. Die anderen Surfer eilten herbei, um ihr aufzuhelfen und ihr Brett aus dem Wasser zu tragen.

Während sich die Leute um sie versammelten, stand Carson am Strand und starrte auf den Ozean. Die Arme fest um ihren Oberkörper geschlungen, zitterte sie heftig, trotz der Morgensonne. Sie blickte benommen hinaus, ohne zu begreifen. Irgendwie, aus Gründen, die sie nicht verstand, hatte ein Delfin ihr das Leben gerettet und dabei vielleicht sein eigenes verloren. Sie hatte ähnliche Geschichten von anderen Surfern gehört, aber das hier war nicht jemand anderem passiert. Es war real. Es war *ihr* passiert.

4

Am nächsten Tag kehrte Carson zur Isle of Palms zurück und sah vom Strand auf das bekannte Panorama von Ozean und Himmel. Das Surfbrett fühlte sich schwer unter ihrem Arm an und die späte Nachmittagssonne brannte auf ihren Schultern, aber sie blieb stehen, schaute auf die Weite des Ozeans und die sanften Wellen, die an Land schwappten. Nur ein anderer Surfer war da draußen, dümpelte auf der ruhigen See und schaute zum Horizont. Die Dünung war unauffällig, lohnte sich kaum. Doch das war es nicht, weswegen Carsons Füße am Strand wie angewurzelt waren.

Sie hatte Angst. Ihr Mund war trocken. Ihr Herz raste, nicht aus Vorfreude, sondern vor Panik. Als sie auf die Weite des Meeres blickte, blitzten die Bilder des Hais in ihrem Kopf auf. Sie sah wieder den Tod in den seelenlosen Augen, das aufgerissene Maul, das den kräftigen roten Gaumen und die rasiermesserscharfen Zähne enthüllte. Carson empfand erneut die Panik, hilflos auf ihrem Brett zu treiben, während unter ihr, im trüben Wasser, eine wilde Bestie lauerte.

Nie, nicht einmal als kleines Mädchen, hatte sie gezögert, ins Salzwasser zu springen, sie war so ungeduldig wie jedes andere Seewesen, das zu lange an Land war. Das Meer, besonders der Atlantik, war ihre Heimat. Sie wusste, dass sie das Wasser mit zahllosen anderen Wesen teilte. Einschließlich Haien. Das Meer war auch deren Heimat, eine, die sie ihr ganzes Leben lang mit ihnen geteilt hatte. Carson sagte sich, dass das, was gestern Morgen geschehen war, ein verrückter Zufall war. Sie schüttelte ihre Beine, schluckte fest und atmete lange und zittrig aus. »Geh wieder hinein. Du gehörst dahin. Mach schon ...«

Carson rollte die Schultern zurück, dann ging sie ins Wasser. Es war kalt, als sie ins Flache watete. Ihre Fersen gruben sich in den weichen Sand, dann, als sie weit genug draußen war, warf sie ihr Brett aufs Wasser. Sie spürte die kitzelnde Kälte auf ihrer nackten Haut, als sie flach auf dem Brett lag, dann streckte sie die Arme aus und begann, kräftig nach draußen zu paddeln. *Los, los, los*, sagte sie sich und atmete schwer. Das Sonnenlicht auf dem Wasser blendete sie. Carson fror und das Salzwasser brannte in ihren Augen. Die erste Welle kam näher. Sie hielt ihr Brett fest. Zog den Kopf ein. Holte Luft, um darunter hindurchzutauchen.

Dann brach sie ab. Sie konnte nicht anders. Ihre Muskeln verkrampften und ihr Herz pochte vor Panik. Sie konnte nichts anderes mehr denken als: *Raus aus dem Wasser, zurück an den Strand!* Sie schnappte nach Luft und paddelte um ihr Leben. Als sie wieder das flache Wasser erreicht hatte, sprang sie von ihrem Brett und zog es an Land, dann sackte sie auf dem Sand in sich zusammen.

Carson hockte am Strand, die Stirn auf den Knien, während sich ihr Atem langsam normalisierte. Sie wischte ihr Gesicht mit den Händen ab und starrte wieder auf das Meer, geschlagen. Was war mit ihr da draußen geschehen? Sie war ihrer Panik gefolgt, ohne dass sie einen Grund dafür nennen konnte. Wer war dieses Mädchen? Sie hatte immer gedacht, sie habe keine Angst. Aber heute, als der Flucht-oder-Kampf-Instinkt einsetzte, hatte sie nicht gekämpft. Sie war geflohen.

Carson verließ den Strand, packte alles in ihren Volvo und fuhr zurück nach Sea Breeze. Ihre Hände umklammerten das Lenkrad so fest, dass ihre Gelenke weiß wurden. Sie sagte sich immer und immer wieder, dass ihre Panik eine normale Reaktion auf das Geschehen des gestrigen Morgens war. Dass die Angst mit der Zeit verschwinden würde, genau wie die Verwirrung, die man nach einem Albtraum fühlt. Sie musste es nur immer wieder versuchen.

Und doch fühlte sich Carson bis ins Mark erschüttert. Ihr ganzes Leben schien aus dem Gleichgewicht geraten zu sein. Sie befand sich ohne Fallschirm im freien Fall und jetzt vermittelte ihr nicht einmal mehr das Surfen das Zugehörigkeitsgefühl wie sonst immer.

Vielleicht war ihre Angst weniger ein Versagen als ein Omen.

Vor Mamaw gab es keine Geheimnisse. Später am Abend, nachdem Carson geduscht und Crab Cakes mit rotem Reis gegessen hatte, setzten sie und Mamaw sich für eine Weile auf die hintere Veranda. Carson machte es sich mit einem Glas Wein auf einem großen schwarzen Korbstuhl gemütlich. Eine Kerze flackerte in der Dämmerung und Carson hörte die Brandung in der schwarzen Ferne. Ihr gegenüber saß Mamaw in einem Schaukelstuhl, wie eine Königin in eine lila Stola gewickelt.

»Also, Missy«, begann Mamaw. Ihre blauen Augen strahlten im Kerzenlicht wie zwei Vollmonde. »Du bist früh zurückgekommen und hast total kaputt ausgesehen, seitdem schleichst du herum und bist heute Abend so nervös wie eine Katze mit langem Schwanz in einem Zimmer voller Schaukelstühle.« Sie zog ihre linke Augenbraue hoch. »Erzähl.«

Carson seufzte, nippte an dem kühlen Wein und stellte das Glas dann auf dem Tisch ab. »Mir geht's gut. Ich bin einfach nur ein bisschen geschockt, das ist alles. Ich bin gestern Morgen auf dem Meer fast zu Haifischfutter geworden.«

Mamaw atmete scharf ein und ihre Hand griff nach den Perlen an ihrem Hals. »Was? Was ist passiert?«

»Es war einer dieser merkwürdigen Zufälle, bei denen alles zusammenkommt. Ich war weiter draußen als üblich und dieser Krabbenfischer war näher am Strand als üblich. All diese Möwen und Pelikane und Delfine umkreisten die Netze.«

»Keine gute Konstellation.«

»Richtig. Es war ein kaltes Buffet.«

»Ein Hai ...« Mamaw schüttelte sich dramatisch. »Honey, ich hasse es, wenn du mit diesen Biestern da draußen bist.«

»Oh, Mamaw, sie sind immer da. Es ist ihre Heimat, vergiss das nicht. Ich meine, ich habe da draußen viele Haie gesehen. *Viele.*« Sie sah den erwarteten Schreck auf Mamaws Gesicht und wollte ihr die Sorgen ersparen. »Wir stehen nicht auf ihrem Speiseplan und sie lassen uns in Ruhe. Aber dieser Kerl ...« Carson machte eine Pause, spürte wieder dieses hohle Gefühl im Magen, wie in dem Moment, als der Hai ihr Bein angestoßen hatte. Carson wusste, dass die meisten Unfälle mit Haien in der Brandung genau das waren, Unfälle. Eine Art Missverständnis.

»Ich habe einfach Angst bekommen.« Sie erzählte Mamaw von den Details des Zusammentreffens und endete damit, wie der Delfin den Hai rammte. »Wenn dieser Delfin mich nicht verteidigt hätte, dann weiß ich nicht, was passiert wäre.« Sie hielt inne und legte ihre Hand auf das Weinglas. »Und ...« Carson holte Luft. »Und, Mamaw ... ich kann nicht mehr ins Wasser. Ich habe es heute versucht, aber ich konnte es einfach nicht ... So habe ich mich noch nie gefühlt. Nie. Du weißt, dass das Meer mein Rettungsanker ist. Ich fühle mich verloren, verzweifelt, als hätte man mir den Boden unter den Füßen weggezogen.« Ihre Stimme zitterte. »Ich weiß nicht, was ich tun soll.«

Mamaw legte ihre Hände an den Mund und dachte nach. »Aber dieser Zwischenfall im Meer ... das ist doch nicht alles, was dir Sorgen macht, oder? Du bist doch schon mit dem Gefühl hierhergekommen, ein bisschen verloren zu sein, oder?«

Mamaw sah sie so an, dass Carson sich auf dem Stuhl wand. Es war der Blick von jemandem, der einem gleich etwas sagen würde, das man nicht hören wollte.

»Ich ... ich glaube schon«, gab Carson zu.

»Das dachte ich mir.« Mamaw lehnte sich im Schaukelstuhl zurück und schaukelte, wartete wie die Wellen, die in der Ferne an den Strand brandeten.

»Ich stecke in Schwierigkeiten, Mamaw«, sagte Carson stockend. »Ich habe keine Arbeit, keine Wohnung und kein Geld.« Sie legte die Hände vors Gesicht. »Ich schäme mich so.«

Mamaw hörte auf zu schaukeln. »Mein liebes Mädchen, ich verstehe dich nicht.« Sie konnte gleichzeitig schockiert und ruhig klingen. »Was ist mit dieser Fernsehserie? Die schien doch ein großer Erfolg zu sein.«

»Das war sie«, antwortete Carson, nachdem sie zittrig Luft geholt hatte. »Sie hatte drei Staffeln, was für die Branchenstandards lange ist. Dass sie abgesetzt wurde, erfuhren wir aus heiterem Himmel. Man hat uns auch nicht erklärt, warum.« Sie griff nach ihrem Glas und nahm einen großen Schluck Wein.

»Aber du kannst doch sicher einen anderen Job finden«, beharrte Mamaw. »Du arbeitest seit über zehn Jahren auf dem Gebiet. Du bist durch die Welt gereist, hast an vielen Filmen mitgearbeitet. Ich habe mit dir überall angegeben.« Sie schüttelte ungläubig den Kopf. »Carson, ich verstehe es nicht. Du warst so erfolgreich.«

Carson zuckte mit den Schultern, hasste es, eine Erklärung liefern zu müssen. »Ich weiß nicht ... es ist ein harter Markt. Die Straßen von L. A. sind übervoll mit Leuten wie mir, die einen Job suchen. Ich habe es versucht, wirklich.« Sie seufzte schwer. Carson konnte ihrer Großmutter nicht erzählen, dass sie einige ihrer beruflichen Beziehungen Männern verdankte, mit denen sie geschlafen hatte, oder dass sie einmal gefeuert wurde, weil sie bei einem Job betrunken aufgetaucht war. Ihr Ruf war nicht so gut, wie Mamaw dachte. »Es war erniedrigend ... Ich habe es so lange wie möglich versucht, aber jetzt bin ich pleite.«

»Du hast doch sicher etwas für schwere Zeiten gespart.«

»Ich bin Freiberuflerin. Da war nichts zum Sparen.« Carson sah ihre Großmutter ernst an. »Und du weißt, dass ich viel Erfahrung darin habe, mit fast nichts durchzukommen.«

Mamaw nickte. Sie wusste, dass ihr Sohn, Carsons Vater, im besten Fall unzuverlässig und im schlimmsten Fall fahrlässig gewesen war. Carson hatte die Hauptlast dieses chaotischen Lebensstils getragen. Sie waren ständig umgezogen, hatten von einem Scheck zum nächsten gelebt und immer auf das eine Drehbuch gewartet, das sie reich machen würde.

»Es ist nichts übrig, Mamaw«, sagte Carson. »Es ist, als hätten all meine Arbeitsjahre zu nichts geführt.«

»Ach, Honey, ich weiß, dass es jetzt so aussieht. Aber in solchen Zeiten musst du langfristig denken. Vertrau mir. Du weißt nicht, wohin dich diese Veränderung führen wird. Gott schließt nie eine Tür, ohne ein Fenster zu öffnen.«

Carson biss sich auf die Lippen. Sie traute sich nicht, ihrer Großmutter, einer eifrigen Kirchgängerin, zu erzählen, dass sie nicht mehr an Gott glaubte.

»Was ist denn mit diesem jungen Mann, mit dem du zusammen warst? Wie hieß er noch? Todd? Wie passt er in dieses Szenario?«

Carson unterdrückte ein Schaudern und stürzte den letzten Rest ihres Weins hinunter. »Ich habe letzten Winter Schluss gemacht«, sagte sie knapp. »Ich befürchte, er hat es schwergenommen. Hat behauptet, ich hätte ihm das Herz gebrochen und er habe auf einen Ring gespart.«

Mamaw schnappte nach Luft. »Einen Ring?«

Carson zerstörte ihre Hoffnung rasch. »Es ist so am besten. Ich habe nur gedacht, dass ich gerade noch rechtzeitig da rausgekommen bin.« Sie stand schnell auf, sie brauchte mehr Wein. »Ich bin gleich wieder da. Ich hole mir noch ein Glas. Möchtest du auch noch eins?«

Mamaw schüttelte den Kopf.

Carson ging rasch über die Veranda in die Küche, ihr Durst wurde größer. Lucille hatte die Küche aufgeräumt und sich zurückgezogen, aber sie hatte einen Teller mit selbstgemachtem Zitronenkuchen auf den Tisch gestellt. Carson füllte ihr Glas, dann machte sie sich bewusst, in welche Richtung ihr Gespräch ging, und nahm die ganze Flasche mit. Sie klemmte sie unter einen Arm und trug mit dem anderen den Kuchen auf die Veranda.

Mamaw blickte nachdenklich in die Dunkelheit. »Ach Carson«, sagte sie mit einem traurigen Kopfschütteln, als sich ihre Enkelin wieder hingesetzt hatte. »Ich mache mir Sorgen um dich. Du bist über dreißig, meine Liebe, und auch wenn du immer noch so schön bist wie eh und je – du wirst älter. Vielleicht solltest du nicht jeden Antrag so rasch ablehnen.«

Carsons Augen leuchteten auf, als der Pfeil sie traf. »Ich bin erst vierunddreißig«, schoss sie zurück. »Ich denke kein bisschen daran, zu heiraten. Ich bin mir nicht mal sicher, ob ich überhaupt heiraten *möchte*.«

»Jetzt reg dich nicht auf.«

»Ich rege mich nicht auf.« Carson rutschte auf ihrem Stuhl hin und her. Es war schwer, stillzusitzen und jemandem zuzuhören, der zwei Generationen älter war und Werte verkündete, die keinen Eindruck mehr machten. Sie war so erzogen worden, dass sie Ältere respektieren sollte, aber das hier nervte sie sehr. »Es ist einfach ... ich weiß nicht, ich finde es beleidigend, dass du glaubst, meine einzige Hoffnung im Leben sei es, zu heiraten. Ehrlich, Mamaw, aus meiner Perspektive hat das für Dad nie sonderlich gut funktioniert. Du stammst aus einer anderen Ära. Vierunddreißig ist nicht alt. Frauen heiraten nicht mehr direkt nach dem College. Wir beginnen unsere eigenen Karrieren. Ich warte nicht darauf, dass sich irgendein Mann um mich kümmert. Ich trage selbst die Verantwortung.«

»Ja, Liebes«, sagte Mamaw heiter. »Ich sehe, wie gut das bei dir klappt.«

Carson kochte innerlich. »Nun, ich werde jedenfalls meine Ansprüche nicht runterschrauben, nur um zu heiraten. Wie Dora.«

»Carson«, sagte Mamaw streng. »Es ist nicht nett, so etwas über deine Schwester zu sagen. Vor allem jetzt nicht.«

»Wieso jetzt nicht?«

Mamaw sah sie erstaunt und traurig an. »Himmel, Kind. Wusstest du nicht, dass Dora sich scheiden lässt?«

Carson beugte sich im Stuhl vor und schnappte nach Luft. »Nein!«

»O doch ...« Mamaw nickte weise. »Es ist alles sehr traurig. Cal hat sie vor sieben Monaten verlassen. Er hat gesagt, er könne nicht mehr mit ihr zusammenleben. Dora war am Boden zerstört. Das ist sie wohl immer noch, befürchte ich.«

Das waren schockierende Neuigkeiten für Carson. In ihrer Vorstellung war Dora die ideale Südstaaten-Hausfrau mit traditionellen Werten, die sich um die Karriere ihres Mannes kümmerte, sich in der Kirche und der Gemeinde engagierte. An Weihnachten bekam sie immer eine wunderschön gedruckte Karte mit einem Foto der lächelnden Familie, in ihren roten Pullovern auf der Veranda oder sitzend vor ihrem Kaminsims aus Kiefernholz. Der Schein konnte wirklich trügen.

»Arme Dora. Wie lange waren sie verheiratet? Zwölf Jahre? Das muss ein schrecklicher Schlag gewesen sein. Sie hat nie erwähnt, dass sie Schwierigkeiten hatten.«

»Natürlich nicht. Das ist nicht ihr Stil.«

Carson dachte daran, dass ihre Schwester nie irgendetwas Unangenehmes preisgegeben hatte, nicht mal als Kind. Wenn Dora einen Preis gewonnen hatte, wurde das von den Dächern gesungen. Wenn sie bei einer Prüfung durchfiel, nahm sie das mit ins Grab.

»Hat sie es kommen gesehen?«

»Ich befürchte, wenn es nicht um ihren Sohn geht, sieht Dora gar nichts. Das könnte der Grund für ihre Trennung sein. Sie hat ihr Leben Nate gewidmet. Aber eine Ehefrau sollte ihren Mann nicht vergessen. Cal fühlte sich ignoriert, und ich wage zu behaupten, dass er das auch war.«

»Eine Frau sollte auch sich selbst nicht vergessen«, fügte Carson hinzu.

Mamaw hob ihren Blick. »Wie wahr.«

Carson seufzte mit echtem Bedauern für ihre Schwester. »Ich kann nicht glauben, dass sie es mir nicht erzählt hat.«

»Das ist nichts, was man auf eine Weihnachtskarte schreibt, Liebes«, sagte Mamaw. »Es war aber auch kein Geheimnis. Es tut mir weh, dass ihr beide keinen Kontakt mehr habt. Schade.«

»Das ist es«, sagte Carson leise und gab ihrer Großmutter recht. Es war ein Armutszeugnis. Sie hatten sich so sehr entfremdet, dass ihre Schwester, wenn auch Halbschwester, ihr nicht einmal mitteilte, dass sie sich scheiden ließ. Carson musste einen Teil der Schuld allerdings auf sich nehmen. Sie hatte sich auch nicht an ihre Schwester gewandt, als sie ihre Arbeit verloren hatte und in einer Krise steckte. Vielleicht, dachte sie, könnten sie einander jetzt helfen.

»Was machen wir falsch, Mamaw?«, fragte Carson sanft. »Wenn jemand wie Dora eine Ehe nicht aufrechterhalten kann, welche Hoffnung bleibt mir dann? Ich habe eine lange Reihe von Männern und Beziehungen hinter mir.« Sie schnaubte. »Wenn man es so nennen kann. Wenn ich abends allein bin, im Dunklen sitze und etwas trinke, frage ich mich manchmal, ob ich wie Daddy bin und mir ein Gen für die Liebe fehlt, so dass mir ein Leben voller kaputter Beziehungen bevorsteht.«

»Das glaube ich nicht, Liebes. Gut, dein Vater war kein gutes Vorbild. Aber du bist schließlich meine Enkelin. Und du bist diejenige, die mir am ähnlichsten ist. Ich hatte auch eine lange Reihe von Verehrern und war trotzdem fünfzig Jahre verheiratet. Edward war die Liebe meines Lebens.« Sie streckte sich, um sanft Carsons Hand zu tätscheln. »Du hast einfach noch nicht den Richtigen gefunden.«

Carson sah skeptisch auf. »Und Dora?«

Mamaw seufzte. »Wer weiß? Vielleicht war Cal doch nicht der Richtige.«

Carson lachte laut auf. »Sie hat ihre Ansprüche runtergeschraubt.«

»Sie hat einen Fehler gemacht«, korrigierte Mamaw. »So etwas passiert.«

»Und Harper?«

»Ach Gott, Harper ist doch noch ein Kind!«

»Sie ist siebenundzwanzig.«

»Ja, wahrscheinlich schon«, sagte Mamaw etwas überrascht. »Für mich bleibt sie immer ein kleines Mädchen. Nun ja … Hast du mir nicht gerade gesagt, dass du noch nicht heiraten willst? Dass dreißig noch nicht alt ist?«

Carson kicherte. »Getroffen von meiner eigenen Kugel.« Sie streifte ihre Sandalen ab und zog ihre Füße auf den Stuhl, machte es sich für ein bisschen Tratsch bequem. »Was ist denn mit Harper? Ich hasse es, das zugeben zu müssen, aber ich bin nicht auf dem Laufenden. Wohnt sie immer noch in New York?«

»Harper meldet sich auch nicht oft bei mir. Ich bin mir sicher, dass ihre Mutter diesen Kontakt nicht gern sieht. Alles, was ich weiß, ist, dass sie immer noch in New York wohnt. Bei ihrer Mutter«, fügte sie missbilligend hinzu. »Und sie arbeitet für den Verlag ihrer Mutter. Georgiana James hält das Küken fest in den Krallen, das kann ich dir sagen. Harper ist ein sehr kluges Mädchen. Sie war auf den besten Schulen.«

»Natürlich«, murmelte Carson und merkte, wie alter Neid sich bemerkbar machte. Sie spürte jedes Mal einen Stich, wenn Mamaw erwähnte, was für gute Schulen Harper besucht hatte. Carson hätte alles dafür gegeben, auf ein Internat wie Andover zu gehen und danach auf ein College wie Vassar. Bloß dass sie auf das California Institute of the Arts gegangen wäre oder das Savannah College of Art and Design. Sie hatte die Bewerbungen ausgefüllt, aber es war nie Geld für sie da gewesen. Nach ihrem Highschool-Abschluss hatte Carson tagsüber gearbeitet und abends an einem öffentlichen Community College Fotografiekurse belegt. Jeglichen Erfolg hatte sie sich ausschließlich mit Talent und Anstrengung erarbeitet. Alles, was sie von ihren Eltern bekommen hatte, war ihr gutes Aussehen.

»Es muss schön sein, alles auf einem Silbertablett serviert zu bekommen«, sagte sie und hörte selbst, wie bitter das klang.

»Auch da gibt es Nachteile. Und, Carson, du warst auch auf dem College.«

Carson spürte den Stich und sagte heftig: »Nein, war ich nicht. Nicht richtig. Ich habe Kurse an einem Community College gemacht. Ich habe keinen Abschluss.« Sie zuckte mit den Schultern und schüttelte betroffen ihren Kopf. »Ich will nicht mehr darüber reden«, sagte sie, ließ sich in die Kissen fallen und trank einen stärkenden Schluck Wein.

Eine peinliche Stille machte sich zwischen ihnen breit, während Mamaw in ihrem Stuhl schaukelte und Carson ihr Glas leerte.

»Entschuldigung«, sagte Carson, eine leise Stimme in der Dunkelheit. »Ich tue mir nur selbst leid. Ich sollte nicht so gemein sein.«

»Das bist du nicht«, erwiderte Mamaw nachsichtig. »Und ich möchte, dass du das Gefühl hast, mir hier alles sagen zu können.«

»Dieser Ort war immer mein Zuhause. Mein Zufluchtsort. Ich brauche jetzt deine Unterstützung, Mamaw. Ich fühle mich verloren«, gestand Carson, ihre Stimme schwankte. »Und ich habe Angst.«

Mamaw beugte sich sofort vor, um ihren langen, schlanken Arm um sie zu legen. Sie strich das Haar aus der Stirn ihrer Enkeltochter und küsste sie.

Carson entspannte sich, fühlte sich nach so vielen Monaten der Unsicherheit wieder sicher. Sie wusste nicht, was sie erwartet hatte, was Mamaw tun würde, wenn sie nach Sea Breeze zurückkehrte. Ihr vielleicht ein paar Dollar zuwerfen, sie tröstend tätscheln, während mehr Wein eingeschenkt wurde. Sicher ein bisschen Nachsicht. War das nicht immer ihrem Vater geboten worden, wenn er in der Tinte saß? Carson brauchte jetzt ein bisschen Nachsicht.

Mamaw umfasste ihre Schultern und schüttelte sie leicht. Carson lächelte schüchtern, sie erwartete eine von Mamaws Plattitüden, die sie aufmuntern sollte.

»Jetzt hör mir mal gut zu, junge Dame«, sagte Mamaw und sah ihr direkt in die Augen. »Genug Trübsalblasen und Selbstmitleid, hörst du? Nichts mehr darüber, dass du Angst hast. Das bist nicht du. Du bist eine Muir, vergiss das nicht. Ich gebe zu, du hattest es schwer mit deinem Vater. Ich habe Parker in solchen Momenten immer nachgegeben, und ich glaube, das war ein Fehler. Aber ich werde diesen Fehler bei dir nicht wiederholen, mein Schatz.« Mamaw ließ Carson los und lehnte sich in ihrem Stuhl zurück. »Du willst vielleicht keinen Ehemann finden, und das ist in Ordnung. Du bist jetzt ein großes Mädchen und in der Lage, deine eigenen Entscheidungen zu treffen. Aber, Liebling, du kannst nicht einfach hier herumliegen, dir selbst leidtun und deine Wunden lecken. Darin steckt kein Kampf. Keine Ehre. Hör auf deine Großmutter. Morgen wirst du früh aufstehen und dich dem neuen Tag stellen. Geh wieder aufs Wasser.« Mamaw sah Carson fest an. »Und such dir einen Job!«

~

Der Wecker in Carsons Handy klang am nächsten Morgen wie Glockengeläut. Sie streckte den Arm aus, um ihn auszuschalten, bevor noch jemand aufwachte. Als sie aufstand, betrachtete sie sich im Spiegel, sah ihre blauen Augen strahlen, und ihr wurde bewusst, dass sie sich erholt und gut fühlte. Sie wurde nicht von einem Kater runtergezogen, den sie nach ihrem üblichen abendlichen Trinken sonst hatte. Sie war früh zu Bett gegangen, um Schlaf nachzuholen, und heute Morgen war ihr Kopf klar und sie spürte, wie die Energie in ihren Venen kitzelte. Angeregt von Mamaws Rat, nicht länger Trübsal zu blasen, war Carson entschlossen, den ersten winzigen Schritt zu tun und wieder ins Wasser zu gehen.

Sie trat nach draußen und wurde von der feuchten, duftenden Morgenluft begrüßt. Es war wärmer als am vorigen Tag. Sie spürte den Sommer kommen, jetzt, da es auf Juni zuging. Bald würde auch das Wasser wärmer sein, dachte sie lächelnd. Im Haus schliefen noch alle fest. Sie ging direkt zur hinteren Terrasse, wo ihr Paddle Board stand. Sie packte es unter den Arm, trug es zum Ende des Stegs, ganz auf das Knacken des Holzes unter ihren Füßen und das Schlagen des Wassers an den schwimmenden Steg konzentriert. Die Morgendämmerung hing noch über der Wasserlinie. Carson lächelte. Sie hatte nichts verpasst.

Sie ging über den langen Holzsteg. Carson hielt ihr großes Brett mit nervösen Fingern und spürte, wie bei dem Gedanken, ins Meer zu gehen, die Panik in ihr aufstieg. Es war zwar nur die Bucht, nicht der offene Ozean, aber hier wie dort kamen und gingen Wildtiere.

Sie räusperte sich, als sie dem Meer gegenüberstand, und öffnete ihr Herz. »Ich weiß nicht, wie ich dagegen ankämpfen soll. Du musst mir dabei helfen.« Sie holte tief Luft. »Also, hier bin ich.«

Nun gab es nichts mehr, außer nass zu werden. Carson ließ ihr Paddle Board ins Wasser, wie sie es schon unzählige Male zuvor getan hatte. Ihre Hände zitterten und ihre Füße fühlten sich auf dem so vertrauten Brett ganz ungeschickt an, aber sie hörte nicht auf. Als sie schließlich auf dem richtigen Punkt des

Boards das Gleichgewicht gefunden hatte, holte sie tief Luft und nahm ihr Paddel. *Nur einen Schlag nach dem anderen*, sagte sie sich, während sie vom Steg weg in die Strömung paddelte.

Diese Ausflüge mit dem Paddle Board so früh am Morgen waren voller Frieden und Einsamkeit und dem Meditieren ähnlich. Sie war nur ein weiteres Wesen, das seinen einsamen Weg auf der Wasserstraße nahm. Es war Ebbe. Weiße Kraniche standen mit einer beneidenswerten Haltung auf ihren schlanken schwarzen Beinen an den Grasrändern. Ein bisschen weiter flussaufwärts entdeckte sie einen Graureiher, majestätisch und stolz. Es war nach sechs Uhr und noch waren die Fenster der meisten Häuser am Fluss dunkel. Die Bewohner verschliefen die beste Show des Tages, dachte sie. Aber sie war froh, dass sie allein war. Es war eine gute Idee, dass ein Freund auf einen achtete, wenn man draußen surfte. Hier auf dem ruhigen Wasserweg fühlte sie sich auch mit ihren Gedanken als einziger Gesellschaft sicher. Sie konzentrierte sich auf den stetigen Rhythmus ihrer Paddelschläge, von links nach rechts, von rechts nach links, und auf das plätschernde Geräusch, welches das Paddel verursachte.

Sie fuhr zügig am Fluss entlang, als sie links neben sich lautes Platschen hörte. Carsons Rhythmus wurde unterbrochen, als sie sich zum Geräusch umdrehte und gerade noch die Spitze einer Rückenflosse untertauchen sah. Sie spürte, wie ihr Herz zu rasen begann, während ihr Körper erstarrte, das Paddel in der Luft. Dann sah sie die graue Rückenflosse ein paar Meter vor ihrem Brett entfernt wieder auftauchen.

Carson seufzte erleichtert, als sie sah, dass es ein Delfin war, und lachte über ihre eigene Schreckhaftigkeit. Große Tümmler lebten in diesen Gewässern. Die Meeresarme waren ihre Heimat. Sie liebte diese drolligen Geschöpfe, umso mehr, seit einer von ihnen ihr das Leben gerettet hatte. Carson tauchte ihr Paddel wieder ins Wasser und hoffte, den Delfin wiederzusehen. Sie drehte den Kopf, überblickte das flache Wasser, bis sie den Tümmler mit einem klatschenden Geräusch zum Atmen auftauchen sah. Sie folgte dem eleganten Schwimmer, während er weiter dem Flussverlauf folgte, dann überraschte er sie, indem er wendete und zurückkam.

Carson hörte auf zu paddeln und ließ sich von der Strömung mitziehen wie ein Stück Treibholz. Der schlanke, graue Delfin schwamm neben dem Brett, dieses Mal kippte er seinen Körper etwas, so dass er neugierig zu ihr schauen konnte. Carson sah in das große, dunkle, mandelförmige Auge und hatte das starke Gefühl, dass der Delfin sie musterte. Schon oft waren Tümmler ihrem Paddle Board nah gekommen. Aber dieser Augenblick war surreal. Carson spürte – sie wusste –, dass sich hinter dem Blick ein *denkendes Wesen* befand.

»Na, guten Morgen«, sagte sie.

Beim Klang ihrer Stimme wandte der Delfin seinen Kopf zur Seite und tauchte unter Wasser.

Carson lachte über seine Launen. Was für ein Unterschied, in diese Augen zu sehen statt in die Augen des Hais. Im Blick des Delfins spürte sie einen neugierigen Geist, nicht ihr Verhängnis. Sie musste zugeben, dass sie auf den ungewöhnlich freundlichen Delfin so neugierig war wie er anscheinend auf sie.

Das Wasser stieg langsam, die Flut kam. Die Sonne stieg ebenfalls, und Carson näherte sich dem Ende der Bucht hinter Sullivan's Island. Wenn sie nicht umdrehte, würde die Flut sie in die bewegten Wasser von Charleston Harbor treiben. Sie legte ihre ganze Rückenmuskulatur in ihre Paddelschläge und drückte das Board gegen die Strömung in Richtung nach Hause. Es war schwere Arbeit, aber gut für diesen flachen Bauch, der immer den Neid anderer Frauen weckte.

Sie war ganz aufs Paddeln konzentriert, als sie aus dem Augenwinkel wieder den neugierigen Delfin sah. Er hielt diskret ihr Tempo, dann schoss er einige Meter voraus, um anschließend wieder zurückzukehren. Carson lächelte. Der Delfin folgte ihr ganz offensichtlich. Sie fragte sich, ob er tatsächlich mit ihr spielte oder nur neugierig war auf dieses dünne Wesen, das so erbärmlich lahm im Wasser vorankam, während der Delfin so stromlinienförmig und graziös dahinschnellte.

Als Carson den Steg erreichte, war das Dröhnen der Schiffsmotoren in der Ferne zu hören, das Signal, dass ihre friedliche Zeit in der Bucht zu Ende war. Sie kletterte auf den Steg und zog ihr Paddle Board heraus, sie fror, als eisiges Wasser auf ihre nackte Haut traf. Als sie noch ein plätscherndes Geräusch hörte, kniete sich Carson auf den schwimmenden Steg, legte eine Hand über die Augen und blinzelte.

Sie bewegte sich nicht, wollte den Delfin nicht verschrecken. Mit strahlenden Augen, klug und aufmerksam sah er ein paar Minuten lang aus dem Wasser zu ihr. Dann öffnete das Tier sein Maul und stieß eine Reihe von kurzen, quiekenden Lauten aus. Der Delfin schloss das Maul und legte seinen Kopf schief, um sie erwartungsvoll anzusehen, als frage er: *Und was jetzt?*

Carson lachte. »Du bist so schön«, sagte sie und streckte die Hand aus.

Sofort tauchte der Delfin unter, dabei hob er seinen Schwanz in die Luft. Carson schnappte nach Luft und starrte auf die leeren Wasserringe, wo der Delfin gerade noch gewesen war. An seiner linken Schwanzflosse fehlte ein Stück, als wäre er gebissen worden.

Carson stand wackelig auf und suchte stehend das Wasser ab,

während ihr der Zwischenfall mit dem Hai wieder in den Kopf kam. Sie erinnerte sich, wie der Delfin wie eine Kanonenkugel auf das Raubtier zugeschossen war und es seitlich gerammt hatte. Der Hai hatte sich eine knappe Sekunde lang zusammengekrümmt und war dann genauso schnell zum Gegenangriff übergegangen. Sie hatte die mächtigen Kiefer nach der Schwanzflosse des Delfins schnappen sehen, während der zu fliehen versuchte.

»O mein Gott«, keuchte Carson. Das musste der Delfin sein. Der, welcher sie vor dem Hai gerettet hatte. War das möglich? Es wäre nur logisch, dass der Delfin zur Heilung in die relative Ruhe dieser Gewässer käme. Sie überlegte, wie der Delfin sie angesehen, sie betrachtet hatte und wie er ein zweites Mal zurückgekommen war, um sie zu mustern.

Er hatte sie wiedererkannt.

Sie lachte kurz auf, diese Möglichkeit verblüffte sie. Ihr Verstand sagte ihr, es konnte nicht wahr sein. Doch andererseits, warum nicht? Wie Menschen waren Delfine hochintelligent und hatten ein Ich-Bewusstsein.

Carson schaute auf das Wasser in der Bucht. In der Ferne entdeckte sie den grauen Delfin im blaugrünen Wasser, während er elegant in den Wellen tauchte. Er war auf dem Weg zum Hafen. Carson legte die Hände um ihren Mund und rief: »Danke schön!«

5

Mamaw rief eine alte Freundin an und eine Woche später hatte Carson einen Job als Kellnerin im Dunleavy's, einem kleinen Irish Pub auf Sullivan's Island. So funktionierte es auf der Insel, wo die Familienbande noch eng waren. Carson musste ihren Stolz herunterschlucken, aber im Grunde war sie glücklich, Arbeit zu bekommen.

Carson hatte keine Ersparnisse, keine Aktien – nichts. Bei ihrem Leben mit Filmcrews war sie immer unterwegs gewesen, von einem exotischen Ort zum nächsten. Manche Leute konnten bei dem hohen Tempo nicht mithalten, aber aus einem Koffer zu leben war für sie ganz natürlich. Ihr Vater hatte sie nie Moos ansetzen lassen, sie waren von einer Wohnung zur nächsten gezogen.

Die letzten paar Wochen hier in Sea Breeze hatten ihr Leben angenehm verlangsamt. Sie kam langsam wieder in den Rhythmus des Südens. Und sie musste zugeben, dass sie gern im Pub arbeitete.

Dunleavy's war eine familiengeführte Wirtschaft in der Middle Street, einem beliebten Viertel voller netter Restaurants und kleiner Läden auf Sullivan's Island. Der Pub hatte tolles Bier vom Fass, frisches Popcorn und war gemütlich eingerichtet. Draußen standen Gartentische und Sonnenschirme, dort konnten die Leute mit ihren Hunden sitzen. Drinnen waren die Wände mit Bierdosen und Nummernschildern dekoriert und die Fliegengittertür knallte, wenn man hereinkam.

Carson arbeitete zur Mittagszeit und bekam ordentliches Trinkgeld, aber selbst nach zwei Wochen hatte sie noch viel zu lernen. Sie versuchte gerade, zu viele Teller von einem Tisch wegzutragen, als ihre Hand abrutschte und ein Bierglas umstieß, das klirrend auf dem Boden zerbrach. Zum Glück war der große Andrang zum Mittagessen schon vorbei und nur ein paar Gäste saßen noch an den kleinen Holztischen, aber jeder der sechs Köpfe drehte sich zu ihr um, ebenso wie ihr Boss und ihre Kollegin Ashley.

»Vorsichtig!«, rief Brian hinter der Bar. »Mal wieder ...«, fügte er mit einem wehmütigen Kopfschütteln hinzu.

Carson biss die Zähne zusammen und lächelte den Manager an, dann bückte sie sich, um die Glasscherben aufzuheben.

»Was ist denn heute mit dir los?«, fragte Ashley und kam mit einem Besen und einem Mülleimer. »Mach mal Platz und schneide dir nicht in die Finger. Lass mich aufkehren.«

Carson lehnte sich an den Tisch. Die wenigen Touristen um sie herum wandten sich wieder ihren Tellern zu und das leise Gemurmel setzte erneut ein.

»Ich bin die schlechteste Kellnerin der Welt«, jammerte Carson.

Ashley kicherte beim Kehren. »Na ja, du bist nicht die beste, aber du hast ja auch gerade erst angefangen. Keine Sorge. Du kommst schon noch rein ... Bring doch dem Typ in deinem Bereich mal eine Speisekarte«, sagte sie mit einer Kopfbewegung.

Carson griff nach einer Karte.

»Leg dein hübsches Lächeln auf«, neckte Ashley sie. »Es ist Mister Vorhersehbar.«

»Hör auf«, sagte Carson grinsend.

»Er sitzt immer in deinem Bereich.«

»Das bedeutet, dass er das Fenster mag, nicht mich.«

»Ja, klar, du siehst ja auch nicht, wie sein wehmütiger Blick dir folgt, wenn du weggehst.«

»Ehrlich?«, fragte Carson, leicht überrascht. Sie war zwar an die Blicke der Männer gewöhnt, aber ihr Radar war aus und der hier war ihr entgangen. Sie drehte ihren Kopf ein wenig, um heimlich den fraglichen Mann zu mustern. Er war groß und schlank, ein bisschen zu knochig für ihren Geschmack, und trug den leicht zerzausten T-Shirt-und-Sandalen-Look der Einheimischen. Sein dunkelbraunes, lockiges Haar war unter dem Baseball Cap etwas durcheinander. Sie konnte sich nicht an seine Augenfarbe erinnern und auch sonst nicht an viel.

»Er ist nicht mein Typ«, sagte Carson.

»Du meinst, er ist keiner der coolen Hollywood-Traummänner, mit denen du sonst in L. A. rumhängst?«

Carson hatte Ashley von einigen der Männer erzählt, mit denen sie in Los Angeles zusammen gewesen war – vor allem Schauspieler und Regisseure. Es hatte ihr einen Heidenspaß gemacht, zu sehen, wie Ashleys Augen immer größer wurden, ganz beeindruckt von der Liste der Männer, die entweder so aussahen oder cool waren wie Filmstars. Mr Vorhersehbar war weder das eine noch das andere.

Carson grinste und knotete die Bänder der Schürze über ihrer Uniform, einem grünen Dunleavy's-Shirt, fester. »Warum nimmst du nicht seine Bestellung auf? Er ist sowieso eher dein Typ ... der kuschelige, nette Kerl.«

Ashley seufzte lustvoll. »Er ist süß. Aber ich habe einen Freund, ich bin nicht mehr zu haben. Außerdem«, Ashley legte mit einer übertriebenen Schreckensmiene eine Hand aufs Herz, »ich könnte das dem armen Mann nicht antun. Er wäre so enttäuscht, wenn er sieht, dass ich an seinen Tisch komme, nicht du.«

»Na, egal, wie er aussieht, ich bin nicht auf der Suche nach Romantik.«

»Süße«, sagte Ashley grinsend, bevor sie mit ihrem Besen und Mülleimer verschwand, »wir sind immer auf der Suche nach Romantik.«

Als Carson sich dem Tisch näherte, drehte sich der dunkelhaarige Mann vom Fenster weg zu ihr. Dieses Mal blickte Carson ihm in die Augen. Sie hatten dieses tiefdunkle Schokoladenbraun, das schmelzen konnte, wenn er jemandem in die Augen sah, wie jetzt. Er musterte sie, als wäre er überrascht, dass sie ihn endlich bemerkt hatte.

»Oh, hallo«, sagte sie mit einem gewinnenden Lächeln. Sie hatte über die Jahre viel Erfolg mit diesem Lächeln gehabt und erwartete Ergebnisse. »Schön, Sie wiederzusehen.«

Er zog eine Augenbraue hoch. »Na ja, es gefällt mir hier«, sagt er, ohne zu lächeln. »Gutes Essen. Schöne Atmosphäre.«

»Mmh«, erwiderte sie. »Was soll es denn sein? Warten Sie, lassen Sie mich raten. Der Black-'n'-Blue Burger.«

Er schaute auf, um sie über die Speisekarte hinweg anzusehen. »Das ist Ihnen aufgefallen?«

»Na ja, Sie bestellen jeden Tag das Gleiche.«

»Warum etwas Gutes ändern?«, entgegnete er, klappte die Speisekarte zu und reichte sie ihr.

»Möchten Sie ein Bier dazu?«

»Süßen Tee«, sagten beide gleichzeitig und lachten.

»Kommt sofort.« Sie schaute über ihre Schulter, sie lächelte, dann kicherte sie in sich hinein und stellte fest, dass Ashley recht hatte. Sein traumverlorener Blick folgte ihr. Er war tatsächlich Mr Vorhersehbar.

Kurz darauf trug sie den Spezialburger des Pubs an seinen Tisch. Er sah von seinem Papierstapel auf und lächelte etwas zu strahlend, als sie kam. Sie wollte ihn nicht ermutigen, lächelte nicht zurück und stellte das Essen umstandslos hin.

»Sicher, dass Sie kein Bier wollen?«, fragte sie ganz geschäftsmäßig. »Wir haben Guinness vom Fass.«

»Nein, danke. Ich trinke keinen Alkohol.«

»Oh.« Es war ihr peinlich, das Bier angepriesen zu haben, wenn der Kerl trockener Alkoholiker war. »Dann noch einen Tee?« Das Eis im Krug klirrte laut, als sie ihm Tee nachschenkte.

»Habe ich irgendwas gesagt, worüber Sie sich ärgern?«, fragte er.

»Nein«, antwortete sie und verlagerte das Gewicht. »Gar nicht. Ich mache mir nur Sorgen.«

»Kann ich eventuell helfen?«

»Nur wenn Sie jemanden kennen, der eine Standbildfotografin sucht.«

»Sie sind also Fotografin?«

»Ja. Aber nicht für Porträts oder Hochzeiten. Obwohl ich die jetzt auch machen würde, falls Ihnen jemand einfällt, der das sucht. Ich arbeite in L. A. im Filmgeschäft.«

Sein Blick zeigte, dass er verstanden hatte. Er lehnte sich im Stuhl zurück. »Sie machen also all diese Werbefotos, die wir in Zeitschriften und im Internet sehen?«

»Nein«, erwiderte sie gedehnt. Ihr wurde bewusst, dass sie zum tausendsten Mal erklären musste, was ein Standbildfotograf tat. »Ich habe mit den ganzen Fotos zu tun, die einen Film bewerben. Ich fotografiere Episoden, Filmsets, hinter den Kulissen, was auch immer – als Werbung für den Film oder die Serie. Es ist kompliziert«, sagte sie und brach das Gespräch ab. Es erinnerte sie daran, dass sie ihre Nachrichten abhören sollte, um zu kontrollieren, ob vielleicht einer ihrer Kontakte einen Job für sie hatte. »Ich muss wieder an die Arbeit.«

»Oh. Klar«, sagte er schnell, als ihm bewusst wurde, dass er sie aufhielt.

Sie drehte sich um, ging zu anderen Tischen, um Gläser aufzufüllen, Bestellungen aufzunehmen und Essen zu servieren, der Tanz der Kellnerinnen. Eine halbe Stunde später saß er immer noch da und las.

Carson ging noch einmal zu ihm. »Noch einen süßen Tee?« Im Südstaatenakzent klang es immer wie »Sweetie«.

Er sah von seinen Papieren auf und lächelte. »Nein danke, nur die Rechnung.«

Sie wollte sich gerade abwenden, um sie zu holen, dachte dann aber an ihr Trinkgeld. »Tut mir leid, dass ich vorhin so plötzlich weitermusste.«

»Tut *mir* leid, dass ich Sie von der Arbeit abgehalten habe.«

Er hat wirklich ein nettes Lächeln, dachte sie. Als sich seine Lippen bei diesem süßen neckenden Lächeln leicht nach oben zogen, glitzerten seine Augen und sie merkte, dass er flirtete.

»Wie heißen Sie überhaupt?«, fragte sie. Es erschien ihr falsch, ihn als *Mr Vorhersehbar* im Kopf zu behalten.

Sein Grinsen wurde breiter und zeigte seine Zähne. »Blake. Blake Legare.«

»Gehören Sie zu den Legare von Johns Island?«

»Schuldig gesprochen gemäß der Anklage.«

»Ohne Witz? Kennen Sie Ethan Legare?«

»Welchen? Wir sind eine große Familie und es gibt ein paar Ethans.«

»Der, der im Aquarium arbeitet. Der mit Toy verheiratet ist, die das Schildkrötenkrankenhaus leitet.«

»Klar kenne ich den. Das ist Ethan, mein Cousin.«

»Ehrlich?« Sie hatte vergessen, dass Charleston wie eine Kleinstadt war. Mamaw hatte ihr immer eingeschärft, wie wichtig es war, gut gekleidet zu sein und ordentlich zu sprechen, weil es in Charleston keine Fremden gab. »Ethan und ich haben früher zusammen gesurft. Ich habe ihn seit … na ja, seit Jahren nicht mehr gesehen.«

»Ich glaube kaum, dass er heutzutage noch viel Zeit zum Surfen hat, mit zwei Kindern.«

»Ethan hat zwei Kinder?« Sie kicherte und erinnerte sich an den schlaksigen Jungen, der auf dem Wasser so furchtlos gewesen war wie sie. »Das kann ich mir kaum vorstellen.«

»So was passiert«, sagte er gedehnt.

»Was ist mit Ihnen? Sind Sie verheiratet mit Kindern im Schlepptau?«

»Ich?« Die Vorstellung schien ihn zu amüsieren. »Gott, nein. Ich meine …« Er zögerte, als er ihre schockierte Reaktion auf diesen Ausdruck sah. »Nicht, dass ich etwas gegen die Ehe hätte oder so, es ist nur … Nein, bin ich nicht.«

Er errötete leicht und Carson fand das ein bisschen verführerisch. Sie wechselte das Thema. »Surfen Sie?«

»Habe ich in der Highschool gemacht. Jetzt nicht mehr.«

Das war typisch für viele Männer, die an der Küste aufgewachsen waren. Die meisten Jungs, die sie kannte, probierten es mindestens einmal mit dem Surfen, aber nur wenige betrieben es als Sport. *Zu schade*, dachte sie.

Blake fügte hinzu: »Ich mache jetzt Kiteboard.«

Carsons Verstand vollzog eine Kehrtwende. »Wie Kitesurfen?«

Er nickte. »Ja. Das gefällt mir besser. Ich gehe raus, sobald ich einen Moment frei habe und der Wind gut ist.«

Carson schaute auf seinen langen, schmalen Körper und sah

ihn in einem neuen Licht. Er war nicht muskelbepackt, das war ein Look, den sie noch nie sexy gefunden hatte. Aber unter seinem dunkelbraunen T-Shirt konnte sie sehen, dass seine Muskeln hart und sehnig waren, typisch für Schwimmer. *Wer hätte das gedacht?*, überlegte sie mit neu entfachtem Interesse. Mr Vorhersehbar war doch nicht so vorhersehbar.

Kondenswasser tropfte von der Eisteekanne auf ihren Arm. Die Kanne wurde von Minute zu Minute schwerer. Sie stellte sie einfach ab und trocknete ihre Hände an der Schürze. »Ich wollte schon immer Kitesurfen lernen«, sagte sie und begann sich für das Thema zu erwärmen. »Aber ich sehe da draußen nicht viele Mädchen, die das tun. Ich weiß natürlich, dass es welche gibt, aber es sieht so aus, als brauche man viel Kraft im Oberkörper, um den Drachen zu lenken.«

»Nicht besonders viel. Mit den Armen kontrolliert man den Drachen, aber man ist durch Leinen mit ihm verbunden, die an einem Trapez festgemacht werden, das man wie einen Gürtel trägt. Man braucht eine gute Bauchmuskulatur. Viele Mädchen probieren es aus. Wenn Sie surfen, sollten Sie keine Schwierigkeiten damit haben.« Er hielt inne, dann fügte er hinzu: »Ich könnte es Ihnen beibringen ...«

Da war sie. Die Einladung, die sie erwartet hatte. Und doch überhaupt nicht das, was sie erwartet hatte. An den Strand zu gehen, um Kitesurfen zu lernen, wäre eigentlich gar kein Date – keine Getränke, keine Kerzen, kein peinlicher Smalltalk. Es war eine Stunde Unterricht, im Freien, tagsüber. Wenn sie ihn nicht mochte, würden sie Tschüss sagen und das war's.

Sie lächelte. »Das wäre toll. Wo kiten Sie denn?«

»Bei Station 28.«

»Ja, da draußen habe ich die Drachen gesehen. Okay, vielleicht kann ich ...«

Sie wurde unterbrochen, weil jemand ihren Namen brüllte.

»Caaaaaaarson Muir! Bist du das wirklich?«

Sie drehte ihren Kopf und folgte der Stimme zur Tür, wo sie einen breitschultrigen, stark sonnengebräunten Mann mit strubbeligem blondem Haar in einem alten blauen Poloshirt und khakifarbenen Shorts sah. Er breitete die Arme aus und stürmte auf sie zu, um sie vom Boden hochzuheben.

»Verdammt, du bist es wirklich!«, rief er aus, als er sie absetzte und übers ganze Gesicht grinste.

Carson strich ihre Haare aus dem Gesicht, lachte, seine Begrüßung und seine umwerfend schönen blauen Augen brachten sie durcheinander. Hey Dev!«, antwortete sie atemlos. »Na, das ist ja mal eine Begegnung mit der Vergangenheit!«

In Devlin Cassell war sie als Teenager mal einen Sommer lang verknallt gewesen. Einen Sommer lang war er mit Dora zusammen gewesen, aber an einem faulen Abend, nachdem Dora ans College gegangen war, hatte es zwischen ihnen eine heiße und heftige Knutscherei gegeben, mehr allerdings nicht.

»Seit wann bist du denn wieder hier?«, fragte er sie und verschlang sie mit seinem Blick.

»Seit ein paar Wochen.«

»Wohnst du bei Mamaw?«

»Nein, ich habe eine Villa in Wild Dunes gemietet …«

Er riss die Augen auf. »Echt?«

»Würde ich in dem Fall hier arbeiten? Natürlich wohne ich bei Mamaw.«

»Die gute alte Mamaw. So eine gibt's kein zweites Mal. Wie geht's ihr? Was macht sie so? Gibt sie immer noch diese großen Partys?«

»Keine großen Soireen mehr. Aber die Familie feiert dieses Wochenende ihren Geburtstag. Sie wird achtzig.«

»Ohne Witz?« Devlin schüttelte ungläubig den Kopf. »Ich wette, sie sieht keinen Tag älter als sechzig aus.«

Carson lachte. »Mamaw hat immer gesagt, dass du mit deinem Charme eine Schlange aus ihrer Haut reden könntest.«

Er lachte darüber und murmelte: »Ja, das stimmt wohl.«

Sie genoss den Singsang im Geplänkel eines Südstaatenmannes und merkte, wie sehr es ihr gefehlt hatte.

»Erinnerst du dich an Brady und Zack?«, fragte Devlin, machte einen Schritt zurück und streckte den Arm in Richtung seiner beiden Freunde aus, die in ähnlichem Alter und ähnlich angezogen waren. Sie hatten ihre Baseballkappen vom Kopf genommen und zeigten sonnenverbrannte Gesichter und salzgetrocknete Haare. Sie kannte die Männer nicht, aber lächelte und hob ihre Hand zu einem lässigen Winken.

»Komm schon, hübsches Mädchen, komm mit mir«, sagte Devlin, legte seine Hand unten auf ihren Rücken und führte sie an die Theke. »Ich bin so trocken, dass sich mein Hals wie eine Wüste anfühlt.«

Er roch, als sei er seit Stunden am Trinken.

»Ich arbeite«, entgegnete sie.

»Und ich bin ein zahlender Gast.« Devlin setzte sich auf einen Barhocker an der Theke. »Wie geht's, Brian?«, rief er dem Besitzer zu. »Hast du ein Guinness für mich?«

»Steht dein Name drauf«, erwiderte Brian. Devlin war Stammgast und im Pub willkommen.

»Und eins für die Lady!«

Die anderen zwei Männer bestellten ihr Bier und setzten sich auf benachbarte Barhocker. Carson blickte Brian an und zog fragend die Augenbrauen hoch, eine stumme Bitte, sich mit ihrem Freund unterhalten zu dürfen. Brian nickte diskret und drehte sich zum Zapfhahn um.

»Also, Carson«, sagte Devlin, wandte seinen Kopf zu ihr und musterte ihr Gesicht. »Du bist immer noch das hübscheste Mädchen, das ich je gesehen habe. Wie lange bleibst du hier?«

Carson zuckte mit den Schultern und überging das Kompliment. »Ich weiß nicht. Bis es Zeit ist, zu gehen, nehme ich an.«

»Wartet denn kein Mann auf dich? Kein Ring am Finger?«

Carson schüttelte den Kopf. »Gott, nein«, erwiderte sie, dann wurde ihr bewusst, dass sie ihm die gleiche Antwort gab wie Blake Legare.

Devlins Augen strahlten. »Ich habe immer gewusst, dass du dieser eine Fisch bist, den niemand fangen wird.«

»Was ist mit dir?«

Devlin verzog das Gesicht. »Gefangen und wieder freigelassen. Letztes Jahr geschieden.«

Brian servierte den Männern ihr Bier und machte dann weiter seine Arbeit, aber sie wusste, dass er sich kein Wort entgehen lassen würde.

»Ja, es war hart«, gab Devlin zu und nahm einen großen Schluck. »Aber ich habe dabei meine Leigh Ann bekommen, daher denke ich, dass es das wert war.«

»Du hast auch ein Kind? Ich kann mir dich kaum verheiratet vorstellen, geschweige denn als Vater.«

Er schüttelte wehmütig den Kopf. »So ging es meiner Frau anscheinend auch. Gerechterweise muss ich sagen, es war meine Schuld. Ich habe Mist gebaut.« Er machte ein geknicktes Gesicht und hob sein Glas für den nächsten langen Schluck.

Er hat sie also betrogen, dachte sie sich. *Schade, aber eigentlich keine Überraschung.* Devlin war kein Playboy, aber er war ein ewiger Junge, der gern spielte. Früher war er bei allen beliebt gewesen. Er war der Typ, dem ein Boot zur Verfügung stand, der sein Surfbrett teilte, das kalte Bier – der Typ, der immer wusste, welches Strandhaus auf Capers Island am Wochenende leer stand. Die meisten seiner Freunde aus dieser Zeit wohnten noch in der Gegend, waren aber ruhiger geworden, hatten Jobs, Ehefrauen, Kinder. Selbst Devlin hatte es versucht.

Sie hatte gehört, dass Devlin ein extrem erfolgreicher Immobilienexperte auf den Inseln war. Aber ihn am Mittag hier zu sehen, offensichtlich gerade zurück von einer Angeltour mit seinen Kumpels, bestätigte ihren Verdacht, dass er seine Spielzeuge und seine Freiheit nicht hatte aufgeben können, um Verantwortung zu übernehmen.

Das war, dachte sie, *vorhersehbar.*

Bei diesem Gedanken schaute sie zurück zu Blakes Tisch. Sie war enttäuscht, als sie sah, dass er leer war, und ging hin. Da lag keine auf ein Blatt Papier gekritzelte Nachricht, keine Visitenkarte mit Telefonnummer. Nur ein Zwanzig-Dollar-Schein klemmte unter dem Teller.

Carson streckte sich, um das Geld zu nehmen. Es war ein großzügiges Trinkgeld, aber sie hatte trotzdem das Gefühl, zu kurz gekommen zu sein.

6

Harpers erste gute Nachricht des Tages war die Ankündigung des Piloten, dass sie Rückenwind hatten und daher früher als geplant in Charleston ankommen würden. Doch als sie ihr iPad einpackte, wünschte sie plötzlich, sie hätte diese extra zwanzig Minuten noch, um ihre Arbeit zu beenden.

Sie drehte sich um und sah aus dem Fenster des Delta Jets, während er durch die Wolken stieß und den Anflug auf den Flughafen Charleston begann. Der Anblick löste gemischte Gefühle in ihr aus. Sie sah die typische Landschaft des Lowcountry, die sich am Atlantik ausdehnte. Lange, mäandernde Flüsse, die sich durch tausend Hektar grünes Feuchtgebiet schlängelten und aussahen, als stammten sie aus einer Batik von Mary Edna Fraser. Es war eine verführerische Landschaft, hügelig und üppig. Sogar sinnlich. Kein Wunder, dass das Lowcountry die Heimat so vieler berühmter Autoren war, dachte sie. Die Landschaft inspirierte.

Leider hatte ihr Vater nie zu den Autoren gehört. *Armer Daddy*, dachte sie. Trotz seiner Träume hatten ihm sowohl die Disziplin als auch das Talent gefehlt. Harper empfand für ihren biologischen Vater weder Liebe noch Verachtung. Sie hatte ihn kaum gekannt. Ihre Mutter hatte nie über ihn gesprochen oder ihre Ehe erwähnt, außer dass er seiner Tochter seinen Namen gegeben hatte, und zwar vor dem Bindestrich. In ihrer Wohnung gab es kein einziges Foto von ihm. Als Harper alt genug war, um Fragen zu stellen, erzählte Georgiana ihrem einzigen Kind, dass sie Parker wegen seines Charmes, Witzes und Potenzials geheiratet hatte. Sie ließ sich von ihm scheiden, weil sie feststellte, dass sie sich geirrt hatte. Mit der grausamen Knappheit einer Lektorin fasste sie es so zusammen: »Parker Muir konnte über das Schreiben besser reden als tatsächlich schreiben.«

Das einzige Mal, dass Harper ihren Vater getroffen hatte, war bei Doras Hochzeit gewesen. Er hätte vielleicht immer noch gut ausgesehen, wäre er nicht so dünn gewesen, sein Gesicht ruiniert vom Glanz des Alkoholikers.

Harper schüttelte sich und umklammerte die Armstützen, ein letztes Überbleibsel ihrer kindlichen Flugangst. Ein sanfter Rums und das Flugzeug setzte glatt auf der Landebahn auf. Sofort griff sie nach ihrem Telefon und wippte mit dem Fuß, während sie es anschaltete. Der zweistündige Flug war eine Ewigkeit, um offline zu sein.

Bevor sie den Flughafen verließ, ging sie zur Toilette, um ihr Aussehen im Spiegel zu kontrollieren. Sie wollte bei Mamaw und ihren Halbschwestern einen guten Eindruck machen, ihnen zeigen, dass sie zwar die Jüngste war, aber kein Baby mehr. Sie war erwachsen: erfolgreich und weltgewandt. Ihre Haare fielen wie eine Hülle aus orangefarbener Seide bis auf ihre Schultern. Ihre großen blauen Augen sahen sie an wie Katzenaugen, mit schmalem, schwarzem Eyeliner und dicken, dunklen Wimpern. Harper hatte ihre blassen Wimpern färben lassen. Sie puderte ihr Gesicht und verdeckte die zarten Sommersprossen, die ihre Wangen und Nase sprenkelten. Harper bürstete Flusen von der taillierten schwarzen Baumwolljacke und zog kräftig am Saum, wo er auf ihre schmalen Hüften traf. Sie musste perfekt aussehen, wenn sie ankam, reif und selbstbewusst. Sie trug enge schwarze Jeans und sexy schwarze Riemchenpumps. Die brachten ihre Füße um, aber sie sahen toll aus. Mit ihren eins siebenundfünfzig wollte sie nicht der Zwerg zwischen ihren Schwestern und Mamaw sein.

Sie würde es wie ihre Mutter machen, beschloss Harper. Sie musste einen Auftritt hinlegen.

Harper legte ihre schwarze Designertasche über die Schulter, lächelte ihr Spiegelbild zufrieden an und murmelte: »Niemand schiebt Baby in die Ecke ab.« Dann packte sie ihren Trolley und ging mit gezierten Schritten zu den Taxis.

Als Carson in die Auffahrt fuhr, war sie überrascht, dass auf ihrem üblichen Parkplatz vor der Garage ein Lexus SUV stand. Sie quetschte sich aus dem Wagen, nahm ihre Ausrüstung vom Beifahrersitz und sah sich den SUV an. Anders als ihr verbeulter und verrosteter blauer Volvo hatte der silberfarbene Lexus mit dem Autokennzeichen aus South Carolina keinen Kratzer, selbst die schwarzen Lederbezüge waren wie neu. Auf der Rückbank lagen ein Kinderrätselbuch und ein rotes Sweatshirt. Das konnte nur bedeuten, dass ihre Halbschwester Dora aus Summerville eingetroffen war.

Carson seufzte genervt. Warum kam sie schon heute? Dora wurde erst zum Wochenende erwartet. Es war nicht so, dass sie sich nicht freute, Dora zu sehen, aber sie fühlte sich nicht sehr gesellig. Und vielleicht war es egoistisch, aber sie wollte Mamaw noch ein paar Tage ganz für sich allein.

Sie hievte ihr Paddle Board vom Autodach und brachte es in die Garage. Der Geruch von Moos und Schimmel kitzelte ihr in der Nase. Carson folgte dem Steinweg um die üppigen Hortensien herum zur hinteren Veranda, wo sich hinter einer riesigen blühenden Gardenie eine Gartendusche versteckte. Sie öffnete die Tür, wich den Spinnweben in der Ecke aus und dem Unkraut, das zwischen den Steinen spross, und drehte den Hahn auf. Die Dusche hatte nur kaltes Wasser, das aber im Sommer immer lauwarm war. Sie zog ihr Strandkleid aus und duschte in ihrem Bikini, atmete den süßen Duft der Lavendelseife und der Gardenie ein, während sie spürte, wie die Anspannung aus ihrem Körper wich. Nachdem sie sich abgetrocknet hatte, flocht Carson locker ihre tropfenden langen Haare, packte ihr Handtuch und ihre Patchworktasche und ging über die Veranda zur Hintertür.

Früher einmal wäre sie durch den Garten gerannt und zur Tür hineingestürmt, um ihre Schwestern zu begrüßen. Sie hätten dann vor Freude gekreischt und gelacht und sofort alle Neuigkeiten des letzten Jahres ausgetauscht. Sie hätten so schnell geredet, dass es mehr ein Herunterrasseln von Schlagzeilen gewesen wäre, Einzelheiten würden nachgeliefert.

Es war daher ziemlich traurig, dass sie heute, anstatt schneller zu gehen, ihre Schritte noch verlangsamte und das Unausweichliche hinauszögerte. Als Dora siebzehn geworden war, war sie nicht mehr für lange Aufenthalte nach Sea Breeze gekommen, sondern nur noch an einzelnen Sommerwochenenden aufgetaucht, mit einer Freundin im Schlepptau. Noch nach all diesen Jahren erinnerte sich Carson daran, wie sehr es sie verletzt hatte, die Außenseiterin zu sein, während die älteren Mädchen zusammen flüsterten und kicherten.

Sie erinnerte sich an Doras Hochzeit mit Calhoun Tupper. Carson hatte ein peinlich überladenes Brautjungfernkleid in Blütenrosa mit passend gefärbten Schuhen getragen. Die Hochzeit, von der Dora immer geträumt hatte, war eine aufwendige High-Society-Geschichte. Es wäre Carsons Albtraum gewesen. Aber Dora war tatsächlich eine wunderschöne Braut in einem Meer aus weißem Tüll. Auch wenn Carson bei dem Gedanken daran, dass Dora mit diesem todlangweiligen Ehemann nach Hause ging, zusammengezuckt war.

Sie kickte ein Steinchen zur Seite und fragte sich, wie sie sich so weit voneinander entfernt hatten. Im besten Fall hatten sie einander kaum etwas zu sagen, im schlimmsten betrachteten sie das Leben der anderen missbilligend.

Carson drückte die Hintertür auf und betrat die Küche. Der Raum war trotz Klimaanlage dunstig. Mamaw fand eine Klimaanlage in einem Haus auf einer Insel nicht nur lächerlich, sondern eine entsetzliche Geldverschwendung. Carson und die Mädchen hatten früher die Fenster weit geöffnet und unter Moskitonetzen auf der Veranda geschlafen. Als Mamaw dann in die Wechseljahre kam, wurde das heiße, feuchte Klima so unerträglich, dass sie dem Druck nachgab und bei den Renovierungsarbeiten auch eine Klimaanlage einbauen ließ. Mamaw konnte ein kaltes Haus immer noch nicht leiden und ließ es gerade kühl genug werden, um nicht zu schwitzen. Wenn Lucille im Sommer kochte, kam die Anlage allerdings nicht mehr mit.

Lucille stand am Herd, eine Hand in der Hüfte, mit der anderen rührte sie mit einem Holzlöffel in einem großen, sprudelnden Topf. Ihr Rücken war so verbogen wie ein Politiker. Eine andere Frau mit einer üppigen Taille stand neben dem Holzküchentisch und Carson brauchte einen Moment, bis ihr klar wurde, dass das Dora war. Sie war so viel dicker geworden, seit Carson sie das letzte Mal gesehen hatte, und sah so verbraucht aus. Ihr dünnes blondes Haar, früher so ordentlich frisiert, hing nachlässig in einem schwarzen Gummi. Schweißtropfen standen auf ihrem Hals und ihrer Stirn. *Und wer hat bloß dieses marineblaue Tupfenkleid ausgesucht?*, fragte sich Carson. Darin sah sie älter aus als Mamaw, die so ein Kleid niemals angezogen hätte.

Dora fächelte sich mit einer Serviette Luft zu und sprach konzentriert mit Lucille. Sie sah auf, als Carson eintrat, und hörte mit dem Fächeln auf. Als sie sie erkannte, weiteten sich ihre Augen. »Carson!«

»Hey, Dora«, rief Carson mit gezwungener Fröhlichkeit und schloss die Tür hinter sich, um das bisschen Kälte der Klimaanlage zu retten, die mit dem Dampf kämpfte. »Du bist hier!« Sie ging zu ihrer Schwester und lehnte sich weit vor, um ihr einen Kuss zu geben. Doras Wange war schweißnass. »Schön, dich wiederzusehen.«

»Es ist zu lange her.« Doras Lächeln erstarrte, als sie Carson in ihrem Bikini musterte. »Na, du siehst aber cool aus.«

Carson spürte ein Frösteln, das ihren Nacken verspannte. Sie hatte plötzlich das Gefühl, splitterfasernackt zu sein. »Ich war im Meer. Du solltest morgen auch schwimmen gehen. Es soll heiß werden.«

Dora seufzte dramatisch. »Vielleicht … Ich bin eine Mutter. Ich habe nicht so viel Freizeit wie du. Ich nehme an, du bist daran gewöhnt, wann immer du willst, schwimmen und an den Strand zu gehen.« Sie grinste. »Der Lebensstil der Reichen und Berühmten, stimmt's?«

Carson sah sie skeptisch an. »Ich bin weder reich noch berühmt, aber ich schwimme gern.«

Dora strich ein Haar aus ihrem Gesicht. »Na, du bist aber früh dran, wenn du hier schon Zeit zum Schwimmen gefunden hast. Wann bist du denn gekommen?«

»Vor einer Weile«, antwortete Carson ausweichend und legte ihre Tasche und ihr Handtuch auf den Boden. Dann ging sie zu Lucille, die auf dem riesigen Viking-Herd im Gumbo rührte, um ihr einen Kuss auf die Wange zu geben. »Riecht gut.«

Lucille strahlte vor Freude.

»Oh«, meinte Dora, »wann genau?«

Carson drehte sich zu ihr. »Anfang des Monats.«

»Du bist schon drei Wochen hier?«, fragte Dora, überrascht, aber auch ein wenig missbilligend. »Warum hast du nicht angerufen?«

»Ich hatte viel zu tun, und du weißt doch, wie schnell die Zeit vergeht, wenn man einmal hier ist. Außerdem wusste ich, dass du zur Feier kommst und ich dich dann sehen würde. Und hier bist du!« Sie sah ihrer Schwester direkt in die Augen und lächelte noch strahlender, entschlossen, fröhlich zu sein und Doras ständig schnelleres Fächeln zu ignorieren. Carson strich um den Küchentisch herum, sah nach der scharfen Soße, den Gewürzen, den Wurststücken und den Shrimps. Sie entdeckte einen Teller mit geschnittenen Okra und griff danach.

»Lass meine Okra in Ruhe«, rief Lucille vom Herd.

Carson zog schuldbewusst ihre Hand zurück. »Ich wette, du hast Augen am Hinterkopf.«

»Ich brauche die Okra für mein Gumbo. Wenn du hungrig bist, nimm dir ein paar von den Crackern mit Käse, die ich für euch hingestellt habe.« Lucille machte eine Schulterbewegung in Richtung des Sideboards. »Gott, Kind, ich kann nichts kochen, ohne dass du meine Zutaten stibitzt. Das war schon immer so.« Sie hielt inne, drehte sich abrupt um und drohte Carson stirnrunzelnd mit ihrem Kochlöffel. »Ich dachte, dass ich in der Vorratskammer noch einen leckeren Feigenkeks finde, den ich zu meinem Kaffee essen kann, aber es waren nur noch Krümel übrig ...«

»Ich hatte gestern Abend so einen Hunger«, erwiderte Carson verlegen.

»Du hast die ganze Tüte aufgegessen!«

Carson lachte kleinlaut. »Ich weiß. Entschuldigung. Ich ersetze sie dir.«

»Lass nur«, erwiderte Lucille besänftigt und wandte sich wieder dem Herd zu. »Denk beim nächsten Mal einfach daran, dass andere Leute in diesem Haus leben, die vielleicht auch etwas davon haben wollen.« Sie schüttelte den Kopf und murmelte: »Ich verstehe nicht, dass du wie ein Mann essen kannst und trotzdem diese Figur behältst.«

Carson lachte nur, aber dann bemerkte sie, wie Doras Augen schmaler wurden, als sie auf Carsons festen, flachen Bauch blickte, der in der Küche praktisch ausgestellt wurde. Carson seufzte innerlich. Sie wurde oft so neidisch angesehen, von dünnen wie von beleibten Frauen, besonders wenn sie sahen, wie sie Hamburger aß oder sich Süßigkeiten gönnte. Neid brannte in ihren Augen, als verfluchten sie Gott, dass Carson so essen konnte, während sie täglich Diät hielten und trotzdem nicht abnahmen. Carson konnte nicht jeder Einzelnen erklären, dass sie an diesem Tag sonst nichts aß oder dass sie gerade sechs Meilen gelaufen war oder die letzten zwei Stunden im kalten Meer gesurft hatte.

Sie ging zum Sideboard, wo Lucille einen Teller mit Brie und Crackern hingestellt hatte, und nahm sich eine dicke Scheibe Käse. »Möchtest du auch?«, fragte sie Dora.

Ihre Schwester sah gequält auf den Käse, riss sich aber zusammen und schüttelte den Kopf. »Ich warte bis zum Abendessen. Vielleicht was zu trinken. Es ist doch fast fünf, oder? Steht Wein im Kühlschrank?«, fragte sie, aber wartete nicht auf eine Antwort. Dora öffnete den Kühlschrank und sah, dass er bis zum Rand mit Lebensmitteln vollgestopft war. Lucille hatte für das Partywochenende eingekauft. Eine offene Flasche Weißwein stand in der Tür bereit. Dora wartete einen Augenblick vor dem Kühlschrank, genoss die Kälte und schloss dann widerwillig die Tür. Sie nahm drei Weingläser vom Regal und füllte eines für sich, dann sah sie fragend auf, erhielt von Lucille ein Kopfschütteln und von Carson ein begeistertes Nicken zur Antwort.

»Warum bist du schon so früh gekommen?«, wollte Dora wissen und reichte Carson ein Glas.

Carson nahm einen großen Schluck Wein. Sie brauchte ihn, um sich von Doras kühler Begrüßung zu erholen.

»Aus vielen Gründen. Es ist ewig her, seit ich Mamaw besucht habe, und ich hatte gerade Zeit.« Sie biss in den Brie, wollte die Einzelheiten ungern ausbreiten. Die Tage, in denen sie ihre Geheimnisse geteilt hatten, waren vorbei. »Außerdem, ich weiß nicht ...«, fügte sie hinzu und ihr Tonfall veränderte sich, als sie aus ganzem Herzen sagte: »Dora, ich war erstaunt, als ich gesehen habe, wie *alt* Mamaw ist.«

»Sie wird schließlich achtzig.«

»Ich weiß. Das meine ich ja. Sie war für mich schon immer alt. Ich meine, als ich zehn war, war sie ...« Carson hielt inne, um nachzurechnen. »... sechsundfünfzig, was eigentlich gar nicht alt ist.«

Lucille schnaubte am Herd. »Das meine ich aber auch!«

Carson sprach lächelnd weiter. »Aber mir erschien es alt. Und sechzig, siebzig auch. Aber sie war immer so lebendig, so energiegeladen. Alterslos.«

»Sie ist nicht der Weihnachtsmann«, sagte Dora.

Der Spott erschreckte Carson. »Nein, natürlich nicht«, erwiderte sie und verschränkte die Arme vor der Brust. »Es ist nur so, dass Mamaw in meinem Kopf immer dieselbe war. Unsterblich. Aber als ich nach Hause kam und sie sah ... sie sieht nicht nur älter aus, zerbrechlicher – ich schwöre, sie schrumpft auch.«

Sie ließ den Wein im Glas wirbeln. »Ich vermute, mir ist zum ersten Mal klar geworden, dass Mamaw nicht immer hier sein und warten wird. Wir sollten es nicht als selbstverständlich ansehen, dass sie immer für uns da ist. Jedes Jahr, jeder Tag ist ein Geschenk.«

»Ich sehe das nicht als selbstverständlich an«, sagte Dora. »Ich besuche Mamaw, so oft ich kann.«

»Du hast Glück, weil du so nah wohnst.«

»Nicht so nah«, stellte Dora klar. »Wenn nicht viel Verkehr herrscht, sind es immer noch fünfundvierzig Minuten. Ich muss es planen. Ich meine, es ist nicht auf der anderen Straßenseite. Aber ich mache mir die Mühe.«

Die indirekte Kritik, dass ihre Schwester sich die Mühe seit einigen Jahren nicht mehr machte, brachte Carson zum Schweigen. Sie konnte sich nicht verteidigen.

Lucille drehte sich um und sagte: »Weißt du, Dora, ich erinnere mich nicht, wann du Miz Marietta das letzte Mal besucht hast.«

»Aber Lucille, du weißt doch, dass wir jeden Sommer herkommen«, entgegnete Dora.

»Hm«, meinte Lucille und wandte sich wieder dem Topf zu. »Wenn das Wetter gut genug für den Strand ist.«

»Du weißt, dass Mamaw immer an Weihnachten, Ostern und Thanksgiving bei uns ist. Bei jeder besonderen Gelegenheit.«

Es entstand eine peinliche Pause, in der Doras Wangen rot wurden und Carson sich noch ein Stück Käse holte. Sie wusste, dass Lucille das Spielfeld für sie bespielbar machen wollte, indem sie falsche Behauptungen wegwischte, und dafür war sie dankbar.

»Wie geht's Nate?«, fragte Carson, um das Thema zu wechseln.

»Oh, Nate! Ihm geht's gut«, antwortete Dora fest. »Du wirst ihn ja gleich sehen. Ich vermute, er richtet sich gerade in seinem Zimmer ein.«

Carson hielt inne, bevor sie in ihren Käse biss. »Er ist hier?«

»Natürlich ist er hier. Wo sollte er sonst sein? Ich bringe Nate immer mit, damit er seine Urgroßmutter besuchen kann. Und es ist an der Zeit, dass er auch mal seine Tante trifft, findest du nicht?«

»Natürlich. Ich freue mich. A-aber …« Carson stotterte. »Ich dachte …«

»Was dachtest du?« Dora witterte eine kleine Herausforderung.

»Ich dachte, es wäre ein reines Mädchenwochenende.«

»Mamaw würde es das Herz brechen, wenn ihr einziger Urenkel nicht käme.«

»Wo schläft er?«

»In der Bibliothek, wo er immer schläft.«

»Harper schläft in der Bibliothek. Das war schon immer Harpers Zimmer.«

»Jetzt ist es Nates Zimmer. Sie kann woanders schlafen.«

»Es gibt kein anderes Zimmer«, entgegnete Carson, ohne hinzuzufügen: *wie du sehr wohl weißt*. Dora war immer gern die Bestimmerin gewesen, schon als Kind, aber sie war nie unvernünftig. »Na, Nate könnte sich mit dir ein Zimmer teilen. Da stehen zwei Betten.«

Dora rieb ihre Hände. »Ich frage mal Mamaw. Sie wird wissen, was zu tun ist.«

Carson hob die Hände. »Belästige sie nicht damit. Sie macht ihren Mittagsschlaf. Hör mal, Dora, ich weiß sicher, dass Mamaw geplant hat, Harper in der Bibliothek unterzubringen, weil ich den Auftrag hatte, die Zimmer zu lüften und Blumen aufzustellen. Wenn du nicht willst, dass Nate in deinem Zimmer schläft, dann wäre es vielleicht das Beste, ihn wieder nach Hause zu bringen. Wenigstens für die Party.«

Doras Wangen wurden rot. »Das kann ich nicht«, antwortete sie mit einer Stimme, in der sowohl Ärger als auch Verzweiflung lagen. »Da ist niemand, der sich um ihn kümmern kann.«

Carson seufzte und legte ihre Finger an die Nasenwurzel. Sie musste daran denken, dass Dora mitten in einer Scheidung steckte. Lucille schaltete den Herd aus und legte den Kochlöffel mit einem lauten Klappern hin, das jedes Gespräch unterbrach. Sie drehte sich zu ihnen um, hob den Saum ihrer weißen Baumwollschürze und wischte sich daran energisch die Hände ab.

»Ich gehe und helfe dem Jungen, seine Sachen in dein Zimmer zu bringen«, meinte sie zu Dora in einem Tonfall, der besagte, dass das Thema damit geklärt war. »Carson, du ziehst dich am besten fürs Abendessen um und weckst Mamaw. Dora«, sagte sie freundlich, »nimm dir nach der Reise etwas Zeit für dich und mach dich frisch. Das Gumbo ist fertig.«

◦

Dora stellte sich im Badezimmer ans Waschbecken und spritzte sich Wasser ins Gesicht. Das fühlte sich so gut an, dass sie am liebsten die Kleider ausgezogen hätte und unter die Dusche gesprungen wäre. Wie gut es sich anfühlen würde, wie Carson ins Meer zu tauchen und den Staub und Schweiß und die Erinnerungen dieses schrecklichen Tages abzuwaschen.

Aber natürlich hatte sie keine Zeit für eine Dusche, geschweige denn fürs Schwimmen. Nate würde einen Anfall bekommen, weil er aus seinem Zimmer ausziehen musste, und Lucille, die

Gute, konnte mit ihm nicht umgehen, wenn er einmal in Stimmung kam.

Dora schnappte sich ein Handtuch und trocknete ihr Gesicht ab. Sie hielt inne und sah ihr Spiegelbild, was sie hasste. Sie erkannte das aufgedunsene, blasse Gesicht im Spiegel kaum. Ihre blauen Augen, deren Farbe Cal einmal als strahlendes Edelsteinblau beschrieben hatte, erschienen leblos. Sie sollte aufhören, so viel zu trinken, und keine Süßigkeiten essen, sagte sie sich und wusste genau, dass sie sich nicht daran halten würde. Sie hatte nicht mehr die Energie, sich die kleine Freude von einem oder zwei Gläsern Wein oder einem Schokoriegel zu verbieten. Dora griff nach dem Haargummi, das ihr bereits vom Kopf rutschte, und bürstete sich, den Blick vom Spiegel abgewandt, mit raschen, effektiven Bürstenstrichen die Haare. Ihre Gedanken wanderten zu Nate und was sie ihm zum Abendessen machen sollte. Er würde nicht mal daran denken, das Gumbo zu anzurühren ...

»Oh, verdammt«, murmelte sie und lehnte sich verzweifelt an das Waschbecken. Sie hatte vergessen, auf dem Hinweg bei einem Lebensmittelladen anzuhalten, um glutenfreies Brot zu kaufen. Jetzt würde sie noch einmal losfahren und irgendwo einen Laib auftreiben müssen, sonst hätte er kein Frühstück. Nate war so wählerisch beim Essen. Sie dachte oft, dass es ganz egal war, wie genau sie, Eudora Muir Tupper, einen Tag plante, es war immer vergebens. Sie liebte ihren Sohn, wollte die beste Mutter für ihn sein, aber sie war am Ende jeden Tages so erschöpft, dass sie sich oft abends in den Schlaf weinte. Manchmal fühlte sie sich wie eine Gefangene in diesem zusammenfallenden Schloss eines Hauses, das sie einmal so unbedingt hatte besitzen wollen.

Dora legte sich auf eines der beiden Jenny-Lind-Betten, achtete darauf, mit ihren Schuhen nicht die Patchworkdecke zu berühren. Sie legte ihre Unterarme auf die Stirn, um das Licht auszublenden. Ihr Verstand sagte ihr, sie sollte aufstehen und Lucille mit Nate helfen, aber ihr Körper rührte sich nicht von der weichen Matratze. Sie fühlte sich, als würde sie in der Zeit zurückgleiten, bis zu den Tagen, als sie jung war und Ferien in Mamaws Haus machte, keinerlei Sorgen hatte und so lange im Bett liegen bleiben konnte, wie sie wollte.

Es war still im Haus und langsam entspannten sich ihre Muskeln. Lucille war eine geduldige Frau, die Nates Anfälle seit seiner Geburt kannte, sagte sie sich. Nur noch ein paar Minuten, dann würde sie aufstehen und ihr helfen. Es war ein äußerst anstrengender Tag für den kleinen Kerl gewesen. Er mochte keine Veränderungen, und er hatte gespürt, dass etwas in der Luft lag, seit er aufgewacht war und die Koffer im Flur gesehen hatte.

»Nein, nein, nein, nein, nein!«

Dora stöhnte, erkannte die Wut in Nates Stimme. Lucille würde niemals damit klarkommen, Dora wusste, dass es der Anfang eines ausgewachsenen Anfalls war. Das war der wahre Grund, warum sie Nate nicht aus der Bibliothek hatte werfen wollen. Sie hätte Carson direkt erklären sollen, dass Nate Autist war und dass die Bibliothek das Zimmer war, in dem er es gewöhnt war, mit seinen Lieblingsbüchern und dem geliebten Nintendo zu schlafen. Und dass ihn der Besuch in Mamaws Haus schon genügend stresste.

Dann zwangen sie die Geräusche eines Polterns und des Klirrens von Glas auf die Füße.

~

Mamaw schlug die Augen auf, als sie den Krach hörte. Sie war eingeschlafen, ihr Buch halb geöffnet auf dem Schoß. Sie konnte einfach nicht dagegen ankämpfen, dass ihre Augen zufielen, den Roman traf keine Schuld. Inzwischen war sie so oft müde, dass Schlaf und Träume unwiderstehlich wurden.

Sie neigte den Kopf und lauschte angestrengt. Die kindlichen Schreie konnten nur von Nate stammen. Sie hörte Schritte auf der Treppe, dann Stimmen zusammen mit Nates Gebrüll. Himmel, konnte der Junge kreischen. Mamaw saß in angespannter Stille und horchte auf den Aufruhr auf der gegenüberliegenden Flurseite. Schließlich ließ das Schreien nach und sie hörte wieder Schritte, die sich im Flur entfernten. Es klopfte an der Tür und Licht fiel durch den Spalt, als sie geöffnet wurde.

»Mamaw? Bist du wach?«

»Carson? Gott, ja, ich bin wach. Bei dem Lärm kann niemand schlafen.«

Sie hörte Carsons kehliges Kichern, als sie mit ihren langen Beinen durchs Schlafzimmer schlenderte, um auf dem Nachttisch eine kleine Lampe anzuschalten. Warmes Licht breitete sich im Zimmer aus und beleuchtete Carson in einem langen Sommerkleid in knalligem Orange und Gelb. Carson hatte Mamaws langen, schlanken Körper geerbt. Mamaw lächelte und streckte die Arme nach ihr aus.

Carson kam näher und bückte sich, um ihr einen Kuss auf die Wange zu geben. »Mhm ... ich liebe dein Parfüm«, sagte Carson und schloss die Augen. »Ich habe das Gefühl, dass ich diesen Geruch schon immer gekannt habe. Ein bisschen nach Moschus. Für mich bist du mit diesem Duft untrennbar verbunden.«

Mamaw spürte ein Stechen im Herz und strich über Carsons langes Haar. »Es ist *Bal à Versailles*. Eigentlich war es der Duft deiner Mutter, mein Liebes. Sie hat mir die erste Flasche geschenkt und seitdem trage ich es.«

Carsons sonnengebräuntes Gesicht wurde etwas blass, und sie sank neben Mamaws Sessel auf die Knie. »Es war der Duft meiner Mutter?«, fragte sie verblüfft. »Wieso wusste ich das nicht?«

Mamaw zuckte leicht mit den Schultern. »Keine Ahnung. Wir sprechen so selten von Sophie. Sie trug immer dieses Parfüm. Sie war natürlich Französin«, fügte sie hinzu, als wäre das eine Erklärung.

»Es gibt so viel, was ich nicht über sie weiß«, sagte Carson mit weicher Stimme.

Mamaw tätschelte ihre Hand. *Ach, Kind,* wollte sie sagen. *Da gibt es* wirklich *sehr viel, was du nicht über deine Mutter weißt.*

»Die Flasche steht im Badezimmer auf dem Regal. Warum probierst du es nicht mal aus? Der Duft ist ein bisschen besonders, nicht jeder kann ihn tragen. Es muss am Patchouli liegen oder am Moschus. An dir riecht es vielleicht ganz anders. Aber wenn er dir gefällt, schenke ich dir die Flasche. Es würde mir gefallen, wenn wir uns einen Duft teilten, *Chérie.*«

Ein weiterer »Nein!«-Schrei durchschnitt die Luft.

»Was ist der Grund für diesen Lärm?«, fragte Mamaw.

Carson stand auf. »Nate flippt aus, weil wir Dora gesagt haben, dass er in ihrem Zimmer schlafen soll. Er war in der Bibliothek.«

»Harper soll dort schlafen.«

»Das habe ich ihr gesagt.«

»Dora hat wirklich viel um die Ohren, nicht wahr? Sie sollte mehr Hilfe für Nate bekommen, besonders jetzt, wo Cal gegangen ist. Die Arme, sie ist erschöpft.«

»Ich erkenne sie kaum wieder. Ich finde, sie sieht älter aus.«

»Ja, nun, es liegt auch an ihrem Gewicht. Nichts lässt einen älter aussehen als eine aus der Form geratene Figur. Vielleicht solltest du sie ermutigen, eine Diät zu machen. Mehr Sport. Du bist schließlich ihre Schwester.«

»Oh, nein, das mache ich nicht.«

»Na ja, du könntest es versuchen«, beharrte Mamaw. »Es ist dieses große Haus, das sie bedrückt.«

Carson verdrehte die Augen. »Und Cal ...«

»Schsch. Du darfst die Scheidung nicht erwähnen, solange sie hier ist. Sie ist sehr sensibel. Sie braucht unsere Unterstützung jetzt mehr als je zuvor.«

Im Flur nahm das Kreischen jetzt das Crescendo eines startenden Düsenjets an. Mamaws Herzschlag stolperte. Sie warf ihre Hände hoch und sagte mit zittriger Stimme: »Beeil dich und sag Dora, dass sie das arme Kind in der Bibliothek schlafen lassen soll, wenn's ihm so wichtig ist. Ich werde mir für Harper etwas ausdenken. Ich kann einfach nicht länger hören, wie dieser Junge schreit! Meine Geburtstagsfeier wird noch zu meiner Beerdigung!«

Dora lief durch den Flur zur Bibliothek, wo Lucille den sich windenden Nate festhielt und leise auf ihn einredete. Nate ließ sich nicht trösten, er wedelte wild mit den Armen. Bevor Dora zu ihnen kam, traf seine Hand Lucille auf die Nase. Sie fiel nach hinten, die Hände vor ihrem schockierten Gesicht. In Nates Miene sah man nicht mal das Wissen, dass er Lucille wehgetan hatte. Er entdeckte seine Mutter, zeigte auf sie und rief: »Du hast gesagt, ich soll hier schlafen! Ich schlafe *immer* hier, wenn wir am Strand sind!«

Dora sah in seine weit aufgerissenen blauen Augen, sie wirkten eher panisch als wütend. Sie ging langsam zu Nate und sprach mit leiser, beruhigender Stimme auf ihn ein. Sie beruhigte ihn mit Anweisungen. »Ja, Nate, du schläfst im Strandhaus. Aber heute Nacht schläfst du in Mamas Zimmer, in Ordnung? Wir bringen dein Nintendo in Mamas Zimmer. Okay?«

»Nein!«, schrie Nate aus vollem Hals.

Über ihre Schulter sah Dora, dass Carson bei Lucille stand, die ihre Augen vor Schreck und Unverständnis weit aufgerissen hatte. Dora wandte sich wieder Nate zu, erleichtert, dass er ihr erlaubte, ihn zu umarmen, während sie mit ihrer beruhigenden Litanei weitermachte, sie wusste, dass er mehr auf ihren Tonfall als auf die Worte reagierte. Dora hatte jetzt weder die Zeit noch das Bedürfnis, Carson Nates Autismus zu erklären. Es war so, wie wenn er im Lebensmittelladen einen Anfall hatte. Die Menschen blieben stehen und starrten unhöflich zu ihnen, wenn er sich mit der Hand auf den Kopf schlug oder wimmerte, sie sahen sie kritisch an, als wäre sie eine schlechte Mutter, als läge es in ihrer Macht, ihn im Zaum zu halten.

In all dem Chaos bemerkte niemand die kleine rothaarige Frau, die zögernd an der Tür stand und erschreckt ihre großen Augen aufriss.

»Hallo?«, rief Harper.

Es war nicht der Auftritt, den sie sich erhofft hatte.

7

Das Abendessen an diesem Tag dauerte so lange wie ein Monat voller Sonntage. Nicht, dass das Essen nicht schmeckte – Lucille hatte ein würziges Gumbo zubereitet, knusprige Maismehlklößchen, Hush Puppies und zum Nachtisch Carsons Lieblingsbananenpudding. Es war die Spannung am Tisch, die Carson nicht vertrug.

Es hätte ein fröhliches Wiedersehen sein sollen. Voller Lachen und Neuigkeiten. Stattdessen spürte Carson, wie sie Kopfweh bekam, weil sie so viele bissige Kommentare herunterschluckte.

Fairerweise musste man sagen, dass der Abend schon schlecht begonnen hatte. Das Essen fing verspätet an und alle saßen nach Nates Wutanfall noch wie auf glühenden Kohlen. Dora hatte ihm einen Extrateller gerichtet und auf sein Zimmer gebracht, damit er dort essen konnte, während er seine Lieblingssendung im Fernsehen sah.

Dann zogen alle die Augenbrauen hoch, als Harper sich weigerte, weißen Reis zu essen. Und sie mussten unwillkürlich hinsehen, als sie anfing, mit der Gabel vorsichtig die Wurststückchen aus ihrem Gumbo zu sortieren. Lucille räusperte sich laut, aber alle schwiegen höflich.

Außer Dora.

»Bist du jetzt Vegetarierin?«, fragte sie in einem tadelnden Tonfall.

»Nein«, erwiderte Harper unbekümmert. »Ich mag einfach kein rotes Fleisch.«

»Schwein ist weißes Fleisch«, entgegnete Dora.

Harper sah ihre Schwester an und lächelte. »Dann eben Fleisch«, erklärte sie.

Als die Hush Puppies herumgereicht wurden, wollte Harper ebenfalls keine.

»Du magst auch keine Hush Puppies mehr?«, fragte Dora, offensichtlich genervt. »Da drin ist kein Fleisch.«

Carson warf ihr einen Blick zu, der sagte: *Hör auf, sie wegen ihrer Essgewohnheiten zu belästigen*, aber Dora ignorierte sie. Carson erinnerte sich, dass Harper als Kind ruhig und reserviert war. Das und ihre zierliche Gestalt hatten ihr den Spitznamen »Mäuschen« eingebracht. Dora konnte Carson nie so herumscheuchen wie Harper. Sich für Harper einzusetzen war tatsächlich eine alte Gewohnheit, die Carson recht umstandslos wieder annahm.

»Es geht nicht darum, dass ich sie nicht mag«, entgegnete Harper spitz. »Ich esse nur nichts Frittiertes. Oder irgendwas Weißes.«

»Was soll das denn bedeuten?«, bohrte Dora nach. »Du isst nichts Weißes?«

»Weißes Mehl, weißen Reis, weiße Nudeln und so weiter.« Harper zuckte mit den Schultern. »Weiß ist nicht so gesund wie Braun.«

»Um Himmels willen. Lucille hat sich mit diesem Abendessen viel Mühe gegeben, weißt du«, sagte Dora wütend. »Du könntest es wenigstens probieren.«

»Dora, sie ist nicht dein Kind. Sie kann selbst entscheiden, was sie essen möchte«, sagte Carson.

Harpers blasse Wangen wurden rosa. Sie wandte sich Lucille zu und lächelte lieb. »In diesem Fall probiere ich natürlich eines dieser wunderbaren Hush Puppies, Lucille.« Sie spießte einen einzelnen Kloß auf und legte ihn auf ihren Teller. Dann griff sie nach dem Kohl und nahm eine große Portion. »Der riecht himmlisch. Du machst den besten Kohl überhaupt, Lucille.«

Lucille warf sich in die Brust, ihr Stolz war wiederhergestellt. »Morgen früh kann ich Vollkornwaffeln backen«, bot sie an. Dann fügte sie leise hinzu: »Ich mache für dich ein paar fettere, keine Sorge. Du bist so dünn, ich sehe nicht mal deinen Schatten.«

»Ich esse jedenfalls alles«, verkündete Dora und hob ihre Gabel.

»Na, das wette ich«, murmelte Carson, dann spürte sie einen warnenden Blick von Mamaw.

»Die Menge, die man verzehrt, sagt nichts über den Genuss beim Essen aus«, sagte Mamaw und nahm ihre Gabel. »Harper hat nie gut gegessen, wenn ich mich richtig erinnere. Dora, du hattest immer einen gesunden Appetit.«

Dora wurde rot und schaute auf ihren vollen Teller.

Das Tischgespräch wurde noch schlimmer, als Dora sich darüber zu beschweren begann, dass die Insel sich verändert hatte, dass sie die schläfrigeren Tage vermisste und dass die Nordstaatler, vor allem die aus Manhattan, den Süden wieder mal zerstörten, dieses Mal mit Dollar und laxer Moral als Kugeln.

Scheidung oder nicht, dachte Carson, *Dora muss mal etwas runterkommen.* Man musste Harper jedoch zugutehalten, dass sie ihre eigene Methode zu haben schien. Sie ignorierte Doras Kommentare und konzentrierte sich stattdessen darauf, ihre Shrimps und Okraschoten in immer kleinere Stückchen zu schneiden, was Dora wahnsinniger machte als jede Retourkutsche.

Sobald der Bananenpudding als Nachtisch gegessen war, stand Mamaw auf und erklärte, dass sie müde war und sich zurückziehen würde. Sie schlug vor, dass die Mädchen das Geschirr spülten, da Lucille den ganzen Tag das Abendessen vorbereitet hatte.

Dora wollte nach Nate sehen, versprach aber zurückzukommen. Harper und Carson gingen in die Küche und betrachteten perplex den Berg von schmutzigem Geschirr.

»Willkommen zu Hause!«, rief Carson und griff sich ein Küchentuch von der Arbeitsfläche.

Harper grinste breit und ging durch die Küche, um eine Schürze vom Haken zu nehmen. »Ich glaube, ich weiß gar nicht mehr, wie man so ein Ding trägt«, sagte sie lachend, während sie die Schlaufe über den Kopf zog. Die Schürze war hellgrün mit Rüschen an den Trägern und dem Saum. Ihre Hände nestelten an den Bändern auf dem Rücken herum. »Ich habe keine mehr getragen, seit ich zehn war oder so. Ich glaube sogar, dass es noch dieselbe Schürze ist.«

Carson lachte und trat hinter sie. Sie band die Schürze fest. Ihre Schwester war immer klein gewesen und sah nicht so aus, als sei sie seit ihrem zehnten Lebensjahr noch viel gewachsen. »Ich glaube, du hast eine vierundvierziger Taille.«

»Ich und Scarlett O'Hara«, scherzte Harper und stellte sich an die Spüle.

Carson krempelte ihre Ärmel hoch und machte das Radio an. Countrymusik schmetterte los.

»Lucille liebt also immer noch ihre Countrysongs«, sagte Carson. »Erinnerst du dich, wie im Radio ständig ihre Musik lief?«

»Die oder Baseballspiele. Ich glaube, ich habe keine Countrymusik mehr gehört, seit ich das letzte Mal hier war.«

»Ich auch nicht«, sagte Carson. Sie warf Harper einen raschen Blick zu. »Ich hatte vergessen, wie toll ich sie fand.«

»Ich auch!«

Während sie den Geschirrberg spülten und abtrockneten, tänzelten sie herum und sangen Refrains über verlorene und gefundene Liebe, Reue und Hoffnung, rote Hunde und sexy schwarze Kleider mit. Die Zeit verging wie im Flug, während sie langsam anfingen, zu den Texten ihre eigenen Geschichten zu erzählen. Nach und nach taute das Eis, das sich während des Abendessens gebildet hatte.

Kaum dass der letzte Topf gespült und weggeräumt war, warf Harper die Schürze zur Seite, drehte sich zu Carson um und sagte aus ganzem Herzen: »Ich brauche was zu trinken. Lass uns ausgehen.«

Carson hätte sie küssen können. Sie gingen schnell in Carsons Badezimmer, um ihr Make-up aufzufrischen und die Haare zu kämmen. Carson genoss das neue Gefühl der schwesterlichen Verbundenheit, während sie über Schuhe und Designer sprachen, die ihnen beiden gefielen, und fröhlich die schwierigeren Themen umschifften. Es war, als hätte Doras Schimpfen sie zusammengeschweißt, leider gegen sie.

»Was für ein Problem hat sie überhaupt?« Harpers Augen blitzten warnend auf. »Gott, es macht mich wütend, das zuzugeben – und erzähl ihr bloß nicht, dass ich es gesagt habe –, aber es hat wehgetan, als Dora beim Abendessen all diese Sachen über ›Nordstaatler‹ und New Yorker gesagt hat. Sie ist ungefähr so subtil wie ein Müllwagen.«

»Und genauso voller Müll«, ergänzte Carson. »Ich hoffe, du nimmst dir ihre Meinungen nicht zu Herzen. Ich tue es nie. Manchmal trägt sie ihre Nase so hoch, dass sie bei Regen ertrinken würde.«

Darüber kicherte Harper. »Sie war immer so viel älter als ich. Ich glaube, als kleines Mädchen hatte ich irgendwie Angst vor ihr.« Sie machte eine Pause. »Das habe ich jetzt aber nicht mehr«, sagte sie mutiger.

»Sie ist gerade in einer schlechten Situation. Cal hat sie verlassen. Sie lassen sich scheiden.«

Harper hielt einen Augenblick inne. »Das wusste ich nicht.«

»Ich habe es selbst gerade erst erfahren.«

»Das erklärt einiges. Trotzdem«, sagte Harper, »sie sollte es nicht an mir auslassen.«

Carson wedelte wegwerfend mit der Hand. »Lass uns jetzt nicht an sie denken, das zieht mich sonst runter. Und es ist dein erster Abend hier.« Sie griff nach der Parfümflasche und sprühte sich etwas auf ihren Hals.

»Das ist Mamaws Duft!«, rief Harper aus und schnüffelte. Ihre großen blauen Augen wurden vor Verblüffung noch größer. »Wie ... was ist es? Woher hast du es?«

»Mamaw hat mir eine Flasche gegeben. Ich soll mal ausprobieren, wie es bei mir riecht.« Carson sprühte sich ein bisschen auf ihre Handgelenke. »Was denkst du?« Sie streckte ihren Arm aus, damit Harper daran riechen konnte.

Ihre Schwester lehnte sich vor und schnüffelte, dann schaute sie auf und lächelte wissend. »Es riecht richtig an dir. Als gehörte es zu dir«, sagte sie wehmütig. »Sehr sexy.« Sie prustete los, als sie sich wieder aufrichtete. »Das passt.«

»Wieso sagst du das?«

»Du bist diejenige, die Mamaw am ähnlichsten ist.«

»Nein, bin ich nicht. Ich sehe niemandem ähnlich. Ihr seid alle blond und blass. Ich bin dunkel, groß und habe Riesenfüße.«

Harper lachte und griff nach der Parfümflasche. »Vielleicht nicht äußerlich.« Sie zuckte mit den Schultern. »Ich weiß nicht. Es ist schwer, den Finger darauf zu legen. Du bist ihr Liebling, das ist sicher.«

»Nicht das schon wieder«, stöhnte Carson.

»Lass mich es mal ausprobieren«, sagte Harper und sprühte Parfüm auf ihr Handgelenk. »Was denkst du?«

Carson tat ihr den Gefallen und beugte sich vor, um an ihrem Handgelenk zu riechen, dann zuckte sie sofort zurück. »O nein«, sagte sie und wedelte sich frische Luft zu. Der Moschus roch bei ihr mehr wie Schweiß. »Ehrlich, Harper, an dir riecht das einfach nur schlecht.« Sie kicherte. »Du wirst es abschrubben müssen, wenn du willst, dass sich dir ein Typ auch nur auf zwanzig Schritte nähert.«

Harper schnüffelte, dann rümpfte sie die Nase. »O Gott, du hast recht«, sagte sie, ging sofort zum Waschbecken und seifte sich ein. »Ich bleibe bei meinem alten, zuverlässigen Chanel No. 5, vielen Dank auch. Witzig, wie das funktioniert, nicht wahr? Ein Parfüm kann an mir so schrecklich riechen, aber so fantastisch an dir. Als hätte es eine eigene Persönlichkeit und würde manche Leute persönlich bevorzugen.«

»Oder manche Gene«, sagte Carson leise und schaute auf das Etikett auf der Flasche in ihrer Hand. Sie hielt sie an die Nase, schnüffelte noch einmal und wurde nachdenklich. »Es war der Duft meiner Mutter.«

»Ehrlich?« Harper drehte den Kopf zu Carson. »Das wusste ich nicht. Für mich war das immer Mamaws Parfüm.«

»Ich habe es selbst gerade erst erfahren. Es ist nicht so, dass ich mich an sie erinnere«, sagte sie leichthin. Noch während sie die Worte aussprach, wusste sie, dass es eine Lüge war. Es hingen, ganz unerklärlich, tatsächlich Erinnerungen an dem Duft, nämlich die, gewiegt zu werden, vorgesungen zu bekommen und geliebt zu werden. Der Duft, den sie immer mit Mamaw in Verbindung gebracht hatte, löste Gefühle der Sicherheit und Geborgenheit aus. Diese Gefühle verband sie mit Mamaw, das stimmte. Doch erst jetzt wusste sie, dass diese Erinnerungen weiter zurückreichten, zu ihrer Mutter. Und mit diesem Wissen fühlte sie sich merkwürdig unbehaglich, sogar traurig, als sie den Duft einatmete.

»Ich ... ich glaube nicht, dass es das Richtige für mich ist.« Carson ging zum Waschbecken und begann wie Harper das Parfüm von ihren Handgelenken und ihrem Hals zu waschen.

»Wirklich? Ich fand, es roch echt toll. Ich muss zugeben, dass ich ein bisschen enttäuscht bin. Es hätte mir gefallen, etwas mit Mamaw zu teilen.«

Carson tupfte die Feuchtigkeit an ihrem Hals mit einem Handtuch ab und wunderte sich über diesen Kommentar. »Ich hatte immer gedacht, dass dir Verbindungen zu deinem Südstaatenerbe nicht gefallen.«

Harper trocknete ihre Hände ab und lehnte sich an den Badezimmerschrank. »So geht es meiner Mutter. Sie wollte nie Kontakt zu meinem Vater, *unserem* Vater. Oder zu seiner Familie. Ich bin mit der Vorstellung aufgewachsen, mit ihm oder seiner Familie verbunden zu sein, sei irgendwie ... schlecht.«

Carson fühlte sich getroffen. »Was für eine Hexe«, platzte es aus ihr heraus. Dann schob sie schnell hinterher: »Entschuldigung.«

Harper schüttelte den Kopf. »Sie kann eine Hexe sein. Aber sie ist meine Mutter, daher ...« Sie zuckte mit den Schultern und drehte sich wieder zum Spiegel, um ihre Haare zu glätten. »Weißt du, wenn ich in New York bin, dann denke ich nicht an den Muir-Teil der Familie. Aus den Augen, aus dem Sinn.« Sie sah auf ihre Hände. Am Ringfinger trug sie einen goldenen Siegelring mit dem Familienwappen der James'. »Ich bin stolz auf meine Familie. Ich liebe sie natürlich. Aber eine James zu sein bedeutet auch eine Last. Wenn ich hierherkomme, fühle ich mich ... ich weiß nicht, freier. Ungezwungener. Das war schon immer so.«

»Es liegt an der Feuchtigkeit. Wenn es heiß ist, muss man sich langsamer bewegen«, neckte Carson. »Das Gehirn wird weicher.«

Harper lachte. »Na ja, das ist gut für meine Haut. Aber nein, es liegt an diesem Ort. Wo wir gerade von Gerüchen sprechen ... Die Luft hier ist voller Düfte und an jedem hängt eine Erinnerung. Sie sind auf mich eingestürzt, in der Minute, in der ich den Schlick gerochen habe. Erinnerungen daran, wie Mamaw uns die Haare geflochten hat, mit uns ins Meer gesprungen ist, wie wir an heißen Sommertagen faul gelesen haben, an diese großen Containerschiffe, die vorbeifahren.« Ihre Stimme veränderte sich und sie fügte leise hinzu: »Vor allem Erinnerungen an dich und mich, Carson.«

Carson war gerührt, als sie in den Augen ihrer Schwester Tränen sah. »Ich weiß, was du meinst.«

»Woran erinnerst du dich?«, fragte Harper.

Carson blies Luft aus und dachte nach. »An den Strand natürlich.«

»Du warst immer im Wasser. Ein echter Wildfang.«

»Weißt du, woran noch?«, fragte Carson. In ihren Augen blitzten die Erinnerungen auf. »Ich erinnere mich daran, wie wilde Piraten auf Schatzsuche über die ganze Insel zu laufen.«

»Ja«, stimmte Harper zu und riss die Augen auf. Sie hob eine Faust und rief: »Tod den Damen!«

Das war ihr Schlachtruf gewesen, wenn sie als Kinder Piraten gespielt hatten. Sie hatten ihn draußen aus vollem Hals gebrüllt und ihn auch im Haus geflüstert, wenn Mamaw sie ermahnt hatte, weil sie nicht damenhaft waren.

Carson lachte laut auf und hob ebenfalls eine Faust. »Tod den Damen!«

Der Ruf hatte immer noch die Kraft, sie zu verbinden, während sie lachten und einen mitleidigen Blick tauschten. In dieser aufblitzenden Verbundenheit schmolzen die Jahre und sie waren wieder zwei Mädchen, die sich davonschlichen, um auf Sullivan's Island Piraten zu spielen und die gefürchteten Regeln der weiblichen Etikette zu ignorieren, wild entschlossen, alle Schätze der Welt zu entdecken.

»Was ist los?«, fragte eine Stimme an der Tür.

Carson schaute auf und sah Dora dort stehen, eine Hand am Türrahmen. Ihr Gesicht war frisch gewaschen und glänzte vor Feuchtigkeitscreme, und ihre blonden Haare hingen über die Schultern. Sie hatte ein matronenhaftes Nachthemd angezogen, durch das ihre Hängebrüste und ihr Bauch wie Inseln in einem malvenfarbenen Meer aussahen.

»Ich dachte, du wärst schon im Bett«, sagte Carson, während Harper ein glitzerndes, türkises Top über ihren BH-losen Körper zog.

»Nein. Nate hatte Schwierigkeiten mit dem Einschlafen. Es tut mir leid, dass ich es nicht mehr in die Küche geschafft habe. Ich werde morgen Abend spülen.«

»Kein Problem«, sagte Carson und zwängte sich in ihre Jeans.

»Geht ihr noch aus?«

»Nur auf einen Drink«, antwortete Carson, hielt die Luft an und schloss den Reißverschluss. Harper legte eine Halskette an. Carson drehte sich um und bewunderte das ungewöhnliche Arrangement von großen Türkissteinen in Goldfassung, das mit Harpers blauen Augen um die Wette strahlte. Carson konnte ihren Blick nicht losreißen.

»Ist es denn nicht schon ziemlich spät?«, fragte Dora.

Harper prustete. »Nein.«

»Wohin geht ihr?«

»Ist das wichtig?«, fragte Harper, offensichtlich gereizt. Sie weigerte sich, Dora in die Augen zu sehen, und lehnte sich stattdessen über das Waschbecken, um Lipgloss aufzutragen.

»Wir gehen nur die Straße runter«, erwiderte Carson, in der Hoffnung, den Frieden zwischen der Ältesten und der Jüngsten aufrechtzuerhalten. »Wahrscheinlich ins Station Twenty-Two.« Carson sah Sehnsucht in Doras Augen und hatte plötzlich Mitgefühl für sie. Sie erinnerte sich daran, wie es sich anfühlte, die Außenseiterin zu sein.

Dora strich ihre Haare hinters Ohr. »Ich möchte euch etwas über Nate erzählen«, sagte sie.

»Was?«, fragte Harper, während sie Lipgloss auftrug. Ihr Tonfall machte deutlich, dass es sie nicht interessierte.

Dora räusperte sich nervös. Carson kämmte ihre Haare. Sie sah Dora neugierig im Spiegel an. Es war untypisch für sie, nervös zu sein.

»Mein Sohn ist Autist.«

Carsons Hand erstarrte. Ihr Blick schoss in den Spiegel zu Harper, die Rouge auf ihre Wangen auflegte. Mit ihren Blicken teilten sie sofortiges Verständnis und Mitleid.

Carson ließ die Hand sinken und drehte sich zu Dora um. Sie wusste nicht, was die passende Antwort war. *Es tut mir leid* war nicht richtig. Was sie empfand, war eher Mitgefühl.

Harper fragte: »Bist du sicher?«

Dora fühlte sich angegriffen. »Natürlich bin ich mir sicher. Du glaubst doch nicht etwa, ich denke mir das aus?«

»Nein«, sagte Harper schnell, sichtlich verlegen. »Ich meine, wurde er untersucht?«

Dora ärgerte sich über die Frage. »Ja, er war bei einem Kinderpsychologen, und wir haben alle Tests gemacht. Autismus umfasst ein breites Spektrum an Diagnosen. Nate hat das Asperger-Syndrom, eine hochfunktionelle Form. Versteht mich nicht falsch. Er ist hochintelligent. Aber er ist sozusagen Legastheniker, wenn es um soziale Signale geht. Dinge wie Gesichtsausdrücke, Gesten … diese kleinen Dinge, die wir in der Kommunikation benutzen.« Sie hielt inne.» Wie dieser Blick, den ihr beide im Spiegel ausgetauscht habt, Nate versteht so etwas nicht. Und er zeigt Gefühle nicht immer so, wie man es erwartet.« Sie drehte den Diamantring an ihrem Finger. »Er ist wirklich ein guter Junge. Ich will nicht, dass ihr ihn für ein verzogenes Gör haltet, das Trotzanfälle bekommt.«

»O nein«, antwortete Carson sofort, mehr aus Höflichkeit. In Wirklichkeit hatte sie genau das gedacht.

»Da gibt es noch ein paar Dinge, die ihr wissen solltet«, fuhr Dora fort, sie wollte, dass sie ihren Sohn verstanden. »Nate mag es nicht, angefasst zu werden. Also umarmt oder küsst ihn bitte nicht. Und er ist bei manchen Dingen sehr pingelig, beim Essen und seiner täglichen Routine zum Beispiel. Veränderungen regen ihn sehr auf. Deswegen wollte ich ihn auch nicht aus seinem Zimmer ausquartieren.« Sie lachte traurig. »Ihr habt ja gesehen, was dann passiert ist. Wenn er sich überfordert fühlt, bekommt er seine kleinen Anfälle.«

Carson fiel auf, dass sie ihren Ring drehte. Die Haut darunter war entzündet und rot.

»Ich hätte es euch gleich erzählen sollen«, fügte Dora hinzu. »Aber ich habe immer noch das Gefühl, ihn beschützen zu müssen.«

»Nicht doch«, warf Carson ein. »Ich bin froh, dass du es uns gesagt hast. Es hilft uns, zu begreifen, was los ist. Eure Scheidung tut mir auch leid.«

»Mir auch. Und es tut mir leid, dass wir keinen Kontakt mehr hatten«, ergänzte Harper.

»Weiß Mamaw über Nate Bescheid?«, fragte Carson.

Dora schüttelte den Kopf. »Ich habe es nur meiner Familie in Charleston und ein paar Freunden erzählt. Ich habe ihn zu Hause unterrichtet, daher ...«

Carson sah Dora an, ihr Gesicht war blass und müde, und sie dachte an das schöne, selbstbewusste Mädchen, das von einer Zukunft als glückliche Ehefrau eines liebenden Mannes mit zwei oder drei perfekten Kindern und einem hübschen, gut gepflegten Haus geträumt hatte. Doras Ehe war gescheitert, ihr Kind war behindert und sie bereitete gerade den Verkauf ihres Hauses vor. Klassisches Beispiel dafür, den Boden unter den Füßen zu verlieren.

»Ach, Dora«, sagte Carson und umarmte ihre Schwester spontan. »Das muss ätzend sein.«

Sie spürte, wie Dora sich anspannte, dann lachte sie laut los. Als sie sich zurücklehnte, sah Carson Erleichterung in ihren Augen. »Das ist es«, sagte Dora und schluckte ein Lachen herunter, das mehr wie Weinen klang. »Es ist ätzend.«

Diesen Ausdruck aus Doras Mund zu hören ließ Carson und Harper mit ihr lachen. Es war, als hätte sich ein Ventil geöffnet und all den angestauten Dampf ins Zimmer entlassen.

»Hey, Dora, komm mit uns. Wir gehen nur einen trinken. Es wird lustig«, sagte Carson.

»Vielleicht ein anderes Mal«, antwortete Dora. »Nate ist immer noch aufgebracht und ich kann ihn nicht allein lassen.«

»Bist du sicher?«, fragte Harper.

Carson sah die Sehnsucht in Doras Augen, aber dann schüttelte sie den Kopf. »Das nächste Mal.«

Harper schloss den Reißverschluss ihrer Schminktasche so schnell, dass er summte. »Dann geht's los. Ach, Dora«, sagte sie noch. »Ich verstehe völlig, dass Nate in der Bibliothek schlafen muss. Das ist in Ordnung. Ich schlafe dann heute Nacht im zweiten Bett in deinem Zimmer, erschrick also nicht, wenn ich hineingeschlichen komme.«

Carson blinzelte Dora zu, als sie Harper nach draußen folgte. »Warte nicht auf uns.«

∼

Mamaw versteckte sich in dem Schatten hinter der Tür zur Bibliothek, ein Buch an die Brust gedrückt und den Kopf zur Seite gelegt, um ihren Enkeltöchtern zuzuhören. Sie hatte nicht schlafen können und war in die Bibliothek gegangen, um sich ein Buch zu holen. Nate schlief fest auf dem Bettsofa, völlig erschöpft, der arme Kerl.

Ach, Dora, warum hast du nicht die Chance auf ein bisschen Spaß ergriffen und bist einfach mitgegangen? Sie konnte die Sehnsucht in Doras Stimme auch über den Flur hinweg hören.

Sie erspähte Dora, die in ihr Zimmer ging und die Tür schloss. Dann hörte sie das Klappern von hohen Absätzen auf dem Holzboden. Sie wartete, bis die Haustür geschlossen wurde, dann lief sie zum Fenster, um hinauszuschauen. Sie beobachtete, wie Harper sich auf den Beifahrersitz von Carsons Auto setzte, hörte das mitleiderregende Quietschen der rostigen Tür, als sie sie zuknallte. Carson gab Gas und sie hörte, wie die Mädchen »Tod den Damen!« schrien.

Mamaw ging ins schwach beleuchtete Wohnzimmer und hielt nach Lucille Ausschau. Als sie sah, dass die Luft rein war, eilte sie zur kleinen Hausbar. Sie hatte sie für das Wochenende auffüllen lassen. Sie goss sich zwei Finger hoch ihres Lieblingsrums aus Jamaika ein, tat Eis dazu und nippte daran. Zum Teufel mit den Warnungen ihres Arztes. Sie war fast achtzig Jahre alt und brauchte heute Abend eine kleine Stärkung. Das süße Brennen floss ihren Rachen hinunter und wärmte ihren Bauch. Sie schmatzte zufrieden mit den Lippen.

Zurück in ihrem Schlafzimmer, schaltete Mamaw ihre Nachttischlampe an und kroch unter die bauschige Decke ihres großen Bettes. Ohne Edward neben sich hatte sie das Gefühl, einsam auf einem Meer aus Laken und Kissen zu treiben. Sie war immer noch nicht müde, schlug einen Roman auf und begann zu lesen. Nach ein paar Minuten, ob es nun am langsamen Romananfang lag oder an ihrem aufgewühlten Geist, legte sie das Buch zur Seite. Sie konnte sich heute Abend einfach nicht konzentrieren. Ihr Verstand rannte eine Meile pro Minute, ging jede Geste, jeden Kommentar und jeden Blick ihrer Enkeltöchter wieder und wieder durch. Sie gab den Versuch zu schlafen auf, erhob sich und ging nach draußen, auf die hintere Veranda, wo sie sich auf einen gepolsterten Korbstuhl setzte.

Die feuchte Luft machte ihre Knochen weicher. Sie und Edward hatten in heißen Nächten ihre Kissen genommen und auf der Veranda geschlafen, genau wie ihre Eltern und Großeltern es in den Tagen vor Klimaanlagen getan hatten. Sie lehnte ihren Kopf an seine Schulter und sie lagen ruhig auf dem kleinen Eisenbett mit glatten weißen Laken und lauschten den Geräuschen der Nacht – dem anschwellenden Gezirpe der Zikaden, dem Gesang der Grillen, dem sporadischen, einsamen Ruf einer Eule und dem gedämpften Kichern junger Mädchen. Manchmal sagte Edward: »Diese Mädchen sollten dringend schlafen.« Aber sie hielt ihn zurück, sie wusste, wie besonders Sommerfreundschaften waren.

Mamaw hatte gehofft, dieses Reden und Lachen heute Nacht wieder zu hören, so wie früher. Aber Carson und Harper konnten es kaum erwarten zu entfliehen und Dora hatte sich in ihr Zimmer zurückgezogen. Mamaw seufzte tief. Nicht, dass sie es ihnen vorwerfen konnte. Das Abendessen war eine Katastrophe gewesen. Sie hatten sich wie Fremde benommen. Schlimmer als Fremde. Mamaw legte die Stirn in ihre Hand. Was sollte sie tun? Das Wochenende hatte nicht so angefangen, wie sie es geplant hatte. Harper und Dora hatten deutlich gesagt, dass sie nur übers Wochenende blieben. Mamaw wusste, dass sie den gesamten Sommer brauchte, um die Wunden zu heilen, die sie trennten. Sie seufzte und beobachtete die immer wieder aufleuchtenden Glühwürmchen, die willkürlich durch die Nacht schwebten.

»Bitte, lieber Gott«, sagte Mamaw und schloss die Augen. »Ich bitte nur um genug Zeit, damit diese Mädchen wieder die Verbindung zwischen ihnen entdecken. Damit ihnen klar wird, dass sie mehr als nur Bekanntschaften sind. Mehr als Freundinnen. Dass sie *Schwestern* sind.«

Mamaw öffnete die Augen, legte ihre Finger auf die Lippen und überdachte ihre Optionen. Ihre Feier war morgen Abend. Es wäre ihre letzte Chance, alle Mädchen zu versammeln. Sie seufzte. Es blieb ihr nichts mehr, als sich Plan B zuzuwenden.

Station 22 war ein beliebtes Restaurant auf Sullivan's Island. Carson fühlte sich im Shabby-Chick-Dekor mit bunter Kunst von der Insel zu Hause. Es war das älteste Restaurant der Insel und für seine großartigen Meeresfrüchte bekannt. Und es war rappelvoll. Carson und Harper folgten dem Krach zur großen Theke im hinteren Teil des Raums, wo Männer mit Sonnenbrand, Baseballmützen und in Inselhemden und Frauen in engen Sommertops und mit hohen Absätzen sich mit Drinks in der Hand versammelten, lachten und redeten. Carson suchte nach einem bekannten Gesicht und grinste, als sie Devlin an einem Tisch am anderen Ende des Raums entdeckte. Sie winkte und rief seinen Namen. Er blickte auf. Als er sie sah, stand er auf und rief sie zu sich.

Devlin, so gesprächig wie immer, holte zwei weitere Stühle, so dass sie sich an den bereits übervollen Tisch setzen konnten, und rief die Kellnerin. Sie wurden vorgestellt und Carson amüsierte sich darüber, dass die vier Männer Harpers kecke Brüste anstarrten, während die Frauen ihre Kleidung musterten. Besonders ihre Louboutin-Schuhe. Am besten gefiel Carson jedoch, dass Harper es wusste und mitspielte. Es war so voll und eng, dass Carson schreien musste, um sich Gehör zu verschaffen. Nach einer Weile gab sie auf, lehnte sich an Devlins Schulter und hielt sich an ihr Bier. Sie genoss es, Harper im Mittelpunkt der Aufmerksamkeit zu sehen. *Wer hätte gedacht, dass die kleine Maus so ein Partytier sein kann?*, überlegte sie.

Devlin lehnte sich nah an ihr Ohr. »Deine kleine Schwester ist ein Sahneschnittchen.«

Carson schaute auf und sah Anerkennung in seinem Blick, während er zu Harper sah. »Ich sehe, sie hat schon eine Eroberung gemacht.«

Sein Blick wechselte zu ihr und in seinen hellen Augen glänzte vernebelte Verführung. »Sie ist nicht die Schwester, an der ich interessiert bin.«

Carson schnaubte kurz ungläubig.

»Wo wir gerade von Schwestern sprechen: Wo ist Dora?«, wollte Devlin wissen. »Warum ist sie nicht mit euch gekommen?«

Carson verwand schnell den kurzen Stich, dass auch sie nicht die Schwester war, an der er interessiert war. »Sie hängt zu

Haus mit Nate fest. Ihrem Sohn«, erklärte sie, als er unverständig den Kopf schüttelte.

Er nahm einen Schluck Bier. »Klar, dass sie inzwischen verheiratet ist und Kinder hat.«

»Sie lässt sich scheiden.«

Devlin zog neugierig eine Augenbraue hoch.

»Vergiss es, Romeo. Sie ist nicht der Kneipentyp.«

»Welcher Typ ist sie denn?«, fragte er amüsiert.

»Der Kirchen- und Zuhausebleib-Typ.«

»Ehrlich?« Er dachte darüber nach, während er sein Bier leerte. »Das ist nicht die Dora, an die ich mich erinnere. Du weißt doch, was man über stille Wasser sagt.«

»Dora, ein stilles Wasser?« Carson kicherte. »Ich glaube, da hast du die falsche Schwester erwischt. Harper da drüben war die stille.«

Er sah sie von der Seite an. »Du meinst diese Katze, die da Hof hält? Ich glaube, du verwechselst deine Schwestern.«

Carson trank ihr Bier aus und fragte sich, wie gut er Dora gekannt hatte und ob irgendwas an den Gerüchten war, laut denen Dora Devlins Herz gebrochen hatte. Sie hob die Hand, um die Kellnerin zu rufen, und bestellte noch ein Bier.

»Du hättest Dora beim Abendessen hören sollen«, sagte Carson. »*Ruhig* und *schüchtern* sind nicht die Worte, die ich benutzen würde, um zu beschreiben, wie sie Harper fertiggemacht hat. Und außerdem noch«, Carson hob ihre Hand und zählte ab: »Nordstaatler, New Yorker, Schwule, Ökos und Demokraten.«

Devlin lachte und trank einen Schluck Bier. »Ich wusste, dass sie mir gefällt.«

»Ach, bitte«, sagte Carson mit einem mitleidigen Kichern. Sie spürte, wie der Alkohol seinen Zauber entfaltete und die Anspannung löste. »Erspar mir das. Mamaw ist nicht hier, um mich davon abzuhalten, mit dir den Boden aufzuwischen.«

»Das würde ich gern sehen.« Devlin ließ seinen Arm um Carsons Schultern gleiten und lehnte sich wieder nah zu ihr. »Wie wär's, wenn wir deine Schwestern vergessen und abhauen?«

Sie runzelte die Stirn und drehte den Kopf. Seine blauen Augen starrten mit einem verführerischen Glitzern direkt in ihre. Es würde ihr gefallen, mit Devlin nach Hause zu gehen, dachte sie. Es war schon eine Weile her, seit sie das letzte Mal mit einem Mann zusammen war, und Gott weiß, dass sie oft davon geträumt hatte, etwas mit Devlin anzufangen, als sie noch nicht im legalen Alter dafür war.

»Hör auf, an mir rumzuschnüffeln, du alter Aufreißer. Du hast mir gerade erzählt, dass du auf meine Schwester scharf bist.«

»Was ist denn nur mit euch Muir-Mädchen los?«, fragte er mit einem langsamen Lächeln. »Ich bin einfach verrückt nach euch.«

»Du bist verrückt, das stimmt«, neckte Carson. Sie lehnte sich zurück und stand auf, dann spürte sie den Fußboden schwanken. Sie wackelte auf ihren Absätzen und griff nach seiner Schulter. »Zeit für mich zu gehen.«

»Ich fahre dich nach Hause.«

Carson sah ihm in die Augen und ihr wurde klar, dass er noch betrunkener war als sie. »Ich bin mit Harper hier.«

»Ach, die kommt schon klar«, behauptete Devlin und klang überzeugend. »Ich bitte Will, sie nach Hause zu fahren. Er ist sicher mehr als willig.«

Carson musterte den breitschultrigen Mann, der ein modisch gerripptes T-Shirt trug und dessen Blick bierverhangen war. Harper wirkte wie ein Zwerg, wie sie da an seiner riesigen Brust lehnte.

»Zu willig. Nein, ich denke, die kleine Dame hat einen Tequila zu viel gehabt. Ich bringe sie nach Hause.«

Devlin machte einen Schritt nach vorn und ließ seine Hand an ihrem Oberschenkel entlanggleiten. »Bist du sicher?«, fragte er mit heiserer Stimme.

»Nein.« Sie seufzte und schob seine Hand weg. *Verdammte Harper*, dachte sie, während sie in Richtung ihrer Schwester ging. Sie winkte und rief über den Krach: »Harper! Wir gehen.«

Harper drehte sich zu ihr um. Ihr Haar war durcheinander und sie stöhnte an Wills Brust: »So früh?«

»Ja. Komm her, Schwesterherz.«

Carson nahm Harpers Arm und zog sie auf die Füße. Sie schüttelte den Kopf, als ein ganzer Chor anbot, Harper nach Hause zu bringen. Carson wusste nur zu gut, dass keiner von ihnen direkt zu Mamaw fahren würde. Diese vergnügungssüchtige, sorglose Frau war nicht das schüchterne, zurückhaltende Mädchen, an das sie sich erinnerte. Carson beobachtete amüsiert, wie Harper laut über etwas lachte, das der große Kerl im schwarzen T-Shirt ihr ins Ohr flüsterte, dann winkte sie kokett zum Abschied. Carson hielt ihre Schwester gut fest, während sie durch den Raum wankte. Draußen waren der Kies und Sand zu viel für Harpers spitze Absätze. Sie bückte sich, um die Pumps auszuziehen, dabei fing sie an, den Tequila des Abends zu erbrechen.

Carson hielt Harpers Haare aus dem Gesicht und legte zur Beruhigung eine Hand auf ihre Schulter, bis sie fertig war. Dann setzte sie Harper auf den Beifahrersitz und ging um den Volvo zum Fahrersitz. Sie fummelte im Dunkeln nach ihren Schlüsseln, als eine Männerstimme neben ihrem Fenster sie erschreckte.

»Sind Sie sicher, dass Sie nach Hause fahren können?«

Zuerst dachte sie, es wäre Devlin, und sie blinzelte im hellen Licht der Restaurantwerbung. Es war Mr Vorhersehbar. Sie durchforschte ihr betrunkenes Hirn nach seinem Namen. Blake, das war es.

»Bitte«, sagte sie und bemühte sich, mit schwerer Zunge deutlich zu sprechen. »An dem Tag, an dem ich es nicht schaffe, geradeaus mit vierzig Stundenkilometern die Middle Street entlangzufahren, können Sie mir die Schlüssel abnehmen.«

»Ich denke, der Tag ist gekommen«, sagte Blake. Er lächelte, aber sein Blick war fest. »Wie wäre es, wenn Sie mir Ihren Schlüssel geben und ich fahre Sie nach Hause?« Er öffnete die Autotür.

Carson wurde bewusst, dass er nicht um Erlaubnis bat. Harper schnarchte bereits neben ihr. Carson schloss ihre Augen für einen Moment und spürte, wie sich alles drehte. Sie glaubte zwar nicht, dass sie betrunken war, aber vielleicht hatte sie doch mehr intus, als sie dachte. Sie öffnete die Augen und sah Blake immer noch vor sich stehen, in Jeans und T-Shirt, die offene Hand ausgestreckt.

»Wie kommen Sie denn dann zurück zu Ihrem Auto?«, brachte sie schließlich heraus.

»Kein Problem. Ich habe kein Auto. Ich werfe einfach mein Fahrrad in den Kofferraum.«

»Das geht nicht. Der ist voller Müll.«

»Dann laufe ich eben ein paar Blocks.« Er schob seine Hand näher. »Den Schlüssel.«

»Scheiße«, murmelte Carson geschlagen. Sie griff in ihre Tasche und fand den Schlüssel, der an einer großen Silberkette hing. »Wissen Sie, dass ich Sie eigentlich gar nicht kenne?«, sagte sie misstrauisch und hielt den Schlüssel zurück.

»Natürlich kennen Sie mich. Aber wenn es Ihnen lieber ist, kann ich versuchen, einen Ihrer Freunde drinnen zu finden, der nicht zu betrunken ist, um Sie nach Hause zu fahren. So oder so, Carson, werden Sie heute Abend nicht fahren.«

»Das sind nicht meine Freunde.« Carson zog eine Schnute und drückte ihm den Schlüssel in die Hand, ihre Finger berührten dabei seine. Sie kletterte auf die Rückbank und verschränkte trotzig die Arme. Sie wusste, dass sie armselig war, aber sie musste ein bisschen Selbstachtung retten. Als er sich ans Lenkrad setzte, fielen ihr seine breiten Schultern auf und seine kräftigen Hände, als er den Motor anließ.

Es waren weniger als zwei Kilometer, aber es fühlte sich wie Stunden an, die sie in dunkler Stille, von Harpers leisem Schnarchen abgesehen, fuhren. Wolken verdeckten Mond und Sterne und der Himmel war tintenblau. Carson lehnte sich an das Polster und schaute aus dem Fenster auf die beleuchteten Häuser, an denen sie vorbeifuhren. Sie fragte sich, wieso Blake gerade zufällig auf dem Parkplatz war, als sie ging. Er schien jedes Mal da zu sein, wenn sie sich umdrehte.

»Ich dachte, Sie trinken keinen Alkohol«, sagte sie und drehte den Kopf zu ihm. Er war eine dunkle Silhouette, so dass sie seinen Gesichtsausdruck nicht sehen konnte. »Was haben Sie dann in der Kneipe gemacht?«

»Es ist auch ein Restaurant«, antwortete er. Blake fuhr noch eine Weile, dann fügte er hinzu: »Aber ich war auf der Suche nach Ihnen.«

Carson bekam plötzlich ein ganz schlechtes Gefühl. Sie hatte nicht geglaubt, dass es purer Zufall war. »Auf der Suche nach mir? Warum?«

»Ich wollte mit Ihnen reden«, sagte er einfach. »Aber dann habe ich gesehen, dass Sie mit diesem Typ weggingen, der im Dunleavy's bei Ihnen war, und dachte, Sie wären zusammen. Ich wollte nicht stören.«

Ihr wurde klar, dass er von Devlin sprach. »Ich bin nicht mit dem Kerl zusammen«, sagte Carson. »Er ist nur ein alter Freund. Ich habe viele Freunde.«

Blake legte eine Hand ans Kinn und kratzte sich. »Oh.«

»Und worüber wollten Sie mit mir reden?«, fragte sie. Ihr gefiel immer noch nicht, dass er ihr gefolgt war.

»Wir wurden doch unterbrochen. Im Dunleavy's. Wir wollten einen Termin abmachen, für eine Unterrichtsstunde im Kitesurfen. Sind Sie noch interessiert?«

»Oh. Klar, natürlich«, sagte Carson und dachte neu nach. Das klang logisch. Sie war erleichtert, dass er sie nicht verfolgte … jedenfalls nicht sehr. Es war eigentlich schmeichelhaft, dass er so entschlossen war. »Wann passt es Ihnen denn?«

Er zuckte mit den Schultern. »Ich arbeite tagsüber, also ist es am Wochenende gut. Oder jeden Tag nach fünf.«

Carson dachte an die Party dieses Wochenende. Sie war gespannt darauf, Kitesurfen zu lernen, und wollte die Unterrichtsstunde nicht zu weit verschieben. Er fuhr in die Auffahrt von Sea Breeze und parkte den Wagen.

»Montag?«, schlug sie vor und lehnte sich im Sitz vor.

Er sah sie an. Im schwachen Licht konnte sie gerade noch erkennen, wie sich ein Mundwinkel zu einem Lächeln verzog. »Dann am Montag. Treffpunkt Station 28 um fünf.«

Blake stieg aus dem Wagen und öffnete die Beifahrertür, während Carson von der Rückbank kletterte. Er schüttelte Harper sehr sanft. Sie wachte mit einem nicht sehr damenhaften Schnauben auf. Blake half Harper aus dem Auto und hielt sie fest, als sie an die frische Luft kam.

»Mir ist schlecht«, jammerte sie.

Carson trat einen Schritt zur Seite, nur zur Sicherheit. »Wir bringen dich ins Bett, dann kannst du den Rausch ausschlafen.«

Sie und Blake nahmen Harper in die Mitte und führten sie zur Haustür.

»Soll ich Ihnen helfen, sie hineinzubringen?«, fragte er.

»Nein, danke, ich schaffe den Rest allein.« Carson umfasste Harpers Taille fester. »Sie ist ja klein. Ich will weder Mamaw noch Lucille wecken. Harper wird nicht wollen, dass jemand davon erfährt.«

»Morgen früh wird es ihr schwerfallen, den Kater zu verbergen.«

»Ja. Sie verträgt keinen Alkohol.«

»Und Sie schon?«

»Wie Sie sehen.«

»Nun, Sie sind nicht so betrunken, wie ich befürchtet habe.«

»Ich habe versucht, es Ihnen zu sagen.«

»Trotzdem«, sagte er ernst. »Sie sind nicht in der richtigen Verfassung, um Auto zu fahren.«

»Darüber lässt sich streiten.«

Harper stöhnte. »Ich will mich hinlegen.«

»Ich bringe sie lieber hinein. Danke.«

Er reichte ihr die Autoschlüssel, steckte seine Finger in die Hosentaschen und trat einen Schritt zurück. »Bis am Montag um fünf.«

»Komm schon, Honey«, sagte Carson zu der leise jammernden Harper. »Zeit, Baby ins Bett zu bringen.«

8

Carson konnte es kaum erwarten, in ihren Badeanzug zu schlüpfen und in der Bucht zu verschwinden, bevor die anderen aufwachten. Der Himmel war dunstig-grau, als sie über den Steg lief und auf ihr Paddle Board stieg. Ihre Paddel platschten leise in der frühmorgendlichen Stille, während sie auf den Meeresarm zutrieb und die Bucht absuchte. Und tatsächlich tauchte ein Delfin neben ihrem Board auf und prustete laut aus seinem Atemloch. Carsons Herz machte einen Satz, sie musste sofort lächeln. Sie wusste, dass es derselbe Delfin war, auch ohne die angebissene Schwanzflosse im Wasser zu sehen.

»Da bist du ja wieder!«, rief Carson laut aus.

Der Delfin gab einen hohen Pfiff von sich, der in Carsons Ohren fröhlich klang. Er schwamm schnell voraus, dann sprang er in die Luft und kehrte mit neugierigem Blick zum Paddle Board zurück. Er beobachtete sie, forderte eine Reaktion. Es stand außer Frage, dass dieser gesellige Delfin sie gesucht hatte. Und mehr noch, er versuchte zu kommunizieren. Carson wollte darauf eingehen, aber fühlte sich taub und dumm.

In ihrem Hinterkopf neckte sie beharrlich eine Stimme: *Das bildest du dir nur ein. Der Delfin versucht nicht zu kommunizieren. Er ist nur ein Wildtier.* Doch eine andere Stimme verlangte, sie solle ihre rationalen Zweifel ignorieren und einfach akzeptieren, was geschah. Wenn sie dem Delfin in die Augen sah, gab es keinen Zweifel, dass das Tier ein klares Bewusstsein besaß. Und er schien sie herauszufordern.

Carson beschloss an diesem Punkt, alle Zweifel zu vergessen und einfach zu glauben. Und das musste sie eher mit ihrem Herzen als mit dem Verstand tun. Sie legte sich auf ihrem Brett langsam auf den Bauch. Sie wollte von Angesicht zu Angesicht Kontakt aufnehmen. Der Delfin schwamm nicht weg, wie sie befürchtet hatte. Er blieb da, neigte seinen Kopf und sah sie mit aufmerksamen, neugierigen Augen an.

Sie legte ihre Wange in die Hände, und so betrachteten sie einander eine Weile einfach nur in freundlicher Stille. Es erinnerte sie an Nächte mit ihren Schwestern, als sie jung waren, auf ihren Betten lagen und sich Geschichten erzählten, bis sie einschliefen. Während Carson auf ihrem Brett durch den Wellengang auf und ab wippte, spritzte salziges, kaltes Wasser auf ihr Gesicht und bildete Tropfen an ihren Wimpern.

Zu ihrer Überraschung legte sich der Delfin auf die Seite und sah sie an. Begeistert imitierte Carson ihn und rollte sich auf die Seite. Der Delfin drehte sich auf den Bauch, dann wieder auf die Seite. Und Carson machte dasselbe. Dann kam ihr eine Idee und sie drehte sich dieses Mal komplett auf den Rücken. Sie hielt den Atem an. Nach einer Pause drehte sich der Delfin ebenfalls und zeigte seinen glänzend weißen Bauch. Carson sah eine lange Linie und an beiden Seiten davon etwas, das aussah wie Klammern. Sie drehten sich beide gleichzeitig wieder um.

Aha, dachte Carson grinsend. *Du bist ein Mädchen. Wusste ich es doch.* Sie hob den Kopf, sah in die strahlenden Augen und sprach den Namen aus, der ihr auf der Zunge lag.

»Hallo Delphine.«

Mamaw faulenzte im Morgenmantel auf der Terrasse, die Füße auf dem Polsterhocker, trank ihren Kaffee und las die *Post & Courier*. Heute war ihr Geburtstag! Achtzig Jahre Leben ... Wer hätte das gedacht? Sie hatte das Gefühl, dass sie sich das Recht verdient hatte, heute dekadent faul zu sein. Ihre Vergangenheit lag hinter ihr und sie hatte ein erfülltes Leben gelebt. Die Vorstellung, dass auch das Beste hinter ihr lag, gefiel ihr nicht, aber sie war realistisch genug, um zu wissen, dass es wahrscheinlich stimmte. Und doch war es ein Segen, lange genug zu leben, um zu sehen, wie die Kinder aufwuchsen, gediehen und selbst Kinder bekamen, und eine neue Generation zu sehen, die die Fackel weitertrug. Und es war ein Fluch, das eigene Kind, den Ehemann und Freunde zu überleben.

Das war jedoch das Blatt, das sie bekommen hatte, und sie war froh, immer noch im Spiel zu sein. Achtzig Jahre voller guter Absichten und Fehlschläge. Acht Jahrzehnte voller Träume und zerstörter Hoffnungen. Als sie jung war, hatte sie die Erfolge und Misserfolge eines Jahres gleichmütig ertragen. Schließlich hatte sie noch viele Jahre, um alles in Ordnung zu bringen. Als sie sechzig wurde, achtete sie mehr auf die vergehenden Jahre, und jetzt, mit achtzig, wagte sie es nicht, auf ein weiteres Jahrzehnt zu hoffen, aber betete für wenigstens ein paar Jahre mehr, so dass sie sehen konnte, wie die jungen Frauen ihren Weg machten. Tatsächlich wäre sie jedoch schon dankbar, wenn sie diesen Sommer bis zu Ende erlebte.

Im Westflügel des Hauses quietschte eine Fliegengittertür. Mamaw drehte sich um und sah Nate, der seine übliche Kleidung trug, weiche Stoffshorts, T-Shirt und Turnschuhe. Er lief in geduckter Haltung über die Veranda wie eine Geisterkrabbe. Sie beobachtete ihn, wie er über den langen Holzsteg lief und damit eine der strengsten Regeln seiner Mutter brach. Mamaw stellte ihre Kaffeetasse klirrend ab und eilte, so schnell es ihr Körper erlaubte, zum Verandageländer.

Was hat der Junge vor?, fragte sie sich. Um Himmels willen! Er ging direkt auf den Rand des Stegs zu. Konnte er überhaupt schwimmen? Sie spürte, wie ihr Herz raste, war bereit, nach ihm zu rufen.

Dann weckte eine Bewegung im Wasser ihre Aufmerksamkeit und sie sah, was der Junge beobachtet hatte und worauf er wartete. Carson paddelte auf ihrem Brett zum Steg. Sie war tropfnass in ihrem leuchtenden, korallenroten Bikini und ihre langen dunklen Haare klebten an ihrem muskulösen, sonnengebräunten Körper.

Seht sie euch nur an, dachte Mamaw voller Stolz und Erstaunen. Sie war ein dunkler Typ und wirkte mit ihrem athletischen Körper wie eine Amazonenprinzessin. Selbst wenn Mamaw früher als große Schönheit gegolten hatte, so fragte sie sich, ob sie jemals Carsons strahlende Lebensfreude besessen hatte.

Eine Bewegung neben dem Paddle Board ließ sie genauer hinsehen. Da war eine Rückenflosse. Mamaw griff sich ans Herz, als ihr Carsons Haigeschichte einfiel. Sie blinzelte, lehnte sich am Geländer vor und erkannte, dass es ein Delfin war! Ein kurzes Lachen entwischte ihr, während sie ihre Finger an den Mund legte und vor Erleichterung fast zusammensank. Ein Delfin ... Nate musste ihn von seinem Fenster aus entdeckt haben. Kein Wunder, dass der Junge so aufgeregt war.

Mamaw sah weiter zu, wie Carson geschickt auf den schwimmenden Steg trat und ihr Brett leicht aus dem Wasser hob. Nate kletterte zum unteren Steg und starrte ins Wasser, fasziniert von dem Delfin, der dort geblieben war. Sie hörte das durchdringende Pfeifen des Delfins, gefolgt von einem hellen Geräusch, Nates Lachen. Mamaws Hand griff wieder nach ihrem Herz, aber dieses Mal war es eine Geste der freudigen Überraschung. Sie konnte sich nicht erinnern, wann sie den Jungen das letzte Mal hatte lachen hören.

Die Verandatür schlug wieder zu und lenkte Mamaw ab. Dora war aufgetaucht, panisch und mit suchendem Blick. Sie blieb am Rand der Veranda stehen und hob die Hand über ihre Augen, als sie die beiden auf dem Steg entdeckte.

»Nate!«, rief sie.

»Ach, lass ihn nur«, sagte Mamaw. »Er ist bei Carson. Es geht ihm gut.«

Dora drehte den Kopf herum, erschrocken, Mamaws Stimme zu hören. Dora war gut gekleidet, trug einen blauen Seersucker-Rock und eine bestickte weiße Leinenbluse. Sie achtete heute mehr auf ihr Äußeres, was aus Mamaws Sicht Bände sprach.

»Du siehst heute Morgen sehr hübsch aus«, sagte Mamaw.

»Er sollte nicht da draußen auf dem Steg sein«, entgegnete Dora ängstlich und legte die Hände auf die Hüften. »Er kennt die Regeln.«

»Ach, Dora, lass den Jungen in Ruhe. Er hat Spaß. Und er ist in guten Händen. Carson schwimmt wie ein Fisch. Sie wird aufpassen, dass ihm nichts passiert. Um Himmels willen, Kind, nimm dir mal einen Augenblick Zeit für dich und gönn dir eine Tasse Kaffee. Ich kann mir nicht vorstellen, dass du morgens oft so eine Gelegenheit für eine kleine Pause bekommst.«

Dora sah zu ihrer Großmutter. Auf ihrem Gesicht spiegelte sich ihr innerer Konflikt. Sie schien nicht zu wissen, was sie tun sollte.

»Geh schon, hol dir einen Kaffee und setz dich für einen Moment zu mir«, sagte Mamaw und klopfte auf den Stuhl neben sich. »Es ist mein Geburtstag und ich hätte gern ein bisschen Gesellschaft.«

Dora blickte noch einmal zum Steg, dann drehte sie sich wieder zu Mamaw um. In ihrem Gesichtsausdruck wich die Resignation einem zögerlichen Lächeln. »In Ordnung«, sagte sie und ging zurück ins Haus.

Mamaw warf noch einen Blick auf das Paar auf dem Steg, das ganz ins Gespräch vertieft war. Gut, dachte sie. Dieser Junge brauchte ein bisschen Zeit mit seinen Tanten. Und Dora brauchte ein bisschen Zeit für sich allein.

Kurz darauf kam Dora mit einer dampfenden Tasse und einem Lächeln im Gesicht heraus. Mamaw strahlte sie ebenfalls an. Vielleicht würde es doch noch ein schönes Wochenende.

～

Als Carson auf den Steg kletterte, war sie überrascht, Nate dort im Schneidersitz den Delfin beobachten zu sehen. Er war so ein dünner kleiner Kerl und hatte einen schrecklichen Haarschnitt. Es war der altmodische Topfschnitt. Dora hatte ihm sicher selbst die Haare geschnitten, dachte sie, als sie die gezackten, unregelmäßigen Ränder sah. Als der Junge den Blick zu ihr hob, spürte Carson seine Nervosität. Er schien Angst zu haben, dass sie ihm zu nahe kam.

»Hallo Nate! Was machst du denn hier?«

»Nichts«, sagte er und schaute auf den Steg.

In einiger Entfernung konnte sie hören, wie Dora ihn rief. Der Junge spannte sich an und kratzte an einer Kruste auf seinem Arm, aber er antwortete ihr nicht.

»Hast du nicht gehört, dass deine Mutter gerufen hat?«

Nate runzelte die Stirn, aber sagte nichts.

»Du solltest ihr antworten. Vielleicht macht sie sich Sorgen.«

»Ich will aber nicht.«

»Warum nicht?«

»Ich will nicht, dass sie hierherkommt, weil sie sonst den Fisch vertreibt.«

»Den Fisch?« Carson hielt inne. »Ach so.« Nate meinte den Delfin, was erklärte, warum er hier war. »Das ist kein Fisch, Nate. Das ist ein Säugetier. Ein Delfin. Komm mal zu ihr.«

Nates Blick war neugierig, aber zögernd. Carson streckte ihre Hand aus, was er ignorierte. Stattdessen trat er vorsichtig nach unten auf den schwimmenden Steg und ging nah an den Rand. Delphine schwamm ein paar Meter entfernt, aber kam nun heran, neugierig wie immer, und machte klickende Geräusche.

»Der Delfin mag dich«, stellte Nate fest.

Carson lächelte. Sie spürte, dass es stimmte. »Das hoffe ich. Ich mag den Delfin.«

»Hat dein Delfin einen Namen?«

»Sie ist nicht *mein* Delfin. Sie ist ein Wildtier ... Aber ich nenne sie Delphine.«

»Delphine«, wiederholte Nate. »Das ist ein guter Name.«

Carson lachte und lehnte sich vor, um den Jungen zu umarmen, aber Nate versteifte sich sofort. Carson dachte an Doras Warnung und hielt sich zurück.

Nate schien ihr Dilemma nicht zu bemerken. Er war ganz darauf konzentriert, nach Delphine zu suchen, die getaucht und in der Tiefe verschwunden war.

»Wo ist sie hin?«

Carson legte ihre Hand über die Augen und suchte das ruhige Wasser ab. Ein paar Minuten später entdeckte sie Delphine am anderen Ende der Bucht. »Da ist sie!«, sagte sie zu Nate und deutete in ihre Richtung. »Da drüben! Warte, sie taucht wieder.« Nate stellte sich auf die Zehenspitzen und blinzelte. Sie sahen zu, wie Delphine aus dem Wasser sprang, wie sie auftauchte, um zu atmen, und sich weiter entfernte. Nach ein paar Minuten konnte Carson sie nicht mehr entdecken. »Sie ist weg. Aber keine Sorge, sie kommt wieder.«

»Aber ich will sie jetzt sehen!«

Carson hatte keine Erfahrung mit Kindern und fand anstrengende Kinder nervig. »Nun, das ist nicht möglich. Sie ist ein Wildtier. Sie kommt und geht, wie es ihr gefällt. Apropos, es ist Zeit für uns zu gehen. Komm mit!« Sie stupste ihn sanft an und ging los. Eine kleine Hand berührte sie leicht am Arm. Sie drehte sich um. Nate stand da, biss sich auf die Lippe und blickte aufs Meer.

»Kann ich den Delfin noch einmal sehen?«

Carson sah seine Augen, so neugierig wie die des Delfins. Sie konnte sein Bedürfnis nachfühlen, Kontakt mit dem Tier aufzunehmen, was auch immer sie beide an dem Delfin wie magisch anzog.

»Sicher«, antwortete sie lächelnd. »Falls sie zurückkommt. Und ich glaube, das wird sie. Vielleicht können wir heute etwas später wieder zusammen hierherkommen. Du nimmst deine Schwimmweste mit und wir gehen ins Wasser. Du kannst doch schwimmen, oder?«

Nate nickte. Dann lächelte er, und es war, als träte die Sonne hinter einer dunklen Wolke hervor.

∼

Später an diesem Morgen wehte der Geruch von Frühstücksspeck aus der Küche. Carson folgte dem Duft mit knurrendem Magen. Die Küche war leer, aber sie entdeckte einen Teller mit knusprigem Bacon und ein paar von Lucilles Keksen unter einer Glasschüssel. Carson griff danach, als sie hinter sich Schritte hörte. Sie drehte sich um und sah Harper. Das Gesicht ihrer Schwester war blass und ihre Augen wirkten glasig, aber sie war aufgestanden. Ihre Haare waren zu einem kurzen Pferdeschwanz gebunden und sie war adrett gekleidet, mit schmalen Bermudashorts in Madraskaro, einem weißen Polohemd und sauberen weißen Turnschuhen. Carson blickte auf ihr eigenes grünes T-Shirt über zerrissenen Jeansshorts und fand, dass Harpers Outfit besser nach Nantucket als nach Sullivan's Island passte.

»Guten Morgen«, sagte Carson. »Gehst du segeln?«

Harper schüttelte dumpf den Kopf, sie begriff den Witz gar nicht.

»Willst du ein bisschen Bacon?«, fragte Carson und biss ein übertrieben großes und fettiges Stück ab.

Harper wurde noch blasser. »Igitt. Rede bloß nicht vom Essen. Ist noch Kaffee da?«

»Ich hole dir eine Tasse«, sagte Carson und stapelte Bacon auf ihrem Teller, da sie jetzt wusste, dass sie ihn nicht mit Harper teilen musste. Sie öffnete den Schrank und nahm einen großen Becher mit dem verblassten Wappen der Footballmannschaft Gamecocks heraus. »Bisschen zu viel Tequila gestern Abend?«

»Schschsch.« Harper brachte sie zum Schweigen und sah nach rechts und links. »Leise. Ich will nicht, dass Mamaw oder Lucille etwas davon erfahren.« Sie nippte langsam am Kaffee. »Ich habe keine Ahnung, wie viel ich getrunken habe. Ständig stellte mir irgendjemand einen Drink hin. Ein Fass ohne Boden ...« Sie trank einen Schluck Kaffee, dann ging sie zum Schrank und suchte nach einem Glas. Sie fand eines, füllte es mit Wasser und nahm zwei Aspirin aus ihrer Tasche. »Das Frühstück der Champions«, murmelte sie, schluckte die Tabletten und schüttelte sich.

Carson lachte kurz voller Mitgefühl. »Tut mir leid, Schwesterherz. Ich wollte nicht, dass du einen Kater bekommst. Ich hätte besser auf dich aufpassen sollen. Du bist so ein kleines Ding.« Sie musste unwillkürlich kichern. »Ein Leichtgewicht.«

»Du brauchst nicht auf mich aufzupassen, vielen Dank auch. Ich halte normalerweise durch«, sagte Harper. »Es war halt ein verrückter Tag und ich hatte nicht viel gegessen.« Sie trank noch etwas Wasser. »Lass mich raten. Du verträgst Alkohol wie ein Kerl.«

Carson grinste und schob sich eine lange Scheibe Bacon in den Mund. »Ich fühle mich pudelwohl.«

»Toll.«

»Während du geschnarcht hast, bin ich in die Stadt und habe uns ein paar Angeln und Köder besorgt. Schwesterherz, leg Sonnenschutz auf, denn wir gehen nachher angeln.«

Harper sah sie mit halb geschlossenen Augen an. »Du machst Witze, oder? Würmer? Fische? Ich? Keine Chance.«

Nate betrat die Küche, gefolgt von Dora. Carson spürte einen Anflug von Rührung, als sie bemerkte, wie seine blauen Augen strahlten, als er sie sah.

»Hey Zwerg«, sagte Carson zu ihm. »Hast du Lust, nachher angeln zu gehen?«

»Angeln?«, fragte Dora überrascht. »Ich kann mich nicht erinnern, dass irgendwer gesagt hätte, dass das auf der Tagesordnung steht.«

»Ich wusste nicht, dass es eine Tagesordnung gibt«, erwiderte Carson. Als Älteste nahm Dora immer an, dass sie Familienfeiern organisieren musste. Und sie hatte einen herrschsüchtigen Charakter.

»Natürlich gibt es eine«, sagte Dora. »Um fünf Uhr gibt es Cocktails auf der Veranda, dafür ziehen wir feine Abendkleidung an, damit wir fotografiert werden können«, fügte sie hinzu.

»Fotografiert? Oh, was für eine nette Idee. Ich hole meine Kameras.«

»Du machst die Fotos doch nicht«, sagte Dora. »Mamaw hat einen Fotografen engagiert.«

Carson war beleidigt. »Warum sollte sie jemanden engagieren? Ich bin Profifotografin. Sag ihr, sie soll ihm absagen.«

»Sie will, dass du mit auf dem Foto bist und nicht hinter der Kamera«, erklärte Dora.

»Hat sie noch nie was von einem Timer gehört? Wo ist sie? Ich rede mit ihr.«

Harper schaltete sich ein. »Lass gut sein«, sagte sie zu Carson. »Mamaw hat alles organisiert. Ich bin mir sicher, sie hat dabei an dich gedacht.«

»Harper hat recht. Mamaw lässt das Abendessen bringen, damit Lucille sich entspannen und bei uns sein kann. Sie hat sich bei der Planung viel Mühe gegeben.« Dora warf Carson einen bedeutungsschwangeren Blick zu. »Aber niemand hat etwas von Angeln gesagt.«

Mamaw kam mit Lucille in die Küche, ihre Augen leuchteten. »Es sollte eine Überraschung sein, Dora. Also lächle und mach nicht alles kaputt.« Mamaw wedelte mit einer roten Angelrute samt Spule. »Schaut mal, was ich gefunden habe!« Sie streichelte die Angel sanft, bevor sie sich Nate zuwandte. »Das war die Angel deines Urgroßvaters Edward. Er liebte es zu angeln und hatte natürlich mehrere. Aber eigentlich benutzte er fast ausschließlich diese. Es war seine Lieblingsangel. Ich weiß, dass es ihm Vergnügen bereitet hätte, dir das Angeln beizubringen. Da er nicht mehr hier ist, gebe ich sie dir, seinem einzigen Urenkel. Ich hoffe, dass du da draußen auf dem Steg so viele Fische fängst wie er.«

Mamaw überreichte Nate die Angel mit einer dramatischen Geste. Carson sah, dass dieser Augenblick ihr viel bedeutete.

Ganz im Gegensatz dazu zeigte Nate überhaupt keine Emotion. Er nahm die Angel in die Hand und sah sie leidenschaftslos an.

Dora stellte sich neben ihn, ein steifes Lächeln im Gesicht. »Ist das nicht wundervoll? Bedank dich bei Mamaw!«

Nate schaute immer noch auf die Angelrute, tat wie geheißen und sagte ausdruckslos: »Danke.«

»Es ist ein tolles Geschenk«, sagte Dora in einem begeisterten hohen Tonfall. »Vielen Dank, Mamaw! Er findet es großartig.«

Mamaw machte wegen Nates gleichgültiger Reaktion ein langes Gesicht, aber sie fasste sich wieder und schenkte Dora ein schwaches Lächeln. »Ich hoffe, es macht ihm Spaß.«

»Oh, ganz sicher«, rief Dora aus. »Nicht wahr, Nate?«

Der Junge antwortete nicht. Er ließ die Angel sinken und wiegte sich wegen all der Aufmerksamkeit verlegen hin und her.

Carson sah, dass Harper an der Arbeitsfläche lehnte und den Jungen stumm musterte. Doras gewollte Begeisterung über Mamaws Großzügigkeit war schwer zu ertragen, und Carson empfand plötzlich Mitleid mit ihr.

»Weißt du, Nate«, sagte sie ruhig, »das ist eine richtig gute Angelrute. Wenn du erst mal mit dem Angeln angefangen hast, wird es dir gefallen. Garantiert.«

»Ich kann nicht angeln«, sagte er fast teilnahmslos. »Mein Vater kann es, aber er hat es mir nie beigebracht. Er hat gesagt, ich wäre nicht alt genug und zu ungeschickt.«

Carson schaute zu Dora, die traurig das Gesicht verzog. Carson verfluchte Cal, weil er zu faul oder gleichgültig war, um seinen neunjährigen Sohn zum Angeln mitzunehmen.

»Ach was, du bist im perfekten Alter, um es zu lernen«, sagte Carson. »Wusstest du, dass Granddaddy es mir beigebracht hat, als ich sogar noch jünger war als du? Wir saßen da draußen auf dem Steg und angelten nach Roten Trommlern, Flundern und allen möglichen Fischen. Dann putzten wir sie, Lucille kochte sie und servierte sie in Butter mit ein bisschen Zitrone und Petersilie. Weißt du noch, Mamaw?«

Mamaws Blick wurde bei der Erinnerung ganz warm. »Dein Urgroßvater ist jetzt im Himmel, Nate, da scheint es nur passend, dass *wir* es dir beibringen.«

»Was sagst du dazu?«, fragte Carson.

»Wozu?« Nate begriff den Ausdruck nicht.

»Möchtest du, dass wir dir das Angeln beibringen?«

»Nein.«

»Oh«, sagte Carson ernüchtert.

»Ich will, dass du mir beibringst, mit dem Delfin zu spielen.«

»Delfin?«, fragte Dora. »Welcher Delfin?«

Carson stöhnte innerlich. Sie war nicht bereit, Delphine mit irgendjemandem zu teilen.

»Der Delfin, der an den Steg kommt«, antwortete Nate sachlich. »Es ist der Delfin von Tante Carson.«

Dora sah sie verwirrt an. »*Dein* Delfin?«

»Nein, natürlich nicht. Es ist ein Wildtier, das ab und zu an den Steg kommt.«

»Er hat einen Namen«, sagte Nate. »Er heißt Delphine. Das ist ein sehr guter Name. Delphine spielt mit Tante Carson«, erklärte Nate bestimmt.

Carson sah, dass alle Blicke fragend an ihr klebten. Sie seufzte. »Es ist eine lange Geschichte. Wenn ihr sie hören wollt, dann kommt zum Steg. Angeln ist ein langsamer Sport und wir haben viel Zeit zum Quatschen.«

Der Nachmittag wurde zu einem vollen Erfolg. Mamaw verteilte große weiche Hüte und Sonnenschutzcreme. Lucille packte einen Picknickkorb mit Curryhühnchen-Sandwiches, eingelegtem Gemüse, Mandarinen, selbst gebackenen Haferkeksen und viel süßem Eistee. Dora bereitete ein extra Picknick für Nate mit dem Essen, das er akzeptierte und aß, ohne sich zu beschweren. Die Frauen schlemmten unter dem Dach des Stegs, dann begann das große Angelabenteuer.

Zuerst reagierte Harper ziemlich lustlos. Sie betete eine Litanei von Ausreden herunter, dass sie nicht in der Sonne sitzen könne, dass sie arbeiten und E-Mails beantworten müsse. Aber Mamaw überredete sie dazu, ihr Laptop auf den Steg mitzunehmen, wo sie dann im Schatten sitzen und arbeiten könnte. Harper tat wie geheißen und zog sich mit ihrem iPad unter das Dach des Stegs zurück. Währenddessen bereitete Mamaw die Köder vor und half Nate und Dora, die Angel vom Steg auszuwerfen.

Carson hatte ihre Kamera geholt, und es fühlte sich gut an, die ersten Fotos zu machen, seit sie Los Angeles verlassen hatte. Hinter einer Kameralinse war Carson in der Lage, bei Nahaufnahmen ihrer Familie Details der Persönlichkeiten einzufangen, die dem bloßen Auge oft entgingen.

Ihr fiel auf, dass Harper darin geübt schien, sich unsichtbar zu machen. Wenn die »kleine Maus« ruhig in einer Ecke blieb, vergaßen die Leute, dass sie da war, was es ihr ermöglichte, ganz private Augenblicke zu beobachten. Ihre Finger tippten ständig auf dem iPad oder dem iPhone. Carson fragte sich, ob sie ihrer Mutter ironische Charakterskizzen sandte, irgendwas in der Richtung »Amüsante Geschichten aus dem Süden« oder »Neues von der Redneck-Riviera«.

Der kleine Nate war bei allem, was er tat, sehr konzentriert. Auf jedem Foto war er mit gerunzelter Stirn und scharfem Blick zu sehen, als Mamaw ihm erklärte, wie er den Köder behandeln, wie er die Angel auswerfen und einholen musste. Man musste ihm zugutehalten, dass er schweigend zuhörte, egal wie lange Mamaw brauchte, um ihm etwas zu erklären – und sie konnte sehr weitschweifig sein. Wenn er dran war, es zu versuchen, erwiesen sich seine kleinen Finger als geschickt.

Dora dagegen beteiligte sich gar nicht. Sie blieb ständig in Nates Nähe, ob aus Sorge oder Gewohnheit, konnte Carson nicht beurteilen. Sie hielt ihre Angelrute teilnahmslos fest, lehnte am Geländer und schaute aufs Meer.

Bei einer Nahaufnahme erwischte Carson Doras schöne blaue Augen voller Tränen.

Nachmittags stand die Sonne hoch und die Fische bissen nicht. Nicht, dass es irgendjemanden störte. Carson hatte etwas süßen Firefly-Wodka in den Eistee gekippt, für den kleinen Kick und um die Zungen zu lösen. Es funktionierte. Als Carson ihre Kamera und Harper ihr iPad zur Seite legten, unterhielten sich die Frauen freundlich über unverfängliche Themen wie Filme, Rezepte, schöne Erinnerungen. Nur Nate blieb stur und aufmerksam bei seiner Angel. Ab und zu sprang Carson auf, um ihm zu helfen, neu auszuwerfen, oder Dora cremte ihn noch einmal auf den Armen und im Gesicht ein.

Plötzlich schrie Mamaw auf und zog an ihrer Angel. »Ich habe einen!«

In einem begeisterten Chor sprangen alle auf, um zu ihr zu laufen. Ganz aufgedreht wegen ihres Angelglücks und vielleicht ein bisschen unsicher auf den Beinen wegen ihres »Tees«, johlte Mamaw und die Mädchen lachten und pfiffen. Carson sprang zu ihrer Kamera, um den komischen Kampf festzuhalten. Mamaw zog schließlich den kleinsten Roten Trommler an Land, den Carson je gesehen hatte.

Dora lachte, als sie ihn an der Leine baumeln sah. »Das war ein großer Kampf für so einen winzigen Fisch.«

»Hey«, sagte Carson zur Verteidigung. »Es ist der einzige Fisch, den wir überhaupt gefangen haben!«

»Na, mach ein Bild von meinem Fang«, sagte Mamaw und hielt den kleinen Fisch stolz in die Höhe. »Bevor ich ihn wieder hineinwerfe.«

Nate war ganz aufgeregt und ständig an Mamaws Seite, als sie sich eine Zange schnappte. Carson war sich nicht sicher, ob Mamaw nicht zu durcheinander war, um mit der Zange umzugehen, und machte einen Schritt in ihre Richtung, aber Mamaw winkte sie beleidigt weg.

»Ich habe schon geangelt, als du noch nicht mal geplant warst. Jetzt mach Platz.« Sie umfasste den Fisch und entfernte geschickt den Haken. »Nate, Honey, möchtest du die Ehre haben, diesen winzigen Fisch zurück ins Wasser zu werfen?«

»Ja«, erwiderte Nate mit einer Stimme, die vor Angst und Aufregung ganz rau war. Er streckte beide Hände aus und packte den Fisch. Der Rote Trommler wand sich, aber Nate hielt ihn fest, während er auf dem Steg nach vorn ging, die Arme steif ausgestreckt.

Carson folgte ihm in der Hoffnung, dass er den Fisch nicht erdrückte, bevor er ihn freiließ. Als sie über das Geländer schaute, war sie überrascht, Delphine zu sehen, das Maul geöffnet und den Blick auf Nate gerichtet, der den Fisch übers Wasser hielt.

»Nicht den Delfin füttern!«, rief sie aus, aber es war zu spät.

Nate ließ den Roten Trommler los. Delphine sprang wie der Blitz hoch und fing den Fisch geschickt mit dem Maul auf. Sie warf ihn in die Luft, fing ihn wieder auf, tauchte und verschwand mit ihrem Schatz.

Nate brach in ein hohes, begeistertes Lachen aus. Er lehnte sich auf Zehenspitzen weit über das Geländer und suchte nach einer Spur von Delphine. Dora legte ihre Hände auf den Mund, die Augen vor Erstaunen über die Freude ihres Sohnes weit aufgerissen. Das war das erste Mal, dass sie Nate an diesem Wochenende lächeln gesehen hatte.

Delphine erschien wieder unter dem Steg und stieß vor ihrem enthusiastischen Publikum eine Reihe nasaler, stakkatoartiger Rufe aus.

Harper saß am Rand des Stegs und ließ ihre Füße ins Wasser baumeln. Trotz der dicken Schicht Sonnencreme und ihres großen Huts wurde ihre Haut rosa. »Ich glaube, sie will noch mehr Fisch.«

»Sie bettelt«, sagte Carson missbilligend. Sie sah zu dem Delfin hinunter und schüttelte den Kopf. »Sie muss schon früher mal mit Fischen gefüttert worden sein. Das erklärt auch, warum sie so zutraulich ist. Ach, hör schon auf«, rief sie Delphine zu. »Damen betteln nicht!«

»Ist das derselbe Delfin, der heute Morgen hier war?«, fragte Mamaw.

»Das ist Delphine«, verkündete Nate. »Sie ist Carsons Delfin.«

»Sie ist nicht *mein* Delfin«, sagte Carson noch einmal und hatte das Gefühl, gegen Windmühlen zu kämpfen. Sie sah ins Wasser, wo Delphine wartete. Ihre dunklen Augen glänzten. »Du unterstützt mich auch nicht gerade«, sagte Carson zu ihr, aber wie immer lächelte sie unwillkürlich.

»Wie ist sie hierhergekommen?«, fragte Harper. »Zu unserem Steg?«

Carson versuchte es herunterzuspielen. »Was soll ich sagen? Sie mag mich.«

Mamaw lachte vor Vergnügen. Es war ein hübscher, trillernder Klang, feminin, aber nicht albern. »Du warst schon immer unsere kleine Meerjungfrau.« Sie streckte die Hand aus, um Carsons Gesicht sanft zu berühren. Dann drehte sie sich um, lehnte sich übers Geländer und schaute entschieden auf den Delfin hinab. Delphine legte ihren Kopf schräg und blickte betörend zurück.

»Du bist ein hübsches Ding, nicht wahr?«, sagte Mamaw. Als sie sich aufrichtete, erwischte eine Bö ihren korallenroten Seidenschal und wehte ihn hoch. Mamaw schnappte erschrocken nach Luft und Carson streckte sich, um danach zu greifen, aber der Schal wehte aus ihrer Reichweite, segelte einen Moment in der Luft und landete dann im Fluss.

»Weg ist er«, sagte Mamaw seufzend. »Es war nur ein Ferragamo.«

Delphine schoss hinter dem leuchtend bunten Schal her, der im Wasser trieb. Neugierig stupste sie den schwebenden Stoff an, als wäre es Treibgut, dann hob sie ihn hoch und warf ihn in die Luft. Das Spiel schien ihr zu gefallen. Sie schwamm in engen Kreisen um den bunten Stoff herum und warf ihn noch ein paar Mal hoch. Dann packte sie den Schal und verschwand damit unter der Oberfläche.

»Du kleine Diebin!«, rief Mamaw in die sich ausbreitenden Wellen.

»Da ist sie wieder«, sagte Harper und zeigte auf den Delfin, der weiter draußen in der Bucht auftauchte. Dann lachte sie laut los. »Ach. Du. Meine. Güte.«

Delphine kehrte an den Steg zurück. Der rote Schal lag um ihre Brustflosse. Sie sah aus wie eine Dame, die auf der Seepromenade spazierte.

Alle begannen zu lachen, selbst Mamaw. Sie lehnte sich über

das Geländer. Unter ihr zog Delphine den Ferragamoschal im Maul hinter sich her. Carson ließ die Kamera sinken und betrachtete die Gesichter ihrer Familie – Harper, Dora, Mamaw, Nate. Sie erkannte, dass das ein einmaliger Augenblick war. Alle lächelten und lachten und es war dieser geheimnisvolle Delfin, der aus dem Nichts gekommen war, der sie dazu brachte.

»Wenigstens beweist du guten Geschmack«, rief Mamaw in ihrem unnachahmlichen energischen Tonfall aus. »Willkommen, Delphine, du kleines Luder! Ich erkläre dich hiermit zu einem meiner Sommermädchen.«

Carson, Harper und Dora applaudierten und johlten, vereint in Mamaws Aufnahmeerklärung an den Delfin. Die Stimmung wurde noch besser, als Delphine im Wasser unter ihnen den Schal präsentierte.

»Ich will noch einen Fisch für Delphine fangen«, verkündete Nate und ging los, um seine Angel zu holen.

»Warte. Nein. Das sollten wir nicht«, rief Carson ihm nach. »Es gibt Gesetze, die das Füttern von Delfinen verbieten. Es sind Strafen darauf ausgesetzt.«

»Ach, aber warum denn?«, fragte Dora, die sich von Nates Begeisterung anstecken ließ. »Wer sieht uns denn? Und welchen Schaden kann ein kleiner Fisch schon anrichten? Er gehört doch zu Delphines natürlichem Speiseplan, oder nicht? Nate ist so aufgeregt. Ich habe noch nie gesehen, dass er sich für etwas anderes als seine Videospiele so begeistert. Und seht doch, Delphine will es offensichtlich auch!« Sie lief zu Nate.

Mamaw nahm einen Köder und winkte Nate heran. »Hol deine Angel. Du solltest schnell loslegen, mein Junge. Da unten wartet ein Kunde.«

»Keine Sorge«, sagte Harper zu Carson und tätschelte beruhigend ihren Arm. »Es hat den ganzen Nachmittag gedauert, diesen einen Fisch zu fangen. Ich bezweifle, dass sie noch einen erwischen.«

Carson verschränkte besorgt die Arme und sah von Delphine zu ihrer Familie. Mamaw und Nate beugten sich Kopf an Kopf über einen Haken und machten den Köder fest. Dora nahm ihre Angelrute und warf sie aus. Sogar Harper stürzte sich jetzt ins Getümmel und ging mit Carsons Angel zu Mamaw, um auch einen Köder zu bekommen. Sie redeten miteinander, kommunizierten.

Delphine befand sich immer noch unter ihnen, den Kopf aus dem Wasser gereckt, und beobachtete sie neugierig. Der Schal war weg, zweifellos an einem sicheren Ort versteckt. Carson brachte es nicht übers Herz, zu streiten. Wer war sie schon, um sich hier einzumischen? War Delphine nicht frei, zu kommen und zu gehen, wie sie wollte? Vielleicht hatte Dora recht. Welchen Schaden konnte es schon anrichten, Delphine einen kleinen Fisch anzubieten?

9

Endlich war es an der Zeit für ihre Party. Mamaw ruhte sich in der Kühle des Wohnzimmers aus. Die Vorhänge waren wegen der erbarmungslosen Sonne zugezogen. Mamaw mischte Karten. Ihre Hände bewegten sich mit geübter Geschicklichkeit, teilten den Stapel in zwei Hälften. Die Luft schwirrte gegen ihre Hände, während die Karten an Ort und Stelle fielen. Eine nach der anderen legte sie sieben Karten auf den kleinen Tisch, um eine weitere Patience zu legen. Ihre Hände erstarrten, als sie ein sanftes Klopfen an der Tür hörte.

»Komm rein!«

»Bist du bereit zum Umziehen?«

Mamaw drehte sich um und erblickte Lucille in einem blauen Taftkleid mit einem perlenbestickten Leibchen. »Na hör mal, Lucille. Du siehst wunderschön aus!«

»Das weiß ich doch. Ich liebe den Glitter«, erwiderte Lucille voller Stolz über das Kompliment. »Ich danke dir für mein neues Kleid.«

»Es steht dir. Du siehst fantastisch aus. Königsblau ist deine Farbe.«

»Jetzt ist es an der Zeit, diese Karten wegzulegen und dich schön zu machen.«

»Bist du sicher, dass wir keine Zeit mehr für ein schnelles Rommé haben?«

Lucille lachte und kam näher. »Ich kenne niemanden, der so gern Karten spielt wie du.«

»Außer dir vielleicht?«

»Nicht mal ich.«

Mamaw seufzte theatralisch und legte die Karten auf den Tisch. »Wusstest du, dass diese Karten meinem Großvater von Admiral Wood geschenkt wurden? Und der hatte sie wiederum von Admiral Perry bekommen. Das ist mein ganz besonderes Kartenspiel.« Sie küsste die Karten wie einen Glücksbringer. »Es ist ein besonderer Tag, nicht wahr?«

»Ganz sicher. Komm schon, Miz Marietta, ich helfe dir auf.«

»Also gut«, erwiderte sie und legte die Spielkarten widerwillig auf den Tisch. »Ich kann das unausweichliche Austeilen der Karten an meine Enkeltöchter heute Abend nicht länger aufschieben.«

»Nein, Ma'am. Du bist bereit.«

»So bereit, wie ich es je sein werde. Alles, was jetzt noch aussteht, ist der Versuch, meine Üppigkeit in das Kleid zu packen.«

»Du hättest dir selbst etwas Neues gönnen sollen, Miz Marietta, statt für alle anderen etwas zu kaufen. Es ist schließlich dein Geburtstag.«

Mamaw öffnete die Tür zu ihrem großen begehbaren Schrank. Als sie all die Kleider, Hüte und Schuhe sah, wurde ihr fast übel. »Oh, Lucille, ich brauche nichts Neues. Sieh dir nur all diese Kleider an!« Sie betrachtete sie leidenschaftslos. »Die meisten habe ich seit Jahren nicht mehr getragen. In den Großteil passe ich nicht mal mehr rein. Ich weiß nicht, warum ich sie überhaupt noch habe.«

»Vielleicht ist es an der Zeit, sie durchzugehen, ein paar auszusortieren und zu spenden. Bevor du weiterziehst. Du wirst in der neuen Wohnung keinen Platz für alle haben.«

»Ja, das ist eine gute Idee. Ich kann nicht alles mitnehmen.« Mamaw grinste. »In ein Altenheim zu ziehen ist wie ein Probelauf für den letzten Abgang, was? Ein Gesundschrumpfen. Gott weiß, ich bin bereit. Ich habe genug davon, mich um dieses Haus zu kümmern, mir bei jedem aufkommenden Sturm Sorgen zu machen, die Vorhänge wegen der Sonne zuzuziehen. Das Silber, das Porzellan, die Möbel, es ist inzwischen alles eine Last. Ich sehne mich danach, frei von all dem Kram zu sein. Noch mal ein bisschen Spaß zu haben.« Sie legte ihre Hand an die Wange, während sie die aufgereihten Kleider im Schrank betrachtete. »Aber es wird schwer werden, mich von meinen Abendkleidern zu trennen. Mit jedem verbinde ich eine besondere Erinnerung.« Mamaw seufzte und fuhr mit der Hand über die prachtvollen Seiden, Tafte, Brokate. Vor ihrem inneren Auge war sie nicht Mamaw, sondern Marietta Muir, die Salonlöwin von Charleston, bekannt für ihre glitzernden Partys, ihre lockere Schlagfertigkeit, ihren gehobenen Geschmack. »So wunderschöne Stoffe und Farben. Glaubst du, die Mädchen würden sie sich gern durchsehen, ob etwas dabei ist, das ihnen gefällt? Carson hat ungefähr die gleiche Größe wie ich früher. Und für Harper müsste man einige Kleider nur etwas enger nähen.« Mamaw dachte an Dora und glaubte nicht, dass ihr irgendeines passen würde. »Dora könnten meine Schuhe und Taschen gefallen.«

»Könnte sein …«

»Es gab eine Zeit, als ich für jede große Gelegenheit ein neues Kleid gekauft habe«, sagte Mamaw wehmütig. »Edwards Blick leuchtete, wenn er mich in meinen besten Kleidern sah.« Sie machte eine Pause, erinnerte sich an Edwards Gesicht, wenn sie das Wohnzimmer betrat und für ihn eine Pirouette drehte. »Es wird dich vielleicht überraschen, aber inzwischen ist es mir völlig egal, wie ich aussehe.«

»Das ist eine Veränderung«, murmelte Lucille.

»Denkst du, es ist ein Anzeichen dafür, dass ich mich aufgebe? Du weißt schon, dement werde oder so?«

Lucille lachte und schüttelte den Kopf. Mamaw fand, es klang wie Hühnergackern. »Herrgott, nein!«, sagte Lucille und wedelte abwehrend mit der Hand. »Ich vermute, dass du im Moment Wichtigeres im Kopf hast als Seide und Rüschen.«

»Ja«, sagte Mamaw überzeugt und ermutigt. »Ja, so ist es.«

»Also, welches Kleid soll ich denn jetzt für dich herausholen?«

»Dieses cremeweiße Kleid mit den schwarzen Verzierungen, das sollte passen, glaubst du nicht?«

»Es gibt nur einen Weg, es herauszufinden: Halte dich mal an meinem Arm fest, während ich es aufbausche, damit du hineintreten kannst.«

Mamaw griff nach Lucilles Arm und schwankte etwas, als sie vorsichtig in das Kleid trat. Lucille kämpfte mit dem Reißverschluss an der Taille. »Kannst du den Bauch ein bisschen einziehen?«

Mamaw machte sich so dünn wie möglich, aber ihre Muskeln hatten sich praktisch völlig zurückgebildet, so dass es eigentlich kein Unterschied war. Früher hatte sie einen ganz flachen Bauch gehabt, jetzt schien es, als würden alle Kalorien dort landen. Mit viel Mühe zog Lucille den Reißverschluss hoch.

Mamaw atmete aus. Die enge Taille fühlte sich um ihren Bauch wie eine Boa Constrictor an. »Gott helfe mir, ich kriege kaum Luft! Jetzt weiß ich, wie sich meine Vorfahren in einem Korsett gefühlt haben müssen.« Mit rauschendem Stoff machte sie vorsichtige Schritte zum großen Spiegel an ihrer Tür. Sie drückte die Schultern zurück und stand aufrecht, während sie ihr Spiegelbild musterte. Die schwarzen Verzierungen in der

Taille lenkten den Blick von ihrem rundlichen Bauch ab, und die zum Boden fließende A-Linie verlieh ihr eine schlankere Silhouette.

»Nicht schlecht«, murmelte sie und strich mit der Hand über den Stoff. »Gar nicht schlecht. Ich wirke keinen Tag älter als siebzig«, scherzte sie.

»Die Nähte sehen aus, als würden sie gleich platzen«, sagte Lucille, stützte ihr Kinn in die Hand und betrachtete das Kleid.

»Ach, dann lass sie platzen«, erwiderte Mamaw und fächelte ihrem Gesicht Luft zu. »Ich muss halt flach atmen. Ich will auf unseren Fotos hübsch aussehen. Ist der Fotograf schon da?«

»Ja, Ma'am. Er ist schon seit einer Weile hier. Natürlich behauptet Carson, dass sie bessere Fotos machen würde und dass wir sie hätten fragen sollen.«

»Aber ich will, dass sie auch auf den Fotos ist.«

»Das habe ich ihr gesagt. Aber ich verstehe, wie sie sich fühlt. Es ist ja auch albern, dass du einen Partyservice engagiert hast, wo ich ein besseres Abendessen hätte kochen können.«

»Was soll ich mit euch beiden nur machen?«, fragte Mamaw und hob ihre Hände. »Ich will doch nur, dass du dich zur Abwechslung mal bedienen lässt.«

Lucille murmelte etwas, doch es war so leise, dass Mamaw es nicht verstand.

»Sag einfach nur danke«, neckte sie. »Apropos Partyservice, ist der schon da?«

»Natürlich ist er hier. Er bereitet seit Stunden alles vor. Und die Mädchen sind im Wohnzimmer. Alle sind da. Sie warten alle auf dich.«

»Oh ...« Mamaw wurde nervös. Sie mochte es nicht, gedrängt zu werden. »Nun, es ist meine Geburtstagsfeier. Sie können wohl kaum ohne mich anfangen.« Sie ging zu ihrer Kommode und nahm eine kleine Schmuckschachtel aus der Schublade. Ihren Schmuck für heute Abend hatte sie sehr sorgfältig ausgewählt. Trotz der Unbequemlichkeit sah sie in diesem Kleid wie eine Königin aus. Mamaw wünschte, Edward wäre hier und sähe sie.

Sie lehnte sich vor, näher an den Spiegel, um die verschnörkelten Diamantohrringe anzulegen, ein Geschenk Edwards zur Goldenen Hochzeit. An ihrem Ringfinger trug sie den antiken Diamanten. Der große Stein fing das Licht ein und glitzerte wie eine Million Sterne. Schließlich nahm sie die drei schwarzen Samtbeutel mit den Perlenketten und legte sie in ihre schwarze, perlenbestickte Handtasche. Nur ein einzelner blauer Samtbeutel lag noch auf der Kommode.

Sie schaute über ihre Schulter und rief Lucille. »Ich wollte dir das eigentlich erst später geben, beim Nachtisch. Aber ich denke …« Mamaw drehte sich zu ihr um. »Also, liebe Freundin, du sollst es jetzt bekommen.« Sie überreichte Lucille den Samtbeutel.

Lucille machte neugierige Augen, als sie den Beutel entgegennahm. »Was ist das? Du hast mir doch schon dieses Kleid gekauft.«

»Es passt zum Kleid.«

Lucille warf ihr einen scherzhaft-misstrauischen Blick zu, dann öffnete sie den Beutel und ließ den Inhalt auf ihre Hand gleiten. »Herr du meine Güte!«, rief sie aus, als sie die großen Saphirohrringe mit Diamantumrandung sah. »Himmel, nein …« Sie sah wieder zu Mamaw, dieses Mal geschockt. »Sind die echt?«

»Ja, natürlich sind sie echt.« Mamaw lachte. »Sie gehörten meiner Mutter. Und jetzt gehören sie dir. Sie werden wunderbar zu deinem Kleid aussehen. Ich kann es kaum erwarten, sie an dir zu sehen. Mach schon, leg sie an.«

Mamaw beobachtete Lucille, die vor dem Spiegel stand und

ihre goldenen Creolen gegen Saphire und Diamanten austauschte, wobei ihre Hände vor Aufregung zitterten. Mamaw war plötzlich ganz voller Liebe für sie und dachte daran, dass diese Hände das Fundament ihrer Welt bildeten.

Lucille richtete sich auf. Die Ohrringe strahlten an ihren Ohren, aber nicht so hell wie ihre Augen. »Wie sehe ich aus?«

Es bereitete Mamaw großes Vergnügen, zu sehen, wie die Ohrringe – Glitzerkram, der nutzlos in einem Safe gelegen hatte – solche Freude brachten.

»Ich glaube, das Wort dafür ist … *sexy*«, sagte Mamaw und bekam zur Antwort das erhoffte Erröten. Der Humor verflog, als Mamaw Lucilles Hand nahm. »Liebe Freundin, bitte nimm diese Ohrringe als kleines Zeichen meiner Liebe und meines Dankes für mehr, als ich je sagen kann.«

Lucille kniff die Lippen zusammen, unfähig, ihre Gefühle in Worte zu fassen.

»Sollen wir gehen? Es wird Zeit für mich, meine Karten auf den Tisch zu legen.«

Lucille nahm ihren Arm und die alten Freundinnen gingen los. An der Schlafzimmertür blieb Mamaw abrupt stehen. Ihre Hand fasste Lucilles fester, während sie scharf einatmete.

»Nicht nervös werden. Wird schon gut gehen«, sagte Lucille beruhigend. »Du hast lange darüber nachgedacht.«

»Nervös? Es braucht schon etwas mehr als drei alberne Mädchen, um mich nervös zu machen.« Mamaw legte die Hand auf ihren Bauch und holte tief Luft. »Aber es steht doch so viel auf dem Spiel, oder nicht?«

»Sie werden jetzt die Wahrheit wissen wollen.«

Mamaw atmete noch einmal tief ein und sah Lucille flehend an. »Bin ich ein bisschen anmaßend, was die Forderung von heute Abend angeht?«

»Du? Anmaßend?« Lucille kicherte. »Himmel, nein. Manipulativ vielleicht. Hinterhältig. Berechnend. Kontrollierend ...«

»Ja, ja ... Das ist vielleicht mein größter Fehler«, räumte Mamaw mit zuckendem Mund ein. »Ich sehe jetzt, wie all mein Einmischen nur zu elendem Scheitern geführt hat.«

»Und das Einmischen von Mr Edward.«

Mamaw schwieg, als sie wieder an ihren Ehemann dachte. Er war ein lieber Mann gewesen, aber er hatte sie vielleicht zu sehr geliebt. Seine Liebe hatte ihn blind gemacht. Sie hatte das gewusst und es, wenn es um ihren Sohn ging, ausgenutzt.

»Glaubst du, dass Edward, na ja, Parker aufgegeben hatte?«, fragte sie.

»Nein. Aber ich habe immer gedacht, dass er diesem Jungen mal eine ordentliche Tracht Prügel hätte verpassen sollen.«

»Vielleicht.« Mamaws Gedanken gingen einen verstörenden Weg, während sie geistesabwesend den Diamanten an ihrem Finger drehte. »Vielleicht hätte er mir auch eine verpassen sollen. Er hat mir viel zu oft meinen Willen gelassen. Oh, Lucille, ich befürchte, ich habe beide Männer in meinem Leben geschwächt.«

»Das ist vorbei«, sagte Lucille. »Jetzt geht es um die Gegenwart. Sag einfach, was du zu sagen hast, und lass die Karten fallen, wo sie hinfallen.«

»Ja«, sagte Mamaw und betrachtete ihren Diamanten. »Ich muss mich zurückhalten und heute Abend nicht meine Meinung hinausposaunen. Sie sollen es unter sich ausmachen.«

»Das ist der Plan.«

Mamaw konnte Schwachköpfe nicht leiden und Lucille ließ sich von niemandem zum Schwachkopf machen. Mamaw hatte immer auf ihre Fähigkeit gezählt, das Wichtige zu erkennen und ihre Meinung aufrichtig und klar zu vertreten, wenn es nötig war. Sie sammelte sich. Beim Bridgespiel ärgerte Mamaw ihre Partner immer damit, dass sie ewig brauchte, um zu entscheiden, wie sie ihr Blatt ausspielen wollte. Aber wenn sie einmal losgelegt hatte, knallte sie ihre Karten mit Wucht auf den Tisch, da sie jede Finte bereits durchdacht hatte.

Mamaw holte langsam Luft. »Ich bin so weit. Sollen wir rausgehen?«

Lucille umfasste ihren Arm fester. »Lass die Spiele beginnen.«

Ihre Party fing genau so an, wie sie es geplant hatte. Nachdem der Fotograf fertig war, ließ Mamaw ihren Lieblingschampagner, brut rosé, in französischen Kristallschliffgläsern servieren, die seit Generationen im Familienbesitz waren. Mamaw zog Sektschalen den Flöten vor. Die rosa Sprudelbläschen kitzelten in ihrer Nase, während sie trank. Nate war froh, mit einem extra Abendessen auf dem Tablett zu einem Film in sein Zimmer verschwinden zu dürfen. Der heutige Abend war ganz für ihre Mädchen und Mamaw wollte, dass er perfekt würde.

Die fünf Frauen saßen unter dem glitzernden Kristallkronleuchter im salbeigrünen Esszimmer zusammen. Mamaw hatte die Flügel aus dem Sheraton-Tisch herausnehmen lassen, um einen intimeren Kreis zu erschaffen. Das Kerzenlicht spiegelte sich im Familiensilber und -kristall. Ab und zu roch Mamaw den Duft der weißen Rosen auf dem Tisch.

Sie lehnte sich in ihrem Stuhl zurück und sah in die vier Gesichter rund um den Tisch. Das Gespräch kreiste entspannt um Erinnerungen an längst vergangene Sommer. Irgendwann zwischen dem Angeln und dem Champagner war sogar Dora locker geworden und hatte begonnen, sich begeistert einzuschalten. Die älteste von Mamaws Enkeltöchtern erinnerte sich genau an Einzelheiten, die ihre Geschichten zum Leben erweckten. Mamaw dachte, dass sie diese Fähigkeit von Parker geerbt hatte.

Carsons Lachen war laut zu hören. Sie hatte immer gern gelacht und war dabei auch nicht verlegen. Carson war schlagfertig, ihre Kommentare fügten einer Geschichte Salz hinzu und sie war furchtlos bei ihren Meinungen, die sie eher neckend als aggressiv äußerte. Sie konnte auch gut Geschichten erzählen.

Nur Harper blieb reserviert. Nicht schüchtern, sie war freundlich und lachte über die Geschichten. Aber sie schaltete sich nur selten in das Gespräch ein. Doch wenn sie einen ihrer seltenen Kommentare machte, war der intelligent und zeigte ihren scharfen Geist. Mamaw hörte zu, ihre Augen glänzten über dem Rand ihres Weinglases, und sie wunderte sich über diese bisher verborgene Seite ihrer Enkelin.

Mamaw beobachtete, wie die Mädchen die verschiedenen Gänge probierten, die Weine kosteten und Gewürze und Weingüter überraschend kenntnisreich kommentierten. Sie war begeistert, als sie bemerkte, wie sehr ihnen die Feier gefiel, wie sie mit den Lippen schmatzten und lachten. Die Stimmung war so strahlend wie die flackernden Kerzen.

Als die Kokosnusstorte gebracht wurde und sie die acht Kerzen ausgeblasen hatte (sie hatte darauf bestanden, nicht achtzig Kerzen auf den Kuchen zu quetschen, das wäre lächerlich gewesen), war es an der Zeit für Geschenke. Mamaw war viel aufgeregter wegen dem, was sie schenken würde, als wegen dem, was sie vielleicht bekommen würde. Sie hatte bereits viele Geschenke von Freunden erhalten. Die ganze Woche über hatten UPS und andere Lieferdienste unzählige Male an der Tür geklingelt. Sea Breeze war voller wunderschöner Blumensträuße, und es gab mehr Seifen und Süßigkeiten in hübschen Kartons, als sie jemals benutzen könnte.

Dora überreichte ihr nervös eine sehr schön verpackte Schachtel. Darin fand Mamaw eine handgestrickte Stola aus der weichsten Merinowolle mit wunderbaren langen Fransen. Sie war fantastisch und Mamaw war von dem selbst gemachten Geschenk tief bewegt, aber Dora konnte nicht aufhören, sich für alle möglichen angeblichen Fehler zu entschuldigen. Mamaw dachte, dass sie Dora wirklich beibringen musste, auf ihre Fähigkeiten stolz zu sein.

Harper überraschte sie mit einem modernen Gerät, das sie iPad nannte. Die anderen Mädchen waren von dem Geschenk schwer beeindruckt und beugten sich darüber, um es genau zu betrachten, aber Mamaw hatte nicht die leiseste Ahnung, wie sie es benutzen sollte. Harper versprach, es ihr beizubringen, und sagte, sie wolle ihr helfen, »online zu gehen«. Was auch immer das heißen sollte, Herr im Himmel.

Schließlich legte Carson eine Schachtel vor sie auf den Tisch, eingewickelt in lila Blumenstoff »im japanischen Furoshikistil«. Mamaw amüsierte diese exotische Verpackung, die so typisch für Carson war. Aber sie war überhaupt nicht auf das Geschenk darin vorbereitet. Es war ein umwerfendes Foto von Mamaw, wie sie auf ihrem Lieblingskorbstuhl saß und über die Bucht sah. Carson hatte all ihre nicht unerheblichen Fähigkeiten darauf verwandt, genau die richtige Mischung der roten und goldenen Farben des Sonnenuntergangs zu erwischen, um Mamaws Haut ein Strahlen zu verleihen, so dass sie ganz ätherisch wirkte. Es war ein einzigartiger, unbeobachteter Augenblick, nicht gestellt. Carson hatte eine seltene Wehmut in ihrem Gesicht eingefangen, eine heftige Zärtlichkeit, die jede der drei Mädchen erkannte und die sie zutiefst bewegte. Mamaw sah Carson in die Augen und dankte ihr. Während sie die Worte aussprach, wunderte sie sich über den Scharfblick dieser jungen Frau, ihrer Enkelin, die Einblicke in eine Seele erhaschen konnte.

Nachdem die Kellner die letzten Teller abgeräumt hatten, gab Mamaw ihnen das Zeichen, noch eine Runde Champagner zu servieren. Schließlich war der Augenblick gekommen, auf den sie so lange gewartet hatte.

»Jetzt bin ich an der Reihe, jeder von euch etwas zu schenken«, verkündete sie.

»Wir bekommen ein Geschenk?«, fragte Dora mit überrascht hochgezogenen Augenbrauen.

Die Mädchen setzten sich alle aufrecht auf ihre Stühle, mit riesengroßen Augen, während Mamaw sich bückte, um die schwarze Tasche mit Perlenstickerei neben ihrem Stuhl hochzuheben. Daraus nahm sie einen Samtbeutel nach dem anderen und gab sie ihren Enkeltöchtern. Plötzlich bewegten sich alle und man hörte hohes Kreischen, während das Zimmer von »Oohs« und »Aahs« widerhallte. Die Mädchen sprangen auf, um Mamaw zu küssen, ihr Liebeserklärungen zu machen und zu danken, bis ihr schwindlig wurde. Sie grinste von einem Ohr zum anderen und dachte, dass sie wie Schmetterlinge in ihrem Garten wirkten, die von einer Blume zur nächsten flogen, während sie sich gegenseitig dabei halfen, die Perlen anzulegen. Dann, in einem einzigen Gekicher, liefen sie raus, um sich im Badezimmerspiegel zu bewundern.

Mamaw und Lucille blieben am Tisch sitzen, lächelten und hoben ihre Champagnergläser auf ihren Erfolg. Bald kamen die Mädchen zurück und setzten sich wieder an den Tisch, ihre Gesichter voller Freude. Mamaw musterte sie genau, um zu überprüfen, ob es Anzeichen dafür gab, dass eine enttäuscht war, oder ob sie im Badezimmer getauscht hatten. Sie war erleichtert, dass jedes Mädchen mit der für sie ausgewählten Kette zufrieden war.

Mamaw und Lucille wechselten einen bedeutungsschweren Blick. Lucille stand auf, entschuldigte sich taktvoll und ging, um die letzten Details bei der Abfahrt des Partyservice zu regeln. Mamaws Blick glitt über den Tisch und blieb an jedem der Mädchen hängen, die glücklich strahlend ihre Perlen trugen – Dora die rosa Perlenkette in Opernlänge, Carson ihre dunklen Südseeperlen und Harper die cremefarbene kurze Dreifachkette. Jedes Mädchen war zu einer ganz eigenen Schönheit herangewachsen. Sie hätte sie nicht mehr lieben können als in diesem Augenblick. Jetzt musste sie darum beten, die Kraft zu haben, sie herauszufordern. Sie hob ihren Silberlöffel und schlug gegen ihr Kristallglas, um die Aufmerksamkeit der Mädchen zu bekommen. Sie hörten auf zu reden und alle Augen ruhten auf ihr.

»Meine Lieben«, begann sie. Sie war wieder erstaunt, welch große Nervosität sie überkam. Sie räusperte sich und fuhr fort: »Es ist lange her, seit wir das letzte Mal zusammen Zeit in Sea Breeze verbracht haben. Ich hoffe, dass ihr euch hier alle zu Hause fühlt, dass es ein Ort ist, an den ihr kommen könnt, wann immer ihr wollt.«

Die Mädchen versicherten ihr, dass es so war.

»Aber die Zeit vergeht. Wie ihr wisst, werde ich nicht jünger. Es wird nicht mehr besser und ich habe akzeptiert, dass es für mich an der Zeit ist, in ein Altenheim zu ziehen, wo ich mit vielen Freunden wohnen werde und, wichtiger noch, wo ich all die Annehmlichkeiten nutzen kann, die das Leben einfacher machen, wenn man ein gewisses Alter erreicht hat.«

Dora, die neben ihr saß, tätschelte ihre Hand. »Für uns bleibst du immer alterslos, Mamaw.«

»Danke, meine Liebe. Ich werde allerdings leider auch nicht reicher. Was mich zu dem bevorstehenden Geschäft führt. Ihr drei habt euch woanders euer Leben aufgebaut. Ihr habt alle viel zu tun, ihr wollt an andere Orte reisen, wenn ihr Urlaub habt, anstatt hierher. Das verstehe ich. Ich muss der Tatsache ins Auge sehen, dass eure Besuche in Sea Breeze selten sind. Ich will euch damit überhaupt nicht kritisieren. Ich bin aber immer eine Realistin gewesen.« Sie breitete ihre Hände aus. »Ich werde Sea Breeze verkaufen«, sagte sie mit einem bittersüßen Lächeln.

Auf den Gesichtern ihrer Enkeltöchter erblickte sie eine Mischung aus Schock und Trauer.

Dora sprach als Erste. »Aber Sea Breeze gehört seit Generationen der Familie.«

»Ja, das ist wahr. Ich spüre diese Last allzu deutlich. Ich habe alles getan, was in meiner Macht stand, meine Lieben.«

»Gibt es keine Möglichkeit, es zu behalten?«, fragte Carson. Sie sah getroffen aus.

»Ich glaube nicht.«

»A-aber«, stotterte Dora, »ich … ich dachte …« Sie schüttelte den Kopf. »Ich weiß nicht, was ich dachte.« Sie lachte verlegen. »Wahrscheinlich, dass du Schubladen voller Geld hast.«

Mamaw lächelte nachsichtig. »Wir waren wohlhabend, das ist wahr. Aber unser Vermögen ist deutlich geschrumpft. Es gab schlechte Investitionen, das Auf und Ab am Aktienmarkt, die hohen Lebenshaltungskosten und die Ausgaben für Krankheit und Alter. Nachdem euer Großvater in Rente gegangen ist, lebten wir von unseren Ersparnissen. Es kam kein neues Geld herein und die Kosten stiegen. Wenn ihr wüsstet, was eine Versicherung für dieses Haus heute kostet, würdet ihr weinen!« Sie hielt inne, wählte ihre Worte mit Bedacht. »Und dann waren da die Ausgaben für Parker. Die schlichte Wahrheit ist, dass mein Sohn – euer Vater – zu seinen Lebzeiten einen Großteil meines Geldes verschlungen hat. Es war meine Entscheidung, ihn zu unterstützen. Ich muss meine Rolle dabei, wie sich alles entwickelt hat, akzeptieren. Aber jetzt ist die Situation, wie sie ist.«

Es entstand eine Stille, als die Mädchen die Mitteilung verdauten.

»Er hat was?«, platzte schließlich Dora heraus und brach das Schweigen.

Harper fügte sanfter hinzu: »Ich verstehe nicht. Was meinst du damit, dass er dein Geld verschlungen hat?«

Mamaw schaute zu Carson. Sie saß aufrecht da, das Kinn angespannt, und ihre blauen Augen glühten wie Schweißbrenner.

»Parker hat sich selbst nie gefunden«, sagte Mamaw. Sie bemühte sich, ihre Worte mit Güte zu polstern. »Du meine Güte, er hat so viele Projekte ausprobiert, und er hatte so viel Potenzial. Leider hat er sein Potenzial nie ausgeschöpft. Er brauchte …« Sie suchte nach dem richtigen Wort, das ehrlich, aber gerecht war. »… er brauchte *Unterstützung* über die Jahre. Und Edward und ich haben sie ihm gewährt.«

Carson konnte sich nicht mehr zurückhalten. »Unterstützung? Er hing komplett von deinem Geld ab.«

»Moment.« Harper versuchte immer noch, es zu begreifen. Sie wandte sich an Carson: »Willst du damit sagen, dass er nichts verdient hat? Dass Mamaw ihm einfach Geld gegeben hat?«

»Genau das meine ich«, erwiderte Carson.

»Was ist mit seinem Schreiben?«

Mamaw bedeckte ihre Augen mit einer Hand, als Carson verächtlich loslachte.

.

»Sein Schreiben?«, fragte Carson ungläubig. »Meinst du das ernst?«

»Ja, sicher«, entgegnete Harper. »Ich habe immer gedacht, mein Vater sei Schriftsteller.«

Ein untypisch grausames Lächeln breitete sich auf Carsons Gesicht aus. »Hast du das? Nein, Harper. Unser Vater war kein Schriftsteller. Er war ein Möchtegernschriftsteller«, antwortete sie. »Oder besser gesagt, er wollte nicht so sehr Schriftsteller sein, wie er berühmt sein wollte. Das ist ein Unterschied.«

»Du musst nicht so gemein sein«, ermahnte Harper sie und blickte ihr in die Augen.

Carson zuckte mit den Schultern. »Ich, gemein? Du weißt, dass sein großer amerikanischer Roman nie veröffentlicht wurde, oder? Das solltest du wissen. Deine Mutter war die erste Lektorin, die ihn abgelehnt hat.« In ihrem Tonfall schwang unüberhörbar eine Anschuldigung mit.

»Ja«, antwortete Harper knapp und versuchte sich aufrecht zu halten. Sie fuhr fort: »Mutter war immer sehr deutlich, was sein Talent anging oder eher das fehlende Talent. Aber ich dachte immer, dass ihr Urteil durch ihre allgemeine Abscheu ihm gegenüber getrübt war.«

Carson schien etwas besänftigt. »Nun, sie stand mit ihrer Meinung zu seinem Talent nicht allein da«, sagte sie. »Er hätte sein Zimmer mit den Ablehnungsschreiben tapezieren können.«

»Was ist mit den Drehbüchern?«, wollte Harper beharrlich wissen. »Ist er nicht deswegen nach Kalifornien gezogen?«

»O Gott«, stöhnte Carson und schüttelte ihren Kopf, den sie in den Händen hielt. Dann schaute sie zu Harper auf und fragte: »Du weißt wirklich gar nichts, oder?«

Dora meldete sich zu Wort. »Ich anscheinend auch nicht.

Ich bin immer davon ausgegangen, dass Daddy sein Geld als Drehbuchschreiber verdient hat.«

Carson ließ die Hand sinken und sah Mamaw vorwurfsvoll an. »Sie wissen es nicht?«

Mamaw hob ihr Kinn. »Es ging niemanden etwas an, außer ihm selbst.«

»Der große Mythos von Parker Muir, dem Künstler, dem Schriftsteller, dem Unternehmer, dem geliebten Sohn des großen Muir-Clans ist also immer noch lebendig«, sagte Carson sarkastisch. »Gute Arbeit, Mamaw.«

Dora faltete ihre Hände auf dem Tisch. »Ich finde, es geht uns schon etwas an, Mamaw. Wir sind keine Kinder mehr. Er ist unser Vater, egal, wie abwesend er war. Anscheinend hat er ein großes Loch ins Familienvermögen gerissen. Du hast uns gerade gesagt, dass du Sea Breeze wegen seiner Schulden verkaufen musst. Das betrifft uns alle. Schließlich sind wir deine Erbinnen. Natürlich nach unseren Müttern.«

Mamaw richtete sich auf ihrem Stuhl auf. »Euren Müttern?«, sagte sie und wurde lauter vor Abneigung. »Meine Schwiegertöchter waren nicht mehr als eine Enttäuschung. Mein Sohn hatte vielleicht drei kaputte Ehen, aber das war nicht allein seine Schuld, es gehören immer zwei dazu.«

Carson stand abrupt auf und griff nach der Champagnerflasche. Sie füllte ihr Glas, dann ging sie herum und schenkte ihren Schwestern nach.

Mamaw bereute ihren Kommentar und schaute auf den Blumenschmuck. Die Rosen wirkten vor den flackernden Kerzen wie aus einer anderen Welt. Ihre Gedanken gingen zurück zu anderen Dinnerpartys, vor Jahren, als Parker jung und vielversprechend war. Er glänzte in seinem Dinnerjacket und mit seinem scharfen Witz, den eleganten Umgangsformen, seinem außergewöhnlich guten Aussehen – er war umwerfend. Mamaw wünschte, seine Töchter hätten ihn damals gekannt.

Harper drehte sich zu ihr um und begann mit ruhigem Tonfall zu sprechen. »Mamaw, ich kenne meinen Vater nicht. Abgesehen von den paar Geschichten, die du mir erzählt hast, und den wenigen Informationen von meiner Mutter ist er für mich ein vollkommen Fremder. Von dir habe ich gehört, dass er ein Schriftsteller war, ein brotloser Künstler. Ein sehr romantischer Charakter. Von Mutter habe ich gehört, dass er ein rasender Alkoholiker war, ein Schriftsteller ohne Talent mit einem übertriebenen Geltungsbedürfnis. Sogar ein Schürzenjäger.«

»Ich finde, deine Mutter hat den Nagel auf den Kopf getroffen.« Carson hob ihr Champagnerglas zu einem spöttischen Toast voller Verachtung: »Auf den lieben alten Dad.«

»Das reicht, Carson«, sagte Mamaw zutiefst verletzt. Sie sah ihre Enkelin an und wunderte sich über die Ursache für ihre tiefe Verbitterung.

Carson runzelte die Stirn und leerte ihr Champagnerglas.

»Du hast Harpers Frage noch nicht beantwortet«, sagte Dora und kam damit auf den wunden Punkt zurück. »Wovon hat Daddy all die Jahre in Kalifornien gelebt?«

Carson wandte den Kopf zu Mamaw. Sie drehte den Stiel ihres Glases zwischen den Fingern und erwartete, ja forderte eine Antwort. Als Mamaw nichts sagte, stellte Carson das Glas auf dem Tisch ab und starrte es an. »Die gute Mamaw schickte ihrem kleinen Jungen eine monatliche Unterstützung«, sagte sie. »Das war bei uns zu Hause immer eine große Sache, wie ihr euch vorstellen könnt. Dad, der auf seinen Scheck wartete …« Sie sah auf ihr leeres Glas und sagte in einem anderen Tonfall: »Ich weiß, Mamaw, du wolltest ihm helfen.«

»Nicht nur ihm. Ich wollte auch *dir* helfen.«

Carson griff nach der Flasche, um ihr Glas aufzufüllen. »Am Anfang war es gar nicht so schlecht. Wir hatten eine hübsche Wohnung. Mamaw und Granddaddy gaben ihm ordentlich Geld, das er in ein neues Projekt investieren wollte. Ich war noch ziemlich jung, ich erinnere mich nicht, was es war.«

»Es war ein Film«, sagte Mamaw.

Carson sah sie lange an. »Nein, ich glaube nicht, dass es das war.«

»Ich sollte es aber wissen«, erwiderte Mamaw. »Ich erinnere mich noch gut daran. Er schrieb das Drehbuch und hatte einen Produzenten.« Sie wedelte mit der Hand durch die Luft. »Ich … ich kann mich nur nicht an den Titel erinnern.«

»Ich wünschte, wir könnten ihn sehen«, sagte Dora. »Einen Film nach einem von Daddys Drehbüchern. Das ist doch was, oder?« Den letzten Satz sagte sie wie ein Cheerleader und ermutigte die Mädchen damit, ein bisschen stolz auf ihren Vater zu sein.

Mamaw schwieg. Edward war immer skeptisch gewesen, was das ganze Projekt anging, aber sie hatte ihn zu der finanziellen Unterstützung überredet. Sie glaubte an Parkers Behauptung, dass weitere folgen würden, wenn er nur diesen einen Film fertig bekäme. Es war eine große Investition, und wie hatte sie gebetet, dass damit endlich seine Karriere starten würde. Als der Film fertig war, waren sie und Edward nach Atlanta geflogen, um ihn zu sehen. Sie hatte sich dafür extra ein neues Kleid angezogen und hatte eine Party schmeißen wollen, aber ihr Sohn war merkwürdigerweise gegen jegliche Fanfare und ermunterte sie nicht, sich den Film anzusehen. Der Streifen wurde in einem schmierigen Kino in einem heruntergekommenen Stadtviertel gezeigt, was ihnen schon mal hätte zu denken geben sollen. Mamaw war geschockt und Edward von dem Film so aufgebracht, dass sie nach den ersten fünfzehn Minuten aufstanden und hinausgingen. Auf dem Nachhauseweg nach Charleston hatte Edward Mamaw erklären müssen, was Softcore-Pornografie war.

»Wo ist der Film? Ich würde ihn gern sehen«, sagte Harper.

»Ich habe keine Ahnung«, sagte Mamaw abwesend. »Wahrscheinlich wurde er zerstört. Ist verschollen.«

Carson drehte sich um und sagte leichthin: »Der Film wurde nicht gerettet. Unterm Strich bleibt die Tatsache, dass er kein Erfolg war und es keine weiteren gab. Ende der Geschichte.« Sie wandte sich zu Mamaw um, ihr Blick sandte die Botschaft, hier aufzuhören. Mamaw begriff sofort, dass Carson die ganze Geschichte kannte, darüber aber nicht sprechen wollte. Es war ihr peinlich, doch sie schützte auch den Ruf ihres Vaters und vielleicht sogar den Mamaws.

»Ab da verschlechterte sich alles«, fuhr Carson fort. »Wir wurden öfter aus Wohnungen rausgeschmissen, als ich mich erinnern kann, jede schäbiger als die vorige. In *einem* war Daddy ein Meister«, sagte sie mit einem bitteren Lachen. »Nämlich seinen Gläubigern voraus zu sein. Moment«, fügte sie hinzu und hob einen Finger, »er war bei noch etwas gut: Der Mann konnte eine gute Geschichte erzählen. Es ist eine verdammte Schande, dass er diese Geschichten nie zu Papier gebracht hat. Sein einziges Publikum waren seine Saufkumpane.«

Sie leerte ihr Glas.

»Er ist allein in einer Kneipe gestorben. Wusstet ihr das?« Carson sah von einer Schwester zur anderen, schließlich blieb ihr Blick bei Mamaw hängen. »Die Polizei rief mich an, damit ich die Leiche identifiziere.« Sie machte eine Pause, drehte den Glasstiel zwischen den Fingern und sagte missmutig: »Keine meiner schönsten Erinnerungen.«

Mamaw legte eine Hand an den Hals, sie hatte das Gefühl, er schnürte sich zusammen. Was Carson da erzählte, hatte sie nicht gewusst. Als Carson sie damals anrief, war seine Leiche bereits in der Leichenhalle. Edward war sofort nach L. A. geflogen, um den Toten und Carson nach South Carolina und nach Hause zu bringen. Mamaw war immer davon ausgegangen, dass Edward den Toten identifiziert hatte, und er hatte sie nie korrigiert, sicher um sie zu beschützen. Das wäre so typisch für ihn gewesen.

»Ich dachte ...«, begann Dora, dann musste sie abbrechen und Luft holen, sie war durcheinander. »Gott, ich dachte, es wäre alles so anders gewesen«, sagte sie langsam. Sie schaute zu Carson hoch. »All die Jahre, die ihr in Kalifornien verbracht habt, ich hatte mir immer vorgestellt, dass ihr in irgendeinem Luxusapartment mit Blick aufs Meer gewohnt habt. Euch mit Filmstars und Glamour vergnügt. Ich war neidisch auf dich, Carson. Ich dachte, dass du der Glückpilz warst.«

»Luxusleben?« Carson lachte bitter. »Nicht ganz.«

»Wenigstens wusstest du, dass er dich liebte«, beharrte Dora. »Ich wusste, dass er mich nie geliebt hat. Meine Mutter hat es mir oft genug erzählt. Sie hat gesagt, dass ich nur eine nervige Last war, jemand, dem er ein Geburtstags- und Weihnachtsgeschenk schicken musste, wenn er sich daran erinnerte. Was nicht so oft vorkam.« Dora verschränkte die Arme und sah weg.

»Oh, Dora«, murmelte Mamaw leise. Sie hätte Winnie für ihre Kälte am liebsten erwürgt. Schreckliche Frau. Wie konnte eine Mutter einem jungen Mädchen so etwas erzählen? Dora drehte sich um und sah über Mamaw hinweg zu Carson. »Weißt du, was das Verrückteste dabei ist? Dass ich ihn nicht hasse. Ich hasse *dich*, weil du diejenige warst, die Daddy am liebsten mochte. Er hat dich bei sich behalten und Harper und mich zurückgelassen.«

»Am liebsten mochte? Er hat mich nur mitgeschleppt, damit ich mich um ihn kümmere.«

»Carson«, unterbrach Mamaw sie scharf. »Das stimmt nicht. Er wollte dich bei sich haben. Du hattest keine Mutter, die sich um dich kümmern konnte, so wie die anderen.«

»Ich hatte dich«, sagte Carson mit brüchiger Stimme. »Ich wollte bei dir bleiben. Ich habe dich angefleht, aber du wolltest nicht.«

Mamaw erschrak vor dem gebrochenen Herzen, das in Carsons Vorwurf durchklang. »Ich hätte dich liebend gern bei mir behalten. Ich wollte es. Was konnte ich denn tun?«, rief sie. »Du warst seine Tochter!«

»Nein!«, schrie Carson. »Das war nicht der Grund, warum du mich gehen ließest. Du konntest ihm nie etwas abschlagen.« Tränen stiegen ihr in die Augen. »Nicht einmal für mich.«

Mamaws Hände flogen an ihre Wangen. »Das kannst du doch nicht glauben! Parker ... er liebte dich. Euch alle.«

»Tat er das?« Carson zuckte mit den Schultern, schniefte und wischte sich die Tränen von den Wangen. Sie schüttelte kläglich den Kopf. »Vielleicht. Ich weiß es nicht. Er hat es versucht. Aber weißt du was? Es ist mir egal, ob er mich geliebt hat. Er war ein schrecklicher Vater. Ein Taugenichts, ein Faulenzer ...«

»Carson, hör auf«, zischte Dora. »Daddy war das alles nicht.«

»Woher willst du das denn wissen?«, schoss Carson zurück. »Du hast ihn ja nie gesehen, außer als er zurückgeflogen kam, um dich zum Altar zu führen.« Sie lehnte sich vor, durchbohrte Dora mit ihrem Blick. »Erinnerst du dich nicht, dass du gesagt hast, du wolltest nicht, dass er dich zum Altar führt? Du hattest Angst, er wäre so betrunken, dass er es nicht schaffen würde, ohne auf den Hintern zu fallen. Er wusste, dass du so denkst. Und es hat ihn getroffen.«

Dora erblasste bei der Erinnerung. Mamaw hatte das Gefühl, innerlich zu schrumpfen. Ihr stockte der Atem.

Harper meldete sich zu Wort. »Das einzige Mal, dass ich ihn gesehen habe, war bei Doras Hochzeit. Ich war erst vierzehn. Ich war gleichzeitig so nervös und so froh über die Aussicht, ihn zu treffen. Aber als er in die Kirche kam, konnte sogar ich sehen, dass er betrunken war. Genau wie meine Mutter es vorhergesagt hatte. Ich erinnere mich, dass Granddaddy so wütend auf ihn war. Später beim Empfang musste ich ihn treffen. Ich meine, er war mein Vater. Also verfolgte ich ihn. Ich fand ihn hinten im Saal an eine Wand gelehnt. Er entdeckte mich und kam lächelnd auf mich zu. Mein Magen zog sich zusammen, und ich wünschte mir, dass er mich umarmen und mir sagen würde, wie sehr er mich liebte. Doch er blieb einfach nur stehen und sah mich an. Er schwankte etwas auf seinen Beinen, während ich so angestrengt lächelte, dass mir die Wangen wehtaten. Er grinste mich an und sagte: ›Du siehst aus wie deine Mutter.‹«

Harper hielt inne. In ihrem Gesicht spiegelte sich der Schmerz dieser Erinnerung. »Ich werde das Gift nie vergessen, das in seinen Worten lag. Es klang so, als wäre es das Schlimmste, was er sagen konnte. Als wäre es ein Fluch, als verabscheute er meinen Anblick. Er ging einfach weg. Ich habe ihn nie wiedergesehen.« Sie wischte mit zitternden Fingerspitzen die Tränen aus ihrem Gesicht. »Nicht ganz das Gefühl, das man sich als junges Mädchen vom eigenen Vater erträumt.«

Während die jungen Frauen diskutierten und schmerzhafte Erinnerungen austauschten, legte Mamaw eine Hand auf ihr Herz. Sie spürte die Last der Jahre. Es tat ihr weh, dabei zuzuhören, wie ihre Enkeltöchter Parkers Fehler so gnadenlos und voller Groll beim Namen nannten. Sie starrte auf die flackernden Kerzen und bemühte sich, ruhig zu atmen. Wachs floss über die krummen Kerzen auf Kristall und Leinen. Sie wusste nicht, ob sie dieses Chaos in Ordnung bringen konnte. Sie stützte sich auf die Stuhllehne und stand schwankend auf. »Ich brauche frische Luft«, sagte sie schwach.

Sofort endete das Gespräch. Carson und Dora sprangen auf und hielten ihre Arme. Mamaw konnte sie nicht ansehen, sie war zu aufgeregt. »Ich muss aus diesem Kleid raus.«

10

In die dicken Kissen des schwarzen Korbstuhls gekuschelt, saß Mamaw auf der Veranda. Als sie den Blick hob, tröstete sie der Anblick des klassischen Halbmondes über South Carolina, neben dem eine strahlend helle Venus schwebte. Wie Glühwürmchen glitzerten um diese herum noch mehr Sterne und schufen einen stimmungsvollen Nachthimmel. Lucille hatte ihr geholfen, das lächerlich enge Kleid auszuziehen. Mamaw war geschockt, als sie rosa Flecken vom Mieder auf ihrem Körper entdeckte, aus denen sicher Blutergüsse würden.

Jetzt konnte sie in ihrem fließenden Morgenrock frei atmen. Sie hätte es besser wissen müssen und sich nicht in ein Kleid zwängen sollen, das sie zu der Zeit getragen hatte, als sie noch eine Taille gehabt hatte. Ihre Eitelkeit war immer eine Last gewesen. Sie starrte in die Schwärze und dachte darüber nach, warum das Tischgespräch eine so hässliche Wendung genommen hatte. Gefühle waren viel heftiger aufgeflammt, als sie es erwartet hatte. Ein Buschbrand, der völlig außer Kontrolle wütete ...

Das Geräusch von knirschendem Holz warnte sie, dass jemand kam. Sie schaute über ihre Schulter und sah die Silhouette einer Frau mit einer Flasche und zwei Gläsern.

»Möchtest du noch Wein?«, hörte sie Carsons Stimme.

»Um Himmels willen, Kind, nein«, antwortete Mamaw. Sie fühlte sich noch immer beschwipst. »Ich kann keinen Tropfen mehr trinken. Die Tage, als ich bis in die Puppen feiern konnte, sind vorbei. Ich muss darauf achten, nicht zu dehydrieren.«

Carson stellte die beiden Gläser und die Flasche auf den Tisch, nahm den Stuhl neben Mamaw und griff nach ihrer Hand.

»Mamaw, mein Ausbruch von vorhin tut mir so leid. Es war verkehrt und unverschämt. Ich bin eigentlich besser erzogen worden.«

»Entschuldige dich nicht dafür. Ich müsste mich bei dir entschuldigen. Ich hätte aufmerksamer, achtsamer sein müssen. Wenn ich daran denke, was du in der Nacht durchgemacht hast, als dein Vater starb ...«

Carson schloss fest die Augen. »Du hast dein Bestes getan.«

»Ich denke, das haben wir alle.«

Carson war dankbar für ihr Verständnis.

»Aber so viel Wut! Ich wusste nicht, dass du eine solche Last mit dir herumträgst.«

»Es ist alles herausgeplatzt«, sagte Carson. »Ich wollte nicht, dass das passiert. Ich wollte deine Party nicht verderben.«

Mamaw wischte diese Bemerkung mit einer Handbewegung beiseite. »Party ... wir sind eine Familie. Mach dir deswegen keine Sorgen.«

»Aber das tue ich. Ich konnte nicht aufhören. Ich weiß nicht, ob es nur daran lag, dass es mir im Moment so schlecht geht. Ich wollte auch, dass meine Schwestern die Wahrheit darüber erfahren, wie es war, mit ihm in Kalifornien zu leben. Dora sagen zu hören, dass sie dachte, wir lebten wie die Reichen und Berühmten. Ich musste diesen Schleier wegreißen und ihnen das wahre, traurige Spektakel zeigen.«

»Ich wünschte, du hättest mir früher erzählt, wie schlecht eure Lage geworden war. Ich hätte dich nach Hause geholt. Hierher.«

»Es ist zu spät, um die Dinge jetzt noch zu ändern. Mein Leben ist nicht mehr hier, Mamaw. Kalifornien ist mein Zuhause.«

»Ist es das?«, fragte Mamaw.

»Dort ist meine Arbeit.«

»Ist sie das?«, fragte Mamaw noch einmal.

Carson schüttelte einfach nur den Kopf. »Ich habe ihn geliebt«, flüsterte sie. »Ich habe ihn wirklich geliebt, trotz allem.«

Mamaw hatte das Gefühl, ihr müsste das Herz brechen. »Ich weiß«, sagte sie mit zitternder Stimme. »Ich auch.«

Die Fliegengittertür knallte und Carsons Schwestern kamen zu ihnen auf die Veranda. Mamaw lehnte sich in ihrem Stuhl zurück, um sich zu sammeln, während Carson sich schnell die Wangen abwischte und zum Tisch griff, um sich ein Glas Wein einzuschenken, ganz bis an den Rand.

Harper reichte Mamaw ein Glas.

»Kein Wein mehr für mich«, sagte Mamaw.

»Für mich auch nicht«, entgegnete Harper. »Das ist Wasser.«

»Dank dir.« Mamaw trank durstig. Sie wartete, während Dora und Harper zwei der übergroßen schwarzen Korbstühle nahmen und sie näher heranzogen, um einen Kreis zu bilden. Mamaw lächelte, amüsiert, die Mädchen in ihren Schlafanzügen, aber immer noch mit Perlenketten zu sehen. Sogar ihre Nachthemden waren unterschiedlich, entsprachen ihren Persönlichkeiten. Harper sah in ihrem grauen, schmalen Nachthemd mit der engen dreiteiligen Perlenkette schlank und elegant aus. Doras Perlen mit Opernlänge hingen über ihrem altmodischen malvenfarbenen Nachthemd. Mamaw erkannte es im schwachen Licht nicht ganz genau, aber es sah so aus, als baumelten Carsons schwarze Perlen über einer Trainingshose und einem Unterhemd.

Dora lehnte sich vor, um die große Kerze in der Tischmitte zu entzünden. »Wir sehen aus wie ein Hexensabbat«, sagte sie.

»Die drei Hexen«, ergänzte Harper ironisch.

Mamaw war erleichtert, als sie sah, wie sie alle nach den vorherigen Explosionen die Stimmung heben wollten, aber eine nur dünn verschleierte Anspannung lag immer noch in der Luft.

»Mamaw«, sagte Carson sanft und streckte sich, um ihre Hand zu berühren. »Wie geht es dir? Willst du ins Bett?«

»Nein«, erwiderte sie, als ihr bewusst wurde, dass diese zweite Zusammenkunft für sie eine zweite Chance war. »Ich bin zwar ein bisschen müde, aber ich bin alt, das war also zu erwarten. Der heutige Tag war zu aufregend. Und vielleicht habe ich auch zu viel getrunken.«

»Willst du noch etwas Wasser?«, fragte Dora und wollte aufstehen.

»Nein, nein, lass nur. Ich brauche nichts. Wirklich, meine Lieben, jetzt, da ich aus diesem Kleid raus bin, geht's mir gut. Aber ihr müsst alle daran denken, viel Wasser zu trinken, solange ihr hier seid. Nie dehydrieren. Sonst bekommt ihr schlimme Falten im Gesicht.«

Die Mädchen fingen an zu lachen und obwohl es auf ihre Kosten ging, war es Mamaw egal. »Lacht nicht!«, ermahnte sie sie. »Irgendwann werdet ihr in den Spiegel schauen und all diese Falten und Linien sehen und euch wünschen, ihr hättet auf den Rat eurer alten Großmutter gehört.«

»Wir hören ja!«, sagte Carson immer noch kichernd.

Mamaw lehnte sich vor und sagte in einem gespielten Flüsterton: »Sollte es eine von euch schaffen, Lucilles Geheimrezept für ihr glattes Gesicht herauszubekommen, werde ich sie fürstlich belohnen!«

»Gilt«, erwiderte Carson.

»Ich weiß nicht«, sagte Dora zweifelnd. »Sie ist ziemlich geheimniskrämerisch mit ihren Rezepten. Ich versuche seit Jahren, ihr Gumborezept zu bekommen.«

»Der alte Sturkopf«, sagte Mamaw und lehnte sich in die Kissen zurück.

Die Frauen kicherten alle leise, dann fuhr Harper in einem nachdenklicheren Tonfall fort: »Mamaw, ich will mich nicht einmischen, aber wir haben uns in der Küche unterhalten und uns gefragt, ob du finanzielle Probleme hast. Brauchst du unsere Hilfe?«

»Ach, ihr lieben Mädchen, seid ihr nicht süß wie Zucker? Das ist sehr rührend, aber unnötig. Mein ganzer Stolz ist, dass ich euch nicht zur Last falle. Ich bin kein Zahlenmensch, aber ich habe gute Berater, die mir bei der Planung geholfen haben. Und Edward war bei Bankangelegenheiten natürlich sehr gewissenhaft. Ich habe meine Finanzen so geregelt, dass ich in ein Altenwohnheim ziehen kann, und wenn ich einmal dort bin«, sie lachte, »werde ich erst wieder gehen, wenn der Herrgott mich zu sich ruft.«

»Und das wird noch sehr lange nicht geschehen, so beten wir«, sagte Dora.

»Betet weiter«, sagte Mamaw. »Ich wollte euch nicht beunruhigen. Ich habe nur erklärt – nicht sehr gut, wie ich befürchte –, warum ich Sea Breeze verkaufe.« Sie hielt inne. Jetzt kam sie zu den Dingen, die sie besprechen wollte. »Ich wünschte, ich könnte es euch vererben, aber ...« Mamaw sah von einer Enkelin zur nächsten. »Wenn eine von euch den Wunsch hat, Sea Breeze zu kaufen, dann werde ich natürlich alles tun, um es zu ermöglichen.« Sie machte eine Pause, aber niemand sagte etwas, was sie auch nicht erwartet hatte. Keines der Mädchen war finanziell in der Lage, ein Haus zu kaufen, geschweige denn eines, dass so enorm viel kostete wie Sea Breeze. »Nach euch werde ich die entfernten Verwandten kontaktieren. Bei den erhöhten Steuern, den steigenden Versicherungssummen …« Sie seufzte. »Ich weiß nicht, ob jemand es kaufen kann oder auch nur will. Ich fände es natürlich gut, wenn das Haus in der Familie bliebe. Aber wenn es kein Interesse gibt, bin ich gezwungen, einen Immobilienmakler zu kontaktieren und das Haus an Fremde zu verkaufen.« Sie seufzte und faltete die Hände im Schoß. »Es geht nicht anders.«

»Wann?«, fragte Carson betroffen.

»Wohl irgendwann im Herbst.«

Als niemand etwas sagte, fuhr Mamaw fort: »Was mich zum nächsten Thema bringt. Da das Haus verkauft werden wird, muss ich mich von einigen der wichtigeren Familienstücke trennen. Mein Vorschlag ist folgender.« Sie sah sich um und entdeckte, dass die Augen der Mädchen vor Interesse leuchteten. »Ich hätte gern, dass jede von euch den Gegenstand aufschreibt, den sie am liebsten haben möchte. Den einen Gegenstand, den ihr unbedingt wollt, mehr als alle anderen. Ich will sicher sein, dass jede von euch etwas aus dem Haus mitnimmt, das sie liebt.«

»Es gibt so viele hübsche Dinge«, sagte Dora eifrig. »Ich wüsste nicht, wo ich anfangen soll.«

»Du hast doch schon angefangen!«, neckte Carson sie. »Ich habe dich dabei erwischt, wie du durchs Haus geistert bist und dir alles angesehen hast.«

Doras Wangen glühten. »Das habe ich nicht! Das stimmt nicht, Mamaw!«

»Ach, komm schon, Dora«, sagte Harper. »Sogar ich habe beobachtet, wie du Porzellan hochgehoben hast, um nach dem Hersteller zu sehen.«

»Sich zu informieren ist nie verkehrt«, schimpfte Dora. »Was ist denn mit euch los?«

»Ich bitte dich«, sagte Harper leicht herablassend.

»Jetzt tu bloß nicht so englisch-königlich. Du hängst immer vor diesem Computer. Googelst du nach frühen amerikanischen Möbeln, hm?«

Harper lachte laut auf. »Wohl kaum. Aber jetzt, wo du es sagst ...« Ihre Augen sprühten vor Vergnügen. Sie wandte sich Carson zu und drohte mit dem Finger. »Ich habe gesehen, wie du die Preise für Cadillac-Oldtimer überprüft hast.«

Carsons Kinnlade klappte hinunter. »Weil ich Mamaw das Auto gern abkaufen möchte! Es geht um ein Geschäft. Ich muss seinen aktuellen Wert wissen.«

»Ja klar.« Harper verdrehte die Augen. »Ganz sicher.«

»Sind dir selbst nicht fast die Augen aus dem Kopf gefallen, als du Mamaws Diamantohrringe gesehen hast?«, fragte Dora.

Harper hatte den Anstand zu lachen. »Getroffen. Sie sind wirklich wundervoll. Ich liebe die alten Naturprodukte aus Kohlenstoff sehr.« Sie sah Mamaw gewitzt an. »Dieser Ring, den du heute Abend getragen hast, ist mir aufgefallen. Steht der auch zur Disposition?«

»Nein!« Dora richtete sich auf. Sie schrie fast. »Das ist ein Familienerbstück! Der Ring wird immer den Muir-Söhnen gegeben, damit sie ihn ihren Frauen schenken. Daher wird er an Nate gehen. Er ist der einzige männliche Erbe.«

»Bis jetzt«, konterte Carson. »Wieso denkst du, wir würden keine Söhne bekommen?«

»Na ja«, sagte Dora pikiert, »du bist schließlich schon vierunddreißig und hast nicht mal einen Freund.«

»Meinen Eiern geht's gut, vielen Dank auch«, sagte Carson drohend.

Harper sagte selbstsicher: »Ruhig Blut, Schwestern. Ich bin erst achtundzwanzig und habe viele Freunde. Ich werde diesen Ring an die erste Stelle setzen.«

»Das kannst du nicht!« Dora kochte. »Er wurde meiner Mutter geschenkt und sie hatte den Anstand, ihn nach der Scheidung Mamaw zurückzugeben. Es ist nur gerecht, wenn dieser Ring an meinen Sohn geht.«

»Dora«, sagte Mamaw in einem Tonfall, der sie sofort zum Schweigen brachte. »Deine Mutter hat nach der Scheidung eine großzügige Abfindung erhalten, unter der Bedingung, den Ring zurückzugeben. Ich will also nichts mehr von ihren noblen Absichten hören. Was die anderen Frauen angeht …« Sie rutschte auf ihrem Stuhl herum, als säße sie auf Nägeln. »Ich will nichts Schlechtes über Tote sagen«, sie schaute Carson an, »aber keine der beiden Frauen hatte den Ring verdient und das habe ich Parker auch gesagt. Der Ring gehört mir. Und er gefällt mir zufällig auch. Gleichgültig, welche Entscheidung ich treffen werde, ich werde sie selbst treffen, ich ganz allein. Verstanden?«

Ihre Enkeltöchter nickten zögernd.

Mamaw sprach in einem bestimmten Tonfall weiter: »Meine Lieben, ihr braucht euch über mich keine Sorgen zu machen. Ich werde mich immer um sich selbst kümmern können. Jede von euch wird ebenfalls ihren eigenen Weg im Leben finden müssen. Ich kann euch jedoch diesen Rat geben: Freunde kommen und gehen. Aber durch dick und dünn, in guten und schlechten Tagen werdet ihr nur auf eure Familie zählen können.« Mamaw atmete ein, sie hatte das Gefühl, wieder alles im Griff zu haben. »Das ist der Kern. Die Familie.« Sie betrachtete die Gesichter ihrer Enkelinnen, froh, ihre volle Aufmerksamkeit zu haben. »Was mich zum nächsten Punkt führt.«

»Es kommt noch mehr?«, murmelte Harper leise.

»Ja, liebe Harper«, antwortete Mamaw eindringlich, »da ist noch eine Sache. Ich habe viel darüber nachgedacht und hoffe also, ihr glaubt nicht, dass das, was ich jetzt sage, das Geschwätz einer exzentrischen alten Frau ist. Es macht mir große Sorgen, dass wir, die letzten Muirs, uns nicht mehr so nahestehen wie früher, jedenfalls nicht mehr so wie in unseren Sommern hier in Sea Breeze. Wir sind Fremde geworden. Ich habe darüber nachgedacht, was ich tun könnte, um den Funken der Familie wieder in uns zu entzünden, bevor Sea Breeze verkauft ist und wir in alle Richtungen verschwinden.«

»Es war nie Sea Breeze, was mich nach Sullivan's Island gebracht hat«, sagte Harper. »Ehrlich, ich bin kein großer Fan von Sea Breeze. Es ist völlig in Ordnung – versteh mich nicht falsch –, aber ich bin immer hergekommen, um dich zu sehen, Mamaw. Und meine Schwestern.« Sie lächelte schüchtern.

Mamaw lehnte sich in ihrem Stuhl zurück. Diese Bemerkung haute sie regelrecht um. Sie sah zu Dora und Carson und erkannte in ihren Gesichtern Zustimmung.

»Ich bin so froh, das zu hören«, sagte sie langsam. »Aber ich befürchte trotzdem mehr als je zuvor, dass die Verbindungen der Muir-Familie sich auflösen werden, wenn ich einmal nicht mehr bin.«

»Ich will nicht daran denken, dass du sterben wirst«, sagte Carson.

»Ich kann nicht ewig leben«, entgegnete Mamaw mit einem sanften Lachen. »Niemand kann das. Aber was wird aus meiner Familie, wenn ich einmal weg bin? Diese Sorge lässt mich nachts nicht schlafen. Also«, sie schlug mit ihren Händen auf die Oberschenkel: »Ich habe einen Plan. Ich bitte jede von euch, den gesamten Sommer in Sea Breeze zu verbringen. Unseren letzten Sommer ... Was sagt ihr?«

Carson lehnte sich zurück und zuckte mit den Schultern. »Du weißt, was ich sage.«

Dora rutschte auf ihrem Stuhl nach vorn. »Ich komme jeden Juli für zwei Wochen. Ich denke, ich kann dieses Mal noch eine oder zwei Wochen dranhängen, wenn du möchtest.«

»Es tut mir leid, Mamaw. Ich kann auf keinen Fall einen ganzen Monat hierbleiben, geschweige denn einen Sommer«, sagte Harper ungläubig. »Ich bekomme nicht mal einen Monat Urlaub! Es tut mir leid, Mamaw. Ich weiß die Einladung zu schätzen, wirklich. Aber dieses Wochenende ist alles, was ich kriegen kann. Und glaub mir, das war schon schwierig genug. Aber wir haben doch immerhin diese paar Tage, nicht wahr?«, fügte sie hinzu, um ein positives Ende zu finden.

Mamaw lehnte sich langsam zurück und faltete die Hände. »Ich glaube, ich habe mich nicht deutlich genug ausgedrückt«, sagte sie. »Ich hatte gehofft, dass ihr meine Einladung, den Sommer hier zu verbringen, freudig annehmen würdet. Aber da das anscheinend nicht der Fall ist, muss ich euch sagen, dass ich euch nicht einfach nur einlade. Das Angebot, den Sommer über in Sea Breeze zu bleiben, ist, nun ja …«, sie tippte ihre Fingerspitzen aneinander, »eher eine Bedingung.«

»Wofür?«, fragte Dora.

Mamaw holte tief Luft. »Bleibt für den Sommer … oder ihr steht nicht mehr im Testament.«

»Was?« Harper sprang empört auf.

»Das ist Erpressung«, sagte Dora. »Du meinst also, dass jede von uns den ganzen Sommer hier verbringen muss, sonst enterbst du sie?«

Mamaws Lippen umspielte ein kokettes Lächeln, eines, auf das ihre Piratenvorfahren stolz gewesen wären. »Ich würde es lieber als zusätzliches Stück Zucker betrachten«, erwiderte sie.

»Ehrlich. Überlegt doch mal! Ein gemeinsamer Urlaub. Zeit, wieder aufeinander zuzugehen. Seht es als ein Geschenk.«

Mamaw wartete in der angespannten Stille, während ihre Enkeltöchter das Ultimatum verdauten.

Dora lehnte sich zurück, offensichtlich resigniert. »In Ordnung, Mamaw. Wenn es dir so viel bedeutet, werde ich es irgendwie hinkriegen. Und ich habe ja sowieso diese ganzen Handwerker im Haus«, fügte sie bedrückt hinzu. »Außerdem wartet daheim niemand mehr auf mich. Ich werde wohl ein paar Mal nach Summerville fahren müssen, aber wenn ich alles irgendwie hinbiege, dann …« Ihre Stimme verstummte nachdenklich.

»Danke schön, meine Liebe. Ich hatte gehofft, dass du es schaffst«, sagte Mamaw.

»Ich müsste Nate hier bei mir haben«, fügte Dora hinzu.

»Natürlich.«

»Ich bin dabei«, sagte Carson grinsend und schlug ihre Beine unter.

Mamaw sah Harper an, die im Patio auf und ab ging. Die Jüngste drehte sich um und kehrte zu der Gruppe zurück. Sie stand Mamaw gegenüber und ihr Gesicht war leicht gerötet. »Das ist lächerlich«, sagte sie nüchtern.

Dora, die neben ihr saß, wandte ungläubig den Kopf zu ihr.

»Es ist keine Erpressung, Dora. Es ist Bestechung«, fuhr Harper fort. »Ich sehe, dass das Piratenblut immer noch durch die Venen der Muirs fließt.«

»Tod den Damen!«, schrie Carson und hob ihre Faust.

Sie wollte die Stimmung etwas heben, aber der Versuch war vergeblich. Harper wollte nichts davon wissen. Sie richtete sich weiter auf, die Zähne zusammengebissen. Ihr war nicht bewusst, wie sehr sie in diesem Moment ihrer Mutter glich.

»Weißt du, Mamaw«, sagte sie, »es ist lachhaft, dass du erwartest, dass wir alles stehen und liegen lassen und zum Urlaub hierherrasen, als wären wir kleine Mädchen. Das sind wir nicht mehr! Wir sind erwachsene Frauen. Mit Jobs. Jedenfalls *ich* habe einen Job. Selbst wenn wir einen Monat bleiben könnten. Aber zwei, drei Monate!«

»Es ist nicht einfach ein Urlaub«, flehte Mamaw. »Es ist eure letzte Möglichkeit, zusammen zu sein.«

»Was glaubst du denn, was passieren würde?«, fragte Harper. »Dass wir uns plötzlich alle wieder nah sind? *Schwestern*? Dafür ist es jetzt zu spät. Daran hättest du viel früher denken müssen.«

»Das hat sie doch«, warf Carson ein. Sie sah ihre Schwester direkt an. »Sie hat uns jeden Sommer eingeladen.«

»Nun, es tut mir leid«, erwiderte Harper. »Ich habe es nicht geschafft. Und ich schaffe es auch diesen Sommer nicht.« Sie griff nach ihrer Perlenkette und nestelte am Verschluss herum.

Carson lehnte sich vor und streckte den Arm aus, um Harpers Bein zu berühren. »Harpo«, sagte sie, ein alter Spitzname. »Was machst du da?«

Harper antwortete nicht. Als sie die Kette abgenommen hatte, ging sie zu Mamaw und hielt sie ihr hin. »Bitte nimm sie. Ich will sie nicht.«

Mamaw streckte die Hand aus, um die Perlen aufzufangen.

»Gute Nacht.« Harper drehte sich auf dem Absatz um und marschierte davon.

»Harper!«, rief Carson ihr nach.

»Lass sie gehen«, sagte Dora düster.

Mamaw zwang sich zu schweigen, sie umschloss die Perlen mit den Fingern und legte ihre Faust an ihr pochendes Herz.

»Ich sehe lieber mal nach ihr.« Carson sprang auf und ging über die Veranda ins Haus.

»Na dann«, sagte Dora beleidigt. »So etwas habe ich in meinem ganzen Leben noch nicht gehört. Wie sie mit dir gesprochen hat. Wie sie die Perlen zurückgewiesen hat. Sie stammt vielleicht von Königen ab, aber keine Lady würde je so mit ihrer Großmutter sprechen. Lass sie zurück nach New York fliegen.«

Mamaw hörte nicht zu. Sie starrte in die nächtliche Dunkelheit, ganz in ihren Gedanken versunken. Der Abend war überhaupt nicht so verlaufen, wie sie es sich erhofft hatte. Das Haus war in Aufruhr und ihre Mädchen einander fremder als jemals.

»Mamaw?« Dora stupste sie an.

Sie schüttelte sich, um wieder in die Gegenwart zu kommen. Dora stand neben ihr und betrachtete sie besorgt.

»Schau doch bitte mal, ob Lucille wach ist, ja, Sugar? Das wäre nett. Wenn sie schläft, dann lass sie. Aber hilf mir auf. Ich bin so müde. Ich gehe in mein Zimmer.« Mamaw fächelte sich Luft zu. »Mein Herz rast wie das eines Hasen. Ich bin erschöpft.«

∼

»Mummy? Ich bin's.« Harper saß auf ihrem Bett in dem Zimmer, das sie sich mit Dora teilte. Das Kissen war flach, die Matratze hart und die alte rosa-blaue Patchworkdecke abgenutzt. Es war weit von den schicken, von Innenarchitekten eingerichteten Zimmern im Haus ihrer Mutter in den Hamptons entfernt. Plötzlich fühlte sie sich ganz allein. Sie sehnte sich danach, an der Ostküste zu sein, weit von den Südstaaten entfernt, weit weg von allen, die die Schale durchbrechen könnten, die sie um sich herum geschaffen hatte. Harper sah auf den Bildschirm ihres Laptops, dessen stetige Verbindung zu einer riesigen, unpersönlichen Welt sie beruhigte.

»Ich habe gesehen, dass du angerufen hast.«

»Ja«, bestätigte Georgiana aus New York. »Ich habe sogar zwei Mal angerufen. Etwas Schreckliches ist passiert.«

Harper spannte sich an. »Was?«

»Mummy ist hingefallen und hat sich die Hüfte gebrochen.«

Harpers Augen blitzten auf und sie rollte sich auf die Seite. »Oh, nein. Das tut mir leid. Wann?«

»Gestern. Sie ist jetzt im Krankenhaus und furchtbar verärgert.«

»Arme Granny. Wie ist es passiert?«

»Sie war dabei, alles für den Flug in die Hamptons vorzubereiten, und ist die Treppe hinuntergefallen. Ich denke, wir hatten noch Glück, dass nichts Schlimmeres passiert ist.«

»Ich nehme an, dass sie jetzt nicht mehr in die Hamptons fliegt.«

»Natürlich nicht.«

Harper wurde rot, schloss die Augen. »Natürlich nicht. Wie dumm von mir. Ich meinte nur …« Sie wusste nicht, was sie meinte. Es war halt einer dieser dümmlichen Kommentare, die Leute manchmal in angespannten Situationen machten. Ihre Mutter ertrug Dummheiten oder Dummköpfe nicht.

»Sie wird jemanden brauchen, der bei ihr bleibt, wenn sie aus dem Krankenhaus kommt«, fuhr Georgiana fort. »Daher, Darling, möchte ich, dass du so bald wie möglich nach England fliegst.«

»Nach England?«, rief Harper erschrocken aus.

»Ja«, sagte ihre Mutter ungeduldig. »Mummy wird jemanden nötig haben. Jemanden aus der Familie.«

»Solltest du dann nicht fliegen? Sie hätte dich lieber als mich bei ihr.«

»Das würde ich natürlich. Doch ich muss in die Hamptons. Ich habe dort so viele Termine, dass ich einfach nicht absagen kann.«

»Aber meine Arbeit ...«

Der Tonfall ihrer Mutter klang immer frustrierter. Harper konnte sich genau vorstellen, wie sie trotz der späten Stunde an ihrem Schreibtisch saß, die Haare zusammengenommen, die Bifokalbrille auf der Nase. Georgiana hatte es eilig, wollte diese Angelegenheit umgehend klären und von ihrem Schreibtisch haben, ohne Diskussion. »Du arbeitest für mich. *Dein Job ist es, zu tun, was ich sage.* Und ich will, dass du nach England fliegst.«

Harper ließ ihre Hand vom Ohr sinken. *Dein Job ist es, zu tun, was ich sage.* Ungeachtet ihrer eigenen Vorstellungen musste sie der Realität ins Auge sehen, und das war tatsächlich die Beschreibung ihrer Stelle.

»Was ist mit den Projekten, an denen ich arbeite?«, fragte sie. Die Arbeit als Lektorin, die sie für den Sommer geplant hatte, begeisterte sie.

»Die übertrage ich Nina.«

»Nina?« Harper fühlte sich in der Defensive. »Die lektoriert doch nicht.«

»Sie ist reif für eine Beförderung, und ich denke, sie wird das gut machen. Ich habe schon länger ein Auge auf sie geworfen. Es wäre eine gute Chance für sie.«

Nina war eine intelligente und attraktive Frau, ungefähr in Harpers Alter. Sie machte keinen Hehl daraus, dass sie unbedingt Lektorin werden wollte, und riss alles an sich, was ihr unterkam. Harper war bereits neidisch auf die Lektoratsprojekte, die Georgiana ihr in letzter Zeit gegeben hatte, obwohl Harper um mehr gebeten hatte. Harper war es leid, immer nur die Pflichten einer persönlichen Assistentin aufgetragen zu bekommen – Botengänge, Termine vereinbaren, Briefe schreiben.

»Warum schickst du Nina nicht als Großmutters Krankenschwester los?«

»Sei nicht vorlaut«, schimpfte ihre Mutter. »Ich sehe schon, dass selbst ein paar Tage in dieser Gesellschaft dich schnippisch gemacht haben. Ich verabscheue den Einfluss, den sie dort unten auf dich haben. Wenn du von Sullivan's Island zurückkommst, bist du immer aufgeblasen und dumm. Es hat mich jedes Mal Wochen gekostet, dich wieder auf ein normales Niveau zu bekommen.«

»Das stimmt nicht«, protestierte Harper, aber im Grunde erinnerte sie sich daran, dass sie sich nach ihren Aufenthalten bei Mamaw immer selbstbewusster gefühlt hatte. Ihr Herz war dann immer voll davon gewesen, wild über die Insel zu rennen und Pirat zu spielen, sich Geschichten auszudenken, wilde Tiere zu beobachten, und es war natürlich erfüllt vom Meer. Es waren Sommer, in denen offene Knie nicht beachtet und keine Stundenpläne aufgegeben wurden, in denen sie nachts mit ihren Schwestern reden konnte, bis sie einschlief.

»Ich denke, ein ordentlicher Aufenthalt in England bei deiner Großmutter James wird dir wirklich guttun«, fügte Georgiana hinzu.

»Ich bin kein Kind mehr, Mutter«, entgegnete Harper genervt. »Man muss mir keine Manieren beibringen.«

»Darüber lässt sich streiten«, entgegnete Georgiana. »Aber dafür habe ich jetzt keine Zeit. Ich will, dass du deinen Flug direkt ab Charleston buchst. Benutz mein Reisebüro. Mach dir keine Sorgen wegen Kleidern. Du kannst in London kaufen, was du brauchst. Mummy kommt übermorgen nach Hause.«

Harper schluckte noch einmal, dann sagte sie: »Nein.«

Es entstand eine Pause. »Wie bitte?«

Harper wurde ganz kalt. Sie atmete tief ein, dann wiederholte sie: »Nein. Ich fliege nicht nach England. Ich finde, du solltest fliegen. Sie ist deine Mutter.«

Es entstand eine weitere, längere Pause. »Harper, ich will, dass du morgen nach London fliegst, ist das klar?«

»Nein.« Sie fühlte sich wieder wie ein trotziges Kind, das die Arme verschränkt und schmollt. Bloß dass sie kein Kind mehr war und viel mehr auf dem Spiel stand.

»Du machst dich lächerlich. Das erlaube ich nicht. Ich bin dein Boss und gebe dir eine Anweisung.«

Die Worte schwebten in der Luft zwischen ihnen, warfen Fragen ohne Antworten auf. Harper brauchte einen Moment, um sie zu schlucken, zu verdauen und sich setzen zu lassen. Sie streckte die Hand aus, um den Computerbildschirm zu kippen. Als sie sprach, war ihre Stimme überraschend ruhig.

»Vielleicht solltest du nicht mein Boss sein. Vielleicht solltest du einfach nur meine Mutter sein.«

Es gab eine weitere, lange Stille.

»Du kannst Nina ja meinen Job geben«, fügte Harper hinzu. »Sie wäre gut darin.«

»Du kündigst?«

»Als deine Assistentin, ja.« Harper lachte leise. »Nicht als deine Tochter.«

»Ich finde das kein bisschen amüsant.«

Es hätte Harper auch erstaunt, wenn ihre Mutter den traurigen Humor der Situation gesehen hätte.

»Glaub bloß nicht, dass du in meine Wohnung zurückkommen und hier herumhängen kannst«, sagte Georgiana wütend.

»Na, dann bleibe ich einfach in den Hamptons.«

»Nein, das geht nicht. Dort ist fast der ganze Sommer ausgebucht.«

»Ich verstehe«, antwortete Harper.

Und das tat sie. Vollkommen. Endlich.

∽

Carson hatte keine Ahnung, wie viel Uhr es war. Es war spät, mehr wusste sie nicht. Sie sah es daran, wie hoch der Halbmond am Himmel stand. Sie saß am Rand des Stegs, ihre Beine baumelten im Wasser.

»Gut gespielt, Mamaw«, murmelte sie. Im Haus fluchte Harper wie ein Matrose, warf ihre Kleider in ihren teuren Koffer und verkündete, dass sie nie wieder einen Fuß in diesen Faulkner-Roman setzen würde. Sie wusste nicht, wohin Dora verschwunden war, und Mamaw versteckte sich in ihrem Schlafzimmer. Carson hob die Wodkaflasche, die sie aus Mamaws Hausbar hatte mitgehen lassen, zum Mond. »Tod den ... Nein.« Sie schüttelte ihren Kopf, dachte noch einmal nach. »Zur Hölle mit den Damen!« Sie winkte und fiel dabei fast vom Steg.

Irgendwo im dunklen Wasser hörte sie das laute, klopfende Ausatmen eines Delfins. Das Geräusch war ganz nah. Sie lächelte sofort und reckte sich, um ins Wasser zu sehen. Delphines großer Kopf erhob sich aus dem Wasser, im Mondlicht silbern glänzend.

Carson streckte bittend ihre Hand aus, die mit der Innenfläche nach oben nur wenige Zentimeter von Delphine entfernt war. Delphine stupste sie elegant an, als sie vorbeischwamm. Eine leichte Berührung, aber es war ein Augenblick tiefer Verbundenheit, und Carson wusste, dass sie beide es so empfanden.

Carson hörte Schritte hinter sich, die den Steg entlangkamen. Delphine verschwand im Wasser, nur ein Rippenmuster blieb auf der Wasseroberfläche.

»Sprichst du wieder mit deinem Delfin?«, rief Harper vom oberen Steg. Sie trat nach unten auf den schwimmenden Steg und stellte sich neben Carson. Dann bückte sie sich, um ihrer Schwester ins Gesicht zu sehen, und fragte in einem weicheren Ton: »Weinst du?«

»Nein«, antwortete Carson. Sie wünschte, Harper würde einfach wieder gehen und sie ihrem Elend überlassen.

Harper setzte sich neben Carson auf den Steg, streckte ihre Beine ins Wasser. Sie bewegte sie eine Weile langsam. »Und du trinkst«, stellte sie sanft fest. Sie spürte Carsons Verzweiflung.

»Und wenn schon.«

»Ich dachte nur, dass wir alle heute Abend einige ziemlich emotionale Dinge gesagt haben, und dann finde ich dich hier draußen allein mit einer Flasche Wodka und frage mich, mit welchen Dämonen du zu kämpfen hast.«

»Was geht's dich an? Du haust doch sowieso ab.« Carson hob die Flasche und ließ die Flüssigkeit in einer trotzigen Jetzt-erst-recht-Geste den Rachen hinunterlaufen. »Alle hauen ab.«

Harper antwortete nicht. Sie streckte sich, um mit den Fingern im Wasser zu spielen. Der schwimmende Steg knirschte, Holz rieb gegen Holz und Meerwasser spritzte am Pier hoch.

»Hast du die Familienkrankheit?«, fragte Harper.

Carson spürte, wie sie sich anspannte. »Krankheit? Wovon redest du?«

Harper lächelte melancholisch. »Das Wunder der Genetik. Wir tragen alle die Gene des Alkoholismus in uns. Es ist eine geladene Waffe, wie beim Russischen Roulette. Die eine bekommt die Krankheit, die andere nicht. Hast du sie?«

»Ach was«, erwiderte Carson mit einer Handbewegung, welche die Möglichkeit beiseitewischte. »Du etwa?«, fragte sie mehr aus Wut denn aus echtem Interesse.

»Ich glaube nicht«, antwortete Harper in einem aufrichtigen Tonfall.

Dass sie bereit zu sein schien, es offen und vorurteilsfrei zu diskutieren, veränderte Carsons Haltung. »Ich auch nicht«, antwortete sie und zuckte mit einer Schulter. »Ich trinke halt gern mal einen. Wer nicht? Es ist auch die Geselligkeit.«

Harper hob ihre Hand und deutete auf die Wodkaflasche. »Seit wann ist es gesellig, allein im Dunkeln zu trinken?«

Carson spitzte die Lippen. »Heute Abend ist es was anderes«, entgegnete sie mürrisch. »Heute Abend sind viele schlechte Erinnerungen hochgekommen.«

»Ja«, stimmte Harper mit Nachdruck zu.

Carson betrachtete die Flasche, als könne sie darin ihre Zukunft sehen. »Es tut mir leid, dass ich all diesen Müll über Dad angesprochen habe«, sagte sie. »Wieder mit euch zusammen zu sein, wieder hier in Sea Breeze zu sein, all das«, sie machte eine wegwerfende Geste, »*was auch immer*, kommt wieder hoch. Ich konnte mich nicht zurückhalten. Es tut mir leid«, sagte sie noch einmal.

»Das muss es nicht. Es war nicht fair, dass du die Last von Daddys verrücktem Leben ganz allein tragen musstest.« Der Steg schwankte und knirschte unter ihnen. »Ich wünschte, ich hätte es gewusst.«

Carson schüttelte ihren Kopf. Sie dachte an den Stolz ihres Vaters auf sein Familienerbe. Trotz seiner finanziellen Sorgen hatte er sein Geburtsrecht wie einen Orden vor sich hergetragen. »Dad hätte es nicht gewollt, vor deiner Mutter bloßgestellt zu werden.«

»Warum? Glaubst du, dass dein Daddy besser war als mein Daddy?«, neckte Harper.

Carson lachte kurz auf, sie mochte Harpers Schlagfertigkeit.

»Warum nimmst du ihn immer in Schutz?«, fragte Harper nach.

»Aus Gewohnheit.«

Harper sah sie an, als wäre es das erste Mal. »Das kann ich verstehen.«

»Ich habe mich um ihn gekümmert. Nicht, dass ich es bewusst getan habe. Ich war ein Kind. Es ging ums Überleben. Und er hatte auch eine gute Seite. Es ist so, wie Mamaw gesagt hat: Er konnte so charmant sein, so witzig, sogar rücksichtsvoll. Ich habe ihn geliebt, weißt du. So sehr. Selbst als ich gegangen bin – der Grund dafür war mehr Überlebenswille als Wut. Er war ein kranker Welpe. Man kann einen Welpen nicht hassen. Man hasst die Krankheit.«

»Und was ist mit dir?«, fragte Harper noch einmal und strich die dunklen Haare von Carsons tränennassen Wangen. »Hast du die Krankheit?«

Dieses Mal hörte Carson die Frage wirklich und anstatt sie wütend zu übergehen, wagte sie es, darüber nachzudenken. Sie sah auf das düstere Wasser und spürte, wie ihre alten Ängste sie in einen grauenhaften Strudel zogen. »Ich weiß es nicht«, sagte sie so leise, dass Harper sich vorlehnen musste, um sie zu verstehen. »Es ist vielleicht möglich, dass ...« Aber sie konnte den Gedanken nicht zu Ende bringen.

Harper stützte sich auf und krabbelte auf allen vieren um Carson herum, um sich die Wodkaflasche zu schnappen. Sie öffnete sie und begann, den Inhalt ins Wasser zu gießen.

»Mamaw wird sauer sein«, warnte Carson.

Harper schüttelte die letzten Tropfen aus und schraubte den Verschluss wieder zu. »Was braucht es denn, damit du aufhörst?«

»Wieso ich? Hör du doch auf.«

»In Ordnung. Das werde ich. Ab jetzt.« Harper sah sie herausfordernd an.

Carson streckte angriffslustig ihr Kinn vor. »Gut für dich.«

»Versuch es nur mal für eine Woche«, drängte Harper. »Ich mache das immer wieder mal, nur um sicher zu sein, dass ich es kann. Wie gesagt, es liegt in unseren Genen. Wenn du keine Woche aufhören kannst, dann musst du zugeben, dass du ein Problem hast.«

»Du vergisst, dass ich in einer Kneipe arbeite.«

»Dann lass den Job sein.«

»Ich brauche das Geld.«

»O bitte. Wie viel Geld verdienst du als Kellnerin beim Mittagstisch schon? Du brauchst diesen Job nicht.«

Carson wischte sich mit den Händen übers Gesicht und spürte Wellen der Ernüchterung über sich zusammenschlagen. »Erstens habe ich keine Stiftung, die im Hintergrund auf mich wartet, so wie du. Wenn ich sage, dass ich pleite bin, dann bin ich wirklich pleite. Zweitens«, sagte sie zögernd, »war ich nicht ganz ehrlich zu dir.«

»Ich weiß nicht, ob ich noch mehr Offenbarungen verkrafte«, stöhnte Harper.

»Als ich euch erzählt habe, dass ich mir eine Arbeitspause gönne, um Zeit mit Mamaw zu verbringen ...«, Carson holte tief Luft. Ihr wurde bewusst, dass es an der Zeit war, keine Ausflüchte mehr zu suchen und einfach die Wahrheit zu sagen. »Die Wahrheit ist, ich habe keine Arbeit. Meine Fernsehserie ist gestrichen worden. Davor wurde ich wegen meines Trinkens gefeuert. Das war das einzige Mal«, fügte sie schnell hinzu,

»aber ich mache mir Sorgen, dass es sich herumgesprochen hat und ich auf einer schwarzen Liste stehe oder so, weil ich seitdem kein neues Projekt mehr bekommen habe.« Sie sah zur Seite, erinnerte sich an die Partys, die sie und die Crew nach dem Dreh gefeiert hatten und die aus dem Ruder gelaufen waren. »Ich bin also hier, weil ich sonst nirgendwohin kann. Ziemlich erbärmlich in meinem Alter, was?«

Harper verlagerte ihr Gewicht, setzte sich auf und schlug die Beine unter. »Wo wir gerade so offen sind«, sie nickte Carson anerkennend zu: »Ich muss zugeben, dass ich auch nicht ganz ehrlich war.«

Carson war dankbar, dass ihre Schwester sie nicht als Einzige ihre verletzliche Seite zeigen ließ. Sie schnitt eine Grimasse. »Schwesterherz, sag bloß, die königliche James-Familie ist eigentlich bitterarm? Bist du gar keine Prinzessin, sondern Bettlerin?«

Harper kicherte und schüttelte den Kopf. »Nein. Ich befürchte nicht. In der Hinsicht gibt's keine Sorgen. Es geht um meine Mutter …« Sie hob die leere Wodkaflasche, schüttelte sie und machte ein verzweifeltes Gesicht. »Jetzt tut es mir leid, dass ich alles ausgekippt habe.«

»Was ist denn mit ihr?«

»Hast du den Film *Der Teufel trägt Prada* gesehen?«

Carson nickte.

»Erinnerst du dich an die Chefredakteurin? Die von Meryl Streep gespielt wird? Das ist meine Mutter.«

»Und du bist dann die Sekretärin?«

»Nicht mehr. Ich habe gekündigt.«

Carsons Antwort bestand in erschrockenem Schweigen. »Moment, Moment, Moment, ich verstehe nicht«, entfuhr es ihr schließlich. »Du hast Mamaw gesagt, du würdest nach Hause fliegen.«

»Ja, na ja, das war, bevor ich gekündigt habe. Ich bleibe hier, wenn sie mich lässt. Ich muss mich allerdings vorher entschuldigen.« Harper senkte den Kopf. »Und zwar richtig.«

»Was ist mit ihrem Ultimatum?«

»Du meinst ihre Bestechung?«, fragte Harper und lachte kurz auf.

»Diese ganze Sache mit ihrem Testament.« Carson spürte das Bedürfnis, Mamaw zu verteidigen. »Es war eigentlich weniger Bestechung als Verzweiflung. Sie hat nur versucht, uns alle zum Bleiben zu bringen. Sie ist alt. Sie hat nicht mehr viel Zeit. Und wir sind alles, was von ihr bleibt.«

»Darüber habe ich heute Abend auch nachgedacht«, sagte Harper in einem düsteren Tonfall. »Vielleicht habe ich den Unterschied zwischen einem Ultimatum aus Liebe und einem aus Egoismus gelernt.« Sie zupfte an ihrem Hemd. »Meine verdammte Mutter.« Sie kam jetzt in Rage. »Sie behandelt mich mehr wie einen Lakaien als wie eine Tochter. Einen unbegabten Lakaien. Sie glaubt nicht an mich. Manchmal sieht sie mich an und bekommt so einen angewiderten Blick. Ich weiß, dass sie dann meinen … unseren Vater in mir sieht.« Harper lachte bitter. »Und wir alle wissen ja, was sie von ihm hält.«

Carson schwieg.

»Ich kann nicht mehr für sie arbeiten.« Harpers Augen blitzten. Dann, als wären ihr die Konsequenzen dieser Aussage gerade erst klar geworden, ließ sie die Schultern sinken und verzog das Gesicht. »Das Problem ist, dass ich nicht weiß, was ich stattdessen tun möchte. Ich war immer das brave kleine Mädchen, das getan hat, was man ihm sagte.« Sie warf einen Kieselstein ins Wasser.

»Aber das bist du nicht mehr«, entgegnete Carson. Sie wollte ihre Schwester wieder aufbauen.

Harper zog einen Mundwinkel hoch. »Nicht mehr. Ich werde nicht mehr ihre Dienerin sein.« Sie schaute auf und blickte Carson in die Augen, als wolle sie sie herausfordern, sie Lügnerin zu nennen. Doch Carson hatte keinen Grund, ihr nicht zu glauben, und nickte ihr ernst zu.

»Hier bin ich also«, sagte Harper. »Ich vermute mal, es geht mir nicht viel anders als dir, Carson. Ich weiß nicht, wohin ich sonst soll.«

Carson spürte Mitgefühl für ihre Schwester. Sie sah auf das schwarze Wasser hinaus. Am Ende des Stegs durchbrach ein weiches, grünes Licht die Schwärze. Es blinkte mit einer beruhigenden Beständigkeit.

Als Carson sich umdrehte, schwankte sie leicht und grinste. »Auf eine verrückte Art bin ich froh«, sagte sie trocken. »Es ist nicht schön, ganz allein in einem Rettungsboot zu sitzen.«

11

Dora saß im Wohnzimmer und genoss einen friedlichen Lesenachmittag, als sie Harper sah, die den Flur entlang zu Mamaws Zimmer ging. Dora war überrascht, dass sie weiße Shorts und ein T-Shirt trug statt der üblichen schwarzen Klamotten, die New Yorker sonst immer anhatten. Sie schaute auf die Standuhr. Es war schon nach drei. Sollte Harper nicht bereits in einem Flugzeug nach New York sitzen?

Dora machte ein Lesezeichen und legte ihr Buch auf dem Sofa ab. Sie stand auf, schlich zu Mamaws Zimmer und blieb an der Tür stehen. Sie hörte Stimmen und lauschte angestrengt. Sie konnte nicht genau verstehen, was gesagt wurde, aber es klang, als würde Harper weinen.

Neugierig trat Dora einen genau abgemessenen Schritt in das Zimmer vor. Als die Dielen unter ihr knirschten, verzog sie kurz das Gesicht. Sie lehnte sich vor und spähte um die geöffnete Tür herum. Sie sah Mamaw in ihrem Sessel sitzen, umrahmt von ihren schönen Fenstern. Rosafarbene Rosen standen in einer Kristallvase auf dem Tisch neben ihr. Zu ihren Füßen saß Harper, den Kopf in ihrem Schoß, während Mamaw ihr liebevoll über die Haare strich.

Carson kam zu ihrem Treffen mit Blake zu spät.

Sie weigerte sich weiterhin, es ein Date zu nennen, und nahm ihre Tasche vom Rücksitz. Es war ein windiger Tag im Lowcountry. Schlecht fürs Surfen, aber gut fürs Kiteboarding. Weil der Wind hier so oft wechselte, war Charleston bei Wassersportlern beliebt. Man konnte jeden Tag wellenreiten.

Carson folgte dem gewundenen Strandweg, der von undurchdringlichen Kreuzkrauthecken begrenzt wurde. Diese Barriere war das Zuhause zahlloser Insekten und Vögel sowie Nahrungsquelle und Schutz für den Monarchwanderfalter. Eine kleine grüne Eidechse huschte über den Pfad und ein junges Pärchen kam ihr entgegen. Die beiden nickten ihr zu und lächelten sie in nachbarschaftlichem Gruß an.

Station 28 befand sich am Nordende der Insel, nahe Breach Inlet, wo das Schwimmen wegen der gefährlichen Strömung verboten war. Obwohl es nicht offiziell als Bereich fürs Kiteboarding ausgewiesen war, akzeptierten die Einheimischen stillschweigend, dass dieses Gebiet für die wilden, akrobatischen Kunststücke der schnellen Kitesurfer reserviert war.

Der schattige Weg öffnete sich auf einen weiten, sonnigen Strand. Dahinter kitzelte der Atlantik die Küste mit schaumigen Wellen. Carson trat in die Sonne und blieb stehen, betrachtete alles und grinste von einem Ohr zum anderen. Sie war seit dem Zwischenfall mit dem Hai nicht mehr am Strand gewesen. Sie hatte dieses Bauchgefühl vermisst, das sie jedes Mal beim Anblick des unendlichen Horizonts von Himmel und Wasser spürte. Sie hatte das Gefühl des Sands zwischen den Zehen vermisst.

An diesem Strand explodierten am Himmel lauter bunte Drachen. Vor acht Jahren waren nur drei oder vier Kitesurfer im Wasser gewesen. Heute zählte sie mindestens dreißig Schirme.

Sie lachte, es sah aus, als genösse ein ganzer Schwarm riesiger, bunt gefiederter Vögel den Aufwind.

Ein fröhlicher Anblick, und sie wurde ganz nervös bei der Aussicht, diesen Sport zu erlernen. Carson wäre am liebsten über den Strand gehüpft, so gespannt war sie. Aber sie spazierte in lockerem Tempo und blieb mit den anderen Zuschauern stehen, die sich vom Strand aus die Aktiven dieses beliebten neuen Sports ansahen. Ein paar der Kitesurfer waren weit draußen, schossen übers Wasser, hoben ab und vollführten atemberaubende Drehungen und Sprünge auf ihren Brettern. Andere kämpften näher am Wasser, sie lernten noch, mit den Drachen umzugehen, und störten die andern. Und noch mehr waren am Strand, pumpten Luft in ihre Schirme und legten die langen Schnüre aus oder warteten in einer Schlange, um aufs Wasser zu können.

Carson liebte das Surfen und war gut darin. Aber sie hatte schon lange Lust gehabt, diesen neuen Sport auszuprobieren, der ihr erlaubte, eher auf dem Wind als auf den Wellen zu surfen. Sie bevorzugte Einzelsportarten auf dem Wasser. Draußen auf dem Wasser brauchte man einen Kumpel, aber der Surfer erwischte die Welle oder den Wind ganz allein. Jeder Tag war ein neuer Versuch, zu fliegen. Sie lächelte und fragte sich, ob sie nicht ihr gesamtes Leben so angehen sollte.

Sie legte eine Hand als Sonnenschutz über die Augen und suchte den Strand nach Blake ab. Ihr fiel ein stark tätowierter Mann auf, der mehrmals zu ihr sah, normalerweise war das ein Warnzeichen, dass er sie bald anquatschen würde. Sie nahm ihre Tasche hoch und ging in die entgegengesetzte Richtung. Über den Strand hinweg hörte sie Rufe: »Los!« – »Guter Wind!« – »Was für eine Größe hat der Schirm?«

Ein großer, schmaler Mann weckte ihre Aufmerksamkeit. Er hielt die Bars seines Kites in der Hand, während am anderen

Ende der langen Schnüre ein Mann den sich wölbenden, blauen Schirm in die Luft hielt. Der Mann im Trapez hatte den Körperbau eines Schwimmers, breite Schultern und schmale Hüften. Sehnige Muskeln spannten sich an, als der Drache Wind bekam. Ein wunderschöner Körper, dachte sie mit dem Auge der Fotografin, symmetrisch und gebräunt.

In diesem Moment drehte sich der Mann zu ihr um und sie sahen einander in die Augen. Ihre Zehen gruben sich in den Sand. *Blake*. Sie spürte, wie Verlegenheit sie überkam, weil er sie erwischt hatte, als sie ihn anstarrte. Seine Lippen bogen sich zu einem selbstbewussten Lächeln nach oben, spitzbübisch neckend, er hob eine Hand und winkte kurz, bevor der Drachen im Wind aufstieg und seine Aufmerksamkeit wieder auf sich zog. Sie sah zu, wie Blake den sich aufbäumenden Schirm geschickt im Wind manövrierte, er lenkte ihn aufs Wasser zu, dabei trug er sein Brett unter dem Arm. Am Wasser ließ er das Brett fallen und stieg auf. Dann ließ er den Drachen in den Wind schießen und fuhr los, durchschnitt den Ozean mit aufgewühltem Kielwasser.

Er war gut. Oder, dachte sie lächelnd, er gab für sie ein bisschen an. Blake hob oft ab, schwebte hoch und machte Stunts, so dass viele am Strand auf ihn zeigten. Carson sah von links nach rechts und lächelte zufrieden, weil sie ihn kannte, wenn auch nur oberflächlich. Sie breitete ihr Handtuch im Sand aus, beanspruchte eine Stelle für sich. Es war ein schöner Nachmittag mit einem guten Wind. Sie genoss es, die Leute und, etwas weiter entfernt, näher der Mündung, einen Schwarm Strandläufer zu beobachten, die auf ihren staksigen Beinen nach Futter suchten.

Schließlich sah sie, dass Blake auf einer diagonalen Linie zurück an den Strand kam, seine Muskeln angespannt, als er den Drachen aus dem Wasser zog. Sie spürte Schmetterlinge im

Bauch, als sie aufstand, um den Sand aus ihrem Handtuch zu schütteln. Sie freute sich tatsächlich darauf, wieder mit ihm zu sprechen. Ihr Interesse war geweckt, jetzt, da sie seine Fähigkeiten auf dem Wasser gesehen hatte. Es hatte sie schon immer erregt, wenn jemand athletisch war. Carson warf das Handtuch in ihre Tasche mit der Wasserflasche, ihrem Buch und der Sonnencreme, dann schlüpfte sie schnell in ein T-Shirt über ihrem Bikini. Sie ging in die Richtung, wo Blake seinen Schirm zusammenrollte, aber nicht zu rasch, um nicht zu interessiert zu erscheinen. Auf halbem Weg blieb sie abrupt stehen, als sie eine junge, kurvenreiche Blondine neben ihn tänzeln sah, die dann anfing, auf diese gewisse flirtende Art und Weise zu reden, wie junge Frauen das tun, dabei drehte sie sich auf der Ferse und spielte mit ihrem Haar. Die drei winzigen Dreiecke in Regenbogenfarben, aus denen ihr Bikini bestand, zeigten ihren festen, gebräunten Körper. Blake, wie jeder andere Mann es auch getan hätte, genoss den Flirt. Carsons Lippen spannten sich verärgert an, als das Mädchen einen Arm auf seine Schulter legte und sich lachend an ihn lehnte.

Ohne darüber nachzudenken, drehte sich Carson auf dem Absatz um und ging zurück zum Strandweg. Sie war wie ein Pferd mit Scheuklappen und konnte gar nicht schnell genug von hier verschwinden. Sie waren für heute verabredet, und auch wenn sie zu spät gekommen war, hatte sie geduldig gewartet, während er gesurft hatte. Carson verzog das Gesicht. Wenn sie nur daran dachte, dass sie sich fast blamiert hätte, indem sie ihn ansprach. Sie kam beim »Biest« an – so nannte sie ihr Auto –, schloss die Tür auf und warf ihre Tasche auf den Beifahrersitz. Im Wagen war es so heiß wie in einem Ofen und so sandig wie am Strand. Leere Flaschen lagen auf dem Boden und CDs, zerknülltes Papier, Kaugummiverpackungen und Hüte bedeckten die Sitze. Sie öffnete das Fenster und setzte sich hinters Lenkrad. Ihre Oberschenkel klebten am glühend heißen Leder.

Der Motor jaulte und gurgelte, aber sprang nicht an. »Komm schon, Biest«, murmelte sie und versuchte es noch zweimal. Jedes Mal klang der Motor schwächer, wie ein Biest, das den Geist aufgibt. Carson schlug mit der flachen Hand auf das Lenkrad, dann legte sie ihren Kopf darauf. In diesem Moment wusste sie nicht, wer der größere Versager war – das Auto oder sie selbst.

Carson fühlte sich verschwitzt und ganz mit Sand bedeckt, als sie schließlich nach Sea Breeze zurückkam. Sie duschte sich schnell und zog eine Trainingshose und ein sauberes Baumwoll-T-Shirt an. Der schlechte Nachgeschmack nach dem vermurksten Treffen mit Blake und die Erniedrigung ganz am Ende, als ihr Wagen nicht ansprang, machten sie durstig. Sie öffnete den Kühlschrank und erblickte die geöffnete Flasche Pinot Grigio. Sie schmachtete sie an. Dann dachte sie an ihren Vorsatz, holte einen Krug mit Eistee heraus und füllte ein großes Glas. Carson fühlte sich etwas selbstsicherer, nachdem sie dem Wein widerstanden hatte, und machte sich auf die Suche nach Mamaw. Sie entdeckte sie zusammen mit Lucille im Schatten der hinteren Veranda, wo sie Gin Rommé spielten. Die Ventilatoren surrten über ihnen und produzierten eine angenehme Brise. Carson zog sich einen schwarzen Korbstuhl heran und setzte sich zu ihnen.

»Ihr zwei spielt mal wieder?«, fragte sie.

»Jeden Tag, ob wir es müssen oder nicht«, entgegnete Lucille mit einem trockenen Lachen.

»Das ist der Plan«, sagte Mamaw und legte ihre Karten ab. »Gin!«

Lucille grummelte und nachdem sie genau nachgesehen hatte, ob Mamaw recht hatte, zählte sie die Punkte.

Carson räusperte sich. »Mamaw, ich würde gern mit dir über etwas sprechen.«

»Ja, Liebes?« Mamaw sah sie interessiert lächelnd an.

»Soll ich gehen?«, fragte Lucille.

»Nein, bitte bleib. Eigentlich brauche ich dich auch.«

Mamaw und Lucille wechselten einen neugierigen Blick, dann wandten sie sich ihr zu.

»Also, es ist so …« Carson fuhr sich mit der Zunge über die Lippen, dann stürzte sie sich hinein. »Harper und ich haben über Dad und sein Trinken geredet. Und darüber, dass wir, na ja, die Gene für diese Krankheit in uns tragen könnten.«

»Oh«, rief Mamaw ebenso überrascht wie interessiert aus. »Glaubst du, du hast sie geerbt?«

»Ich weiß es nicht«, antwortete Carson aufrichtig. »Es macht mir Angst, dass ich sie vielleicht habe. In L. A. habe ich ein bisschen zu viel getrunken und wohl auch Dinge getan, auf die ich nicht stolz bin. Aber ich glaube nicht, dass ich Alkoholikerin bin«, fügte sie schnell hinzu. »Ich brauche keinen Drink, um den Tag zu beginnen, oder so. Ich trinke in Gesellschaft, mit Freunden und beim Abendessen.«

Mamaw saß ganz still, lauschte jedem Wort.

»Jedenfalls«, sagte Carson absichtlich locker, »Harper und ich hatten diese Idee. Wir würden gern versuchen, eine Weile gar nichts zu trinken. Mindestens eine Woche. Wir wollen ausprobieren, ob wir es sein lassen können. Eine Art Wette«, fügte sie hinzu, damit es nicht so ernst klang.

»Ach, Süße, das ist weise«, sagte Mamaw. »Wenn du nur wüsstest, wie oft ich deinen Vater gebeten habe, aufzuhören, nur für eine Weile. Er hat es nie getan. Er hat immer behauptet, er habe damit kein Problem. Dass er aufhören könne, wann immer er es wolle.«

»Er konnte nicht aufhören«, sagte Lucille. »Er konnte es nur nicht zugeben.«

Mamaw lehnte sich vor und neigte ihren Kopf wie ein neugieriger Vogel. »Liebes Kind, wie können wir dir dabei helfen?«

»Schmeißt den Fusel raus«, sagte Carson schlicht.

Mamaw riss die Augen auf, mehr wegen der Ausdrucksweise.

Carson lächelte entschuldigend. »Wenn ihr bitte allen Alkohol entfernen, verstecken, irgendwas damit machen würdet, so dass ich, wir, ihn nicht mehr finden können, würde ich das sehr zu schätzen wissen. Nur für eine Woche, vielleicht mehr, wenn's gut läuft. Das gilt auch für Wein. Wenn ihr zum Abendessen Wein serviert, knicke ich ein. Ich weiß, das werde ich. Aber wenn ich hier mit euch esse und es keinen Alkohol gibt, der mich reizt, werde ich wirklich sehen, ob ich aufhören kann.« Sie rieb ihre Hände zwischen den Knien aneinander, sie fühlten sich feucht an. »Es wird nicht einfach. Wenn ich nur daran denke, heute Abend nichts zu trinken, will ich etwas trinken.«

»Wird gemacht«, rief Mamaw aus.

»Wenn du morgen von der Arbeit nach Hause kommst, wird kein Tropfen mehr hier sein«, sagte Lucille, ihre dunklen Augen leuchteten, als hätte sie eine Mission. Dann blickte sie düster zu Mamaw: »Nirgendwo. Dafür sorge ich.«

Mamaw kniff die Augen zusammen, begriff, was das bedeutete. Carson konnte sehen, wie sie darüber nachdachte, ob sie auf ihr abendliches Schlückchen Rum verzichten könnte.

»Wer führt?«, fragte Carson fröhlich, um das Thema zu wechseln.

Mamaw plusterte sich wie eine Königin auf und begann mit einem selbstzufriedenen Lächeln erneut die Karten zu mischen. »Ich natürlich.«

»Heute«, grummelte Lucille.

Carson war beeindruckt. Mamaw teilte die Karten so locker aus wie ein Croupier.

»Wie läuft's bei der Arbeit?«, wollte Mamaw wissen.

»Es ist in Ordnung«, antwortete Carson. »Inzwischen sind richtig viele Touristen da, so dass ich gutes Trinkgeld bekomme. Es sollte ein guter Sommer werden.«

»Das ist gut«, sagte Mamaw zerstreut, während sie ihre Karten aufhob. Ihre Finger bewegten sich schnell, sortierten das Blatt.

Carson holte tief Luft und fing dann an, *ihre* Karten auszuspielen. »Mamaw, da wir gerade vom Sommer sprechen … Weißt du, was meinen Sommer wirklich toll machen würde?«

»Ich habe keine Ahnung. Wahrscheinlich hat es was mit dem Wasser zu tun?«

Carson atmete tief ein. »Nein. Es ist etwas unverschämt, also hör mir bitte bis zum Ende zu, in Ordnung?«

Lucille schaute weiter auf ihr Blatt, aber sie flüsterte laut genug, dass alle es hören konnten: »Jetzt kommt wohl der Hammer.«

»Also …« Carson ignorierte Lucilles Kommentar und lehnte sich wie ein Verkäufer vor. »Mein Auto, das Biest, ist heute kaputtgegangen. Auf dem Weg vom Strand nach Hause. Es ist über die Jahre schon öfter gerettet worden, als ich zählen kann, aber dieses Mal ist es endgültig. Wenigstens hat es hier den Geist aufgegeben und nicht irgendwo mitten auf dem Weg.« Sie bemühte sich, locker zu klingen.

»Ich hoffe, dass du deinen Müllhaufen dann von meiner Auffahrt entfernst«, sagte Mamaw und sah sie über ihre Brille hinweg an. »Ich möchte nicht, dass Sea Breeze zu einem dieser White-Trash-Häuser wird, voller Autos und Bohnenranken.«

»Diese Woche kommt noch jemand, der es abschleppt«, versicherte Carson. »Ich habe hundert Dollar für das Wrack bekommen.«

»Das ist gut«, sagte Mamaw und schenkte ihre Aufmerksamkeit wieder den Karten.

»Ich dachte daher ...« Carson spannte unterm Tisch ihre Zehen an. »Würdest du mir ... also ... wie steht es damit, mir den Blauen Bomber zu überlassen?«

Mamaw hörte auf, ihre Karten zu sortieren, und schaute auf, plötzlich ganz präsent. »Was?«

»Ich brauche ein Auto, Mamaw, daher dachte ich ... Wo der Cadillac doch sowieso nur in der Garage steht ...«

Mamaw legte ihre Karten ab und betrachtete ihr Gesicht, die Augen skeptisch zusammengekniffen. »Du willst, dass ich dir mein Auto schenke?«

»Nicht schenken«, beeilte sich Carson zu antworten. »Es sei denn, du erlaubst mir, es auf meine Wunschliste zu setzen ...«

»Das werde ich nicht.«

»Oh.« Carson seufzte enttäuscht.

Lucille murmelte: »Eins zu null.«

»Du bist nicht gerade hilfreich«, rügte Carson sie.

»Ich sage nur, wie es ist«, erwiderte Lucille kichernd mit einem Schulterzucken.

Carson sah Mamaw bittend an. »Würdest du mir erlauben, es zu kaufen?«

»Hast du das Geld dafür?«

»Noch nicht«, antwortete sie und wand sich auf ihrem Stuhl.

»Zwei zu null«, grummelte Lucille.

Carson warf ihr einen düsteren Blick zu. »Ich habe einen Job und verdiene gut«, sagte sie zu Mamaw. »Ich bekomme das Geld zusammen.«

»Wann?«

»Bis zum Ende des Sommers. Früher, sollte sich in L. A. ein Projekt auftun.«

»Du erwartest also doch von mir, dass ich es dir jetzt einfach so gebe?«

Carson atmete frustriert aus. Ja, sie hatte gehofft, dass ihre Großmutter ihr den Wagen sofort überlassen würde und sie sich später um die Bezahlung kümmern könnte. Das Auto stand doch sowieso fast nur in der Garage. Mamaw würde es nicht mal vermissen. »Was, wenn ich dir jetzt eine Anzahlung gebe?«, bettelte sie. Es war so peinlich, kein Geld zu haben, in ihrem Alter zu bitten und zu betteln. »Sagen wir, hundert Dollar?«

»Das ist bei dem großen alten Wagen nicht mal eine Tankfüllung«, erwiderte Mamaw. »Sugar, selbst wenn ich ihn dir verkaufe, könntest du dir nicht einmal das Benzin leisten.«

»Ich brauche nicht viel Benzin«, argumentierte Carson. »Ich brauche den Wagen nur, um zum Dunleavy's und zurück zu fahren. Und ich liebe dieses alte Auto wirklich. Das weißt du doch.«

Mamaw hob ihre Karten wieder auf und sortierte sie weiter. Sie ließ sich Zeit, ließ die Kartenecken schnipsen, während sie sie hin und her schob. »Ich habe eine bessere Idee«, sagte sie schließlich. »Da du den ganzen Sommer hier sein wirst und nur ein Transportmittel vom und zum Dunleavy's benötigst, brauchst du gar kein Auto.« Sie legte die Pik-Zwei ab. »Du kannst mein Fahrrad benutzen. Ja, du bekommst es geschenkt. Denk doch nur an all das Geld, dass du für Benzin sparst. Und an das Training.«

»Ein Fahrrad?«, rief Carson enttäuscht aus.

»Drei zu null«, sagte Lucille, während sie die Karte aufnahm und einen Karo-Buben ablegte.

»Was, wenn es regnet?« In Carson wuchs die Verzweiflung, während sie den beiden alten Frauen zusah, wie sie seelenruhig Karten spielten. »Ich kann nicht nass zur Arbeit erscheinen.«

»Das stimmt«, sagte Mamaw nachdenklich. Sie nahm Lucilles Karte auf und sortierte ihr Blatt neu. »Ich weiß!«, sagte sie und legte eine Karo-Zehn ab. Sie sah Carson mit leuchtenden Augen an. »Du kannst das Golfmobil haben! Es braucht wahrscheinlich nur eine neue Batterie. Und müsste mal ordentlich geputzt werden. Es steht seit Jahren unbenutzt in der Garage, aber es müsste noch funktionieren.«

Carson runzelte die Stirn und schwieg.

»Carson«, sagte Mamaw, lehnte sich in ihrem Stuhl zurück und schenkte ihr jetzt wieder ihre volle Aufmerksamkeit. »Ich liebe dich mehr als irgendjemanden oder irgendetwas sonst auf der Welt. Das weißt du, nicht wahr? Wie ich deinen Dad geliebt habe. Aber ich habe bei ihm Fehler gemacht. Das ist mir jetzt klar. Ich habe ihm das Leben zu leicht gemacht. Ich war immer da, um ihm Steine aus dem Weg zu räumen. Ich hätte ihn mit dem Fahrrad zur Arbeit fahren lassen sollen. Himmel, ich hätte ihn überhaupt arbeiten lassen sollen!«

»Amen«, murmelte Lucille.

Mamaw lehnte sich vor und legte ihre Hand an Carsons Wange. In ihren Augen lag Liebe, das war eindeutig. »Mein liebes Mädchen, ich werde bei dir nicht den gleichen Fehler machen.«

»Ach, mach ihn ruhig noch mal«, sagte Carson, senkte ihren Blick und lachte verlegen. Doch es war kein Scherz. Sie war pleite und brauchte ein Auto, alles andere interessierte sie jetzt nicht.

Mamaw tätschelte Carsons Wange in einer Art abschließenden Geste, lehnte sich zurück, hob ihre Karten wieder auf und sortierte sie mit raschen, schnipsenden Geräuschen. »Dieses Golfmobil hat ein gutes Dach. Es ist absolut süß. Geh mal raus und sieh es dir selbst an.«

Carsons Seufzen war eher ein verärgertes Stöhnen, als sie aufstand. Lucilles Hand auf ihrem Arm hielt sie auf. Carson wollte ihren Arm losreißen, so genervt war sie von den beiden Frauen. Sie blickte in Lucilles dunkle Augen, nicht sicher, ob sie es freundlich meinte oder noch einen Hammer loslassen wollte.

Lucille tätschelte mitfühlend ihren Arm. »Ich weiß, dass es dir jetzt wie eine Niederlage vorkommt. Aber, Darlin', du hast gerade ein Spiel gewonnen.«

12

Die nächsten Tage in Sea Breeze waren hektisch. Harper wartete, bis ihre Mutter in die Hamptons gereist war, dann flog sie nach New York, um Kleider zu packen und alles mit der Personalabteilung des Verlages zu regeln. Sie schätzte, dass sie nicht länger als zwei Wochen weg wäre, und Carson glaubte ihr. Währenddessen fuhr Dora allein nach Summerville, um sich um all die Einzelheiten für den Verkauf ihres Hauses zu kümmern und sich der verhassten Aufgabe zu stellen, sich wegen ihrer Scheidung mit den Anwälten zu treffen. Trotz ihrer Vorbehalte hatte sie zugestimmt, dass sich die Frauen in Sea Breeze um Nate kümmerten, bis sie zurückkam.

Jetzt, wo ihre Schwestern abgefahren waren, wirkte das Haus ruhig. Carson liebte die beiden natürlich, aber sie standen sich noch nicht wirklich nah. Sie lag auf dem Metallbett, die Arme unter dem Kopf verschränkt, und kehrte in Gedanken zu den Sommern zurück, die sie gemeinsam in Sea Breeze verbracht hatten. Damals, als Mamaw sie ihre Sommermädchen genannt hatte.

Die vielen Sommer waren ein Durcheinander aus Besuchen, die in der Kindheit anfingen und aufhörten, als sie Teenager waren. Zu Anfang hatten nur sie und Dora die Sommer zusammen verbracht. Carson hatte bei Mamaw in Charleston gewohnt und Dora, drei Jahre älter als Carson, wurde eingeladen, sie wohnte damals in Charlotte, North Carolina. Diese frühen Jahre waren die besten für die zwei älteren Mädchen, lange, faule Sommer, in denen sie Meerjungfrauen spielten und mit Mamaw auf der Veranda malten. Später erschienen diese drei Jahre Altersunterschied wie eine ganze Welt, als Carson zehn und Dora dreizehn war. Damals fand Dora ihre Halbschwester nervig und lud Freunde nach Sea Breeze ein und Carson wurde von ihren Spielen ausgeschlossen.

Als Harper mit sechs Jahren nach Sea Breeze kam, änderte sich alles. Sie war so klein und zierlich und angezogen wie eine der Madame-Alexander-Puppen, die sie liebte. Die Mädchen verbrachten nur drei Sommer zusammen. Zwischen Dora und Harper lagen acht Jahre. Carson war das Bindeglied zwischen der Ältesten und der Jüngsten, die Vermittlerin, die Beliebte, die Friedensstifterin. Als Dora siebzehn wurde, kam sie für den Sommer nicht mehr nach Sea Breeze. Carson und Harper verbrachten noch zwei Sommer allein, was ihre Verbindung stärkte. Während Dora sich gern verkleidete und mädchenhafte Rollenspiele spielte, ließen Carson und Harper ihren inneren Huckleberry Finn los. Sie erforschten jeden Quadratmeter von Sullivan's Island und der Isle of Palms auf der Suche nach dem Piratenschatz, von dem jedes Kind auf der Insel wusste, dass er *irgendwo* vergraben war.

Doch wie die Verlorenen Jungs bei Peter Pan wurden sie schließlich erwachsen. Als Carson siebzehn wurde, bekam sie einen Sommerjob in Los Angeles und Harpers Mutter kaufte ein Haus in den Hamptons. Das war das Ende der Sommermädchen in Sea Breeze.

Ein paar Jahre später kamen die Mädchen wieder zusammen, als Dora Calhoun Tupper heiratete, was ein großes Ereignis in Charleston war. Direkt auf die Hochzeit folgten zwei Beerdigungen. Ihr Vater starb jung, mit siebenundvierzig, und kurz danach verschied ihr Großvater Edward Muir. Bei seiner Beerdigung im Jahr 2000 waren die drei Mädchen das letzte Mal zusammen. Jetzt, all diese Jahre später, fragte sich Carson, ob Mamaws Traum, ihre Sommermädchen wieder zu vereinen, nicht nur ein romantisches Hirngespinst war.

Carsons Blick fiel auf ein kunstvolles Porträt einer frühen Muir-Vorfahrin, das an der gegenüberliegenden Wand hing. Ihre Urururgroßmutter Claire Muir trug ein raffiniertes marineblaues Samtkleid mit üppigen weißen Spitzenborten von einer Qualität, die Carson in Geschichtsbüchern an Königinnen und adeligen Damen gesehen hatte. Ihre dichten, rabenschwarzen Haare waren hochgesteckt und mit Perlenketten geschmückt. Noch mehr Perlen, lange, schimmernde Stränge, fielen über ihre stattliche Brust. Als Carson das Gesicht betrachtete, schienen die leuchtend blauen Augen sie direkt anzusehen.

So hatte es sich schon immer angefühlt, seit Mamaw das Porträt vom Haupthaus in Charleston aus Carsons Zimmer mitgenommen hatte. Carson sah der großartigen Dame auf dem Porträt in die Augen und erinnerte sich an diesen Tag. Sie hatte sich damals in diesem unangenehmen Zwischenstadium zwischen Kindheit und Pubertät befunden und war sich bewusst, wie plump ihr großer, schlaksiger Körper, ihre großen Füße und ihre dicken, dunklen Haare wirkten. Ganz anders als ihre Schwester Dora mit ihren weichen, goldenen Haaren, der hellen Haut und den sprießenden Brüsten auf ihrem schlanken Körper.

Mamaw hatte sanft an die Tür ihres Schlafzimmers geklopft und war eingetreten, als sie sie weinen hörte. Carson hatte versucht, ihr Schluchzen zu unterdrücken, aber vergeblich.

»Was ist denn los?«

»Ich bin so hässlich!«, hatte Carson ausgerufen und einen neuen Heulanfall bekommen.

Mamaw hatte sich aufs Bett neben sie gesetzt. »Wer sagt, du seist hässlich, Kind?«

»Tommy Bremmer«, murmelte sie und verbarg ihr Gesicht in den Armen. »Er sagt, ich hätte ein Rattennest auf dem Kopf.«

Ihre Großmutter schnaubte hochmütig. »Nun, wenn er ein Bremmer ist, dann sollte er sich mit Ratten auskennen. Aber er hat keine Ahnung von Mädchen. Sein Großvater auch nicht. Jetzt hör auf zu schluchzen, Kind. Es passt nicht zu dir.«

Während Carson sich bemühte, ihr Schluchzen unter Kontrolle zu bekommen, ging Mamaw ins Badezimmer und kam mit einem feuchten Waschlappen zurück. Carson schloss die Augen und genoss das kühle Gefühl, als Mamaw ihr sanft die heißen Tränen und den Schnodder aus dem Gesicht wischte. Als sie die Augen wieder öffnete, konnte sie leichter atmen, weil ihre Brust nicht mehr so voller Hass war.

»Eine Muir duckt sich nicht weg«, sagte Mamaw und setzte sich wieder neben sie auf die Matratze. Sie fing an, Carsons langes, verknotetes Haar zu kämmen. »Du wirst jetzt eine junge Dame, weißt du?«

»Ach, hör auf«, jammerte Carson und wand sich unter dem Kamm weg.

Mamaw machte weiter. »Schönheit ist unsere Pflicht und manchmal tut sie weh. Wir müssen unerschütterlich sein. Jetzt lass mich mal deine wunderschönen Haare kämmen.«

Carson schloss die Augen, während ihre Großmutter ihr die Haare kämmte. Nachdem die ersten Knoten schmerzhaft aufgelöst waren, konnte Mamaw den Kamm glatt von der Kopfhaut bis zur Schulter gleiten lassen.

»Du hast das Haar deiner Mutter«, sagte Mamaw. »So dick und dunkel.«

»Ich erinnere mich nicht an sie.«

»Das ist kein Wunder. Du warst so jung, als sie starb. Die liebe Sophie ...«

»Ich habe nicht mal ein Bild von ihr. Alles ist in dem Feuer verloren gegangen.«

»Ja«, antwortete Mamaw sanft.

»Wie war sie?«

Mamaws Hand machte eine Pause, sie seufzte. »Sie war sehr schön. Dunkel, verführerisch.« Sie zuckte mit den Schultern. »So französisch. Und eher schüchtern, oder vielleicht sprach sie auch einfach nur nicht gut Englisch, ich weiß nicht. Du bist eine interessante Mischung aus deinen Eltern.«

»Ich wünschte, ich hätte Daddys blondes Haar, wie Dora. Nicht dieses Rattennest.« Sie zog wütend an ihren Haaren, hasste die dunkle Farbe und die Schwere, hasste es, dass die Mädchen sie manchmal Zigeunerin nannten.

»Irgendwann, wenn du so alt bist wie ich und all deine Freundinnen dünnes Haar bekommen, wirst du dem lieben Gott für diese dicken Haare danken. Wenn du mal eine junge Frau bist, werden deine Haare eine deiner attraktivsten Eigenschaften sein«, sagte Mamaw wissend. Dann packte sie Carsons Kinn und musterte ihr Gesicht. »Und natürlich auch deine Augen.«

Carson schaute sie mit einem zweifelnden Gesichtsausdruck an. »Nein, Mamaw«, erwiderte sie und bemühte sich, unerschütterlich zu sein. »Ich weiß, dass ich nicht schön sein werde als Erwachsene. Nicht wie Dora.«

Mamaw schnaubte, ließ ihr Kinn los. »Ja, es stimmt, unsere Dora ist schön. Eine klassische Südstaatenschönheit. Du hast eine andere Schönheit. Eine, in die du reinwachsen musst.«

»Wie meine Mutter?«

»Ja«, antwortete Mamaw. »Doch wusstest du, Liebes, dass du dein dunkles Aussehen auch von unserer Familie hast?«

Carson machte große Augen. »Aber alle sind blond.«

»Nicht alle. Wir haben dunkles, irisches Blut in uns.«

Carson glaubte nicht, dass diese Tatsache ihr dabei helfen könnte, eine Schönheit zu werden, aber sie liebte Mamaw umso mehr dafür, sie versuchte, sie aufzumuntern.

Am nächsten Tag zog Mamaw ein Sommerseidenkleid an, frisierte ihre Haare und stieg in den blauen Cadillac, um über die Brücke zu ihrem Haus in Charleston zu fahren. Als sie ein paar Stunden später zurückkam, hatte sie ein großes Paket in Packpapier dabei. Dora und Carson waren ihr sofort auf den Fersen und gemeinsam mit Lucille trug sie das geheimnisvolle Paket ins Haus. Sie brachten es mit einem Augenzwinkern direkt in Carsons Zimmer. Carson und Dora wechselten einen erstaunten Blick.

Mamaw ignorierte die Fragen der Mädchen und behielt ein rätselhaftes Lächeln auf dem Gesicht, während sie die Packpapierlagen entfernte und ein großes Porträt in einem verschnörkelten Goldrahmen zum Vorschein kam.

Carson schnappte nach Luft, unfähig, den Blick von der stolzen, schönen Frau abzuwenden, die darauf abgebildet war. Mamaw und Lucille wuchteten das große Porträt hoch und hingen es mühsam auf. Als sie fertig waren, klopfte sich Mamaw Staub von den Händen, legte sie auf ihre Hüfte und trat einen Schritt zurück, um das Bild zu bewundern.

»Carson«, sagte sie in einem Tonfall, der Carson sofort aufrechter stehen ließ, »das ist deine Urururgroßmutter Claire. Sie galt zu ihrer Zeit als die größte Schönheit der Stadt. Sie ist legendär. Sieh dir ihre Augen an. Das Blau, das ist das Muir-Blau, das über Generationen weitergegeben wurde. Claire war die Frau des großen Kapitäns, der den Grundstock für unser Vermögen legte.« Sie hob ihre Hand und sagte in einem bedeutungsschweren Flüsterton: »Der Pirat! Es heißt, dass er sein Leben als Pirat aufgab, nachdem er Claire gesehen hatte, und sich in Charleston niederließ, um ihr Herz zu gewinnen. Sie hat sich den Wünschen ihrer Familie widersetzt, um ihn zu heiraten. Der Rest ist Geschichte, wie es so schön heißt. Die Liebe einer guten Frau kann einen Mann verändern, weißt du?«

»Aber Mamaw, warum hast das Gemälde vom großen Haus hierher gebracht?«, wollte Carson wissen.

Mamaw hob Carsons Kinn mit ihrer Fingerspitze an. »Ich sehe in dir die Ähnlichkeit zu Claire. Ich möchte, dass du sie auch siehst. Jeden Tag, wenn du aufwachst, schau auf dieses Porträt und sieh, wie schön du bist. Und mutig.«

»Liebe, weise Mamaw«, murmelte Carson, als sie sich an diesen Tag erinnerte. Da niemand ihr Geschichten über ihre Mutter erzählte, von der es nicht einmal ein Foto gab, hatte diese Urahnin in ihrer Kinderfantasie die Rolle ihrer Mutter übernommen. Abends, bevor sie einschlief, musste Carson immer in Claires wunderschöne Augen sehen und ihre Geheimnisse mit ihr teilen und sie glaubte daran, dass sie gehört wurde.

Von all den Schätzen in diesem Haus war dieses Porträt das Einzige, was sie erbitten würde, das wusste Carson.

Carson hatte in Claires Gesichtsausdruck immer einen Funken der Herausforderung gesehen, den Blick einer Frau, die nie aufgab. Als sie jetzt erneut das Porträt betrachtete, stärkte es sie. Carson holte tief Luft und schleppte sich aus dem Bett. Sie ging nach unten, um einen Eimer, ein starkes Reinigungsmittel und einen Armvoll Lappen zu holen, dann flüchtete sie vor Nates aktuellem Wutanfall in die Garage, um das versprochene

Golfmobil aus dem Schrott zu holen. Entweder das oder das rostige Fahrrad.

In der Garage war es dunkel und muffig wie in einer alten Scheune. Spinnweben zierten jeden Winkel und Sand füllte alle Risse. Das einzige, viergeteilte Fenster war so dreckig, dass die Sonnenstrahlen kaum hineindrangen. Carson fand das Golfmobil in einer Ecke hinter einem kaputten Rasenmäher, zwei verrosteten Rädern und einem vom Holzwurm zerfressenen Tisch, auf dem staubige Schachteln mit verschiedenen rostigen Werkzeugen standen, die Mamaw wohl als noch zu retten ansah. Carson dachte, dass sie ihre Zeit besser investieren würde, wenn sie einen Müllcontainer mietete und alles hineinwarf.

Der Geruch von Essig und uraltem Staub brachte sie zum Niesen und trieb ihr Tränen in die Augen, aber sie biss die Zähne zusammen und machte weiter, wischte und schrubbte den Schmutz, die Spinnweben und den Mäusekot von dem weißen Golfmobil. Es war ein Zweisitzer mit einer Rückbank. Nachdem sie es geputzt, mit dem Wasserschlauch abgespritzt und mit alten Handtüchern, die Lucille ihr gab, abgetrocknet hatte, war sie überrascht, dass der kleine Wagen mit seinen Vinylsitzen in gutem Zustand war. Wie der Cadillac wurde er wahrscheinlich nur alle Jubeljahre mal benutzt. Carson fasste erneut Mut. Eine neue Batterie, vielleicht noch ein paar kleinere Reparaturen, dann würde dieses Golfmobil tatsächlich wieder fahren.

~

Ein paar Tage später rumpelte sie in ihrem Golfmobil über die engen Straßen, die von zahllosen Palmen und den eleganten, tief hängenden Ästen von uralten Lebenseichen beschattet wurden.

Sie spürte den Wind auf ihren Wangen, hörte das Knirschen des Kieses unter den Rädern und verglich das Gefühl mit dem in einem Boot auf dem Wasser. Sie war der Welt um sie herum näher und nicht hinter Blechtüren und Glas gefangen.

»Verdammt, Mamaw hat immer recht«, murmelte sie und musste zugeben, dass es ihr Spaß machte. Carson gab ihren Wagen gern Namen, also taufte sie das Golfmobil »Wackelnde Matilda«. Auch wenn Matilda selbst mit viel Fantasie nicht der Blaue Bomber war, hatte sie doch ihren eigenen Charme und brachte sie auf den kleinen Straßen von Sullivan's Island von A nach B – wenigstens bei Tageslicht. Während Carson langsam über die Straße fuhr, kicherte sie, weil sie an diese beiden alten Hühner denken musste, wie sie auf der Veranda Gin Rommé gespielt und sie hereingelegt hatten.

~

An diesem Abend sah Carson Nate auf seinem Bett liegen, bereits in seinem Lieblingsschlafanzug mit Raketen und Sternen. Er las ein Buch. Nate blickte auf, während sie näher kam, und spannte sich sofort an. Es machte sie unendlich traurig, das zu sehen. Sie wollte von ihm gemocht werden und wünschte sich, dass er sich hier zu Hause fühlte. Er war so ein lebendiger kleiner Kerl, der sie mit seinen dunklen Augen ansah. Sie dachte an Delphine und wusste plötzlich genau, wie sie sich Nate gegenüber verhalten musste. Die beiden glichen sich in vielen Dingen, dachte sie.

Carson ging langsam zum Bett, doch nicht zu nah und ohne abrupte Bewegungen. »Hier«, sagte sie und hielt ihm zwei Bücher hin. »Die habe ich für dich gekauft. Ich dachte, sie könnten dir gefallen.«

»Worum geht es?«, fragte er leise.

»Nimm sie doch und schau selbst.«

Nate setzte sich auf und griff vorsichtig nach den Büchern. Als er sah, dass sie von Delfinen handelten, strahlte er.

»Das sind keine Babybücher«, sagte Carson. Sie kam näher, behielt aber eine gewisse Distanz bei. »Dieses hier berichtet von Forschungen zur Intelligenz von Delfinen. Es hat mir sehr gut gefallen. Wusstest du zum Beispiel, dass Delfine sich im Spiegel erkennen? Ich meine, sie wissen, dass sie sich selbst sehen. Das nennt sich Ich-Bewusstsein.«

»Darüber habe ich schon etwas gelesen«, erwiderte Nate und fügte trocken hinzu: »Mamaw hat mir auch ein Buch über Delfine gegeben.«

»Oh. Na ja, es gibt auch viele andere interessante Informationen darin. Und das zweite Buch ist eine Art von bebildertem Führer zum ganzen Leben unter Wasser. Es gibt auch andere Tiere im Meer, über die du vielleicht etwas lesen möchtest. Wie zum Beispiel Orcas und Schweinswale.«

Nate blätterte gierig die Bilder durch. Er hielt inne, sah auf und fragte: »Können Delfine sich wirklich freuen, wenn sie Menschen sehen?«

»Ja«, antwortete Carson ehrlich. »Ich glaube schon.«

»Ich habe viel über Delfine gelesen«, sagte Nate ernst. »Wusstest du, dass männliche Delfine größer sind als weibliche? Große Delfine im Pazifik können bis zu fünfhundert Kilo wiegen. Ich habe nachgedacht. Delphine ist ein Großer Tümmler im Atlantik und sie ist ein Weibchen. Ich weiß nicht, wie alt sie ist. Du vielleicht?«

»Nein.«

Nate dachte nach. »Sie wiegt vielleicht so zweihundertfünfzig Kilo.«

Carson lächelte erfreut darüber, wie klug der Junge war. »Das klingt richtig.«

Nate nahm ihre Zustimmung an. Er sah einen Moment auf sein Buch, dann hob er den Kopf. Dieses Mal sah er ihr jedoch nicht in die Augen, sein Blick war besorgt. »Ist meine Mutter allein mit meinem Vater?«

Carson spürte, wie wichtig ihm diese Frage war, und antwortete ernst: »Nein, das glaube ich nicht.«

»Er wird sich nicht um sie kümmern.«

»Nate, deiner Mutter geht es gut und sie kann sich um sich selbst kümmern. Sie trifft nur deinen Vater, packt ein paar Sachen für dich ein und kommt dann zurück.«

Er dachte über diese Bemerkung nach. »Kannst du im Kalender eintragen, wann sie zurückkommt?«

Carson kratzte sich am Kopf. Sie wusste, dass sie Nate gegenüber aufrichtig und klar sein musste. Mutmaßungen würde er nicht akzeptieren. »Ich bin mir nicht ganz sicher, wann sie wiederkommt. Aber weißt du, was ich machen werde? Ich rufe sie an und frage sie. Wenn sie mir ein Datum nennt, markiere ich es für dich im Kalender. Okay?«

»Okay.«

Er sah so klein und traurig und einsam aus, Carson wünschte, sie könnte irgendwie zu ihm durchdringen. »Lass uns heute früh zu Bett gehen«, sagte sie. »Wir müssen uns ausruhen, weil wir morgen schwimmen gehen.«

Nate riss panisch die Augen auf. »Nein, ich nicht.«

»Es wird dir gefallen. Warte ab.«

»Das wird es nicht.«

Carson verschränkte die Arme und spielte ihren Trumpf aus: »Delphine wird da sein.«

»Okay«, sagte er mürrisch und kroch unter seine Decke.

»Gute Nacht, Nate.« Carson hätte ihm gern einen Kuss gegeben, hielt sich aber zurück. Stattdessen zog sie seine Decke höher, bis ans Kinn. »Schlaf gut. Träum von Delfinen.«

»Das ist dumm. Man kann sich keine Träume wünschen«, sagte er, schloss aber die Augen und gähnte.

Carson beobachtete ihn, wie er seinen kleinen Körper zusammenrollte, und spürte einen Stich, als sie daran dachte, wie schwer es sein musste, in einer Welt zu leben, in der man nur Regeln und harte Fakten sah, ohne die Freuden der Spontanität oder Fantasie.

~

Ein weiterer Vorteil des Golfmobils – man fand leicht einen Parkplatz!

Carson war fröhlich und aufgekratzt, voller Energie, als sie ihre Mittagsschicht begann. Die Schulen hatten geschlossen und die Mittagstische waren voll, an der Tür stand eine Schlange. In der letzten Stunde ihrer Schicht wurde Carson jedoch müde. Schlimmer noch, sie hatte das Gefühl, sie bräuchte Alkohol. Diese Vorstellung machte sie nervös und sie versuchte sich einzureden, dass es nur am niedrigen Blutzuckerspiegel lag.

Devlin saß wie üblich an der Theke und trank Bier mit Shots. Normalerweise fing er nicht schon am frühen Nachmittag mit den Shots an, und sie machte sich ein bisschen Sorgen um ihn. Als ihr letzter Gast gegangen war, räumte sie den Tisch ab und setzte sich dann einen Moment mit einer Cola an die Theke, um durchzuatmen.

»Hey, wie geht's?«, fragte sie und lehnte sich näher zu ihm.

Devlin zuckte mit den Schultern. »Ging schon mal besser.«

Er drehte sich um und lächelte sie langsam an. »Wenn ich dich sehe, ist es jedenfalls gleich besser.«

Seine Augen waren schon glasig. Sie wollte sich jedoch nicht einmischen und wusste aus der Erfahrung mit ihrem Vater, dass es besser war, nichts zu sagen. Es war wichtiger, einfach nur als Kumpel in der Nähe zu sein. Sie holte ihr Trinkgeld hervor und begann die heutige Ausbeute zu zählen.

»Guter Tag, was?«, fragte Devlin.

»Ordentlich, aber abends würde ich mehr verdienen.«

»Warum fragst du Brian nicht, ob er seine Schicht mit dir tauscht?«

»Das habe ich getan«, antwortete Carson. »Aber die anderen Mädchen haben die älteren Rechte. Er wird mir eine Abendschicht geben, sobald eine frei wird.«

»Will Ashley nicht auch eine?«

»Nein. Sie will abends frei haben, um bei ihrem Freund zu sein.«

»Wie es sich für eine Frau gehört«, sagte Devlin und trank einen Schluck Bier.

Carson drehte sich genervt zu ihm um, doch dann überlegte sie, ob seine schlechte Laune etwas mit seiner Exfrau zu tun hatte. Er tat ihr ein bisschen leid, wie er da saß und mürrisch in sein Bier starrte. Das Glas war beschlagen, sie wusste, dass das Bier eiskalt war, und leckte sich die Lippen. »Mann, das Bier sieht gut aus.«

»Willst du auch eins?«, fragte Devlin.

Das wollte Carson, sehr sogar. Doch sie schüttelte den Kopf.

»Hey, was ist los?«, fragte Ashley und setzte sich neben sie an die Theke.

Carson sah die stumme Frage in Ashleys Blick. Sie hatte ihr von dem Plan, eine Woche lang keinen Alkohol zu trinken, erzählt. »Nichts. Ich hänge nur ein bisschen ab und trinke eine Cola«, antwortete sie, hob ihren Plastikbecher und führte ihn zum Mund.

»Ich nehme auch eine Cola«, sagte Ashley solidarisch. Sie zapfte sich eine aus dem Hahn und sie stießen mit ihren Plastikbechern an. Dann blickte Ashley auf und Carson sah, dass etwas ihre Aufmerksamkeit erregt hatte. »Mein Gott«, sagte Ashley und kam näher, um Carson ins Ohr zu flüstern. »Schau mal, wer da reinkommt.«

Carson drehte den Kopf und sah Blake, der gerade hinter sich die Tür schloss. Er trug seine Uniform aus altem T-Shirt und khakifarbenen Shorts zu langen gebräunten Beinen. Ihr fiel auf, dass er stärker gebräunt war und dass seine Haare so lang waren, dass ihm die Locken tief ins Gesicht fielen. Er blickte auf und sah, dass Carson ihn anschaute. Sie wandte schnell den Kopf ab.

»Und … was ist mit Mr Vorhersehbar los? Er setzt sich in meinen Bereich.« Ashley stupste Carson in die Seite. »Vielleicht ist er nicht mehr so vorhersehbar.«

»Nenn ihn nicht so«, sagte Carson. »Er heißt Blake.«

»Na dann«, erwiderte Ashley frech. »Ich muss Blake bedienen.«

Carson saß da und starrte stirnrunzelnd in ihre Cola. Sie hasste es, sich eingestehen zu müssen, dass es sie ärgerte, dass Blake sich in Ashleys Bereich gesetzt hatte. Sehr sogar.

»Was ist los?«, fragte Devlin und lehnte sich gegen sie. Sein Atem roch nach Bier.

»Ach, nichts. Mir tun die Füße weh.«

Devlin sah über die lange Theke. Brian drehte ihnen den Rücken zu. »Hier«, sagte er und schob ihr ein Shotglas zu, er drehte die Schulter, wie um es zu verbergen. »Das nimmt den Schmerz. Funktioniert bei mir.«

Carson sah auf die goldene Flüssigkeit im Shotglas und spürte ein fast unkontrollierbares Verlangen, sie hinunterzukippen. Sie konnte das Brennen im Rachen fast spüren. Sie holte tief Luft und schüttelte den Kopf. Mann, sie musste doch in der Lage sein, es länger auszuhalten! »Nein, danke.«

»Ach, komm schon«, sagte Devlin, lehnte sich näher und sagte mit leiser, geheimnistuerischer Stimme: »Ich werde auch nicht petzen.«

Carson schob das Shotglas weg. »Nein, danke.«

Devlin schob ihr das Glas wieder hin und lächelte, als wäre es ein Spiel. »Komm schon, Brian sieht nicht her.«

»Darum geht es nicht«, sagte Carson bestimmt. »Ich trinke nicht. Punkt.«

»Hä?«, sagte Devlin und verzog verwirrt das Gesicht. »Seit wann? Komm schon, Honey, einen Drink. Sieht aus, als könntest du wirklich einen gebrauchen.« Er schob das Glas noch näher zu Carson, heftiger als nötig, ein paar Tropfen flossen über. Carson zuckte zurück. Als Reaktion darauf legte Devlin einen Arm um ihre Schulter.

»Ich habe nein gesagt«, zischte sie und schob das Glas so entschieden zurück, dass es umkippte und auf der Theke auslief.

»Hey«, stotterte Devlin.

Carson versuchte, seinen Arm von ihrer Schulter zu schieben, aber Devlin schwankte und hielt sich an ihr fest, um nicht von seinem Hocker zu fallen. »Was zur Hölle soll das?«, fragte er. Seine Verführung verwandelte sich in etwas Düsteres, Traurigeres. »Warum hast du das getan?«

Carson hatte diese Verwandlung früher schon einmal gesehen, und sie löste bei ihr eher Abscheu als Mitleid aus. »Ich habe nein gesagt«, antwortete sie und wand sich aus seinem Griff. »Jetzt lass mich los.« Carson kämpfte sich frei.

Plötzlich war Blake da. Er stieß Devlin so energisch zurück, dass er von seinem Barhocker rutschte. »Die Lady hat nein gesagt.«

Devlin saß eine Sekunde lang verdattert da, dann sprang er voller besoffener Wut hoch und warf sich auf Blake, stieß heftig gegen ihn. Blake stolperte ein paar Schritte zurück, dann blieb er stehen und drückte ihn weg. Devlin schwankte, die geballten Fäuste an den Oberschenkeln, der Brustkorb hob und senkte sich.

»Dev, hör auf«, rief Carson und sprang von ihrem Hocker.

Brian kam nach vorn und trat zwischen die Männer. »Das reicht. Geht nach draußen.«

»Ich habe kein Problem mit diesem Typen«, erwiderte Devlin, um Brian zu beruhigen. »Aber er hat sich in unseren Kram eingemischt.«

»Ja, euren Kram habe ich gesehen«, sagte Brian mit rotem Gesicht. »Wenn er nicht eingegriffen hätte, hätte ich es getan. Du hast genug für heute, Kumpel. Geh nach Hause.«

Devlin sah Brian an und schien in sich zusammenzufallen. Er machte ein langes Gesicht und ging einen Schritt auf Carson zu. Blake trat vor sie.

»Entschuldigung«, sagte Devlin zu ihr. »Ich hab's nicht so gemeint.«

»Ich weiß, ist schon in Ordnung«, sagte Carson wegwerfend. »Geh nach Hause.«

Brian fasste Devlin an der Schulter. »Ich fahre dich nach Hause, okay, Kumpel? Lass uns gehen.« Vor der Tür warf er seinen Angestellten einen Blick zu, um klarzumachen, dass er zurückkäme.

Ashley sah Blake an, der mit den Händen auf den Hüften dastand und ziemlich verlegen wirkte. »Danke, äh …«

»Blake«, antwortete er und lächelte schnell. »Keine Ursache.«

»Natürlich. Wie wäre es mit einem Drink? Ein Bier vielleicht? Aufs Haus«, bot Ashley an.

»Nein, danke.« Blake schaute kurz zu Carson. »Ich gehe lieber.«

»Warte«, rief Carson.

Blake blieb stehen und sah über seine Schulter.

»Danke schön«, sagte sie und lächelte zögernd.

»Keine große Sache.« Blake drehte sich um und ging zur Tür hinaus.

Carson sah Ashley an. Die zog die Augenbrauen hoch und wedelte mit der Hand, was bedeuten sollte, dass sie ihm nachgehen sollte. Carson atmete aus und ging hinter Blake zur Tür hinaus, wo er gerade einen großen gelben Labrador losband, der im Schatten eines Gartentischs saß. Der Hund sah zu ihr auf, als sie näher kam, und bellte kurz, ob zur Begrüßung oder zur Warnung, wusste sie nicht. Blake drehte sich um und sah zu ihr hoch. Eine Sekunde lang blickte sie in zwei dunkle, sinnliche Augen.

»Blake, ich wollte kurz mit dir reden, wenn es dir recht ist.«

Er stand auf, die Leine hing locker in seiner Hand. »Klar.«

»Was da drinnen passiert ist ... Es war nicht das, wonach es aussah. Devlin war einfach nur betrunken. Er meinte es nicht böse.«

Ein Muskel zuckte in seiner Wange. »Er sah aus, als würde er dich angreifen, und, na ja, da konnte ich nicht einfach ruhig sitzen bleiben und zusehen.«

»Es war nett von dir, mich zu verteidigen. Ritterlich.«

Blake sah nach unten zu dem Labrador und antwortete nicht.

»Ist das dein Hund?«

»Ja«, sagte er und streichelte ihn. »Hobbs. Mein guter Kumpel.«

Carson streckte die Hand aus und tätschelte den schweren, eckigen Kopf des Labradors. Er war ein freundlicher Hund, wie die meisten Labradore, aber er war einer der größten, die sie je gesehen hatte. »Bist du dir sicher, dass nicht ein bisschen Mastiffblut in ihm fließt?«, fragte sie und lachte, als die lange Zunge des Hundes ihre Hand leckte.

»Vielleicht irgendwo in seinem Stammbaum. Er ist ein großer Kerl und nicht gern eingesperrt, also nehme ich ihn überallhin mit, wo es geht. Früher durfte er ins Restaurant, aber die Regeln haben sich geändert, also sitzt er hier draußen und wartet.«

»Läuft er nicht weg?«

»Er? Nein. Er beobachtet gern Menschen. Und er entfernt sich nie weit vom Wasser.«

Carson sah den Stahlnapf voller Wasser im Schatten. Das war bei den meisten Restaurants auf der Insel üblich.

Nach dem höflichen Geplänkel wollte Carson zum eigentlichen Thema kommen. »Willst du hier reden?«

»Wie wär's mit einem Kaffee?«

»Eine Minute. Meine Schicht ist fast zu Ende. Ich muss es nur kurz mit Ashley abklären.«

Ein paar Minuten später kam sie mit ihrem Geldbeutel wieder zurück. »Ashley springt für mich ein. Im Moment ist nicht viel los. Also, wo willst du hin?«

Sie gingen die Middle Street entlang zu einem kleinen Café samt Eisdiele. Die Kaffeebohnen wurden vor Ort geröstet. Hobbs legte sich wieder in den Schatten und wartete, während sie sich an der langen Schlange der Erwachsenen und Kinder, auf der Suche nach einem sommerlichen Koffein- oder Zuckerkick, anstellten. Carson erkannte die Einheimischen an den schäbigen abgeschnittenen Jeans, T-Shirts und Sandalen, die Besucher waren besser angezogen. Sie sah zu Blake, der mit den Händen in den Hosentaschen auf seinen Fersen schaukelte und die Speisekarte auf der riesigen Tafel las, und ihr fiel auf, dass er genau dazu passte. Blake war die Art von Mann, die sich keine Gedanken darüber machte, welche Mode oder Trends gerade angesagt waren. Er hätte eine berühmte Marke nicht mal erkannt, wenn man sie ihm direkt vor die Augen hielt. Sie lächelte. *Gott sei Dank*, dachte sie.

»Hey«, sagte Blake und beugte sich zu ihr. Seine Augen waren so dunkel wie ein Espresso. »Weißt du schon, was du nimmst?«

Carson sammelte sich und sah auf die Tafel. »Ich nehme einen Chai mit fettarmer Milch.«

Während sie anstanden, sprachen sie nicht. Carson fühlte sich ungewöhnlich nervös in seiner Nähe. Sie drückte ihre Hand auf den Bauch, während sie ruhiger atmete, um ihre Fassung zurückzugewinnen. Endlich waren sie an der Reihe und Blake bestellte. Mit dampfenden Bechern in den Händen blickten sie sich in dem kleinen Raum um. Zwei Paare mit Laptops sahen aus, als hätten sie sich für mehrere Stunden hier eingerichtet. An den anderen Tischen saßen Familien mit plappernden oder jammernden Kindern.

»Lass uns draußen bei Hobbs einen Platz suchen«, sagte Blake.

Draußen waren auch alle Tische besetzt.

»Am Ende des Blocks gibt es einen Park«, schlug er vor. »Hobbs liebt ihn.«

Es war ein schöner Juninachmittag, weder zu heiß noch zu feucht. Als sie an gemütlichen Restaurants, ein paar Immobilienmaklern und einer Massagepraxis vorbeigingen, fiel Carson auf, dass Blake auf der Straßenseite des Bürgersteigs ging. *Irgendjemand hat ihm Manieren beigebracht*, dachte sie. *Mamaw würde das gefallen.* Hobbs war auch ein Gentleman. Er zerrte nicht an der Leine und schnüffelte nicht an Passanten. Er blieb an Blakes Seite, zufrieden, draußen unterwegs zu sein. An der Ecke blieben sie stehen, um sich die schönen Gemälde im Schaufenster der Sandpiper Gallery anzusehen. Carson dachte an Mamaws Strandhaus und wie sie es mit Kunst aus der Region gefüllt hatte.

Als sie sich der Feuerwache näherten, überquerten sie die Straße und betraten den Park. Blumen blühten und die Blätter der Bäume waren dick und saftig und boten viel Schatten. Blake führte sie zu einer ruhigen Bank im Schatten einer beeindruckenden Lebenseiche. Er wischte Reste von Blättern und Schmutz fort, so dass sie sich hinsetzen konnte. Hobbs legte sich mit einem zufriedenen Grunzen zu seinen Füßen hin.

»Es ist hübsch hier«, sagte Carson und bewunderte die friedliche Szenerie, während sie den Deckel von ihrem Becher nahm. Der würzige Geruch des Chai stieg ihr in die Nase. »Ich glaube, ich bin seit Jahren nicht mehr hier gewesen. Ich habe früher auf den Plätzen dort hinten Tennis gespielt.«

»Ich komme oft hierher«, erwiderte Blake. Er führte seinen Kaffeebecher an den Mund und trank einen Schluck. »Ich wohne in der Nähe. Meine Wohnung liegt im alten Offiziersgebäude.«

»Ich liebe dieses Haus«, sagte Carson und sah das lange weiße Holzgebäude mit den Veranden vor sich. Früher einmal, als es noch einen Militärstützpunkt auf Sullivan's Island gab, lagen dort die Büros der Offiziere. Inzwischen waren sie zu Wohnungen umgebaut worden.

»Ich muss sie dir irgendwann mal zeigen«, bot er an.

Carsons Lippe zuckte bei dieser nur dünn verschleierten Einladung. Sie betrachtete das Profil des Mannes neben sich, während er Kaffee trank. Wenn sie ihn in diesem Augenblick fotografieren und das Foto in einer Zeitschrift veröffentlichen würde, hielte man ihn nach Modelmaßstäben nicht für gutaussehend. Ihr erfahrener Blick entdeckte seine Fehler: Seine Nase war zu groß, seine Augen lagen zu tief, in seinem wettergegerbten Gesicht sah man erste Krähenfüße und er brauchte dringend einen guten Haarschnitt.

Dann drehte er sich zu ihr um und lächelte. Es war dieses schiefe Lächeln, das bedeutete, dass ihn etwas amüsierte, wahrscheinlich weil er sie dabei erwischt hatte, wie sie ihn ansah. Schon wieder. Ihr Herz machte einen Satz. Das machte Blakes Lächeln so verdammt interessant. Es konnte so charmant sein. So entwaffnend. Und es war nie bitter. Das allein war erfrischend.

»Weißt du«, sagte sie, »ich hatte einen Spitznamen für dich, bevor ich deinen echten Namen kannte. Aber ich glaube, der passt nicht mehr.«

Er zog schweigend die Augenbrauen hoch.

»Bist du nicht neugierig, wie er lautet?«, fragte Carson und berührte flirtend seinen Arm. »Wenn mir jemand erzählen würde, dass er einen Spitznamen für mich hatte, würde ich ihn schütteln, um herauszufinden, wie er lautete.«

Er zuckte mit den Schultern. »Es ist ein Name, den du für mich benutzt hast, es ist also deiner, nicht meiner. Du kannst mich so nennen, wie du willst.«

»Gut. Dann werde ich ihn dir nicht sagen«, entgegnete sie kokett.

»Wie du willst.«

»Ich verstehe dich manchmal nicht«, sagte sie. »Ich lag mit dem Spitznamen wirklich völlig daneben. Du überraschst mich ständig.«

»Okay, wie lautete er?«, fragte er, offensichtlich mehr, um mitzuspielen, als aus Neugier.

»Vergiss es«, sagte sie. »Der Zug ist abgefahren.« Sie war froh darüber. Nicht nur, dass der Spitzname unpassend war, dachte sie, er könnte ihn auch verletzen, und das Risiko wollte sie nicht eingehen.

»Du hältst mich wohl für einen sturen Hund«, fragte er mit gespielter Empörung. »Für jemanden, der keinen Humor hat. Ich habe tonnenweise Humor.«

»Ach ja?«

Er lehnte sich auf der Bank zurück. »Aber sicher.«

Sie betrachtete seine Lippen, während er sprach. Bisher war es ihr gar nicht aufgefallen, aber der Mann hatte perfekte Zähne. »Du hast ein hübsches Lächeln. Das war eines der ersten Dinge, die mir an dir aufgefallen sind. Es bringt dein Gesicht zum Strahlen.«

Er lächelte langsam und verführerisch. »Bemühst du dich jetzt, nett zu sein?«

»Wann war ich denn nicht nett?«

Er zuckte mit den Schultern. »Vor kurzem, als du mich versetzt hast. Du bist vom Strand weggegangen, ohne mir auch nur Hallo zu sagen.«

»Wie bitte? Ich? Nicht nett? Ich bin wie verabredet zum Strand gekommen.«

Er hob misstrauisch eine Augenbraue. »Du kamst zu spät. Viel zu spät. Ich habe nicht mehr gedacht, dass du noch erscheinst.«

»Ich wurde bei der Arbeit aufgehalten.«

»Warum bist du dann einfach abgehauen? Du hast doch gesehen, dass ich dir zugewunken habe.«

Carson zupfte am Becherrand, plötzlich sprachlos. »Ich ... na ja, ich habe dich mit jemand anderem gesehen und wollte nicht stören.« Sie nippte an ihrem Chai und wollte nicht mehr sagen.

»Jemand anderem?« Er wirkte verwirrt. Dann begriff er langsam und dieses schiefe Lächeln breitete sich wieder auf seinem Gesicht aus. Seine Augen glitzerten vor Vergnügen. »Ach so. Sie.« Carson spürte, wie sie rot wurde. Sie trank noch einen Schluck Tee.

»Sie ist nur jemand, der die ganze Zeit am Strand rumhängt. Sie ist eine Freundin.«

Eine Freundin? Es hatte nach mehr als einfacher Freundschaft ausgesehen … Carson wusste nicht, ob sie ihm glauben sollte. »Egal«, sagte sie. »Das Mädchen hatte seine Hände überall, da habe ich eben angenommen …«

Er erwiderte nichts, wodurch ihre Wangen nur noch heißer wurden.

»Scheint so, als hätten wir beide etwas Falsches angenommen.«

Carson sah ihm in die Augen und versuchte, nicht zu lächeln. »Scheint so.«

Er griff nach ihrer Hand und hielt sie fest. »Freunde?«

»Freunde.«

Sie ließen langsam ihre Hände los, aber sie spürte immer noch das Kitzeln in ihrer Handinnenfläche. Sie war froh, dass die Spannung zwischen ihnen verschwunden war, ersetzt durch diese neue Wärme, die durch ihre Adern floss. Sie mochte ihn mehr, als sie gedacht hatte. Er hatte etwas Offenes und Aufrichtiges, wodurch sie sich entspannt und sogar geborgen fühlte.

»Weißt du was?«, sagte Blake, streckte seine langen Beine aus und schlug sie übereinander. »Lass uns noch mal von vorn anfangen. Wie wäre es, wenn ich dich das nächste Mal, sobald der Wind gut ist, anrufe? Nach der Arbeit?«

Carson folgte seinem Beispiel, lehnte sich zurück und schlug die Beine übereinander. »Klingt nach einem guten Plan.«

Er nahm sein Telefon heraus. »Wie lautet deine Nummer?«

Dann tauschen wir jetzt also Telefonnummern aus, dachte sie. Ein großer Schritt. Sie nahm ihr Handy heraus, während sie ihre Nummer nannte. »Und deine?«

Er sagte ihr seine. »Wir wissen, wo wir wohnen«, sagte er mit einem leichten Lachen.

Carson lächelte auch, während sie seine Nummer eintippte. »Übrigens, Harper lässt ihren Dank ausrichten.«

»Keine Ursache. Ich glaube, wir wissen beide, dass ich es für dich getan habe.«

Carsons Hand erstarrte und aller Humor war verflogen, ersetzt von einer Direktheit, die sie verunsicherte. Ging das nicht plötzlich alles viel zu schnell?

Auf der Straße hatte ein Auto eine Fehlzündung, was sie erschreckte. Dadurch änderte sich die Stimmung, wofür sie dankbar war. Carson steckte ihr Handy wieder in die Tasche. »Ich habe gerade gedacht, dass du viel über mich weißt, aber ich eigentlich gar keine Ahnung von dir habe.«

»Was willst du denn wissen?«

»Na ja, zum Beispiel, was du beruflich machst. Wie wäre es damit, als Anfang?«

»Ganz klassisch«, antwortete er. »Ich bin bei der NOAA.«

»Dem National Ocean ...« Sie schwieg, weil sie den korrekten Namen nicht wusste.

»Der National Oceanic and Atmospheric Administration.«

Sie neigte den Kopf und sah ihn nachdenklich an. »Welcher Bereich? Ozean, Wasser, Riffe? Warte ... bist du ein Wettermann?«

»Würde dich das überraschen?«

Sie kicherte. »Ein bisschen schon.«

»Delfine«, sagte er.

Carsons Lächeln verschwand, und sie war plötzlich alarmiert. »Wie? Delfine?«

Ihre Reaktion verwunderte ihn. »Ich arbeite mit Cetacea. *Tursiops truncatus*, um genau zu sein. Dem Großen Tümmler. Unseren Einheimischen.«

Carson rutschte auf der Bank nach vorn und drehte sich zu ihm um. Ihr Herz pochte so laut, dass sie sicher war, er könnte es hören. »Was machst du da genau?«

Er atmete tief ein und verschränkte die Arme. »Also, eigentlich mache ich ein bisschen von allem. Meine Hauptarbeit ist die Erforschung der Auswirkungen der Umweltverschmutzung: aufkommende Krankheiten und Stressfaktoren für die Gesundheit von Meeressäugern. Kurz gesagt, ich erforsche Delfine, ihre Gesundheit, ihren Lebensraum. Es gibt viel zu tun und nicht genug Zeit. Oder Geld.«

»Du bist also Biologe?«

»Richtig. Ich habe meinen Doktor in molekularer Meeresbiologie gemacht.«

Carson schwieg. Sie konnte einfach nicht glauben, dass ihr netter Kitesurf-Kumpel auch ein Doktor war und ausgerechnet mit Delfinen arbeitete. Mr Vorhersehbar hätte eigentlich Dr. Unvorhersehbar heißen müssen.

»Interessierst du dich für Delfine?«, wollte er wissen.

Carson wusste nicht, wo sie anfangen sollte. »Ja«, sagte sie. »Sehr sogar. Jetzt jedenfalls.«

»Warum jetzt?«

Sie machte eine Handbewegung. »Das ist eine lange Geschichte.«

»Ich habe Zeit, wenn du sie hast.«

Carson berichtete ihm von dem Hai. Selbst jetzt, wo sie die Geschichte zum vierten Mal erzählte, empfand sie dieselben Gefühle wie in dem Moment, als sie dem Hai ins todverheißende Auge gesehen und den sandpapierrauen Körper gespürt hatte.

Sie würde dieses Gefühl der Panik niemals vergessen. Blake wurde sehr still und runzelte die Stirn, während er ihr konzentriert zuhörte.

»Das ist eine ziemlich spannende Geschichte. Ich habe natürlich schon von Zwischenfällen gehört, bei denen Delfine Schwimmer beschützt haben. Sie sind gut dokumentiert. Aber ich habe es noch nie selbst erlebt.«

»Es ist eine Art Nahtoderfahrung: Cool, darüber etwas zu hören, aber wenn es dir passiert, dann zweifelst du nie wieder daran und änderst dein Leben.«

»Vermutlich. Ehrlich gesagt bin ich ein bisschen neidisch.«

Carson wusste es zu schätzen, dass er ihre Geschichte ernst nahm. Sie wäre am Boden zerstört gewesen, wenn er darüber gelacht und sie als Einbildung abgetan oder ihr einfach nicht geglaubt hätte.

»Was für ein Hai war es?«

»Ein Bullenhai.«

»Die Kerle können Rabauken sein.«

»Der hier war einer. Er kam wie eine Kanonenkugel aus dem Wasser geschossen und drehte sich dabei. Dann machte er einen Bauchklatscher, wahnsinnig laut und mit vielen Wellen.«

»Das ist eine Drohgebärde«, sagte er. »Eine Warnung an andere Fische. Und doch passiert es nur selten, dass Haie Menschen gegenüber aggressiv werden. Ich rege mich über diese Fernsehsendungen auf, die«, er machte eine bedrohliche Geste mit seiner Hand und sprach mit raunender Stimme, »*Haiangriffe* zeigen. Es ist nur Marketing und die Haie bekommen einen schlechten Ruf. Die meisten Unfälle mit Haien in unseren Gewässern sind genau das – Unfälle. Ein Missverständnis. Das Wasser ist trüb. Und in deinem Fall ähnelte das Surfbrett wahrscheinlich einer Schildkröte oder einer Robbe, beides übliche

Beutetiere. Du hast doch keinen glitzernden Schmuck im Wasser getragen?«

»Um Himmels willen, nein. Ich surfe schon mein ganzes Leben. Da weiß ich Bescheid.«

»Wir nennen diese Art von Angriff einen Probebiss. Sobald der Hai merkt, dass der Schwimmer zu groß ist oder nicht auf seinem Speiseplan steht, schwimmt er weg. Es gibt höchstens eine einzelne Schnittwunde.«

»Na toll«, sagte Carson und verdrehte die Augen.

»Besser als ein richtiger Biss.«

Sie schauderte beim Gedanken an auch nur einen Kratzer der massiven Zähne, die sie gesehen hatte. »Dieser Hai meinte es ernst. Das konnte ich im Bauch fühlen.«

Er schwieg. »Du hast gesagt, er hat dein Board angerempelt?«

Sie nickte.

Blake spitzte die Lippen. »Das bedeutet tatsächlich ernsthaftes Jagen. Wir nennen es Rempeln und Beißen. Der Hai umkreist seine Beute, dann rempelt er das Opfer an, bevor er wirklich angreift.« Er rieb sein Kinn. »Je mehr ich darüber nachdenke, was dir passiert ist – du hast wirklich Glück gehabt. Es klingt, als wärst du in eine Art Blutrausch geraten. Dieser Delfin könnte dich gut vor einem Biss gerettet haben.«

»Ich weiß«, sagte sie langsam, mit großen Augen. »Ich bin so dankbar. Ich möchte etwas tun.«

»Etwas tun?«

»Helfen. Ehrenamtlich … *irgendwas*.« Mit dem Fuß kickte sie einen Kieselstein weg. »Fällt dir nichts ein, was ich tun könnte?«

Sein Lächeln breitete sich dieses Mal langsam aus, nachdenklich. »Ich glaube schon. Ich überprüfe jeden Monat die hier lebenden Delfine. Wir fahren mit dem Boot raus und an den Wasserstraßen entlang, wo die Delfinschulen leben. Hättest du Lust, mitzukommen?«

Sie konnte ihre Begeisterung kaum verbergen. »Ja!«

Blake sah auf seine Armbanduhr. »Verdammt. Es ist spät. Ich muss los.«

»Ich sollte auch gehen«, sagte Carson und schluckte die tausend Fragen, die ihr auf der Zunge brannten, hinunter. Sie hätte noch stundenlang mit ihm in diesem wunderschönen Park sitzen können. Aber er hatte offenbar keine Zeit mehr.

Blake erhob sich und Hobbs sprang ebenfalls auf, den Blick aufmerksam auf sein Herrchen gerichtet. Blake tippte auf sein Smartphone, sah auf seinen Kalender. »Das Boot für diesen Monat ist schon gebucht.« Er sah auf. »Es wird den ganzen Tag dauern. Kannst du frei bekommen?«

»Ich werde es versuchen. Sollte kein Problem sein.«

»Gut. Ich rufe dich dann wegen der Einzelheiten an.«

»Okay«, sagte sie und war wegen dieses bevorstehenden Bootsausflugs aufgeregter als über irgendetwas anderes seit langer Zeit. War es Schicksal, dass Blake mit Delfinen arbeitete? Ein weiteres Zeichen?

Blake lächelte sie ein letztes Mal an und winkte zum Abschied. »Alles klar. Deine Nummer habe ich ja.«

Sie lächelte und winkte zurück, dann blickte sie ihm nach, wie er schnell davonging, Hobbs an seinen Fersen. Carson griff nach ihrer Tasche und schlenderte langsam durch den Park zurück zu ihrem Golfmobil. O ja, dachte sie und schwenkte fröhlich den Arm. Blake Legare hatte ihre Nummer auf jeden Fall.

13

Carson kam zu ihrem Kitesurfing-Unterricht an den Strand. Ihr Körper war gut vorbereitet und sie fühlte sich mit Blake als Lehrer zuversichtlich. Sie war bereit, aufs Wasser zu gehen.

Womit sie nicht gerechnet hatte, war, den Tag mit einem Trainingskite am Strand zu verbringen.

»Ich brauche keinen *Training*skite«, beschwerte sich Carson bei Blake, während sie den Strand entlang zu einer ruhigen Ecke gingen. Herausfordernd hob sie ihr Kinn. »Ich surfe schon ewig. Wie viel schwieriger kann das schon sein?«

»Hör mal, Carson«, sagte Blake bestimmt. »Beim Kitesurfen geht es mehr darum, die Luft zu kontrollieren, als auf dem Wasser zu surfen. Zu lernen, wie man den Drachen kontrolliert, ist der erste Schritt. Das ist entscheidend. Außerdem sind Kites sehr teuer im Vergleich zu Trainingskites.«

»Falls es nur auf das Geld ankommt, ich …«

Blakes Gesicht verhärtete sich und er runzelte genervt die Stirn. »Wenn es darum geht, Kitesurfen zu unterrichten, Carson, dann lasse ich mich auf keinen Quatsch ein. Kitesurfen ist ein Extremsport und kann gefährlich sein. Deine Surferfahrung ist ein Bonus, aber sie reicht auf keinen Fall, um dich sicher in die Luft zu bekommen. Wenn du nicht weißt, was du tust, kannst du nicht nur dich selbst, sondern auch andere ernsthaft verletzen. Und das sogar hier auf dem Strand. Diese Kites haben viel

Kraft, und zuerst musst du lernen, wie du das Trapez anlegst und ihn kontrollierst. Heute üben wir daher an Land mit einem kleineren Schirm. Okay?«

Blakes Augen blitzten und so, wie er *okay* sagte, duldete er keinen Widerspruch. Er würde keine Beschwerden mehr tolerieren. »Danach machen wir mit anderen Dingen weiter. Wenn du die beherrschst – und nur dann –, lasse ich dich aufs Wasser.« Er machte eine Pause. »Mit mir.«

Carson war klar, dass es an diesem Punkt sinnlos war, sich zu widersetzen, sie schluckte ihren Stolz hinunter und nickte zustimmend.

Blake trat näher, legte seinen Arm um ihre Schultern und küsste sie. »Ich will nicht, dass dir etwas Schlimmes passiert.«

Es war ein flüchtiger Kuss, kaum leidenschaftlich, aber er war entwaffnend.

Carson begriff plötzlich, was es bedeutete, jemandem den Wind aus den Segeln zu nehmen.

Blake nahm sie jeden Tag mit an den Strand, wenn der Wind gut war, und jeden Tag verlor sie etwas mehr von ihrer Furcht, wieder ins Meer zu gehen. Am Ende der Woche bettelte sie Blake an, endlich hineinzudürfen. Schließlich erklärte er sie bereit fürs Wasser.

An dem großen Tag gingen sie nebeneinander an eine ruhige Stelle am Strand, entfernt von den anderen. Carson spürte, wie die Vorfreude durch ihre Adern rauschte. Blake assistierte ihr beim Losfahren. Nachdem sie den Schirm aufgepumpt hatten, ging sie im Trapez mehrere Meter weit weg, während er die langen Schnüre zum Schirm gerade hinlegte.

»Der Kite ist bereit. Bist du bereit?«, rief er.

Carson spürte ihr Herz heftig pochen. Sie erstarrte im Trapez, konnte nichts antworten.

»Carson?«, rief Blake noch einmal. Als sie nicht reagierte, legte er den Schirm ab und ging zu ihr.

»Alles in Ordnung?«, fragte er, ernsthaft besorgt.

Carson schluckte schwer und schüttelte den Kopf. »Ich habe Angst«, krächzte sie.

»Okay«, antwortete Blake in einem nervigen, aber beruhigenden Therapeutenton. Er knickte in den Knien etwas ein, um ihr direkt in die Augen zu sehen. »Wovor hast du Angst? Dich zu verletzen?«

Sie nickte.

»Du hast dafür trainiert. Du bist bereit. Und ich werde direkt neben dir sein.«

Carson schüttelte noch einmal den Kopf, versuchte ihre Angst in Worte zu fassen. »Ich sehe immer wieder diesen Hai.«

Blake seufzte und umarmte sie, drückte sie an seine Brust. »Habe ich dir je erzählt, wie ich mit dem Kite mal an der Breach-Mündung unterwegs war und genau auf den Kopf eines Hais gedonnert bin?« Sie spürte das Lachen in seiner Brust. »Ich habe dem Hai mehr Angst eingejagt als er mir, das kann ich dir sagen. Aber ich habe einfach nur meinen Drachen verschoben und in der nächsten Sekunde war ich in der Luft. Das ist ja das Coole beim Kitesurfen. Du reitest da draußen auf dem Wind. Darum geht es. Du springst hoch, erwischst die Luft, packst das Brett vielleicht mit den Händen, dann knallst du auf das Wasser. Du bist für diesen Sport wie gemacht, Carson. Geh raus und lass dich mitreißen.«

Sie spürte einen Adrenalinschub und nickte mit zusammengebissenen Zähnen.

Blake ging zurück, um die langen Schnüre zu richten, die von ihrem Trapez zum knallgelb-schwarzen Schirm führten. Carson hielt den Bar fest und konzentrierte sich auf den halbmondförmigen Drachen, der sich am Ende der Schnüre auf und ab bewegte. Blake zählte und sie gingen als Tandem aufs Wasser zu, dann hob er den Drachen hoch in die Luft, rief das Signal und ließ los.

Als der Wind auf den Kite traf, spürte Carson, wie sie heftig in Richtung Meer gezogen wurde. Sie packte den Bar, lehnte sich zurück und wurde von einer kräftigen Bö erfasst. Sie konnte gerade noch Luft holen, da schoss sie schon über die Wellenkämme, aufs Meer hinaus, als Pilotin eines Einflüglers! Es war berauschend. Aufregender als alles, was sie je auf einem Brett erlebt hatte.

Weit draußen fühlte Carson sich sicher, da sie ihren Lehrer bei sich hatte. Als ihr Po die Wellen berührte, wurde Carson daran erinnert, dass sie noch eine Anfängerin war. Immer wenn sie den Wind verlor und auf das Wasser klatschte, war Blake da, um ihr wieder aufzuhelfen. Der Ruf Charlestons als Stadt der Manieren reichte wohl auch bis Sullivan's Island. Die Kitesurfer in Station 28 waren eine nette Gruppe und verständnisvoll.

Um ihren ersten Tag auf dem Wasser zu feiern, hatte Blake seinen Cousin und Carsons alten Surfkumpel Ethan dazugebeten. Ethans Frau Toy und ihre Kinder feuerten sie an, johlten und riefen ihren Namen, wenn sie sich dem Strand näherte. Schon bald beendete Carson die Fahrt und kam an Land. Sie ließ sich auf ihr Handtuch fallen, begeistert, aber erschöpft.

»Meine Arme fühlen sich wie Gummi an«, stöhnte sie.

»Du hast dich da draußen wirklich gut angestellt«, sagte Blake. »Für eine Anfängerin.«

Carson spähte unter ihrer Hand hervor, die sie als Schutz vor der Sonne über die Augen hielt. »Ich dachte schon, du würdest sagen: *für ein Mädchen.*«

»So dämlich bin ich nicht«, erwiderte Blake lachend.

»Glück gehabt«, frotzelte Ethan.

»Da draußen gibt es kaum Mädchen«, fügte Toy hinzu. »Ich bin froh, dass du uns Frauen vertrittst. *Wuhu*«, rief sie aus und wedelte mit den Armen.

Carson mochte Toy Legare. Sie sah süß aus, hatte eine wilde, blonde Mähne und war kurvenreich. Sie trug einen schlichten schwarzen Badeanzug und hatte immer ein Auge auf ihre Kinder, die ein paar Meter entfernt eine Sandburg bauten.

Ethan und Blake packten ihre Ausrüstung aus und machten sich auf zum ernsthaften Kitesurfen. Carson und Toy saßen auf Strandstühlen und beobachteten von ihrer Sandinsel aus, wie die beiden Männer zum Wasser sprinteten.

»Wenn sie am Meer sind, sind sie wie zwei Kinder«, sagte Toy und cremte ihre Arme mit Sonnenschutz ein.

»Sie sehen mehr wie Brüder aus als wie Cousins«, sagte Carson und blickte ihnen nach. Beide Männer waren groß und schlaksig, hatten braune Augen und dunkle Locken. Aber es war nicht nur das Aussehen. Wie sie sich bewegten, der wiegende Gang, die sehnigen Arme. »Vielleicht sogar wie Zwillinge.«

»Viele Jungs in der Familie haben diese braunen Locken. Aber die beiden sind wirklich ein eingespieltes Team«, antwortete Toy. »Ihre Mamas haben immer gesagt, dass sie einen weiteren Sohn bekommen hätten, weil sie so oft bei dem jeweils anderen waren.«

»Interessant, dass die beiden auch beruflich in dieselbe Richtung gegangen sind.«

»Meeresbiologie?«, fragte Toy. »Das ist keine Überraschung. Sie sind beide Wasserratten. Blake arbeitet mit Delfinen und Ethan für das South Carolina Aquarium.« Sie fügte mit einem zufriedenen Lächeln hinzu: »Mit mir.« Toy verteilte den Sonnenschutz auf ihren Beinen. »Ethan kümmert sich um das große Aquarium, er ist also begeistert von allen Arten von Fischen.« Sie lachte leicht. »Bei mir geht's um Meeresschildkröten.« Sie reichte Carson die Tube Sonnencreme, dann lehnte sie sich zurück, legte ihre Hände auf das Handtuch, das Gesicht mit geschlossenen Augen zum Himmel gerichtet.

Carson wusste, dass Toy ihr Licht unter den Scheffel stellte. Sie war Leiterin der Krankenstation für Meeresschildkröten im Aquarium, eine anspruchsvolle Stelle mit hohem Ansehen.

»Wie lange seid ihr schon verheiratet?«, fragte Carson.

»Oh, Mann, das müssen schon sieben Jahre sein. Die Zeit verfliegt nur so.«

Carson sah zu den beiden Kindern, die im Sand spielten. Der kleine Junge konnte kaum älter als sechs sein. Aber das Mädchen, auch wenn es zierlich war, musste doppelt so alt sein.

Toy öffnete ein Auge und folgte Carsons Blick. Ein schiefes Grinsen strahlte auf ihrem Gesicht. »Ich weiß, was du denkst. Das ist mein kleines Mädchen, Lovie. Sie hatte ich schon, bevor wir geheiratet haben. Ethan ist aber ihr Papa bei allem, was zählt. Er ist ein toller Vater. Weißt du«, sagte sie keck, »Blake wird auch mal ein guter Familienmensch, genau wie Ethan.«

Carson drückte Sonnencreme auf ihre Arme. »Warum ist Blake noch nicht verheiratet? Ich hätte gedacht, jemand hätte ihn sich schon längst geschnappt.«

»Na, es liegt jedenfalls nicht daran, dass die Mädchen es nicht bei ihm versuchen, das kann ich dir sagen!«, lachte Toy. »Aber ich weiß es nicht. Er ist wegen seiner Arbeit viel gereist. Eine Mama war nie glücklicher über die Heimkehr ihres Babys als Linda Legare, als Blake verkündete, dass er jetzt hier bei der NOAA forschen würde. Die Mädchen umschwirrten das Haus wie Fliegen einen Zuckerwürfel. Er hatte natürlich verschiedene

Beziehungen. Es gab da ein Mädchen, bei dem wir dachten, es könnte diejenige sein, aber letztes Jahr haben sie sich getrennt.« Sie lehnte sich näher zu ihr. »Ich war froh darüber. Sie war hübsch, aber nicht gerade der strahlendste Stern am Himmel, wenn du verstehst, was ich meine.«

Carson lachte und freute sich im Stillen, das zu hören. Sie konnte sich gut vorstellen, dass Blake sich auf lange Sicht mit jemandem langweilte, der nicht gebildet war.

»Blake sagt, er wartet einfach auf die Richtige.« Toy sah Carson augenzwinkernd an. »Vielleicht hat er sie ja gefunden.«

Auch wenn sie wusste, dass Toy es nur im Scherz meinte, war Carson genervt. Sie reichte ihr die Cremetube zurück. »Wir sollten nichts überstürzen. Blake und ich sind nur Freunde.«

»Ich meine ja nur«, sagte Toy grinsend. »Außerdem bist du bereits von Ethan für gut befunden worden ... Bin gleich wieder da.« Sie stand auf und setzte sich zu ihren Kindern und der Sandburg. Das Mädchen ertrug das Eincremen schweigend, aber der kleine Junge wand sich und wollte weg. Toy war schnell und gründlich, in null Komma nichts waren ihre beiden Kinder mit einer dicken weißen Cremeschicht bedeckt.

»Die beiden halten mich ganz schön auf Trab. Willst du einen Schluck Wasser?«, fragte Toy und wischte sich an einem Extrahandtuch die Creme von den Händen. Sie zog eine große Thermoskanne aus ihrer Tasche.

»Sehr gern«, antwortete Carson und half ihr mit den vier Bechern. Sie bewunderte Toy als Mutter, denn sie strahlte Enthusiasmus für ihre Kinder und Ethan, für das Leben überhaupt aus, was ihr eine coole und selbstbewusste Aura verlieh.

Toy goss kaltes Wasser in rote Plastikbecher, dann schraubte sie wieder den Deckel auf die Thermoskanne und steckte sie zurück in ihre Riesentasche. Sie wühlte darin und holte eine

Plastikdose heraus. Sie öffnete sie und nahm Cracker, Sellerie- und Möhrenstücke heraus. In einer anderen Tüte waren Zuckerkekse. Die brachte sie den Kindern, zusammen mit den Bechern voller Wasser. »Werft diese Becher bloß nicht weg«, warnte sie.

»Ich benutze keine Plastikflaschen mehr«, erklärte Toy. »Wenn man so viel Plastik aus Schildkrötenmägen gezogen hat wie ich, lernt man, keine Plastiktüten, Plastikflaschen oder sonst was aus Plastik mehr zu benutzen.«

»Du bist eine tolle Mutter«, sagte Carson.

Toy strahlte. »Danke. Wenn du meine Mutter kennen würdest, wüsstest du, was mir das bedeutet.«

»Wolltest du schon immer Kinder?«

»O Gott, nein«, sagte Toy und setzte eine blaue Mütze mit dem Logo des Aquariums von South Carolina auf. »Ich war schon Mutter, bevor ich überhaupt alt genug war, mir diese Frage zu stellen. Ich habe die kleine Lovie mit neunzehn bekommen. Ihr Vater war ein nutzloser Mistkerl. Aber selbst mit ihm war es besser als mit meiner Mutter.«

Carson wurde bewusst, dass sie jemanden getroffen hatte, dessen Kindheit wahrscheinlich noch schlimmer war als ihre eigene.

»Aber nachdem ich Lovie einmal in die Augen gesehen hatte«, Toys eigene Augen nahmen einen träumerischen Ausdruck an, »wusste ich, dass ich zu Hause war. Das hatte ich mir immer gewünscht. Ein Zuhause. Danach habe ich Ethan getroffen und das war's dann.« Sie blickte aufs Wasser und suchte nach ihrem wellenreitenden Mann. »Sieh ihn dir nur an«, sagte sie, ihr Gesichtsausdruck ganz verliebt. »Er gibt für uns gerade ein bisschen an.« Sie drehte sich zu Carson um. »Und das macht mich total scharf.«

Carson entdeckte Ethan, der nah am Strand fuhr und hohe Gischt aufspritzte. Sie suchte das Wasser ab und entdeckte Blake weiter draußen, in der Luft. Er schwebte hoch in den Himmel, hob auf dem Gipfel die Beine und verbog sich, um das Brett hinter seinen Rücken zu bringen.

Toy kicherte und deutete auf ihn. »Ethan ist nicht der einzige Angeber.« Sie wandte sich wieder Carson zu. »Ich sehe, wie er dich anschaut. Ich würde sagen, der Fisch hängt am Haken.«

Carsons Blick glitt von Blake zu Toy, dankbar, dass die Sonnenbrille die Verlegenheit verbarg, die sich sicher in ihren Augen zeigte. Der Kommentar erfreute und verstörte sie zugleich. Wenn Leute anfingen, sie mit jemandem verkuppeln zu wollen, dann war das für Carson normalerweise der Zeitpunkt, um abzuhauen.

Später streckte Toy plötzlich ihre Knie durch, lachte und zeigte aufs Meer. »Da kommen die beiden Halbstarken aus dem Krieg zurück. Nimm deine Mütze ab, denn sie haben ein Grinsen im Gesicht, das Streiche ankündigt. Ich weiß einfach, dass sie uns ins Wasser zerren werden.« Sie kreischte, als die Männer auf sie zuliefen.

Carson schaute auf und sah die beiden mit voller Geschwindigkeit auf sie zusprinten. Sie hockte sich zur Verteidigung hin. »Wage es nicht«, warnte sie, als Blake nach ihren Armen griff und sie auf die Füße riss. Ethan lief direkt zu den beiden Kindern und packte je eines unter den Arm. Toy blieb nichts anderes übrig, als lachend hinter ihnen herzulaufen und zu rufen, dass Danny noch nicht gut schwimmen könne.

Es war Flut und die Sonne stand hoch am wolkenlosen Himmel. Die Gruppe bekam neuen Schwung, planschte in den Wellen, während die Kinder vor Vergnügen lachten und schrien.

Blake und Ethan hatten die Kinder auf ihre Schultern gesetzt und kämpften so miteinander, während Carson und Toy sie anfeuerten. Danny krähte im Triumph, als er und Blake Lovie und Ethan ins Wasser warfen. Am späten Nachmittag, als die Kinder zu frieren begannen, ihre Finger und Zehen vom Wasser ganz runzlig, kehrten sie zu ihren Handtüchern zurück, wo Ethan und Toy ihnen die Schultern abtrockneten. Die Frauen sammelten den Proviant ein und die Männer packten die Drachen zusammen. Die beiden Kinder standen da, Handtücher um ihre schmalen Schultern gewickelt, und warteten. Ihre feuchten Haare standen wild ab und sie knabberten Kekse. Ihre Augenlider hingen so tief wie Markisen.

Carson betrachtete sie und spürte ein seltsames Ziehen in ihrem Herzen. Sie hatte nie ernsthaft daran gedacht, Kinder zu bekommen. Ihr ganzes Leben lang war sie immer komplett in den Projekten versunken, an denen sie gerade arbeitete, begeistert vom Glamour der Reisen an exotische Orte und davon, berühmte Leute zu treffen. Heute jedoch hatte es ihr Spaß gemacht, mit den zwei Kleinen am Strand zu spielen, sie hatte ihr Kreischen und ihre erfrischend ehrlichen Kommentare genossen. Es hatte ihr auch gefallen, in Sea Breeze Zeit mit Nate zu verbringen. Im letzten Monat hatte sie eine andere, ruhigere Art von Glück wiederentdeckt, im Lowcountry mit ihrer Familie, neuen Freunden und Delphine.

Sie waren eine bunte Truppe, als sie den Strand verließen. Blake und Ethan schleppten die Surfausrüstung und Taschen wie Maultiere. Die zwei Kinder schlurften hinter ihnen her. Carson und Toy bildeten mit den restlichen Taschen die Nachhut. Carsons Blick folgte den Männern. Blake war größer als Ethan, aber nicht viel. Sie hatten denselben lockeren Gang und dieselbe Begeisterung für das Meer im Lowcountry.

Blake drehte sich zu ihr um. Sie sahen sich an und ihr Lächeln sprach Bände. Er war anders als andere Männer, mit denen sie zusammen gewesen war, und das waren nicht wenige. Aber war er wirklich so anders?, fragte sie sich. Oder war sie anders? Oder ging es einfach nur um Zeit und Ort?

∽

Sie hatten die ganze Woche Sonne und eine angenehme Brise genossen. Carson war nicht nur mit Blake am Strand gewesen, sondern hatte auch täglich eine Stunde mit Nate auf dem Steg verbracht, um ihn langsam ans Meerwasser zu gewöhnen. Nachdem er seine anfängliche Angst überwunden hatte, entdeckte Carson, dass Nate wahnsinnig gern im Meer war. Irgendetwas an der schaukelnden Bewegung und der Enge seiner Schwimmweste beruhigte ihn. Sie war geduldig, half ihm bei ersten Schwimmzügen und zeigte ihm die Beinbewegungen, wobei sie Delphine schamlos als Köder benutzte, um ihn zu motivieren.

Am ersten Tag beschwerte Nate sich über alles – die Temperatur des Wassers, wie dreckig es aussah, das fettige Gefühl der Sonnencreme und dass er einfach nicht tun konnte, worum sie ihn bat. Sie stellte sich gegenüber seinem Jammern taub und ermutigte ihn weiter. Sie fuhr in seinem Tempo fort, lobte ihn oft und achtete darauf, ihn nicht zu drängen. Man musste Nate erlauben, im Wasser Selbstvertrauen zu entwickeln. Im Laufe der Woche beschwerte er sich jeden Tag ein bisschen weniger. Und jeden Tag hielt sie nach dem schlanken, grauen Delfin Ausschau.

Delphine tauchte nicht auf. Da sich ein Fremder im Wasser befand, war es kein Wunder, dass der wilde Delfin Abstand hielt.

Carson wusste jedoch, dass Delphine sie beobachtete. Einmal hatte sie das unverwechselbare Kitzeln der Echoortung an ihren Beinen gespürt. Am siebten Tag erschien Delphine dann endlich.

»Da ist sie!«, rief Nate und sprang vor Begeisterung fast aus seiner Schwimmweste.

Carson freute sich genauso wie er, den großen Kopf neben ihnen auftauchen zu sehen. Delphines dunkle Augen verfolgten aufmerksam jede ihrer Bewegungen. Sie blies eine große Luftblase aus ihrem Atemloch und hielt sich etwas zurück, zugleich neugierig und schüchtern.

»Wo warst du?«, wollte Carson wissen.

Delphine legte ihren Kopf schief, um den Jungen anzusehen, während sie elegant an ihnen vorbeischwamm. Als sie wieder zurückkam, hörten sie ein leises, brummendes Geräusch.

»Das fühlt sich komisch an«, sagte Nate.

»Sie überprüft dich. Das ist schon in Ordnung. Du spürst ihre Echoortung, so was Ähnliches wie Röntgenstrahlen.«

»Du meinst Sonar«, korrigierte Nate.

»Ja«, erwiderte sie und dachte, dass sie bei Nate auf der Höhe sein musste. Er las jeden Abend in seinen Büchern.

So wie sie selbst auch. Carson hatte gelesen, dass Delfine Kinder mögen, und heute war Delphine ganz eindeutig neugierig auf den Jungen. Sie traute sich, näher zu kommen und Nates Bein mit ihrer Brustflosse zu berühren. Später schwamm sie wieder nah heran und stupste Nates Bein an, dieses Mal mit ihrer Schnauze. Carson hielt die Luft an, weil sie wusste, dass Nate Berührungen nicht mochte. Es war ein wunderbarer Moment. Nate ließ nicht nur zu, dass der Delfin sein Bein berührte, er streckte sogar die Hand aus und ließ seine Finger über ihren Körper gleiten, während sie vorbeischwamm. *Er fasste den Delfin an.* Und Delphine ließ es zu. Carson wusste, dass sie diesen Moment nie vergessen würde. Irgendeine Mauer war eingestürzt. Eine Verbindung war entstanden. Sie wünschte, Dora wäre hier, um es mitzuerleben.

Sie verbrachten einen himmlischen Nachmittag im kühlen Wasser, mit viel Planschen und Lachen. Nate liebte Delphine ganz offensichtlich. Der Delfin war der Mittelpunkt seiner Welt, und Delphine schien von dem Jungen nicht weniger fasziniert. Sie verhielt sich sehr mütterlich. Der Delfin schwamm nah an seiner Seite, als wolle sie es ihm ermöglichen, in ihrem Sog zu schwimmen. Sie umkreiste ihn, achtete genau darauf, wo er sich gerade befand, und pfiff oft. Als Nate zu weit hinausschwamm, schlug Delphine mit ihrem Kinn aufs Wasser, schnatterte und lenkte ihn zurück zum Steg.

Carson beeilte sich, zurück zum Steg zu kommen, und holte ihre Kamera aus der Tasche. Sie hatte wieder das Bedürfnis, Bilder von Delphine zu machen. Sie hob die Kamera vors Auge und begann, wild zu klicken, fing unbezahlbare Momente der Kommunikation zwischen dem früher unkommunikativen Jungen und dem Delfin ein. Es schien Carson, als erkenne der Delfin, dass Nate ein Kind und verletzlich war. Delphine verhielt sich ihm gegenüber, wie sie es bei jedem jungen Delfin in ihrer Schule machen würde, nämlich wie eine Tante.

Carson ließ die Kamera sinken und sah den Jungen und seinen Delfin an. In dieser Bucht, mit Delphine, Nate und ihr selbst, ging zweifellos etwas vor, das sie nur magisch nennen konnte.

～

Später an diesem Nachmittag, als Lucille sie zum Abendessen rief, musste Carson Nate praktisch aus dem Wasser zerren. »Du siehst aus wie eine Dörrpflaume«, sagte Carson und zog ihn auf den Steg. Sie legte ein dickes, warmes Handtuch um Nates zitternde Schultern und lachte. »Eine gekochte Dörrpflaume.«

»Ich bin keine Pflaume, ich bin ein Säugetier«, entgegnete er.

Nate machte gut mit, als sie ihn zum Duschen und Haarewaschen nach oben brachte. Seine seifige Haut roch süß, als er in den sauberen Schlafanzug schlüpfte. Er ließ sie sogar seine Haare kämen, ohne das übliche Jammern.

Lucille hatte Nates Lieblingsgerichte gekocht. Sorgfältig legte sie drei Stücke einfachen Schinken auf seinen Teller, dazu drei Stücke Broccoli und achtete darauf, dass sie sich nicht berührten. Dann ging sie zu ihm und stellte einen Extrateller neben ihn. Darauf tat sie einen Berg Kartoffelbrei. Sie sagte kein Wort, sondern trat zurück, faltete die Hände und wartete. Carson und Mamaw wechselten einen besorgten Blick, als Nate sich vorbeugte, um die Kartoffeln genauer zu betrachten. Sie standen nicht auf Doras Liste der akzeptierten Lebensmittel, aber Lucille hatte ihnen vorher erzählt, dass sie dem Jungen die Chance geben wollte, den Brei abzulehnen. Er war weiß mit nur etwas Butter obendrauf, sie hatte also Hoffnung. Sie hielten die Luft an, als Nate seinen Löffel in die weiche Masse steckte, sie auf die Zunge nahm und probierte. Ohne ein Wort zu verlieren, stürzte er sich darauf. Sie atmeten alle aus. Lucille platzte fast vor Stolz und setzte sich an den Tisch.

Nate stopfte sich mit Essen voll und erzählte ihnen alles Mögliche über Delfine. Er war kein guter Gesprächspartner. Er stellte keine Fragen und interessierte sich nicht für ihre Meinungen. Eigentlich ignorierte er sie, während er immer weiter und weiter sprach und eine schier endlose Menge an Fakten zu Delfinen auflistete, die er aus seinen Büchern hatte. Aber Carson und Mamaw waren einfach nur erleichtert, ihn so offen und lebhaft zu sehen.

»Sag mal, du weißt aber viel!«, rief Mamaw aus und verdrehte die Augen.

Später am Abend war Nate so müde von den Anstrengungen des Schwimmens und der Sonne, dass er sich nicht gegen das Schlafengehen wehrte. »All die Bewegung und Aufregung haben seinen Widerspruchsgeist erledigt«, kommentierte Lucille.

Carson brachte ihn zu Bett. Als sie sein Zimmer gerade verlassen wollte, rief er schläfrig hinter ihr her: »Tante Carson?«

»Ja?«, fragte sie, die Hand auf dem Lichtschalter.

»Heute Nacht würde ich gern von Delfinen träumen.«

Carson lächelte überrascht. Er hatte zuvor noch nie etwas von seinen Träumen gesagt. Sie wusste nicht einmal, ob er welche hatte.

»Ich auch«, antwortete sie leise, bevor sie ein Dankeschön gen Himmel schickte. Später, als sie in ihrem Bett lag, schloss sie die Augen und stellte sich Nate mit Delphine im Meer vor. Ihrer beider Augen strahlten vor Glück.

Am nächsten Tag kehrte Dora nach Sea Breeze zurück. Sie fand ihre Großmutter im Schatten der Veranda vor, wo sie in ihrem gelben Baumwollkleid wie eine Bienenkönigin aussah.

»Liebes Mädchen!«, rief Mamaw aus und streckte die Arme aus. »Du bist wieder da. Gib mir einen Kuss!«

Dora war überrascht, ihre Großmutter so munter und sonnengebräunt zu sehen. Im Gegensatz dazu fühlte sie sich selbst ganz blass und erschöpft.

»Wie ist es gelaufen?«

Dora hatte Stunden mit ihrem Anwalt verbracht und die Scheidungspapiere vorbereitet. Es war eine emotional sehr belastende Erfahrung. Dann hatte sie Maler, Klempner und Elektriker engagiert, um das Haus in einen guten Zustand zu bringen, bevor es auf den Markt kam. Eigentlich war sie froh gewesen, ihre und Nates Sachen zusammenzupacken und wieder zurück nach Sullivan's Island zu fahren. Sie fand das Haus in Summerville, das sie einmal geliebt hatte, jetzt nur noch deprimierend.

»So gut, wie es halt zu erwarten war«, erwiderte Dora etwas ausweichend.

»Und das Haus? Wann fangen die Maler an?«

»Ich habe einen Termin für übernächste Woche. Es wäre so viel zu tun, aber wir können uns nur das Minimum leisten. Ich fände es unerträglich, es in seinem jetzigen Zustand zu verkaufen.« Sie seufzte. »Zu arm für Farbe, zu stolz für Kalk.«

»Tu, was du tun musst. Es wird am Ende günstig sein.«

»Wo ist Nate?«, fragte Dora und setzte sich auf den Stuhl neben Mamaw.

»Er ist mit Carson im Wasser.«

»Nate ist im Wasser?«, fragte Dora erschrocken.

»Der Junge schwimmt wie ein Fisch, das kann ich dir sagen!«

»Er schwimmt in der Bucht?«, fragte Dora noch einmal mit wachsender Panik. Sie stand auf und starrte mit zusammengekniffenen Augen zum Steg. »Dafür ist er zu ungeübt!«

»Beruhige dich, Dora«, sagte Mamaw. »Carson ist bei ihm, sie hat ihm Schwimmunterricht gegeben. Er macht das ganz wunderbar.«

Dora ließ sich wieder in den Stuhl fallen. »Schwimmunterricht?«, wiederholte sie, während sie versuchte zu verstehen. »Er nimmt Unterricht … ohne sich zu beschweren?« Sie hatte Nate jahrelang im örtlichen Country Club zum Schwimmunterricht gebracht, und er hatte ihn gehasst, hatte den Lehrer gehasst, alles. Er hatte jedes Mal einen Trotzanfall bekommen, wenn sie hingefahren waren.

»Kein Pieps. Er war so ein braver Junge«, sagte Mamaw. »Ihm bekommt die neue Diät gut. Ich möchte sagen, uns allen!«

»Welche neue Diät?«, stotterte Dora.

»Du musst auch mitmachen, Liebes. Wir alle tun es. Ich fühle mich wunderbar! Kein fettes Essen. Kein Alkohol.« Sie grinste. »Oder fast keinen. Und der Tagesablauf ... Honey, es wird dir gefallen. Carson ist unsere Lerche. Sie steht noch vor Sonnenaufgang auf, um mit ihrem Paddle Board zu fahren. Sie kann nicht anders. Wir anderen stehen auf, wenn die Sonne aufgeht, gegen sieben.«

»Nate auch? Er steht allein auf?« Dora dachte an all die Morgen, an denen sie auf ihn einreden und ihn bitten musste, aus dem Bett zu kommen. »Schläft er denn gut?«

»Er schläft ganz wunderbar!«, erklärte Mamaw arglos. »Die ganze Nacht durch. Warum fragst du?«

Dora zuckte einfach nur mit den Schultern, der Mund stand ihr offen. Zu Hause wachte er nachts oft auf.

Mamaw fuhr fort: »Er ist wählerisch beim Essen – du hattest uns ja vorgewarnt – und wir haben uns wirklich bemüht, uns an seine Diät zu halten. Aber wenn das Essen erst einmal an seinem Radar vorbei ist ...« Sie schüttelte den Kopf. »... was nicht einfach ist, das sag ich dir! Er sollte für die Homeland Security arbeiten ... Jedenfalls, wenn er ein Gericht einmal akzeptiert hat, mampft er es weg wie nichts. Und sein Appetit! Einfach prima!«

Lucille kam mit einem Glas Eistee heraus. Sie reichte ihn Dora. »Dieser Junge liebt Kartoffelbrei. Kann gar nicht genug davon bekommen. Er würde ihn zu jeder Mahlzeit essen, wenn wir ihn servieren würden. Und das tun wir auch«, kicherte sie und ging wieder.

»Kartoffelbrei …«, murmelte Dora.

»Richtig, Liebes. Er hat nichts gegen die Konsistenz«, sagte Mamaw wissend. »Du wirst so stolz auf sein Schwimmen sein. Er hat solche Fortschritte gemacht! Und in so kurzer Zeit. Ich habe ja immer gesagt, dass Carson eine Nixe ist, und dein Sohn ist es jetzt auch. Oder sollte ich besser Wassermann sagen? Ich weiß nicht, wie ich ihn nennen soll, aber er will gar nicht mehr aus dem Wasser raus. Wir müssen den kleinen Kerl richtig rauszerren. Und wenn Carson dann zur Arbeit geht, kümmere ich mich um ihn. Manchmal gehe ich mit ihm angeln. Gott, der Junge liebt angeln. Er will den Fisch aber nicht essen, was ich eigenartig finde. Lucille hat die Fische für uns zubereitet, doch er hält sich, ohne zu murren, an seinen Schinken … Manchmal nehmen Lucille und ich ihn zum Markt mit, was ihm aber nicht so gefällt.« Sie lehnte sich zu Dora und fügte vertraulich hinzu: »Ich glaube, er mag keine Menschenmengen. Sie machen ihn nervös, besonders wenn ihn Leute berühren. Aber ich musste ihm ein paar neue Sachen kaufen, zum Beispiel eine Badehose und Sandalen. Und Bücher. Ich kenne kein Kind, das so gern liest. Außer vielleicht Harper.« Mamaws Gesicht leuchtete bei dieser Erinnerung glücklich auf.

Dora nickte nur und nahm alles wortlos auf.

»Dann, am späten Nachmittag«, fuhr Mamaw fort, »sind wir alle müde und hungrig und ruhen uns kurz auf unseren Zimmern aus. Abends arbeitet Carson ein bisschen in ihrem Zimmer und Nate macht es sich vor dem Fernseher gemütlich, er schaut *Animal Planet* oder irgendwas über die Natur.« Sie lächelte. »Er ist ein geborener Jacques Cousteau.« Mamaw seufzte und zuckte mit den Schultern, der lange Vortrag hatte sie offensichtlich ermüdet. »Dann ist es Zeit fürs Abendessen und fürs Bett«, endete sie.

Dora hörte sich diese Aufzählung an, die ihr die Sprache verschlug. Die ganze Zeit über hatte sie sich große Sorgen gemacht, wie es Nate wohl in Sea Breeze ginge. Sie hatte Angst gehabt, dass er für Mamaw und Lucille zu großen Stress und zu viel Verantwortung bedeutete, hatte befürchtet, dass Carson über die Unterbrechung ihrer Zeit allein mit Mamaw verärgert wäre, und dabei waren sie so glücklich wie ein Haufen Camper ohne Stechmücken.

»Ich ... ich weiß nicht, was ich sagen soll«, stammelte Dora.

»Du musst gar nichts sagen, Liebes. Nimm doch einfach diese Handtücher und sieh es dir selbst am Steg an. Die beiden sind seit Stunden im Wasser. Sei so lieb und ruf sie dann auch zum Abendessen.«

Dora ging den langen Holzsteg entlang zum Wasser. Ihr Verstand versuchte, alles zu verarbeiten, was ihr über Tagesabläufe und Schwimmen und Spaß erzählt worden war. Als sie das Ende des Stegs erreichte, blieb sie abrupt stehen. Sie traute ihren Augen nicht.

Draußen im Wasser schwamm Nate trotz seiner Schwimmweste wie ein Seehund mit kräftigen Zügen und jagte einem roten Ball nach, der ein paar Meter vor ihm im Wasser auf und ab tanzte. Er hatte ihn fast erreicht, als ein grauer Schatten an ihm vorbeischoss und den Ball aus dem Wasser warf. Es war der Delfin! Dora blieb fast das Herz stehen. Dieses Tier war direkt neben ihrem Sohn!

Sie schrie fast eine Warnung, aber Nates Gesichtsausdruck brachte sie zum Schweigen. Ihr Sohn lachte. Nate warf sich nach vorn und schwamm wieder hinter dem Ball her, er strahlte bis über beide Ohren. Carson war nicht weit von ihm entfernt und feuerte ihn an. Dieses Mal schnappte Nate sich den Ball und hielt ihn grinsend an sich gedrückt, während Carson johlte und der Delfin ein nasales Geräusch machte, von dem sie hätte schwören können, dass es wie Lachen klang.

Dora lehnte sich an das Geländer. Carson entdeckte sie von unten auf dem Steg.

»Dora!«, rief sie aus, streckte einen Arm aus dem Wasser und winkte. »Nate, sieh mal: Deine Mom ist da!«

Nate drehte seinen Kopf herum und erblickte seine Mutter auf dem Steg. Dora winkte und grinste. »Hi Honey! Ich bin hier!«

Nate runzelte die Stirn und presste den Ball fester an sich. »Geh weg!«, rief er.

»Nate!«, schimpfte Carson. »Das ist nicht nett. Sag deiner Mutter Hallo.«

»Ich komme nicht raus!«, rief er böse.

Dora schaute auf ihren Sohn, der sie düster anstarrte. Sie zuckte zusammen, als spürte sie körperlich, wie die zarte Schnur, die sie an ihren Sohn band, aus ihrem Herzen gerissen wurde. Es tat so weh.

Draußen im Wasser sah sie Carson, die ihren Kopf zu Nate gebeugt hatte und ihn überreden wollte, aus dem Wasser zu gehen, um seine Mutter zu begrüßen. Sie sah, wie Nate ihr zuhörte und dann widerwillig nachgab. Er schwamm mit starken Zügen neben Carson, ihr Tempo genau aneinander angepasst. Sie hatte sich immer gewünscht, ihr Sohn würde so mit ihr schwimmen.

Dora stand allein im Schatten auf dem Steg und starrte auf die schnelle Strömung des Wassers, das an ihr vorbeifloss. Sie hatte eine schreckliche Woche voller Anwaltstermine verbracht, um die Scheidung voranzubringen. Sie hatte vorläufige Absprachen und Vereinbarungen mit der Bank gemacht, hatte einsam und verzweifelt in diesem leeren viktorianischen Haus geweint und ihre und Nates Sachen für den Sommer gepackt, in der Erwartung, das Haus zu verkaufen. Ihr ganzes Leben schien an ihr vorbeizurauschen. Calhoun hatte sie verlassen. Sie verkauften ihr Haus. Alles, was ihr auf der Welt geblieben war, war ihr Sohn. Und jetzt wollte er auch nichts mehr mit ihr zu tun haben.

Sie beobachtete Carson, wie sie auf den Steg kletterte. Das Wasser lief an ihrem festen, wunderschönen Körper hinab. Sie beugte sich hinab, um Nate beim Heraufklettern zu helfen, und er erlaubte ihr, seine Hand, seinen Arm zu berühren. Er sah so viel kräftiger, gesünder aus. Er war ohne sie aufgeblüht.

Dora schlang die Arme um sich, versuchte, die überschießenden Gefühle zurückzuhalten. Carson ... Sie hatte so viel. Sie könnte jeden haben. Dora schloss die Finger um ihre Arme. Warum versuchte Carson, die Liebe ihres Sohnes zu stehlen?

14

Blake holte Carson in einem grünen Jeep mit Vierradantrieb ab. Die Seiten und Räder des Wagens waren mit Schlamm vollgespritzt, hinten war der Wagen zugepflastert mit Aufklebern von NOAA, dem Aquarium von South Carolina und einem, auf dem stand: KEINE DELFINE FÜTTERN!

Es war erst acht Uhr morgens, und sie hatte gehofft, unbeobachtet aus dem Haus zu schlüpfen, aber Mamaw hatte mitbekommen, dass Carson aus dem vorderen Fenster gespäht hatte, und ihre Antennen aufgestellt. Als es an der Tür klingelte, war Mamaw auf den Beinen und schneller an der Tür, als eine Laus auf einen Hund springt.

»Sind Sie nicht der nette junge Mann, der Carson das Kitesurfen beibringt?«, fragte sie mit ihrer Gastgeberinnenstimme und bat Blake hinein.

»Ja, Ma'am, der bin ich«, antwortete er und lächelte höflich. Blake war ein wohlerzogener Südstaatenjunge, und Carson wusste, dass er Mamaw seine ganze Aufmerksamkeit schenken würde. Er trug Anglerhosen aus Nylon mit Taschen und Reißverschlüssen überall und wie üblich ein T-Shirt, dieses Mal von Guy Harvey.

Was Carson sofort auffiel und leidtat, war, dass er seine Haare hatte schneiden lassen. Die Locken waren geschoren worden wie Schafwolle und seine Haare raspelkurz.

»Und wohin wollt ihr zwei so früh am Morgen?«, fragte ihn Mamaw.

»Ich dachte, ich nehme Carson auf eine Schiffstour mit«, antwortete er.

»Wie aufregend!«, rief Mamaw aus. »Wohin?«

»Wir werden alle Flüsse hier abfahren, den Ashley, den Cooper, den Wando, den Stono, und nach den dort lebenden Delfinen sehen. Das ist viel Wasserfläche, wir werden daher den ganzen Tag unterwegs sein ... Denk an eine Mütze!«, erinnerte er Carson. Sie hob zur Antwort ihre Hand, in der sie bereits eine hielt.

»Ich habe uns was zum Mittagessen eingepackt«, sagte Blake zu ihr. »Bist du bereit?«

»Ich bin bereit«, erwiderte Carson. Sie gab Mamaw einen Kuss auf die Wange. »Bis später.«

»Hast du eine Regenjacke eingepackt?«, fragte Mamaw. »Es ist ein bisschen wolkig.«

»Ich komme schon klar. Tschüss, Mamaw.«

Blake trat einen Schritt vor. »Schön, Sie kennengelernt zu haben, Mrs Muir.«

»Und jetzt macht euch einen tollen Tag, Kinder.«

Blake beugte sich näher zu Carson, als sie zum Wagen gingen. »Ich weiß jetzt, von wem du deinen Charme hast.«

»Mamaw war zu ihrer Zeit eine echte Salonlöwin. Sie engagiert sich auch für Umweltschutz. Sie ist richtig verbissen, wenn es um Naturschutz auf Sullivan's Island geht. Sie nimmt an jedem Treffen teil. Ich hoffe, dass ich mich auch noch so engagiere, wenn ich mal in ihrem Alter bin.«

Blake öffnete die Autotür. »Das würde mich gar nicht wundern.«

Sie redeten nicht viel, während sie auf ihrem Weg nach Fort Johnson auf James Island über die Brücken fuhren, die den Cooper und den Ashley überspannten. Die Harbor View Road wand sich am Wasser und an weit ausgedehnten, grünen Feuchtgebieten entlang und führte unter riesigen Lebenseichen hindurch, von denen Moos hing. Als sie durch das Tor des South Carolina Department of Natural Resources auf das Gelände von Fort Johnson fuhren, fragte Blake: »Warst du schon mal hier?«

Sie schüttelte den Kopf. »Noch nie.«

»Fort Johnson ist ein ziemlich cooler Ort mit einer langen und wechselvollen Geschichte. Das erste Fort wurde 1708 errichtet und nach dem damaligen Gouverneur benannt. Es steht schon lange nicht mehr. Später wurde ein weiteres Fort gebaut und im Unabhängigkeitskrieg von den Briten benutzt. Es ist auch zerstört worden. Dann, Jahre später, 1861, errichteten die Truppen von South Carolina zwei Batterien mit Geschützen. An diesem Ort wurde das Feuer auf Fort Sumter eröffnet, die Schüsse, mit denen der Bürgerkrieg begann.«

Carson sah auf das weite Land, wo sich ein paar moderne Verwaltungsgebäude zwischen alten Eichen und unzähligen Palmettopalmen duckten. »Wann ist es zu alldem geworden?«, fragte sie und zeigte auf die Gebäude.

»Bis 1970 ist hier eigentlich nicht mehr viel geschehen. Dann wurde der größte Teil des Gebietes dem Department of Natural Resources überschrieben. Es ist für mehrere Organisationen zum wichtigsten Forschungsgebiet für Meeresbiologie geworden.« Er zeigte mit dem Finger. »Dort hinten liegt das Marine Resources Research Institute. Dann ist da das Hollings Marine Laboratory. Ein anderer Teil gehört zum Grice Marine Laboratory, und die medizinische Fakultät der Uni hat hier eine Abteilung zur Erforschung des Meeres.«

»Und was ist das?«, fragte sie und deutete auf ein schönes weißes Herrenhaus.

Blake grinste. »Viele verwirrt es, dieses Haus hier zwischen all den offiziellen Gebäuden zu sehen, wie ein Diamant zwischen Felsen. Es ist das ursprüngliche Herrenhaus der Familie Ball. Es wurde auf ihrer Farm Marshlands am Cooper River gebaut. Irgendwann hat das College von Charleston es vor dem Abriss gerettet und hierher transportieren lassen, wo es restauriert wurde. Es wird jetzt für Büros genutzt, und es vergeht kein Tag, ohne dass ich beim Vorbeifahren den Denkmalschützern danke.«

Er fuhr auf einen großen Parkplatz. »Und das«, sagte er und zeigte auf ein ausgedehntes, großes Bürogebäude, »ist mein zweites Zuhause.« Sie nahmen ihre Kühlbox und ihre Taschen aus dem Jeep, und sie folgte ihm in das moderne Gebäude. Es war kahl und weitläufig, ein Labyrinth aus langen Linoleumkorridoren. Sie spähte in ein paar Räume und sah vollgestopfte Büros, Labore, Computer- und Lagerräume. Im Flur beobachtete sie Rollwagen mit Proben auf dem Weg zum Labor. Es war geschäftig wie in einem Bienenstock, jeder war bei der Arbeit oder zielstrebig mit Papieren in der Hand unterwegs. Schließlich blieben sie in einem der gleichförmigen kleinen Büroräume stehen, dieser vollgepackt mit zwei Metallschreibtischen, Computern und Ausrüstung.

»Ich muss nur ein paar Sachen holen«, sagte er, offensichtlich besorgt. »Fühl dich ganz wie zu Hause.«

Carson fand diesen Einblick in Blakes Leben spannend. Sein geteiltes Büro war nun wirklich nicht glamourös, aber die Delfinfotos an der Wand, die Preise, die er gewonnen hatte, die Karten der Flüsse in der Region Charleston, auf denen Stellen mit roten Nadeln markiert waren, machten deutlich, wie sehr er für seine Forschung lebte. Als sie eine große Fotoausrüstung entdeckte, blieb ihr Blick daran hängen. Es war eine beeindruckende Aufreihung von teuren Kameras.

»Die Geräte sind aber vom Feinsten. Wer ist der Fotograf?«, wollte sie wissen.

Blake durchsuchte irgendwelche Akten. »Das bin dann wohl ich«, antwortete er. »Wir arbeiten bei einem Forschungsprojekt mit.«

»Was erforschst du?«

»Es ist eine Langzeitstudie.« Er ging zu seinem Schreibtisch, um dort weiterzusuchen. »Sie ähnelt mehreren Fotostudien, die an der Südost- und der Golfküste der USA durchgeführt werden.« Er hob einen Ausrüstungsgegenstand hoch und lächelte zufrieden. »Wie du bald sehen wirst.«

»Ich wusste nicht, dass du Fotograf bist.«

»Das bin ich auch nicht«, antwortete er und packte die Tasche mit der Fotoausrüstung. »Aber ich bin gut genug, um die Arbeit zu erledigen. Hier, nimm das«, sagte er und reichte ihr die rote Kühltasche. »Los, wir verschwenden sonst zu viel vom Tageslicht.«

Sie musste laufen, um mit seinen großen Schritten durch ein weiteres Labyrinth von Fluren mithalten zu können. Er stieß ein paar Doppeltüren auf und plötzlich standen sie hinter dem Gebäude auf einem Schiffsdock. Mehrere große Forschungsschiffe waren hier draußen angedockt. Ein weiterer Mann, groß und breitschultrig, löste einen Anhänger von einem Boot.

»Das ist unseres«, sagte Blake stolz und zeigte auf den großen schwarzen Zodiac. »Ziemlich cool, was? Es ist schnell und kommt super mit dem Wellengang klar.«

Carson hörte die Ehrfurcht in seiner Stimme und dachte: *der typische Südstaatenjunge, der in sein Boot verliebt ist.* Aber sie musste zugeben, dass das Boot wirklich ziemlich elegant aussah.

Er reichte ihr eine Rettungsweste. »Die musst du anlegen … Du wirst doch nicht seekrank, oder?«

»Es ist ein bisschen spät für diese Frage«, sagte sie lachend, dann schüttelte sie den Kopf. »Ich bin dafür geboren, auf dem Wasser zu sein.«

~

Eine halbe Stunde später hielt sich Carson an dem Seil im Zodiac fest, als der durch den Hafen von Charleston preschte. Der Zodiac war ein aufblasbares Wasserfahrzeug, über sieben Meter lang und eher für die Forschung als für Komfort gebaut. Es war aufregend, den Außenbordmotor dröhnen zu hören und die Gischt zu spüren, während sie durch den Wellengang des Hafengewässers glitten wie ein Messer durch Butter. Sie hatte keine Lust mehr, ihre Mütze festzuhalten, und stopfte sie zwischen ihre Knie, lächelte mit einem ausgelassenen Gefühl der Euphorie, während sie über das Wasser schossen.

Sie blickte zu Blake, der breitbeinig am Steuer des Bootes stand. Sie konnte seine Augen hinter der Sonnenbrille nicht sehen, aber sie wusste, dass sie vor Aufregung strahlten, genau wie ihre. Ab und zu sah er auf die Papiere, während er das Boot lenkte, was sie daran erinnerte, dass das hier für ihn kein Vergnügungsausflug war, sondern Teil einer mehrjährigen Studie.

Sie ließen den Hafen hinter sich und das Wasser wurde ruhiger, als sie in den ersten von Myriaden von Flüssen und Wasserwegen fuhren, die das Herz des Lowcountry ausmachten. Die Gezeiten waren wie der Atem der Feuchtgebiete, ihre Rhythmen so komplex und miteinander verwoben wie die Adern in ihrem Körper. Über ihnen sah sie eine Reihe Pelikane im Formationsflug und im Gras jagten Reiher. Sie kamen unter Brücken durch, über die sie schon unzählige Male mit ihrem Auto gefahren war. Sie hörte das Rumpeln der Wagen und fragte sich, ob die Menschen dort oben an das überwältigende Wasser unter ihnen dachten. Hatte sie es getan? Wie anders es war, sich darunter zu befinden, in einem Boot, und wie ein Fisch über das Wasser zu jagen.

Blake bremste den Motor abrupt ab und deutete ins Wasser. »Delfin auf zwölf Uhr.«

Carson war sofort aufmerksam, während Blake nach der Kamera griff und sofort zu fotografieren begann. »Es sind zwei«, rief er. »Ausgewachsen.«

Carson hob die Hand über ihre Augen, blinzelte, aber sah nichts außer Wasser. »Wo?«

Er ignorierte ihre Frage, ließ die Kamera sinken, um das Wasser abzusuchen. Nach einer weiteren Minute rief er: »Auf drei Uhr.«

Bis sie den Kopf in die richtige Richtung gedreht hatte, erwischte sie bestenfalls noch die Schwanzflosse eines abtauchenden Delfins. Sie drehte sich um und sah Blake am Fahrerstand stehen, wo er die Sichtung notierte.

»Das war ganz sicher Nummer achtundneunzig. Und achtzig. Die Kerle sind Freunde«, fügte Blake hinzu. »Sie hängen seit Jahren miteinander rum.«

»Du kennst sie?«, fragte Carson.

Blake nickte. »Wir machen das schon seit Jahren, wir haben also einen Punkt erreicht, an dem wir die Delfine direkt erkennen. Die Schwanzflossen sind so einzigartig wie Fingerabdrücke.«

»Aber du hast sie doch nur für vielleicht eine Sekunde gesehen.«

»Das reicht.«

Carson fühlte sich wie eine blutige Amateurin. »Ich *sehe* nicht mal einen Delfin, während du in derselben Zeit einen entdeckst, identifizierst und fotografierst.«

»Die Fotos sind entscheidend. Wenn ich später wieder im Büro sitze, wird das Team die Fotos untersuchen und nach Narben und Verletzungen suchen, um den Delfin sicher zu identifizieren. Danach wissen wir, wie es der Schule geht, welche Delfine fehlen, krank oder auch neu sind.«

Carson juckte es in den Fingern, die Kamera zu benutzen. Das war schließlich ihr Fachgebiet. Etwas, bei dem sie helfen konnte. »Warum lässt du mich nicht die Fotos machen?«, bettelte sie. »Ehrlich, ich kenne die Kamera. Dann hätte ich wenigstens das Gefühl, dass ich helfe.«

»Tut mir leid. Geht nicht«, antwortete Blake und ging wieder ins Heck. Er war jetzt ganz geschäftsmäßig, ließ sich auf keine Diskussion ein. »Die Versicherung lässt niemanden außer uns die Ausrüstung benutzen. Sie ist teuer. Und schnell genug zu fotografieren ist nicht so einfach, wie es aussieht.« Er winkte sie mit der Hand näher zum Fahrerstand. »Aber du kannst mir trotzdem helfen.«

Sie hielt sich am Seil fest und ging vorsichtig über das schwankende Boot zu seiner Seite ans Steuer.

»Ich kann ein zweites Paar Augen immer gut gebrauchen. Versuch, deinen Blick in die Ferne zu richten«, instruierte er sie. Blake hielt eine Hand am Steuer und zeigte ihr mit der anderen, was er meinte. »Lass deinen Blick hin und her schweifen. So wirst du jede Bewegung erwischen, selbst aus dem Augenwinkel. Dann kannst du genauer fokussieren.« Er drehte sich um und sah sie an. Sie blickten sich in die Augen, dann lächelte er.

Ein anderes Boot schoss vorbei, in seinem Kielwasser wurde der Zodiac durchgeschüttelt. Carson verlor das Gleichgewicht und Blake fasste sie um die Taille, um sie aufzurichten.

»Ich würde dich nur ungern verlieren«, sagte er.

Carson strich sich die Haare aus ihrem Gesicht und lächelte verlegen. Sie hasste es, dass sie sich in der Nähe dieses Mannes wie ein schüchterner Teenager fühlte. Carson befand sich hier auf einem neuen Territorium und war sich nicht sicher, ob es ihr gefiel, keine Kontrolle zu haben.

Blake ließ sie abrupt los und griff nach der Gangschaltung. »Halt dich fest.«

Sie hielt sich am Fahrerstand fest, während er Gas gab und der Zodiac wieder übers Wasser raste. Carson hatte es aufgegeben, ihre Mütze aufzusetzen, und ließ die Haare hinter sich wehen. Während der nächsten Stunden fuhren sie die verschiedenen Flüsse entlang. Es war ihr ein Rätsel, wie Blake wusste, wohin er fuhr, für sie sah vieles völlig gleich aus. Sie kamen an Meilen von schlammigen Flussufern vorbei, an riesigen Flächen von dunkelgrünem Schlickgras. Ab und zu passierten sie ein paar Häuser, manche standen auf bescheidenen Campingplätzen, andere waren beeindruckende Gebäude mit eigenen Stegen. Die meiste Zeit jedoch fühlte es sich so an, als wären sie auf der *African Queen* und durchstreiften allein den Dschungel, meilenweit von jeder Zivilisation entfernt.

Sie sah kleine Gruppen weiblicher Delfine, darunter Mütter und ihre Jungen. Die jungen Kälber blieben eng zusammen, die Rückenflossen und die glitzernden grauen Rücken hoben und senkten sich im Gleichtakt wie ein choreografiertes Ballett. Ein neugieriges Junges schwamm näher ans Boot, seine glänzenden Augen strahlten vor Neugier. Carson lehnte sich über die Seite des Zodiac, beobachtete ihn fröhlich und sprach es an.

»Süßes Baby«, säuselte sie.

»Ermuntere es nicht noch«, rief Blake kopfschüttelnd. Einen Augenblick später kam die Mutter und lenkte ihr Kalb weg, dabei machte sie laute, klickende Geräusche, die für Carson wie Schimpfen klangen.

Immer wenn sie einen Delfin entdeckten, schaltete Blake den Motor aus und griff nach seiner Kamera. Carson wurde langsam besser darin, die Delfine zu erspähen, wenn sie im Wasser auf- und abtauchten. Sie ärgerte sich, weil sie nur einen Bruchteil der Tiere entdeckte, die Blake sah, aber wenn sie eines fand, spürte sie einen Adrenalinstoß und rief laut, wo es sich befand.

Dann wieder saß sie mit dem Motorenlärm in den Ohren nur da und beobachtete Blake. Sein jungenhafter Enthusiasmus war verführerisch. Noch faszinierender war jedoch, dass sein Eifer etwas anderem galt als ihr. Das war ein großer Unterschied zu den Männern, mit denen sie früher ausgegangen war. Geld, Stellung, Macht – nichts davon war Blake wichtig, stellte sie fest. Er schaute nicht danach, was er bekommen würde – mehr Geld, ein neues Auto, Urlaub oder eine teure Flasche Wein. Sie beobachtete ihn, seine Hände am Steuer, während er das Meer absuchte. Blake schaute danach, was er zurückgeben konnte.

Und das sprach Carson an. Wegen Delphine konnte sie begreifen, welche Leidenschaft er empfand. Sie hielt ihre Hand ins Wasser und ließ sie im Kielwasser hängen. Sie spürte die Kühle und fühlte sich diesem Wasser und allem darin verbunden. Sie schaute zum unendlichen Himmel auf und fühlte sich den Vögeln in der Luft verbunden, den Wolken, dem Gras, das sie und die Meereswesen umgab. Sie spürte es ganz tief in sich. Sie war Teil von etwas, das so viel größer war als sie selbst. Und durch diese Erkenntnis fühlte sie sich gleichzeitig verletzlicher und stärker als je zuvor.

Während sie im Boot über die Wasserwege fuhr, das Gesicht im Sonnenlicht, die Haare im Wind, betrachtete Carson die Schönheit der Natur, die sie umgab, und es dämmerte ihr, warum Blake gewollt hatte, dass sie das erlebte. Er bot ihr ein Fenster, um hinzuschauen und wirklich zu *sehen*. Nicht durch eine Linse, sondern mit allen Sinnen. Um die Bedeutung der *Natur* schätzen zu lernen.

Und damit teilte er mit ihr einen wesentlichen Teil seiner Persönlichkeit.

~

Kurz darauf bremste Blake das Boot ab und steuerte es an einen kleinen Strand, größer als viele der sandigen Flecken, an denen sie morgens vorbeigekommen waren. Der Motor grummelte leise, als er sie näher heranbrachte, dann wurde plötzlich alles still. Der Zodiac schwankte, während Blake schnell zum Anker lief, um ihn hinunterzulassen. Carson lauschte darauf, wie das Wasser sanft an ihr Boot schlug, und auf das Knirschen des Seils, das an den Seiten entlangführte und an dem sie sich festhielt.

»Bereit fürs Mittagessen?«, fragte er und bot ihr seine Hand.

»Ich verhungere«, antwortete sie.

»Dir macht's doch nichts aus, nass zu werden, oder soll ich dich tragen?«

Carson grinste und überlegte einen Moment, ob sie sich tragen lassen sollte, einfach nur, weil sie es konnte. Der flache Boden des Zodiac erlaubte es Blake, sie nah an den Strand zu bringen. Sie mussten nur durch knietiefes Wasser an Land waten. Nach all dem Kitesurfen wäre es ihr peinlich gewesen, diese paar Meter nicht selbst durchs Wasser zu gehen.

»Ich denke, ich schaffe das«, sagte sie ironisch.

»Pass bei dem Schlick auf«, warnte er sie, »der kann rutschig sein. Und tief. Ich kannte mal einen Typen, der bis zu den Knien in diesem Matsch feststeckte. Er musste sich auf den Rücken legen, um seine Beine frei zu bekommen.«

Carson schwang ein Bein über den Bootsrand und hielt inne. »Willst du mir Angst einjagen? Damit du mich tragen darfst?«

»Ich bin nur ein Gentleman«, erwiderte Blake. »Und habe ich schon die Krabbeltiere erwähnt?«

Carson erstarrte und zog ihr Bein wieder ein wenig zurück ins Boot. »Krabbeltiere?«

»Ja, klar«, sagte er großspurig. »Alle möglichen Insekten sind in diesem Schlamm zu Hause. Und Schnecken und Winkerkrabben. Was denkst du denn, wovon sich all diese Vögel ernähren?«

Carson sah auf den Schlick, sie blinzelte und versuchte zu erkennen, ob sich unter dem Wasser irgendetwas regte.

»Denkst du noch einmal über mein Angebot nach?«

»Nein, aber trotzdem danke, Kapitän.« Carson hielt sich an der Gummiseite des Bootes fest und schwang ihr zweites Bein über den Bootsrand. »Ich gehe das Risiko ein.« Sie betrachtete das Wasser neben ihr, dann holte sie tief Luft und überließ sich der Schwerkraft. Carson rutschte mit einem Platschen ins Wasser. Ihre Füße sanken ein paar Zentimeter in den Schlick, aber auf keinen Fall so tief, wie Blake es angedeutet hatte.

»Oh, wow, wie soll ich es nur jemals bis an Land schaffen?«, amüsierte sie sich.

»Man weiß nie«, sagte er mit blitzenden Augen, dann lachte er. Er setzte die Sonnenbrille auf, warf seinen Rucksack über die Schulter, nahm ein großes Handtuch und legte es um seinen Nacken, anschließend ließ er sich vom Bootsrand ins Wasser gleiten.

Sie wateten gemeinsam durch den Schlamm, bis er trocken und sandig wurde. Blake wählte eine trockene Stelle und breitete das Handtuch aus, ließ den Rucksack fallen und bedeutete ihr, zu ihm kommen. Carson setzte sich neben ihn und streckte ihre mit Schlick und Sand verschmutzten Beine zum Trocknen in die Sonne.

Sie befanden sich in ihrer eigenen Welt, eingerahmt von glitzerndem Wasser, prächtigem grünen Gras und Bäumen. Über ihnen ein weiter, azurblauer Himmel, an dem hier und da dicke weiße Wolken standen. Während Blake das Essen auspackte, lehnte sich Carson nach hinten auf ihre Ellenbogen, lauschte dem Wind in den Schlickgräsern und dem leisen Ploppen, das ab und zu erklang, vielleicht von Luftblasen im Schlick, von Krabben oder sogar von einem Fisch, der irgendwo sprang. Von oben hörte sie die durchdringenden Schreie der Fischadler, und als sie aufblickte, sah sie einen der schwarz-weißen Raubvögel über ihnen kreisen.

»Es ist hier so friedlich«, sagte sie seufzend. »Ich habe das Gefühl, eine Million Meilen weit weg von allem zu sein.«

Er lächelte, freute sich, dass es ihr gefiel, und reichte ihr eine braune Papiertüte vom Inselladen. Sie setzte sich auf und war überrascht, wie hungrig sie war. In der Tüte fand sie ein dickes Truthahnsandwich auf Vollkornbrot, einen großen Schokoladenkeks und einen Apfel. Blake öffnete eine große Thermoskanne und goss ihr eine Tasse süßen Eistee ein.

»Ich bin erstaunt, dass du noch nie hier draußen warst«, sagte er.

»Ich war schon oft auf Booten unterwegs, aber nie in dieser Gegend.« Sie blickte sich unsicher um. Sie waren so weit und lange gefahren. »Wo auch immer wir überhaupt sind«, fügte sie mit einem leichten Lachen hinzu. »Und es ist lange her, seit ich das letzte Mal im Lowcountry war.« Ihre Stimme wurde ganz wehmütig, während sie ihren Blick zum tausendsten Mal an diesem Tag schweifen ließ. Das Panorama wurde nie langweilig.

»Ich hatte vergessen, wie schön es ist ...« Sie schwieg.

»Diese Gewässer waren immer mein Hinterhof«, sagte Blake und biss in sein Sandwich.

Carson begann ebenfalls zu essen und stellte sich ihn als Junge auf seinem großen Spielplatz vor, dünn und braun wie eine Beere, neugierige Augen, von wilden Locken umrahmt. Blake und Ethan glichen wahrscheinlich Harper und ihr, bloß dass diese zwei Rabauken wohl damals schon jeden Winkel und jede Kurve dieser Gewässer kannten, jede Sandbank oder seichte Stelle, die besten Schwimm- und Angelplätze und, als sie älter waren, die besten Orte, um ein paar kalte Bier zu kippen. Sie lächelte bei diesem Gedanken.

»Woran denkst du?«, wollte er wissen.

Erschrocken wurde ihr bewusst, dass sie Tagträumen nachgehangen hatte. Sie sah ihn neben sich sitzen, ein riesiges Sandwich in der Hand, die Mütze auf dem Kopf und die Wangen von der Sonne leicht rot, und konnte den Jungen im Mann erkennen.

»Warst du ein rebellisches Kind?«, fragte sie ihn mit einem ironischen Unterton.

Blake lachte laut auf. »Ich?« Er hob die Augenbrauen und zeigte fragend auf sich wie der kleine Junge, den sie sich vorgestellt hatte.

»Ja, du«, antwortete sie lachend.

»Hm, vermutlich schon. Ein bisschen. Auf eine gute Art. Ich habe nie was Ungesetzliches getan oder so.« Er nahm einen großen Schluck Tee, wischte sich dann mit der Hand über den Mund. »Ich war höchstens nah dran.«

»Darauf wette ich.«

»Was ist mit dir? Warst du ein wildes Kind? Oder waren deine Eltern streng?«

Carson trank etwas Tee, dachte daran, dass sie damals, als Blake auf dem Wasser surfte und auf den Straßen ein bisschen Staub aufwirbelte, in Los Angeles gewesen war und sich um ihren Vater gekümmert hatte. Sie hatte für ihn gekocht, die Wohnung geputzt und eingekauft. Das Wildeste an ihrer Kindheit und Jugend waren die Nächte, in denen sie aufstehen, sich eine Jacke anziehen und allein rausgehen musste, um ihn in irgendeiner Kneipe abzuholen.

»Als ich ein Mädchen war, haben Harper und ich zusammen die Insel unsicher gemacht, aber wirkliche Schwierigkeiten bekamen wir nur ein einziges Mal, als wir allein die Tunnel in Fort Moultrie erforschten. Ich habe als Mädchen nur die Sommer hier verbracht. Danach war ich in L. A. und hatte keine Zeit, um Quatsch zu machen. Meine Mutter starb, als ich vier war. Es blieben also nur mein Vater und ich. Er brauchte mich.«

Blake runzelte die Stirn. »Tut mir leid wegen deiner Mutter.«

Carson wischte das Mitgefühl mit einer Handbewegung weg, sie wollte die Stimmung nicht zerstören. »Ich kannte sie eigentlich gar nicht.« Sie brachte das Gespräch wieder auf ihn. »Was ist mit deiner Mutter?«

Blake lehnte sich zurück und begann Geschichten vom großen und lauten Legare-Clan zu erzählen. Sie hörte zu, fasziniert von der Vorstellung, eine so große Familie zu haben. Blake hatte die Seele eines Südstaatenerzählers. Er konnte Einzelheiten farbenfroh ausmalen, sie mit seinem lockeren Tonfall mitreißen und so zum Lachen bringen, dass ihr Tränen in die Augen traten. Sie sah all diese Menschen vor sich, kannte sie so, wie sie viele gute, anständige Leute auf Sullivan's Island kannte. Auch wenn sie jetzt hier war, weckten seine Erzählungen Heimweh nach den Jahren, die sie verpasst hatte, weil sie nicht auf der Insel gewesen war.

Carson wischte sich eine Lachträne aus dem Auge, als sie Blake dabei erwischte, wie er sie mit einem leichten Lächeln auf den Lippen ansah, seine Augen so dunkel und geheimnisvoll wie der Flussschlamm. Sie spürte einen Schauder – Mamaw hätte es vielleicht Herzklopfen genannt – und eine plötzliche Verbundenheit. In der Stille zwischen ihnen wurde ihr schlagartig klar, dass sie diesen Mann wollte, sie wollte seine Lippen auf ihren spüren, mehr als sie das seit sehr langer Zeit bei einem Mann gewollt hatte. Ihr Blick wurde sinnlich einladend, während sie überlegte, welche Gedanken ihm wohl genau in diesem Augenblick durch den Kopf gingen.

Blake gab sich einen Ruck und blickte auf seine Uhr. »Ich denke, wir sollten uns lieber mal auf den Weg zurück machen. Es zieht sich zu.«

Carson spürte einen plötzlichen Dämpfer, als auch noch eine kühlere Windbö in ihre Haare blies und Sandkörner in ihr Gesicht wehte. Sie wünschte, sie könnten länger bleiben und reden. Sie hatten irgendeine Grenze überschritten und sie hätte gern erlebt, wohin das führte.

Dann sah sie zu den aufkommenden Wolken hoch und zwang sich, ebenfalls aufzustehen.

Während Carson den Müll einsammelte und in den Rucksack stopfte, schüttelte Blake den Sand aus dem Handtuch und warf es wieder über seine Schulter.

Zurück im Boot, war er wieder ganz geschäftsmäßig und behielt den Himmel im Blick. Seine Muskeln spannten sich an, als er das Boot mit einem langen Metallstab aus dem Schlamm drückte. Als es frei war, ging er an den Fahrerstand und öffnete den Gashebel. Der starke Motor röhrte auf. Carson hielt sich am Seil fest und sie fuhren in einem Gischtnebel los. Sie fuhren, ohne anzuhalten, hüpften über das bewegte Wasser und kamen am Dock der National Oceanic and Atmospheric Administration an, als heftiger, kühler Wind durch das Gras blies und die ersten Regentropfen fielen, die Pockennarben auf die Wasseroberfläche malten.

˷

Harper war gerade dabei, das Taxi zu bezahlen, als es über ihr donnerte.

»Der Sturm bewegt sich schnell«, sagte der Taxifahrer und reichte ihr das Wechselgeld.

»Ja.« Sie nahm die Quittung entgegen. »Danke.« Harper stieg aus dem Taxi und stand einen Moment einfach da, schmeckte die süße Feuchtigkeit, die die Luft immer Augenblicke vor einem Unwetter erfüllte. Sie ließ ihre Schultern zum ersten Mal, seit sie losgefahren war, sinken, schloss die Augen und ließ den Wind des Lowcountrys über sich streichen.

Es waren zehn belastende Tage in New York gewesen. Ihre Mutter hatte in einem Wutanfall Harpers Kleider aus dem Schrank auf den Boden geworfen. Sie hatte ihr Schmuckkästchen durchwühlt und alle Stücke zurückgenommen, die sie ihr geschenkt hatte.

Harper spürte einen kalten Regentropfen auf ihrem Gesicht und öffnete die Augen. Von der Auffahrt aus sah sie das hübsche weiße Cottage mit seiner roten Tür unter der geschwungenen Kuppel und mit der breiten, einladenden Treppe. Obwohl darüber der Donner grollte, wirkte es, als schmiegte sich Sea Breeze sicher zwischen alte Eichen, deren Äste das Haus wie die knochigen Finger eines alten Wächters zu umschließen schienen. Harper stellte sich vor, dass sie sie einluden, einzutreten, wo weiches, goldenes Licht aus den Fenstern drang und Schutz vor dem Unwetter bot.

Harper schwankte auf ihren Füßen, als die Regentropfen kalt und nass aufspritzten. Sie bewegte sich nicht. Sie konnte nicht. Sie ließ den Regen den Staub der Stadt abwaschen, den Dreck der Reise und den Gestank der Desillusionierung. Während sie dastand und Sea Breeze ansah, spürte sie, wie das Eis, das sich um ihr Herz gebildet hatte, Risse bekam. Sie konnte das Knacken fast hören, als es aufplatzte und schmolz und zu Tränen wurde, die aus ihren Augen flossen und sich mit dem Regen vermischten.

15

Die Scheibenwischer bewegten sich rhythmisch knirschend, während Blake und Carson über Flüsse nach Hause fuhren, dieses Mal in Blakes Jeep über die Brücken. Es war ein langer, voller Tag gewesen und Carson war erschöpft, aber auch aufgedreht. Als sie im Boot über das Wasser gefahren waren, hatte sie sich wie eine Besucherin in der Welt der Delfine gefühlt. Die Flussmündungen waren ihr Reich, wo ihre Familien lebten. Blake hatte erklärt, wie eine einzige Schule sich über Meilen ausbreiten konnte und mit einer Sprache aus Pfiffen und Klickgeräuschen miteinander kommunizierte. Die ansässigen Delfine waren auch durch aufwändige soziale Rituale miteinander verbunden.

All das warf die Frage auf, warum sich ein bestimmter Delfin von seiner Gemeinschaft abwandte, um sich mit einem einsamen Menschen anzufreunden.

»Etwas macht mich neugierig«, sagte sie und drehte sich im Beifahrersitz zu Blake um. Das Wageninnere wurde von den Leuchten am Armaturenbrett schwach erhellt. »Was ist mit den Delfinen, die sich Menschen nähern? Warum suchen sie an Booten oder Stegen die menschliche Gesellschaft?« Carson war froh, dass er fuhr und ihr nicht in die Augen sehen konnte, sie befürchtete, er könnte sonst mehr in ihre Frage interpretieren.

Blake stöhnte und schüttelte den Kopf. »Hör bloß damit auf.«

»Ich frage mich doch nur«, beharrte sie. »Ist es normal, dass manche Delfine zutraulicher sind als andere?«

»Wenn man es zutraulich nennen kann. Ich nenne es betteln. Delfine unterscheiden sich nicht sehr von den meisten anderen Tieren. Wenn jemand ihnen Futter anbietet, nehmen sie den leichten Weg. Wenn es immer und immer wieder geschieht, lernen sie, für ihren Lebensunterhalt zu betteln und verlieren ihre Angst vor den Menschen. Denk an die Bären im Yosemite-Nationalpark. Hier ist es genauso. Sie können Vollzeitschnorrer werden.«

»Ist es denn so schlimm, sie zu füttern? Selbst nur ein kleines bisschen?«

Er wandte den Kopf zu ihr, und sie sah Wut in seinen Augen aufblitzen. »Ja, es ist schlimm«, sagte er heftig. Er wandte sich wieder der Straße zu. »Wilde Delfine zu füttern zerreißt ihre Sozialgruppen, was ihre Fähigkeit bedroht, in der Wildnis zu überleben. Hast du heute diese jungen Mütter mit ihren Kälbern gesehen?«

Carson nickte. Es war ein zärtlicher Anblick, den sie nie vergessen würde.

»Sie haben ihren Jungen beigebracht, nach Futter zu suchen und zu jagen. Wenn sie betteln, wachsen die Kälber als Schnorrer auf und lernen diese Fähigkeiten nie. Was meinst du, wie gesund sie bei einer Ernährung aus Hot Dogs, Brezeln, Keksen und Süßigkeiten werden? Sie würden nicht überleben. Und nicht nur das. Wenn sie sich Booten und Stegen nähern, geraten Delfine auch in Gefahr, von Schiffsschrauben verletzt zu werden oder sich in Fischerhaken und -netzen zu verfangen. Es ist also verdammt gefährlich für Delfine und herzlos von den Menschen.«

Carson antwortete nicht.

Blake tippte mit seinen Fingern auf das Lenkrad. »Entschuldigung ... Ich wollte mich nicht so aufregen.«

»Ist schon in Ordnung ... Es ist nur ... ich glaube nicht, dass Leute, die Delfine füttern, ihnen Böses wollen.«

»Vielleicht nicht. Sie denken, sie sind nett. *Nur dieses kleine bisschen* ...« Sein Gesichtsausdruck verhärtete sich. »Wir stellen überall Schilder auf, auf denen in Großbuchstaben steht: *Keine Delfine füttern!* Wir haben Broschüren zum Thema produziert, Fernsehspots, die erklären, wieso es den Delfinen schadet. Aber wenn ein Mensch glaubt, es sei in Ordnung, dann kann man noch tausend weitere dazuzählen, und anschließend weißt du, wie es mit dem Füttern tatsächlich aussieht.«

»Stimmt«, pflichtete Carson bei. Sie fühlte sich extrem unwohl und wollte nicht länger darüber reden.

Blake sah für einen Moment zu ihr. »Ich sehe halt die andere Seite der Medaille«, sagte er in einem ruhigeren Tonfall. »Ich muss die Delfine obduzieren, die angespült werden. Die Kälber sterben in alarmierender Zahl. Vielleicht sollten wir diese Bilder aufhängen, damit die Menschen erkennen, wie sehr sie die Tiere mit ihren ›kleinen Naschereien‹ verletzen. Nein, Carson, es ist nicht nett, Delfine zu füttern. Es ist gedankenlos. Es ist egoistisch. Diese Menschen denken nur an sich, nicht an den Delfin.«

Carson rutschte tiefer in ihren Sitz, zum Schweigen gebracht. Sie war eine von *diesen Menschen*. Sie fütterte Delfine zwar nicht, ließ aber zu, dass Nate ihr Fische zuwarf, die er geangelt hatte. Sie sah Delphine vor sich, wie sie elegant im Wasser schwamm, vor Gesundheit strotzend. Durch Blake fragte sie sich jetzt jedoch, ob sie tatsächlich gesund war. Hatte Carson sie von ihrer Schule weggelockt? Wurde Delphine zu einem der Delfine, die in immer stärkere Abhängigkeit vom Menschen und vom Futter am Steg gerieten?

»Du siehst müde aus.« Blake blickte sie an.

»Ich bin müde«, gab sie zu. Sie fühlte sich leer, wie ein Luftballon ohne Luft.

Blake schaltete das Radio an und sie hörten auf dem restlichen Weg bis nach Sea Breeze Musik. Als Blake in die Auffahrt fuhr, war aus dem Regen ein Nieseln geworden.

»Würdest du noch mal mit rausfahren?«, fragte er.

»Klar«, sagte sie. »Wann ist das nächste Mal?«

»Nächsten Monat.«

So lange noch, dachte sie. »Ich würde sehr gern mitkommen. Falls ich nächsten Monat noch hier bin.«

»Wo könntest du denn sonst sein?«

»Hoffentlich in L. A. Oder wo immer ich halt einen Job kriege.«

Er nickte, sagte aber nichts.

»Oder vielleicht bin ich auch noch mehrere Monate hier«, warf sie ein. »Ich weiß es nicht.«

»Ich verstehe.« Er öffnete die Tür, aber sie griff nach seinem Arm, hielt ihn auf.

»Steig nicht aus. Es regnet. Ich springe einfach raus.« Carson lächelte zum Abschied, aber schämte sich innerlich. Sie konnte es kaum erwarten, aus dem Jeep und vor den Schuldgefühlen zu fliehen. »Noch mal danke!«

»Tschüss«, sagte er und lächelte ebenfalls, sah aber niedergeschlagen aus.

Das Haus fühlte sich merkwürdig dunkel und leer an. Carson hörte leise Stimmen vom Fernseher aus Mamaws Zimmer. Die Küche war aufgeräumt, aber es roch noch nach einem Abendessen mit Fisch. Sie sah zum Kühlschrank und der Gedanke an ein Glas kalten Weißwein verursachte ihr körperliche Schmerzen. Carson öffnete die Kühlschranktür und spähte hinein. Mit einer Mischung aus Erleichterung und Enttäuschung sah sie, dass Lucille Wort gehalten und jeglichen Alkohol aus dem Haus geschafft hatte. Sie war verdammt gründlich. Carson stand vor dem offenen Kühlschrank, hungrig, ohne zu wissen, worauf. Sie war übermüdet, ihre Augen juckten und sie fragte sich, ob sie nicht etwas ausbrütete. Sie griff nach dem gefilterten Wasser und goss sich ein Glas ein.

Ihre sandigen Absätze klapperten auf dem Holzboden, während sie durch den schmalen Flur zum Westflügel des Hauses ging. Als sie sich den Schlafzimmern näherte, hörte sie leise Musik und auf einer Computertastatur tippende Finger. Sie lugte hinein und sah Harper auf einem Bett sitzen, über ihren Laptop gebeugt. Froh, dass ihre Schwester zu Hause war, öffnete Carson die Tür.

»Harper?«, rief sie aus und platzte ins Zimmer.

Harper wandte den Kopf herum und strahlte vor aufrichtiger Freude. »Carson!«

Sie fielen einander in die Arme, wobei Carson Wasser aus ihrem Glas verschüttete. Sie stellte das Glas auf einer Kommode ab und sie umarmten sich noch einmal, lachten und gingen dann zum Bett, wo sie sich hinsetzten, ihre Beine unterschlugen und Neuigkeiten austauschten.

»Wie steht's mit dem Kampf gegen den Alkohol?«, wollte Harper wissen.

»Eigentlich ziemlich gut. Ich widerstehe noch.«

»Ehrlich? Die Wette galt nur für eine Woche.«

»Ich weiß, aber ich habe es geschafft, weiterzumachen. Ich teste gerade meinen Willen. Ich kann nicht behaupten, dass ich nicht immer noch gern ein Glas Wein oder eine Margarita hätte, aber ich kann widerstehen. Gut zu wissen.«

»Vielleicht bist du dann also doch keine Alkoholikerin?«

»Vielleicht. Und vielleicht verlangen das ruhigere Leben und mein allgemein guter Zustand hier nicht so sehr nach Alkohol wie früher mein Leben und mein Lifestyle in L. A.«

»Ist doch eigentlich egal, woran es liegt, oder? Ich bin jedenfalls stolz auf dich. Ehrlich. Ach, und übrigens hast du die Wette gewonnen! Während ich in New York mit meiner Mutter zu tun hatte, habe ich mein Gewicht in Wein getrunken.«

Die Mädchen bekamen einen Lachanfall.

Am Ende des Flurs hörte Mamaw ihre Stimmen und schlich auf Pantoffeln von ihrem Zimmer zum Westflügel. Die Hand an eine Wand gelegt, lehnte sie sich vor, den Kopf schräg, so dass ihr Ohr näher an der Geräuschquelle war. Mamaw hörte, wie die Tonlage der hohen Stimmen im Gespräch stieg und fiel, unterbrochen von Lachen. Ihr Gesicht wurde weicher, während sie Bilder aus der Vergangenheit vor sich sah. Sie wollte nicht spionieren, sie musste einfach nur ein Weilchen stehen bleiben. Mamaw lehnte sich an die Wand und schloss die Augen. Sie verstand die Worte nicht, aber sie hörte die süße Musik der Versöhnung und des Wiedererkennens. Ihre Lippen bogen sich in einem tief zufriedenen Lächeln nach oben.

～

Carson wurde vom *Pling* des Telefons, das eine Nachricht ankündigte, aus einem unruhigen Schlaf geweckt. Sie streckte sich und langte nach ihrem Telefon auf dem Nachttisch. Sie blinzelte, um richtig zu sehen. Die Nachricht war von Blake.

Heute zum Abendessen?

Carson ließ sich aufs Kissen zurückfallen und sah durch die Fensterläden in das erste graue Morgenlicht. Natürlich war er schon wach ... Sie hob das Smartphone und tippte ihre Antwort.
Ja.

∼

»Willst du ins Dunleavy's?«, fragte Blake abends.

Carson verzog das Gesicht. »Nein, nicht.«

Blake grinste. »Wie klingt ein Barbecue?«

»Ich sage nie nein zu einem guten Barbecue.«

Sie hatten Glück, vor dem Restaurant einen Parkplatz zu finden. Leute jeglichen Alters drangen aus dem Restaurant und erfüllten die Nacht mit dem leisen Murmeln von Gesprächen und einem durchdringenden Lachen ab und zu.

Das Home Team Restaurant hatte Tische draußen unter der Markise. Blake beeilte sich, einen zu belegen. Die Kellnerin war eine kokette junge Frau mit riesengroßen blauen Augen und roten Haaren, die Carson an Harper erinnerten. Sie hatten am Abend vorher stundenlang geredet, hatten Kichern und Tränen gemischt. Ihre Schwester hatte sich als sehr emotionale Frau entpuppt. Das hatte Carson überrascht. Als Frau wirkte Harper auf sie wie die Art von Mensch, die gern Distanz hält. Eine Beobachterin, keine Akteurin. Ihr Kleidungsstil unterstrich diesen Eindruck noch. Sie war so schlank und elegant wie eine Siamkatze. Eine fast spürbare Kühle umgab sie, die andere davon abhielt, ihr zu nahe zu kommen. Außer wenn sie trank, erinnerte Carson sich lächelnd. Dann war es, als öffne sie sich, und sie wurde ganz mädchenhaft.

Gestern Abend hatte es jedoch keinen Alkohol gegeben. Harper war lebhaft und gesprächig und superwitzig gewesen. Wer hätte geahnt, dass das Mädchen so einen Humor hatte? Und sie war aufmerksam. Als sie über die Sommer ihrer Kindheit sprachen, hatte Harper sich an so viel mehr lebendige, charakteristische Details erinnert als Carson. Sie hatte das Gedächtnis einer Schriftstellerin.

Die Kellnerin kam und zückte Bleistift und Notizblock. »Was würden Sie gern trinken?«

»Eistee«, bestellte Carson. »Ohne Zucker.«

»Zwei«, sagte Blake. »Und wir können auch schon das Essen bestellen. Zwei Pulled-Porc-Sandwiches, dazu frittierte Süßkartoffeln, Krautsalat und Blattkohl. Und bitte recht schnell, diese Lady ist immer am Verhungern.«

Die Kellnerin lachte und sammelte die Speisekarten ein.

»Gut gemacht«, sagte Carson ihm.

Die Kellnerin brachte schnell die Getränke und einen Korb mit Hush-Puppy-Klößen. »Die gehen aufs Haus«, sagte sie und warf Blake einen extralangen Blick zu.

Carson und Blake griffen gleichzeitig nach den Hush Puppys. »O Gott«, stöhnte Carson, als sie in einen weichen, heißen, frittierten Ball aus Maisbrot biss. »Ich weiß nicht, ob das nicht die besten Hush Puppys sind, die ich jemals gegessen habe.«

»Volle Zustimmung«, sagte er kauend. Sie stopften sich Hush Puppys in den Mund und betrachteten die Touristen, die lachend und redend vorbeiliefen.

Carson rührte in ihrem Tee und fragte sich, ob sie sich schon gut genug kannten, um ihm eine bestimmte Frage zu stellen. »Blake, ich hoffe, ich bin nicht zu neugierig, aber warum trinkst du eigentlich keinen Alkohol?«

»Ich bin kein Alkoholiker, und es ist auch nichts Religiöses oder so. Ich trinke schon ab und zu mal was. Es ist keine große Sache.«

»Magst du den Geschmack nicht?«, fragte sie neugierig.

Sein Gesicht verdüsterte sich, und er sah auf seinen Tee. »Das ist es nicht. Ich mag ihn schon, denke ich. Ich mag bloß nicht, was er mit mir anstellt.«

Carson schwieg. Das Lachen und der Lärm von der Theke wurden zu einem einförmigen Rauschen um sie herum, während sie sich auf Blake konzentrierte. Sie lehnte sich vor, wollte kein Wort verpassen.

»Ich habe früher mal viel getrunken«, sagte Blake. »Du weißt so gut wie ich: Wenn man eine Gruppe guter alter Jungs zusammenbringt, dann haben sie Spaß. Und dazu gehört normalerweise auch Alkohol. Als Teenager war ich nicht schlimm, aber furchtlos. Welcher Achtzehnjährige wird nicht von seinem Testosteron getrieben und hält sich für unsterblich?«

»Ich kenne viele solcher Typen«, entgegnete sie. »Ich glaube, Devlin ist immer noch so.«

»Ja, manche Kerle werden nie erwachsen. Ich selbst bin sehr schnell erwachsen geworden, als ich achtzehn war.«

Carson sah zu, wie er seine langen gebräunten Finger um sein Glas legte und in den dunklen Tee starrte. Sie wartete.

»Es war eine regnerische Woche, oben in Clemson, und während manche Jungs über den Regen jammerten, griffen sich mein Kumpel Jake und ich die Schlüssel von seinem Bronco und machten uns auf zum Schlammfahren. Wir trafen uns mit ein paar anderen Typen und hatten richtig Spaß auf irgendeinem Feldweg. Wenn ich gesagt habe, dass ich furchtlos war, dann war Jake megakrass. Er war verrückt nach diesem verdammten Bronco.« Blake hob sein Teeglas an den Mund und nahm einen Schluck. »Ich weiß nicht, ob es daran lag, dass wir getrunken hatten, oder ob es einfach so geschah, aber Jake kam jedenfalls von der Straße ab und der Bronco überschlug sich. Ich trug einen Gurt. Ich wurde zwar ziemlich stark verletzt, aber ich überlebte. Ich war in einer Art Rüstung, die Jake eingebaut hatte, er hatte diese Platten selbst angeschraubt. Ich hing gefangen da, eine Ewigkeit lang, wie mir schien, festgenagelt und hilflos, und hörte zu, wie Jakes Leben langsam aus ihm wich.«

»Das tut mir so leid«, sagte Carson. Sie konnte sich diesen Horror nicht einmal vorstellen.

Blake hielt inne und starrte auf seinen Teller. »So etwas vergisst man nicht. Ich frage mich immer noch, warum Jake sich an diesem Abend nicht angeschnallt hatte. Ich meine, er hatte diesen Bronco aus Sicherheitsgründen umgerüstet.« Er schüttelte den Kopf. »Ich kann mir nur vorstellen, dass es daran lag, dass wir so viel getrunken hatten. Er konnte die Dinge nicht mehr richtig einschätzen.« Blake hob den Kopf und sah sie an. »Ich habe einfach den Geschmack für das Zeug verloren.«

Carson wollte ihn unbedingt berühren, aber hatte das Gefühl, dass es noch zu früh dafür war. »Danke, dass du mir das erzählt hast«, sagte sie deshalb bloß.

Der Nachthimmel wurde dunkler und das Licht in den Fenstern des Restaurants zog selbstmörderische Motten an. Die Kellnerin kam mit ihrem Abendessen und brach die peinliche Stille zwischen ihnen.

Nachdem sie ihren ersten Hunger gestillt hatten, gab Blake die Frage an sie zurück. »Was ist mit dir? Hast du dem Zeug auch abgeschworen?«

Carson legte ihr Pork-Sandwich ab und tupfte sich mit einer Papierserviette den Mund ab. »Ich trinke nur im Moment keinen Alkohol. Es ist eine Art Wette mit Harper. Wir wollten sehen, ob wir für eine Woche aufhören können. Dann wurden aus einer Woche zwei. Jetzt wollen wir sehen, ob wir es den ganzen Sommer über schaffen.« Sie schüttelte den Kopf. »Ich weiß nicht, ob ich das kann. Ein Bier hätte heute Abend jedenfalls gut zu diesem Barbecue geschmeckt.«

»Nach einer Weile vermisst man es nicht mehr. Man verliert den Geschmack dafür.«

Carson tat Süßstoff in ihren ungesüßten Eistee und rührte mit ihrem Strohhalm um. Das Eis klirrte verlockend und sie nippte an ihrem Tee. Er war gut. Sogar sehr gut. Aber es war kein Bier. »Ich hoffe, das stimmt. Um ehrlich zu sein, vergeht im Moment kein Tag, an dem ich mich nicht nach wenigstens einem Bier oder einem Glas Wein sehne.« Carson ließ das Kondenswasser vom Glas auf ihre Fingerspitzen rinnen, ihr Herz raste, während sie überlegte, wie viel sie ihm erzählen sollte. Ihr Blick ging zur Theke, wo eine Reihe von Leuten auf Barhockern saßen und mit Gläsern in der Hand miteinander redeten, dann zu den Topfpflanzen draußen auf der Terrasse, zum Lacktisch, auf der Suche nach einem Ziel, um ihn nicht ansehen zu müssen. »Ich weiß, solange ich dieses Bedürfnis habe, habe ich die größere Frage noch nicht beantwortet. Ob ich wirklich aufhören kann.«

Die Worte klangen so nüchtern, aber als sie in sein Gesicht schaute, sah sie, dass er aufmerksam zuhörte, ohne Emotionen oder Vorurteile. Das ermunterte Carson, weiterzusprechen. Während die kleine Kerze zwischen ihnen flackerte, erzählte sie ihm von ihrem Vater und was das Trinken mit seinem Leben und seinem Talent angerichtet hatte. Während ihr Essen auf dem Teller kalt wurde, sprach sie lebhaft, gab ihm Einblick in ihr Leben, wie sie sich um ihren Vater gekümmert und ihn mit achtzehn verlassen hatte, um allein weiterzukämpfen, während er ein paar Jahre später einsam starb. Sie hatte angefangen, in Gesellschaft zu trinken, aber bei ihrer Arbeit bedeutete das für die meisten rund um die Uhr. Erst vor kurzem hatte sie sich gefragt, ob sie das Familien-Gen für Alkoholismus in sich trug.

Als sie endete, waren die anderen Tische auf der Terrasse leer. Nur an der Theke war es noch voll und laut.

»Möchtest du am Strand spazieren gehen?«, fragte Blake.

Carson atmete schwer aus und nickte. Sie hatte das unangenehme Gefühl, gerade ihre schwächste Seite entblößt zu haben. Sich jetzt die Beine zu vertreten klang perfekt.

Sie gingen zum Strand, nah nebeneinander. Er passte seine langbeinigen Schritte ihren langsameren an. Der Mond war strahlend hell und als sie die Straßenlaternen hinter sich gelassen hatten und den Sand betraten, sahen sie den sich weit ausbreitenden samtschwarzen Himmel und die funkelnden Sterne über dem Ozean. Blake überraschte sie und griff nach ihrer Hand.

Carson war sich seiner Nähe sehr bewusst, während sie Seite an Seite weitergingen. Es war Vollmond und der Himmel voller Sterne. Nicht weit entfernt bewegte sich die Brandung in einem schläfrigen Rhythmus. Carson lachte fast, weil sie dachte, wenn das hier ein Arbeitsprojekt wäre, würde sie mit Blake als Liebespaar abgelichtet werden, als Werbung für ein romantisches Inselwochenende. Dieser Gedanke beschäftigte sie. Wann würde er den ersten Schritt machen? Sie wollte seine Arme um sich spüren, seine Lippen auf ihren, mit ihm schlafen.

Sie wurde sich seiner Hand immer bewusster, jede Nervenzelle in ihrer eigenen Hand feuerte ununterbrochen. Während sie über den unebenen Sand spazierten, stießen ihre Hüften oder Schultern immer wieder aneinander. Diese Berührungen schickten Schauder über ihren Rücken.

Dann blieb er stehen und drehte sich zu ihr um. Sein Daumen strich leicht über ihre Hand. »Carson, gestern, als du gesagt hast, du verlässt die Insel vielleicht ... ist dir da in den Sinn gekommen, dass mir das etwas bedeuten könnte?«

Sie legte ihre Hände auf seine Brust. »Ich hatte es gehofft.«

Er stand nur ein paar Zentimeter entfernt in der Dunkelheit, so nah, dass sie sehen konnte, wie seine Lippen ein langsames, zufriedenes Lächeln zeigten. »Carson«, sagte er mit einem Anflug von Verzweiflung. »Du bedeutest mir schon seit einigen Wochen etwas.«

Carson war vierunddreißig Jahre alt. Sie hatte über die Jahre viele Beziehungen gehabt und dachte, sie wäre mit Männern erfahren. Sogar etwas abgestumpft. Was hatte dieser Mann dann nur, dass er sie wie einen lächerlichen Teenager erröten ließ?

Er streckte die Arme aus und ließ seine Finger sanft ihre nackten Arme hinaufklettern. Ihre Atemzüge verfolgten jeden Millimeter der langsamen und bewussten Reise, die von Gänsehaut begleitet wurde. Seine Hände glitten hinter ihren Rücken und zogen sie näher.

Carson legte ihre Arme um seinen Nacken und drückte sich einladend an ihn. Aber er ließ sich nicht drängen. Er berührte mit seinen Lippen ihren Nacken und schmeckte sie dort, dann begann er eine wunderbar langsame Tour an ihrem Kinn entlang zu ihrem Mund. Es war, als hätte er so lange auf das Festmahl gewartet, dass er nun keine Eile mehr hatte.

Als er schließlich seine Lippen auf ihre brachte, öffnete sie ihren Mund und drückte ihn an sich. Er war zuerst sanft, prüfend. Dann schlossen sich seine Arme um sie und pressten sie an sich. Sie fühlte sich von seinem Mund verschlungen. Während der Kuss tiefer wurde, spürte sie seine Hände unter ihr T-Shirt zu ihren Brüsten gleiten. Ihre Brustwarzen wurden hart und sie stöhnte leicht.

Er zog sich zurück, ließ seine Hände auf ihre Unterarme gleiten, hielt sie aber weiter fest. »Wir sollten gehen«, sagte er. Er nahm noch einmal ihre Hand und sie gingen in einem entschlosseneren Tempo über den Strand zurück, den dunklen Zugang hoch und durch die Straßen bis zu seinem Auto. Er öffnete ihr die Wagentür, dann ging er vorn um das Auto herum und setzte sich hinters Lenkrad. Er drehte sich zu Carson um. »Würdest du mit zu mir kommen?«

Seine Hände lagen auf dem Lenkrad, und er berührte sie nicht, aber ihr Körper stand in Flammen. Die Anziehung zwischen ihnen war so stark, dass es sich fast so anfühlte, als würde sie ihn noch küssen.

»Ja. Ja«, antwortete sie.

Blake lächelte und hob seine Hand, um eine Strähne aus ihrem Gesicht zu streichen. Er lehnte sich zu ihr und seine Lippen streiften ihre. Sie dachte, er wolle sie nur sanft küssen, aber seine Berührung war explosiv und entfachte ihre Leidenschaft wie ein Funke. Sie warfen sich aufeinander, jeder hungrig nach mehr. Seine Hände zitterten, während sie über ihre Schultern strichen, sie nach hinten drückten, anschließend glitten sie über ihren Rücken und wieder nach oben, während er sie fester hielt. Dann zog er sich plötzlich und entschlossen zurück.

Carson schnappte nach Luft, ihre Lippen kitzelten noch. Als Blake den Motor anließ, lehnte Carson sich zurück und schloss die Augen. Obwohl sie keinen Tropfen getrunken hatte, fühlte sie sich wie beschwipst. Als sie losfuhren, raste ihr Blut und ihr Herz pochte, wodurch sie sich unbekümmert und schwindelig fühlte, als säße sie wieder im Zodiac.

Carson wachte mit einem Ruck auf. Sie riss den Kopf hoch und atmete rasch ein. Ihre Augen durchsuchten das kleine Zimmer, die gekippten Fensterläden, durch die das graue Morgenlicht fiel und auf dem Boden verstreute Kleider beleuchtete. Einige davon gehörten ihr.

Sie hörte ein leises, rumpelndes Schnarchen neben sich und drehte den Kopf. Blake schlief neben ihr auf dem Bauch, den Mund leicht geöffnet und die Haare durcheinander. Das Laken bedeckte seinen Hintern kaum zur Hälfte. Es ist ein hübscher Po, dachte sie lächelnd, während ihr einige Augenblicke der letzten Nacht langsam ins Bewusstsein kamen. Blake war so gut, wie seine Küsse es versprochen hatten. Langsam und bewusst, er ließ sich gern Zeit.

Sie stand langsam auf, achtete darauf, ihn nicht zu wecken. Carson ging auf Zehenspitzen durchs Zimmer, sammelte ihre Kleider auf und zog sie an, jedes Knirschen des Holzfußbodens klang für sie wie ein Wecker in ihrem Kopf. Es war eine typische Junggesellenbude. Auf den Möbeln lagen Kleidung, Schlüssel, Stifte, Getränkedosen, auf der Kommode waren Papierzettel verstreut. An der Wand hing ein Poster mit Rennwagen.

Im Rest der Wohnung sah es wie im Schlafzimmer aus, ein buntes Durcheinander. Sie fand, dass das gar nicht zu dem Bild des genauen und präzisen Mannes passte, das sie sich von ihm gemacht hatte. Die Möbel waren funktional und ohne Rücksicht auf Farben, Design oder Größe ausgesucht worden. Die Regale waren mit Büchern vollgestopft und auch auf dem kleinen Holztisch stapelten sich Bücher und Papiere. Daneben lag ein Laptop, offen, aber ausgeschaltet. Das Fahrrad neben der Eingangstür war ein netter Akzent, dachte sie schmunzelnd.

Im Gegensatz zur restlichen Wohnung war die Küche zwar unordentlich, aber sauber. Carson rechnete es ihm hoch an, dass kein dreckiges Geschirr in der Spüle stand. Etwas ängstlich – sie erwartete einen verschrumpelten Apfel oder saure Milch – spähte sie in den Kühlschrank. Bei diesem Geräusch kam Hobbs durch das Zimmer zu ihr getrottet. Sie war erleichtert und beeindruckt, frische Bio-Milch zu entdecken, eine Plastikkanne mit gefiltertem Wasser, eine Tüte Möhrenchips, Sellerie, Käse und frisches Obst.

Während sie sich durch den Kühlschrank wühlte, hörte Carson Schritte hinter sich. Sie drehte sich leicht verlegen um. »Ich plündere deinen Kühlschrank.« Sie lächelte.

Blake stand da in seinen Boxershorts, kratzte sich am Bauch und gähnte. Als er näher kam, griff er nach ihr, zog sie zu sich und küsste sie sanft. »Guten Morgen, du Schöne«, sagte er.

Er sah nach dem Aufstehen wirklich niedlich aus, dachte sie und ließ ihre Hände über seine harte Brust gleiten. »Morgen«, antwortete sie.

Hobbs stupste mit seinem Kopf gegen Blakes Oberschenkel, weil er gestreichelt werden wollte.

»Hungrig?«, fragte er sie. »Hobbs hat jedenfalls Hunger.«

Sie wusste nicht, ob er sie aufzog, weil er sie dabei erwischt hatte, wie sie in seinem Kühlschrank stöberte, oder ob er mit diesem albernen Spiel der doppelten Bedeutungen anfing und sie irgendetwas Abgelutschtes antworten sollte, zum Beispiel, dass sie Hunger auf seine Küsse hätte. Obwohl das stimmte, konnte sie diese billigen Sätze nicht aussprechen. »Ich würde mit einem Hai surfen für einen Kaffee.«

Er grinste. »Kaffee. Gut.« Er küsste ihre Nase und ließ sie los, um Wasser in die Kaffeemaschine zu gießen.

»Kann ich dir was helfen?«

»Im Kühlschrank steht eine Tüte Kaffee«, antwortete er. »Und hol diese Packung Grits heraus, okay?«

Ihr gefiel, in welche Richtung er dachte.

Sie bereiteten zusammen das Frühstück vor, rührten für den Maisbrei Grits, Butter, Milch und Wasser zusammen. Als Blake ein Stück Cheddarkäse aus dem Kühlschrank nahm, stutzte Carson.

»Kein Käse«, sagte sie, packte den Cheddar und hielt ihn fest. »Der ruiniert den Geschmack der Grits.«

»Tut er nicht«, erwiderte er und griff nach dem Käse.

»Tut er doch«, sagte sie und lachte jetzt, als er sie packte und spielerisch mit ihr um den Cheddar kämpfte.

Blake gewann und trat zurück. Triumphierend hielt er den Käse in die Luft, außer Reichweite, während Hobbs bellte.

»Ehrlich, Blake«, stöhnte sie. »Grits schmecken am besten pur mit viel Butter.«

»Vertrau mir«, sagte er und senkte seinen Arm. »Mit Eiern braucht man Käse.«

»So viel zum Thema: dem Mädchen eine schöne Zeit machen«, spottete sie.

»Wirst schon sehen«, sagte er grinsend.

Während Blake die Eier verrührte, tranken sie heißen Kaffee und erzählten sich ein paar Anekdoten aus ihrem Leben, die verrückten Kapitel, die besonderen Momente. Alles Teil der üblichen Anfangsroutine von Mann und Frau. Er war schon sein ganzes Leben lang vom Leben im Meer fasziniert und es spielte bei den meisten seiner denkwürdigsten Augenblicke eine Rolle.

»Bist du nie in Versuchung, andere Gebiete zu erkunden?«

Er rührte die Grits um und dachte nach. »Ich reise immer noch viel, zu Konferenzen oder um zu forschen. Ich habe mehrere Monate als Freiwilliger am Golf gearbeitet, nach der Katastrophe auf der Ölbohrinsel. Wir stellen in dieser Region eine signifikante Steigerung von verfrühtem Delfinsterben fest, und ich befürchte, wir werden noch viele Jahre mit den Folgen dieser Katastrophe zu tun haben.«

»Nein, ich meinte, einfach zusammenpacken und weg. Reisen, um zu reisen.«

Er schüttelte den Kopf. »Ich bin siebenunddreißig, ich habe das hinter mir. Jetzt interessiere ich mich für anderes.« Er sah zu ihr auf, war plötzlich neugierig. »Was ist mit dir?«

Carson nippte an ihrem Kaffee, unsicher, was sie antworten sollte. »Wenn du mir die Frage vor einem Monat gestellt hättest, hätte ich nicht gezögert. Ich habe stets gesagt, dass ich reise, wo immer mich der Wind hinträgt. Wenn ich von einem Fotojob gehört habe, egal wo auf der Welt, saß ich immer im ersten Flugzeug dorthin. Ich habe die letzten vier Jahre in L. A. verbracht, wegen einer Fernsehserie. Das war neu für mich. Ich dachte, es würde mir gefallen, an einem Ort zu bleiben, dieselben Leute zu treffen, vielleicht ein bisschen was zu sparen.«

»Ich nehme also an, es hat dir nicht gefallen?«

Sie schüttelte den Kopf. »Eigentlich schon. Eine Weile. Aber als die Fernsehserie abgesetzt wurde, hatte ich schon wieder Reiselust. Ich hasste meine Wohnung und hatte mit meinem Freund Schluss gemacht.«

»Vielleicht war L. A. der falsche Ort. Ich habe die Bahamas geliebt, aber es war kein Zuhause.«

Carson hörte die leise Hoffnung in seiner Stimme. »Vielleicht«, sagte sie, war aber nicht überzeugt.

»Rührst du mal für mich weiter?«, fragte Blake. Als er ihr den Holzlöffel reichte, fasste er sie um die Taille. »Ich muss dich einfach küssen, und zwar *jetzt*.«

Sie lachte leicht, fühlte Interesse aufkommen. Als seine Lippen sie berührten, kam es sofort wieder zur spontanen Entzündung. Blake drehte den Herd aus und hob sie hoch.

»Warte«, rief Carson und wedelte mit dem Löffel. Dabei tropfte Maisbrei auf den Boden, den Hobbs sofort entsorgte.

Blake ging mit ihr zum Spülbecken, wo sie den Löffel fallen ließ. Lachend legte sie ihren Kopf auf seine Schulter, während er sie ins Schlafzimmer trug. Plötzlich kamen ihr auch all die schrecklich billigen Sprüche, auf etwas anderes Appetit zu haben als auf Grits, locker über die Lippen.

16

Am nächsten Tag saß Carson auf dem Steg, ihre Füße baumelten im Wasser und sie wartete auf Nate. Das Meerwasser wurde wärmer, je weiter der Sommer voranschritt. Sie wusste, dass sich der Ozean im September wie eine Badewanne anfühlen würde. Carson hatte eine gewisse Routine mit Delphine entwickelt. Wenn sie pfiff und auf den Steg klopfte, tauchte Delphine oft auf. Carson sehnte sich danach, sie zu sehen, und wusste, dass es Nate genauso ging. Doch heute hatte sie das Gefühl, dass sie sie nicht rufen würde.

Ihr fielen Blakes Worte ein. *Es ist nicht nett, Delfine zu füttern. Es ist gedankenlos. Es ist egoistisch. Die Menschen denken nur an sich, nicht an den Delfin.* Carson bewegte ihre Beine im Wasser. Sicher kannte sie die Warnungen, Delfine nicht zu füttern. Sie hatte die Schilder gesehen. Sie hatte bloß gedacht, dass ihre Verbindung zu Delphine etwas Besonderes sei. Sie hatte sich eingeredet, es sei in Ordnung für sie, auch wenn es für alle anderen nicht in Ordnung war. Das Problem war, dass sie immer noch ihre Beziehung zu Delphine erhalten wollte. Sie wusste nicht, ob sie sie aufgeben könnte. Sie war innerlich zerrissen, was sie tun sollte. Während sie da saß und die Beine im Wasser schwang, ging ihr immer und immer wieder ein Wort im Kopf herum. *Egoistisch.*

Schritte auf dem Steg weckten ihre Aufmerksamkeit. Sie schaute auf und sah Nate, der gerade auf den unteren Steg kletterte.

Er war kräftiger geworden, die Schwimmweste hing nicht mehr so mitleiderregend von seinen Schultern. Er war auch sonnengebräunt und seine hellbraunen Haare waren von der Sonne blond gebleicht. Sie lächelte und dachte, dass ihr Neffe einem typischen Strandjungen sehr ähnlich sah.

»Hi Nate«, rief sie. »Bereit fürs Schwimmen?«

Nate sah aufs Wasser. »Wo ist Delphine?«

Carson überlegte, sie wusste sehr gut, dass seine Fixierung auf den Delfin nicht leicht zu dämpfen war. Und doch hatte sie sich entschlossen, das Richtige zu tun.

»Sie ist irgendwo da draußen. Entweder spielt sie mit ihren Freunden oder jagt Fische. Lass uns einfach mal ohne sie ins Wasser gehen und Spaß haben.«

»Ruf sie, Tante Carson.«

»Das habe ich schon versucht«, schwindelte sie, denn sie wollte keinen Wutanfall provozieren. »Komm schon, lass uns ins Wasser springen. Sie wird kommen, wenn sie möchte.«

Nate suchte wieder das Wasser ab, während Carson den Atem anhielt. Dann schien er einfach zu akzeptieren, was sie gesagt hatte, und kletterte die Leiter hinunter ins Wasser.

Carson folgte ihm und ihr wurde bewusst, dass sie die Lösung für ihr moralisches Dilemma gefunden hatte. Sie würde den Delfin nicht mehr füttern und auch nicht mehr an den Steg rufen. Delphine würde kommen, *wenn sie wollte.*

~

Als sich Mamaw abends ein Glas Milch aus der Küche holte, hörte sie draußen auf der Veranda ein merkwürdiges Rascheln und Knirschen. Sie stellte das Glas ab und ging zur Tür. »Die verflixten Waschbären sind wohl wieder unterwegs«, murmelte sie leise. Mamaw schaltete das Licht an und öffnete die Tür. Sie war erstaunt, Nate zu sehen. Er erstarrte mit weit aufgerissenen Augen, wie ein Reh im Scheinwerferlicht. In seinem Arm balancierte er wackelig drei Angelruten und eine Köderbox.

»Was machst du denn da?«, fragte Mamaw.

Nate sagte kein Wort. Er ließ nur seine Arme sinken und blinzelte im hellen Licht.

»Nate, was machst du hier draußen?«, fragte sie schimpfend. »Weißt du, wie spät es ist?«

»Es ist halb zwölf«, antwortete Nate.

Mamaw konnte sich nicht daran gewöhnen, dass der Junge immer alles wortwörtlich nahm. »Ja, und das heißt, es ist schon lange Schlafenszeit für dich.«

»Ich weiß.«

»Was hast du vor? Willst du angeln gehen?«

»Nein. Ich bereite meine Leinen vor.«

»Um diese Uhrzeit?«

»Ich musste warten, bis alle schlafen. Es ist eine Überraschung. Ich will am Morgen Fische für Delphine haben, damit sie kommt. Ich werde meine Leinen aufstellen, wie es mir der alte Mann erklärt hat. Er hat seine Leinen stehen lassen, und wenn er zurückkam, hatte er Fische gefangen.«

Vor ein paar Tagen hatte Mamaws Nachbar Mr Bellows auf seinem Steg geangelt. Mamaw war zu ihm gegangen, um mit ihm zu sprechen. Sie kannten sich schon seit Jahren. Als sie zurückkam, hatte sie Nate gesagt, dass er zu ihrem Nachbar gehen und ihm beim Angeln zusehen könne. Da Nate Angst davor hatte, erklärte sie ihm, dass man das Angeln am besten erlernte, wenn man erfahrene Angler beobachtete. Sie sagte, dass der alte Mann – Mr Bellows – ein guter Freund von Papa Edward gewesen sei und dass Nates Papa, wäre er hier, ihm auch das Angeln beigebracht hätte, so wie er es Carson beigebracht hatte.

»Nate«, sagte Mamaw jetzt leise, »ich verstehe, dass es eine Überraschung sein soll. Aber du weißt, dass es gegen die Regeln ist, allein auf den Steg zu gehen.«

»Das ist eine Regel meiner Mutter. Es ist nicht Carsons Regel. Ich habe beschlossen, dass ich nicht mehr bei meiner Mutter wohnen möchte. Oder bei meinem Vater. Ich mag es nicht, wenn sie streiten. Ich möchte hier bei dir und Carson bleiben. Und bei Delphine. Also muss ich mich an Carsons Regeln halten. Und Carson hat mir nie gesagt, dass ich nicht allein auf den Steg darf. Ich verstoße also nicht gegen Carsons Regeln.«

»Na, das schlägt ja wohl dem Fass den Boden aus«, murmelte Mamaw für sich selbst. Zu Nate sagte sie: »Mein lieber Junge, du stellst deine Argumente logisch dar. Aber deine grundlegende Prämisse ist falsch. Nicht du entscheidest, ob du bei Carson oder deiner Mutter wohnst. Deine Mutter ist deine Mutter, Punkt. Das wird sich nie ändern. Zweitens: Wenn es um dich geht, sind die Regeln deiner Mutter auch die Regeln in diesem Haus. Daher gehst du nicht allein auf den Steg. Nicht heute Nacht. Nie.«

Nate ließ die Schultern sinken. »Aber ich muss meine Leinen aufstellen. Ich habe meine Köder schon vorbereitet. Ich habe vier Dollar und dreiundzwanzig Cents für die Zutaten und die Haken ausgegeben. Damit bleiben mir nur noch siebenundsiebzig Cents von meinen fünf Dollar übrig. Ich habe kein Geld mehr für weitere Köder.«

Mitgegangen, mitgehangen, dachte Mamaw und schloss die Tür hinter sich. Und was konnte es schon schaden? Er war erfüllt von all den verrückten Träumen und Plänen eines Jungen.

»In Ordnung, Nate. Wenn ich mit dir gehe, dann verstößt du nicht gegen die Regeln. Gib mir ein paar Angelruten.«

Die Nacht war kühler als erwartet. Die Sterne und der Mond verbargen sich hinter Wolken, so dass es besonders dunkel war. Nate trug eine Taschenlampe, die ihren Weg über den Steinpfad beleuchtete. Mamaw war noch nie gern nachts durch die Natur gelaufen. Sie konnte die Schlangen und Spinnen und die anderen gruseligen Krabbeltiere nicht sehen und wusste, dass sie sich im Gras befanden. Als sie den Holzsteg unter ihren Füßen spürte, fühlte sie sich viel besser. Sie folgte Nate nur ein kurzes Stück auf den Steg, dann blieb er stehen und legte alles ab.

Mamaw hielt die Taschenlampe für Nate, während er eine Plastikmülltüte aus seinem Angelkasten zog.

»Diese hier heißen Schlammkugeln«, erklärte er und nahm die weichen Kugeln aus der Tüte. Mamaw musste den Kopf abwenden, so eklig rochen sie. »Der alte Mann von nebenan hat mir beigebracht, wie man sie macht. Er hat gesagt, ich soll Katzenfutter und Semmelbrösel mit Matsch mischen. Er meinte, dass das die Fische ganz bestimmt anlockt und das dämliche Katzenfutter dabei besonders wichtig ist.«

Mamaw kicherte. Das klang tatsächlich nach Hank. »Sein Name ist Mr Bellows.«

»Mr Bellows«, wiederholte Nate, während er die Leinen vorbereitete.

»Du machst das sehr gut«, sagte Mamaw. »Hast du das schon mal gemacht?«

»Nein. Nur mit dem alten Mann, Mr Bellows. Mein Vater hat zu Hause ein paar gute Angelruten und Leinen im Schuppen, aber er hat mich nur einmal zum Angeln mitgenommen. Das war vor zwei Jahren, als ich sieben war. Er wurde wütend, als ich Fehler gemacht habe. Er weiß nicht, wie man Schlammkugeln macht. Er hat auch keinen Fisch gefangen. Mr Bellows fängt viele Fische. Er ist ein viel besserer Angler als mein Vater.«

Mamaw seufzte, sie hatte Mitleid mit dem Jungen. Sie mischte sich nicht ein, als Nate sorgfältig das Vorfach ans Leinenende knöpfte. Als er den Haken herausnahm, der wie ein Fisch mit roten Glubschaugen aussah und mehrere Widerhaken hatte, sah Nate lächelnd zu Mamaw hoch. Sie hatte ihm den Haken geschenkt, auch wenn sie keine Ahnung hatte, welche Art von Fisch man damit fing. Sie hatte ihn einfach witzig gefunden. Mamaw half Nate, die Köder auf die Haken zu stecken.

Der Junge warf die Leinen aus und verbrachte viel Zeit damit, die Angelruten gleichmäßig am Steggeländer zu verteilen. Sie sollten alle ungefähr einen halben Meter voneinander entfernt stehen.

»Der alte Mann, Mr Bellows, hat gesagt, dass eine verheddertete Angelleine der Todesstoß für die Angel ist«, erklärte er. »Ich weiß, dass es kein echter Stoß ist. Es bedeutet, dass es schlecht für die Leine ist, wenn sie sich verheddert.«

»Ich verstehe.« Mamaw fand es faszinierend, wie ernst Nate alle Details seiner Aufgabe nahm. Sie beobachtete ihn, während Nate mit einem Nylonfaden sorgfältig jede Angelrute mit dem Griff am Geländer festband. Er machte Doppelknoten und erläuterte, dass die Fische dranbleiben sollten, bis er am Morgen wiederkäme.

»Sieht gut und ordentlich aus«, lobte ihn Mamaw. »Ich denke, es ist jetzt Zeit, wieder ins Bett zu gehen.«

Während sie auf dem Steg zurückliefen, drehte sich Nate alle paar Meter um, weil er sichergehen wollte, dass die Angelruten noch da waren, wo er sie hingestellt hatte.

»Ich bin mir sicher, dass wir etwas fangen werden«, meinte er, als sie das Haus betraten und die Tür hinter sich schlossen.

17

Carson erwachte mit pochendem Herzen aus einem merkwürdigen Traum über ihre Mutter. Tränen liefen ihr übers Gesicht und sie spürte eine große Sehnsucht. Sie blinzelte stark im schwachen Licht vor Sonnenaufgang. Im Traum war es neblig gewesen und sie war durch bewegte See geschwommen. Ihre Mutter hatte sie zu sich gerufen, aber sie konnte sie nicht erreichen. Sie träumte fast nie von ihrer Mutter, aber dieses Mal ... selbst wach fühlte es sich immer noch so real an.

Ein seltsamer, durch Mark und Bein gehender Ton drang von draußen herein. War das ein Vogel? Oder weinte da jemand? Als sie richtig wach wurde, hob sie alarmiert den Kopf und lauschte genau. Das war kein Vogel. Das war der Schrei eines Delfins!

Carson schlug die Decke zurück, schlüpfte in ihre Flipflops und lief durch das Haus, zur Tür hinaus. Draußen drangen die Schreie des Delfins durch die Luft, panisch und angsterfüllt. So etwas hatte sie noch nie gehört. Während sie rannte, rief sie: »Delphine!«

Der Himmel war bedeckt und die See bewegt von Strömung und Wind. Ihr Herz pochte heftig in ihrer Brust, während sie ans Ende des Stegs rannte. Sie suchte, aber entdeckte den Delfin nicht. Dann hielt sie inne und lauschte genau. Das Schreien kam überhaupt nicht vom Ende des Stegs. Es war hinter ihr, näher am Strand. Sie umfasste das Geländer und sah hinunter.

»Nein!« Ihr Herz schlug bis in den Hals bei diesem Anblick. Delphine befand sich im flachen Wasser, nahe beim Steg, und kämpfte, als sei sie in etwas gefangen. Der Delfin sah Carson auf dem Steg und begann, mit seinem Schwanz zu schlagen und panisch lauter zu schreien. Carson blinzelte und erkannte, dass der Delfin in Schlaufen von Angelleine gefangen war und sich kaum mehr bewegen konnte. Da war so viel Leine! Wie ein Spinnennetz, und Delphine war in der Mitte gefangen. Zwei Angelruten trieben neben ihr im Wasser. Carson trat einen Schritt zurück und sah, dass eine dritte am Steggeländer klemmte.

»Delphine!«, schrie sie, während ihr tausend Dinge durch den Kopf gingen. Sie legte ihre Hände an die Wangen. *Beruhige dich. Konzentriere dich*, sagte sie sich. Was sollte sie als Erstes tun?

Carson lief zum Haus zurück, zum Küchentelefon. An eine Pinnwand hatte Mamaw eine Liste mit Notfallnummern gehängt. Dann fiel ihr etwas ein. Blake. Wo war ihr Smartphone?

»Mamaw!«, schrie sie, als sie durch den Flur in ihr Zimmer rannte, um ihre Tasche zu holen. »Dora! Harper! Irgendwer, helft mir!«

Sie fand ihr Handy und ihre Hand zitterte, als sie Blakes Nummer tippte. Sie hörte, wie es klingelte, ihr Herz pochte und sie betete, dass er antworten würde. Dann ging er ran.

»Blake?«

»Carson?«

»Komm schnell! Delphine ist in Angelleinen gefangen. Du musst ihr helfen!«

»Delphine?«

»Der Delfin!«

»Nur damit ich dich richtig verstehe.« Seine Stimme war jetzt wachsamer, konzentrierter. »An deinem Steg befindet sich ein Delfin, der sich in Angelleinen verheddert hat?«

»Ja. Beeil dich!«
»Wie schlimm ist es?«
»Schlimm. Sie schneiden ihr ins Fleisch.«
»Okay. Ich komme, so schnell ich kann. Carson, hör mir zu. Spiel nicht die Heldin. Bleib weg von ihm.« Er legte auf.

Carson konnte Delphine schreien hören. »Das kannst du vergessen«, murmelte sie und öffnete die Schreibtischschublade, als Harper in die Küche kam.

»Was ist los? Gott, was ist das für ein schreckliches Geräusch?«
»Das ist Delphine«, sagte Carson und nahm sich eine Schere. Sie rannte zurück ans Wasser, Harper hinter ihr. Am Strand lagen scharfe Kieselsteine, aber sie lief ohne Unterbrechung durch den Sand und das kalte Wasser.

Harper blieb am Wasserrand stehen. »Carson, geh nicht in ihre Nähe!«

Carson ignorierte sie. Sie war voller Adrenalin. Als Delphine Carson kommen sah, begann sie, sich zu winden.

»Ich bin hier. Schsch ... beruhige dich«, rief Carson und ging langsamer, als sie Delphine näher kam. Die wässrigen Augen des Delfins sahen sie an. Carson hätte am liebsten geweint, als sie die entsetzlichen Verletzungen sah. Die dünne Leine reichte von der Brustflosse zur Rückenflosse und bis zur Schwanzflosse. Jedes Mal, wenn der Delfin zum Luftholen auftauchen musste, zerrte er an der Leine, so dass sie sich wie ein Rasiermesser immer tiefer in sein Fleisch schnitt. Carson streckte einen Arm aus, um Delphines Kopf anzuheben und ihr Atemloch über Wasser zu halten. Überall auf Delphines früher makellosem, glänzendem Körper sah sie Schnitte, die so tief ins Fleisch eindrangen, dass die Leinen nicht mehr zu sehen waren.

Am schlimmsten war jedoch ihr Maul. Dieser verrückt aussehende Haken, den Mamaw Nate zum Scherz geschenkt hatte, der wie ein kleiner Fisch mit komischen Augen aussah und zwei Haken mit vielen Spitzen hatte, hatte sich tief in Delphines Maul gebohrt. Carson wollte vor Wut schreien, als sie das zarte Fleisch so zerrissen sah. Blut tropfte ins Wasser und Carson wusste, dass sie sich auch noch Sorgen wegen Haien machen musste. Sie betrachtete die Leinen und fing an, so viele wie möglich abzuschneiden, aber manche waren so verknotet und nah an den Wunden, dass sie dachte, es wäre besser, das Blake zu überlassen.

»Ich bin hier«, sagte sie zu Delphine, nah an ihrem Gesicht. Carson hatte das Gefühl, dass die Drähte ihr ins eigene Herz schnitten. »Mach dir keine Sorgen, ich bin für dich da. Egal was passiert, ich lasse dich nicht im Stich.«

»Carson!«, rief Harper unsicher vom Ufer.

»Halt nach Blake Ausschau!«, rief Carson zurück.

Harper drehte sich auf dem Absatz um und lief zurück zum Haus.

Delphine beruhigte sich, als sich der Himmel in einem Wolkenbruch öffnete. Carson beugte sich über sie, um ihr Atemloch abzudecken. Der prasselnde Regen stach wie winzige Eiskugeln. Carson hustete und spuckte Salzwasser aus, während der Wind ihr Wellen ins Gesicht blies. Sie würde Delphine nicht verlassen. Sie musste das Atemloch über Wasser halten.

Zum Glück bewegte sich die Wolke ganz typisch schnell vom Festland zum Ozean. Der Regen nahm ab und wurde zu einem leichten Nieseln. Ihre dicken Haare hingen über ihr Gesicht, das Salzwasser brannte in ihren Augen und ihr T-Shirt klebte wie eine zweite Haut an ihr, aber sie ließ nicht los. Als sie aufschaute, sah sie erleichtert das weiche Licht der Morgendämmerung in einem blassrosa und klarblauen Himmel. Sie hielt Delphine fest und hoffte, dass es ein Zeichen war.

Der Jeep der Regierungsorganisation kam schleudernd neben Sea Breeze zum Stehen. Carson blickte vom Wasser auf und sah von Weitem eine Tür zuknallen und einen Mann aus dem Wagen springen. Harper zeigte zum Steg. Blake schwang einen Rucksack über seine Schulter und lief den sandigen Abhang zum Steg hinab.

Mamaw kam in einem fliegenden Morgenmantel auch aus dem Haus gelaufen, gefolgt von Dora, noch im Schlafanzug. Sie machten den Weg frei, als Blake an ihnen vorbei zum Steg rannte. Carson hörte, wie die Schritte auf dem Steg vibrierten und unten, wo sie stand, widerhallten. Erschrocken kämpfte Delphine ein weiteres Mal darum, sich zu befreien, wodurch die Leinen noch tiefer in ihre Haut einschnitten.

»Hier unten! Schnell!«, rief Carson. Als sie schrie, begann Delphine wieder, sich zu winden. »Schsch ... hör auf, Delphine«, sagte Carson und hielt verzweifelt den enormen Kopf des Delfins über Wasser. Ihre Arme fühlten sich taub an und brannten vor Schmerzen. Aber das war nichts im Vergleich zu den Schmerzen, die Delphine jetzt hatte. »Bitte hör auf, dich zu bewegen. Es ist alles in Ordnung. Er kommt, um zu helfen. Warte noch ein bisschen.« Ihr Rücken tat weh, weil sie sich in einer unangenehmen Stellung vorbeugte, und ihre Arme waren wie Schraubzwingen um den rutschigen Delphin geklammert.

Sie weinte fast vor Erleichterung, als sie Blake um den Steg kommen sah. Er trug sein blaues NOAA-T-Shirt. Blake warf seinen Rucksack auf den Boden und stürzte sich ins Wasser. Als er näher kam, blitzte Wut in seinen Augen auf, als er sie im Wasser sah, dann blickte er rasch zum Delfin. Er fluchte, als er die Leinen sah, die dem Delfin ins Fleisch schnitten.

»Was ist passiert?« Seine Stimme war belegt vor Sorge.

»Ich habe sie schreien gehört, als ich aufgewacht bin«, sagte Carson, sie sprach hektisch. »Ich bin sofort hierhergerannt. Ich habe sie in den Angelleinen verheddert vorgefunden. Dann habe ich dich angerufen. Ich habe so viel abgeschnitten, wie ich konnte.«

»Welcher Idiot hat diese Angeln aufgestellt?«, schrie er. »Ich habe noch nie einen so schlimmen Fall gesehen. Und dieser verdammte Haken!« Er spuckte fast vor Zorn, als er sich vorbeugte, um den großen Haken mit mehreren Spitzen zu untersuchen, der sich tief in Delphines Maul gegraben hatte.

Blake wartete nicht auf eine Antwort. Er verließ Carson, ging durchs Wasser zurück zu seinem Rucksack und nahm sein Handy heraus. Sein ganzer Körper strahlte Wut aus, während er auf den Delfin sah und schnell am Telefon sprach.

»Legare hier. Ich habe hier einen Delfin, der sich ernsthaft in Angelleinen verheddert hat. Es ist schlimm. Sehr schlimm. Ein großer Haken hängt im Maul fest. Die Bewegungen des Delfins sind stark eingeschränkt. Tiefe Schnitte. Ich brauche so schnell wie möglich einen Tierarzt. Und Transport. Überprüft schon mal, ob in Kliniken was frei ist. Er ist auf Sullivan's Island. Sea Breeze ... Ja, genau das. Wie lange? ... Ist er? Gut. Das hier hat Vorrang. Danke.« Er steckte das Handy wieder in seinen Rucksack und ging zurück zu Delphine.

»Ich habe ihn«, sagte er, während seine langen Arme den Delfin von unten stützten. »Geh ruhig. Carson, mach eine Pause. Du zitterst.«

»Ich verlasse sie nicht.«

Blake sah sie fest an. Der lockere, verliebte Mann, mit dem sie die Nacht verbracht hatte, war verschwunden. Im Verhalten dieses Mannes gab es keinen Platz für einen Flirt. Er hatte die

Verantwortung übernommen und war offensichtlich nicht froh, sie im Wasser zu sehen.

»Hör mal. Das hier ist eine gefährliche Situation. So wie sie um sich schlägt, könntest du ernsthaft verletzt werden.«

»Sie wird mich nicht verletzen.«

»Sie wird dich nicht verletzen, ach nein?«

»Nein«, sagte Carson. »Wir sind Freunde. Warum kannst du nicht einfach die Leinen abschneiden?«

»Sie schneiden zu tief ein und wenn ich sie lockere, wird sie versuchen, wegzuschwimmen. Wir wollen sie in diesem Zustand nicht verlieren. Mit den ganzen Leinen würde sie nicht überleben. Und ein Tierarzt muss diesen Haken herausschneiden. Scheiße, was für eine blutige Angelegenheit. Er müsste bald hier sein.« Er kniff die Augen zusammen und sagte ungeduldig: »Warum diskutieren wir überhaupt? Geh aus dem Wasser, Carson. Es ist gefährlich.«

Er wandte sich wieder Delphine zu, streichelte sanft ihren Körper, ihr Gesicht. Er säuselte nicht und sagte keine beruhigenden Worte. Aber er hörte auf zu streiten, und Carson dachte, Delphine begriff irgendwie, dass Blake sich Sorgen machte und hier war, um zu helfen.

Dann, als wäre ihm plötzlich der Sinn ihrer Worte aufgegangen, drehte er sich um und fragte: »Was meinst du damit, dass ihr Freunde seid?«

»Ich *kenne* diesen Delfin. Er kommt zum Steg.«

»Delphine …«, sagte er und wiederholte den Namen, den er am Telefon gehört hatte.

Sie nickte.

»Man gibt einem Wildtier keinen *Namen*. Das führt nur zu Katastrophen, wie dieser.« Seine Stimme wurde düster vor Vorahnung. »Sag mir bitte, dass du sie nicht *gefüttert* hast.«

Carson hatte das Gefühl, in die Ecke gedrängt zu werden, und schaute von seinem kritischen Blick weg. Ihr Schweigen war Antwort genug.

»Großartig«, platzte es aus ihm heraus. »Verdammt noch mal. Siehst du, was du angerichtet hast? Das hier ist nicht Flipper. Es ist ein wildes Tier! Man füttert Wildtiere nicht. Man schwimmt nicht mit Wildtieren, und man wird, verdammt noch mal, nicht zum Freund eines Wildtieres.«

Carson war getroffen. »Ich weiß!«, schrie sie. »*Jetzt*. Ich hätte nie gedacht, dass so etwas passieren könnte.« Wenn sie Delphines verletzten Rücken ansah und ihr beschwerliches Atmen hörte, schnitten Blakes Worte sie im Geist so tief wie die Angelleine. »Sie kam von allein her. Sie hat *mich* gefunden. Ich würde ihr nie wehtun.«

»Würdest du nicht, nein?«

Seine Worte trafen sie so sehr, dass ihre Knie weich wurden. Sie kniff die Augen zusammen, um die Tränen zu unterdrücken, während sie fest an Delphine hing.

Seine Wut wurde etwas gedämpft. Er holte tief Luft. »Ich bin mir sicher, dass du ihr nicht wehtun wolltest. Ich glaube nicht, dass irgendjemand, der einen Delfin füttert, ihm wehtun möchte.« Er sah nach unten, auf Delphine in seinen Armen. »Aber das kommt dabei raus.«

Carson konnte nichts antworten.

Delphine wand sich wieder, versuchte, mit ihrem kräftigen Schwanz zu schlagen. Mit jedem Schlag schnitten die dünnen, unsichtbaren Angelleinen wie Rasierklingen tiefer ins Fleisch.

»Halt sie ruhig!«, rief Blake und kämpfte mit Delphines Kopf.

»Das versuche ich!«, schrie Carson über den Delfin hinweg zurück. Es war fast unmöglich, Delphines Kraft standzuhalten, selbst mit ihren Verletzungen. Sie legte ihr Gesicht nah an Delphines Augen und murmelte Beruhigendes, damit sie sich entspannte. »Delphine, alles wird gut. Wir helfen dir. Ich werde dich nicht verlassen.« Delphine reagierte auf ihre Stimme und hörte auf, sich zu wehren.

»Gut. Mach weiter. Es funktioniert«, sagte Blake.

»Ich liebe sie«, sagte Carson mit erstickter Stimme und sah in seine dunklen Augen, die immer noch zutiefst misstrauisch waren.

Sie sah, wie die Verachtung in seinem Blick verschwand, aber sein Gesicht war immer noch angespannt. »Ich glaube dir. Aber ehrlich, was bedeutet das schon?«

»Ich weiß. Gott, ich weiß es und es tut mir so leid.« Sie konnte nicht aufhören, sich zu entschuldigen. »Was geschieht jetzt mit ihr?«

»Das werden wir erfahren, wenn der Tierarzt hier ist. Und ich hoffe, das ist bald. Mit jeder Bewegung werden diese Schnitte schlimmer.« Blake schaute auf und betrachtete Carsons Gesicht. Er sah besorgt aus. »Du zitterst und deine Lippen werden blau. Warum gehst du nicht mal eine Weile an Land?«

»Nein. Sie wird sich aufregen, wenn ich sie allein lasse«, sagte Carson, obwohl sie nicht wusste, wie lange sie noch aushalten würde. Sie spürte, wie Delphine von Minute zu Minute schwächer wurde. »Wann werden sie hier sein?«

»Sie kommen«, antwortete er. Wie zur Antwort hörten sie das laute Piepsen eines Lasters, der rückwärts fuhr. »Da sind sie schon.«

Carson sah zum Haus hoch, wo ein gelber Penske-Laster rückwärts einparkte. Die Rückleuchten schienen, während er parkte, und die Türen öffneten sich. Zwei junge Männer kamen auf sie zugerannt, beide trugen eine Badehose und ein Taucheroberteil. Sie hatten eine knallblaue Trage dabei.

»Carson, du kannst jetzt loslassen. Geh nach oben und zieh dir etwas Warmes an. Du stehst sonst nur im Weg.«

»Nein, ich ...«

»Carson«, unterbrach er sie bestimmt. »Lass uns das jetzt so machen. Es ist das Beste für den Del..., für Delphine.«

Carson nickte und ließ sie vorsichtig los. Blake hielt sie fest, während Carson ging. Ihre Armmuskeln fühlten sich an, als stächen tausend Nadeln darin. Als Carson Delphine verließ und aus dem Wasser stolperte, wand sich der Delfin in Blakes Griff und schrie seine Verzweiflung heraus. Als Carson sie hörte, krümmte sie sich vor Schmerz am Ufer.

Mamaw kam schnell an ihre Seite und Carson ließ endlich ihre Tränen fließen.

»Komm ins Haus und zieh dir etwas Trockenes an. Du bist nass bis auf die Haut.«

»Ich kann sie nicht allein lassen«, erwiderte sie zitternd, den Blick auf den Tierarzt neben Delphine geheftet.

Harper rannte mit einem Handtuch vom Haus zum Ende des Stegs. Mamaw nahm es und wickelte es Carson um die Schultern, sie rieb sie sanft, um den Kreislauf anzuregen. Harper stand mit einem gequälten Gesichtsausdruck hilflos neben ihnen.

Carson sah weiter auf das Team im Wasser, während der Tierarzt, sein Assistent und Blake die blaue Trage unter Delphine manövrierten. Sie reichte ganz um die Seiten des Delfins, um ihn ruhig zu halten. Anschließend packte der Tierarzt seine Geräte aus und fing endlich an, die vollkommen verwirrten Leinen abzuschneiden. Carson konnte nicht viel sehen, weil sich drei breite Rücken über den Delfin beugten. Dann sah es so aus, als seien sie fertig, und der Tierarzt sprach konzentriert mit Blake. Carson gefiel nicht, wie er den Kopf schüttelte.

Lucille kam mit einem Tablett voller Cracker und Käse aus dem Haus. Dora folgte ihr mit einer Thermoskanne und Styroporbechern. Lucille stellte das Tablett am Rand des Stegs ab, nahm die Thermoskanne, goss einen Becher ein, fügte viel Zucker hinzu und reichte ihn Carson. »Trink das, hörst du?«

Carson nahm den Becher dankbar entgegen. Es schmeckte süß und heiß. Die Flüssigkeit brachte willkommene Hitze in ihren Blutkreislauf. Ihre Finger sahen aus wie Dörrpflaumen, als sie den wärmenden Becher umfassten. Die Hitze schien direkt in ihre Knochen zu dringen.

»Carson!«, rief Blake.

Sie ließ das Handtuch fallen, reichte Lucille den Becher und rannte zurück ins Wasser.

»Wir werden sie zum Laster tragen. Kannst du eine Seite nehmen?«

»Natürlich. Aber jetzt, da sie losgebunden ist, kannst du sie nicht einfach freilassen?«, fragte Carson.

»Nein«, antwortete der Tierarzt abrupt. »Diese Verletzungen müssen medizinisch versorgt werden. Okay, auf drei.«

Alle vier packten einen Griff der elastischen Trage. Dann, auf drei, passten sie ihre Bewegungen aneinander an und hoben die Trage vorsichtig hoch. Carsons Muskeln zitterten, während sie entschlossen ihre Seite der Trage gerade hielt, Schritt für Schritt. Am Ufer packten Harper und Dora je eine Seite, um bei dem quälend langen Weg den steilen Abhang hinauf zum Laster zu helfen, anschließend wurde der Delfin über die Metallrampe in einen speziellen Transportbehälter gelegt.

Carson sackte erschöpft zusammen, während sie wieder einmal ignoriert wurde. Die Männer drängten sich um Delphine, Blake und der andere Mann arbeiteten zusammen, während der Tierarzt sie behandelte. Carson ging die Rampe nach unten zu

Mamaw und kuschelte sich in ihr Handtuch, wartete. Nach einer Weile telefonierte der Tierarzt. Blake sprang aus dem Laster.

Carson ging zu Blake, der sein T-Shirt unten auswrang. Hinter ihr brachte Lucille das Tablett mit dampfendem, schwarzem Kaffee und Crackern. Sie hielt Blake das Tablett hin und er nahm sich dankbar einen Becher. Lucille ging weiter zum Laster und bot den anderen Männern das Gleiche an.

»Wie geht es ihr?«, fragte Carson Blake.

Blakes Augen wurden schmaler, während er sie über den Rand seines Bechers ansah. Er schüttelte den Kopf. »Nicht gut. Eigentlich lassen wir den Delfin am liebsten wieder frei, wenn wir die Leinen abgeschnitten haben, aber sie hat zu viele Verletzungen. Und dann ist da dieser verdammte Haken. Er sitzt tief. Sie muss in eine Auffangstation.«

»O nein.« Für Carson war diese Neuigkeit wie Eiswasser in ihren Adern.

»Und das ist nicht mal der schlimmste Teil. Die restlichen Auflagen müssen erfüllt werden.«

»Und die wären?«, fragte Carson, der sich der Magen zusammenzog.

»Es ist kompliziert«, begann er und lehnte sich an den Laster. »Zuerst müssen wir eine Auffangstation mit einem freien Platz finden. Er telefoniert deswegen gerade. Es scheint in Florida gut auszusehen, entweder in Sarasota oder Panhandle.«

»Warum Florida?«, fragte Carson. »Gibt es keinen näheren Ort? Was ist mit eurem Institut?«

Mamaw trat neben sie, um zuzuhören.

»Nur tote Tiere kommen in unser Institut«, sagte er kläglich und trank noch einen Schluck Kaffee.

»Gott hilf uns«, murmelte Mamaw und klopfte Carson aufmunternd auf den Rücken.

Blake fuhr fort. »South Carolina besitzt keine Delfinauffangstation.« Er strich eine tropfende Strähne aus seinem Gesicht. »Was uns zur nächsten Auflage bringt. Wir müssen sie zum Institut transportieren. Wenn kein Hubschrauber der Armee oder des geologischen Dienstes genehmigt wird und zur Verfügung steht, was wahrscheinlich ist, muss das Tier normalerweise in einem Laster transportiert werden. Da sie von hier bis Florida zehn bis zwölf Stunden außerhalb des Wassers wäre ... der Tierarzt glaubt nicht, dass sie das schafft. Manchmal haben wir jedoch Glück und ein Sponsor wie FedEx fliegt den Delfin.« Er atmete schwer aus.

Carson spürte eine neue Kälte. »Was, wenn ihr das nicht hinkriegt? Was, wenn sie nicht verlegt werden kann ...?«

Blakes sah sie gequält an. »Ich denke, du kennst die Antwort darauf.«

»Nein!«, schrie Carson. »Das könnt ihr nicht.«

Blake drehte sich um, um aufs Meer hinauszusehen.

»Muss es ein spezielles Flugzeug sein?«, fragte Mamaw.

Blake drehte den Kopf, um ihr zu antworten. »Nein, es muss nur die Transportbox hineinpassen.«

»Wartet bitte einen Moment, hört ihr? Ich kenne da vielleicht jemanden.« Mamaw tätschelte Carsons Arm, dann marschierte sie zielstrebig ins Haus. Lucille folgte ihr auf dem Fuße.

Carson und Blake sagten nichts mehr. Blake drehte sich um und ging zurück in den Laster, um sich mit seinen Kollegen zu besprechen.

Harper und Dora kamen zu Carson und führten sie zum Steg. Ihre Beine fühlten sich schwach an. Ihre Schuldgefühle und ihre Sorge vermischten sich, so dass sie am liebsten in einer Ecke zusammengebrochen wäre und geweint hätte. Aber sie würde Delphine nicht im Stich lassen. Sie saß am Rand des

Stegs, in ein Handtuch gewickelt, und hielt Wache, während das NOAA-Team den Delfin behandelte und herumtelefonierte.

Es schien lange zu dauern, bis Mamaw wieder herauskam. Sie ging schnell und hatte ein weißes Blatt Papier in der Hand, das in der Luft flatterte. Carson sprang auf, um auf sie zuzulaufen.

»Ich habe ein Flugzeug!«, verkündete sie stolz. »Einen Jet, um genau zu sein.«

»Was?«, fragte Blake überrascht. Er drehte sich um, um die anderen herauszurufen. »Hey! Wir haben ein Flugzeug!« Er lief auf Mamaw zu. »Was haben Sie für ein Flugzeug bekommen, Mrs Muir?«

»Ich habe einen Gefallen eingelöst«, erwiderte sie, ihre Augen strahlten zufrieden, weil sie es geschafft hatte. »Mein alter Freund Gaillard besitzt einen Jet für Geschäftsreisen. Er ist ein wahrer Gentleman und ziemlich nachbarschaftlich. Er hat keinen Augenblick gezögert, als ich ihm unsere Situation erklärt habe. Niemand liebt unsere Küste mehr als er, und er will nicht, dass dieser arme Delfin wegen ihm stirbt. Hier die Informationen«, sagte sie zu Blake und reichte ihm das Blatt Papier. »Rufen Sie einfach diese Nummer an. Gill hat gesagt, das Flugzeug ist bereit, wenn Sie es sind.«

»Das ist fantastisch«, sagte Blake, nahm ihre Hand und schüttelte sie. Zum ersten Mal klang er hoffnungsvoll. »Danke schön. Sie haben diesem Delfin vielleicht das Leben gerettet.« Er drehte sich um und rannte zum Laster zurück. Dort reichte er dem Tierarzt das Blatt Papier und stieg ein. »Los geht's!«

»Warte! Ich komme mit«, rief Carson. Das Handtuch fiel ihr von der Schulter, während sie zum Laster rannte.

Blakes Augen blitzten. »Das kannst du nicht.«

»Sie braucht mich.«

»Du hast genug getan«, sagte er geradeheraus.

Die Doppeldeutigkeit dieser Bemerkung ließ Carson zusammenzucken.

»Du verschwendest kostbare Zeit«, sagte Blake. »Zeit, die dieser Delfin nicht hat. Du kannst nicht mitkommen, Carson, also lass es gut sein.« Er machte eine Pause, dann bot er ihr an: »Ich werde dich anrufen und dir sagen, wie es ihr geht.«

»Lass sie fahren, Darlin'«, sagte Mamaw neben ihr. »Du wärst nur im Weg. Manchmal ist Rückzug die beste Unterstützung.«

Carson nickte widerwillig und sah zum Laster hoch. Alles, was sie sah, war die Box, in der Delphine lag.

Blakes Gesicht wurde weicher, als er am Rand des Lasters stand. »Wir werden uns gut um sie kümmern. Ich rufe dich an.«

Er griff nach oben, um das hintere Gitter nach unten zu ziehen. Das Metall knallte laut direkt vor ihrem Gesicht. Der Motor des Lasters sprang an. Mamaw nahm Carsons Hand und sie entfernten sich von dem Wagen.

Ein herzzerreißendes Schluchzen drang aus Carsons Mund, als sie den Laster abfahren sah. Sie hatte das Gefühl, ein Teil ihrer Seele sei ihr herausgerissen worden, was unendlich wehtat.

Carson wandte sich Mamaw zu. »Wie ist das nur passiert? Die Angelleinen ... woher kamen sie?«

Mamaws Blick flackerte und sie sah zur Seite. »Er hat es gut gemeint. Er wollte Fische für sie fangen.«

Carson spürte, wie sie blass wurde, während sie auf die leere Stelle starrte, wo der Laster gestanden hatte. Sie schaute zum Steg. Blut trieb immer noch im Wasser, wo mehrere lange Stücke Angelleine von verschiedenen Angelruten wie fröhliche Wimpel im Wind wehten. Carson wurde plötzlich von Schuldgefühlen überwältigt. Ihr Magen krampfte sich zusammen wie bei Übelkeit. Kurz danach überkam sie rasende Wut, die sie blind machte. Und die Wut hatte ein Ziel.

18

»Nate!« Carson fühlte sich, als wäre ihr ein Dämon auf den Fersen, während sie durch das wilde Gras zum Haus stürmte. Ihr Herz hämmerte ihr in den Ohren und blockte so die Schreie von Mamaw und ihren Schwestern ab, die ihr folgten.

»Carson, warte!«, sagte Mamaw und griff nach ihrem Arm. Sie war blass und atemlos von der Anstrengung. »Mach nichts im Zorn. Du wirst es bereuen.«

»Ich bereue es jetzt schon. Ich bin krank vor Reue«, entgegnete sie und würgte die Worte hervor. Sie lief weiter, riss sich aus Mamaws Griff los und schoss durch die Verandatür. »Nate!«, schrie sie so laut, dass ihre Stimme krächzte. »Nate, wo bist du?«

Dora klebte ihr an den Fersen, während Carson durch das Wohnzimmer marschierte. »Was willst du von Nate?«, rief sie.

Carson wischte das feuchte Haar aus ihrem Gesicht, während sie weiter durch den Korridor ging. Von ihren Füßen fielen Schlamm und Sand auf den Orientteppich. Sie drückte die Tür zur Bibliothek auf, ohne anzuklopfen. Die Vorhänge waren zugezogen und der Raum lag im Dunkeln. Sie fand Nate auf dem Rand seines Bettes sitzend, die Hände zwischen den Knien gefaltet. Er wiegte sich vor und zurück und wimmerte leise.

Carson stellte sich breitbeinig vor ihn. Nate sah sie weder an noch schien er ihre Anwesenheit wahrzunehmen.

»Weißt du, was du getan hast?«, schrie sie ihn an. »Hast du irgendeine Ahnung davon, was du Delphine angetan hast?«

Nate wiegte sich weiter, die Augen auf den Fußboden gerichtet.

Dora kam ins Zimmer und tobte vor Wut. »Was tust du da? Wage es nicht, meinen Sohn anzuschreien!«

Mamaw, Harper und Lucille waren direkt hinter ihr. Carson drehte sich um und starrte Dora an. »Hör auf, ihn zu beschützen. Du beschützt ihn immer! Weißt du überhaupt, was er getan hat?«

»Nein! Was hat er denn getan?«, schrie sie zurück, vor Sorge den Tränen nah.

Die beiden Schwestern standen sich Angesicht zu Angesicht gegenüber und funkelten sich wütend an.

»Dein Sohn hat alle Angeln auf dem Steg aufgestellt. Er hat sie die ganze Nacht über dort stehen lassen.«

»*Na und?*«

Carsons Augen blitzten. »Na und! Deshalb hat Delphine sich in der Schnur verfangen. Sie ist ernsthaft verletzt und stirbt vielleicht. Und das ist sein Fehler! Er sollte es besser wissen und seine Ausrüstung nicht da stehen lassen. Er hat Delphine praktisch umgebracht und er sagt nicht einmal, dass es ihm leidtut.«

»Das wird er nicht sagen. Hast du das immer noch nicht begriffen? Hör auf, ihn anzuschreien!«, schrie Dora, wobei ihnen die Ironie entging.

»Ich bin so wütend!«, rief Carson und ballte die Fäuste an ihren Seiten.

»Nun, *du* hast ihm das Angeln beigebracht«, sagte Dora anklagend.

Carson machte einen Schritt zurück. »Großartig. Gib mir ruhig die Schuld. Die Wahrheit ist, dass er sich da draußen prächtig amüsiert hat, ohne dich, und das kannst du nicht ertragen.« Ihre Stimme wurde höher. »Er muss die Schuld eingestehen, wenn es sein Fehler war.«

»Wer redet hier davon, dass jemand seine Schuld eingestehen muss?«, gab Dora zurück. »Wer war es denn, der den Delfin erst zum Steg gebracht hat? *Du* warst das! Nicht Nate. Du bist diejenige, die ihn herbeigerufen hat und mit ihm geschwommen ist. Es ist *dein* Fehler, dass der Delfin sich dort verfangen hat. Er hatte sonst überhaupt keinen Grund, sich am Steg aufzuhalten. Hör auf, einem neunjährigen Jungen die Schuld zu geben. Sei zur Abwechslung einmal erwachsen und gib demjenigen die Schuld, dem sie gebührt. Dir!«

Carson trat einen Schritt zurück, als wäre sie geschlagen worden. Sie hörte in Doras Worten das Echo von Blakes Anschuldigungen. Eine Stille entstand zwischen ihnen, während der Schmerz ihr für einen Moment buchstäblich den Atem nahm.

»Okay. Schön«, räumte Carson ein. »Aber ich bin nicht diejenige, die die Haken an die Leine gemacht hat und die Angelruten wie eine Art Falle dort stehen gelassen hat«, schrie sie. »Verdammt, Dora, du kannst ihn nicht immer beschützen. Er hat Delphine verletzt. Er hat sie fast getötet. Sie überlebt es vielleicht nicht. Und er gibt nicht einmal zu, was er getan hat.« Ihr traten Tränen in die Augen, während sie Nate anschuldigend anstarrte, aber der Junge wich ihrem Blick aus. Sie kniete sich hin, legte ihre Hände fest auf seine Oberarme und zwang ihn dazu, sie anzusehen.

Nate wich zurück und holte aus. Ein kollektives Stöhnen ging durch den Raum, als Faust und Schädel aufeinandertrafen. Carson sah Sterne. Sie wich zurück und hielt sich die Wange.

Nate sprang vom Bett auf, rannte zur Tür, aber Lucille griff nach ihm und erwischte ihn. Er fuchtelte wild mit den Armen und schrie hysterisch. Dora rannte zu ihm und umarmte ihn in dem Versuch, ihn zu beruhigen. Dann fingen alle zu schreien an, während im Zimmer das Chaos ausbrach. Nate presste die Hände auf die Ohren, rutschte auf den Fußboden und wimmerte.

Dora drehte sich zu Carson um, ihre Augen blitzten vor Wut. »Verschwinde von hier«, zischte sie. »Hast du nicht genug Schaden angerichtet? Die allerletzte Person, von der ich mütterlichen Rat brauche, ist die Tochter einer unfähigen, Ehemann stehlenden, betrunkenen Selbstmörderin!«

Carsons Gesicht wurde aschfahl. »Was hast du da gesagt?«, stotterte sie.

Dora sah aus, als ob sie wusste, dass sie eine Linie überschritten hatte, aber es war zu spät. »Es stimmt. Jeder weiß, dass es stimmt. Niemand hat die Lüge mit dem Blitz geglaubt. Außer dir.« Sie drehte Carson den Rücken zu und kümmerte sich um Nate, sprach mit leiser, beruhigender Stimme auf ihn ein, während er wimmerte.

Carson antwortete nicht. Sie starrte blind vor sich hin und spürte das Brennen des Schlages. Etwas in dieser Anklage nagte an ihr wie ein Geist, der vor dem Fenster heult. Verwirrt blickte sie instinktiv zu Mamaw. Mamaws Gesicht war voller Sorge, und man sah ihr jedes ihrer achtzig Jahre an. Sie schüttelte langsam den Kopf und bedeutete Carson dann, ihr zu folgen, als sie das Zimmer verließ. Harper stand mit weit aufgerissenen Augen an der Tür.

»Harper«, sagte Mamaw, »geh und bring deiner Schwester und Nate ein schönes kaltes Glas Wasser.« Sie wandte sich an Carson. »Du kommst mit in mein Zimmer. Es wird Zeit, dass ich dir die Wahrheit sage.«

Die dicken, cremefarbenen, mit blauen Quasten umrandeten Matelassé-Vorhänge waren noch zugezogen und hielten den Raum kühl und ruhig. Mamaw saß in ihrem gepolsterten Lieblingsohrensessel und bedeutete Carson, sich neben sie zu setzen. Carson schloss die Tür, womit sie den Klang von Nates Wehklagen dämpfte, und ging zu Mamaws Sitzecke. Sie schlüpfte lautlos in die weichen Kissen, völlig erschöpft und immer noch voller Schmerz wegen des morgendlichen Albtraums.

»Möchtest du etwas trinken?«, fragte Mamaw.

»Nein.« Carson schloss die Augen und versuchte, sich zu beruhigen. Sich zu fokussieren. Sie war so aufgebracht, dass sie sich konzentrieren musste, um die Worte auszusprechen. »Was ich wissen will, ist, was Dora über meine Mutter meinte. Sie sagte *Selbstmord*.« Carson öffnete ihre Augen und starrte Mamaw an, verlangte die Wahrheit.

Mamaws Hände zitterten in ihrem Schoß. Es machte Carson ihrerseits nervös, sie so nervös zu sehen, und sie verspannte sich, weil sie eine weitere Verletzung kommen spürte. »Stimmt das?«, fragte sie. »Hat meine Mutter sich selbst getötet?«

»Das ist keine Frage, die man mit ja oder nein beantworten kann«, fing Mamaw zögernd an.

»Entweder hat sie Selbstmord begangen oder nicht.«

Mamaw sah sie an. »Nein, hat sie nicht.«

Carson versuchte, alles miteinander in Einklang zu bringen. »Warum hat Dora es dann gesagt?«

»Sie liegt falsch. Das ist nur bösartiger Klatsch.«

»Klatsch ...«

»Hör zu, was ich dir zu sagen habe, Carson. Das ist die Wahrheit.«

Carson krampfte ihre Hände fest um die Armlehnen des Sessels.

Mamaw seufzte, dann begann sie in langsamem Tonfall zu erzählen. »Es ist alles eine so lange Zeit her, aber es verfolgt mich immer noch. Carson, der Tod deiner Mutter war ein schrecklicher, schrecklicher Unfall. Sophie hatte getrunken. Sie hatte ein Alkoholproblem, weißt du? So wie Parker. Sie war in ihrem Zimmer, im Bett, und hat ferngesehen oder gelesen, ich weiß es nicht. Aber sie hat geraucht. Sie hat eine Menge geraucht.« Mamaw unterbrach sich und holte ein wenig Luft. »Das haben damals viele von uns. Die Feuerwehr kam zu dem Schluss, dass das Feuer in ihren Schlafzimmer ausgebrochen war. Die wahrscheinlichste Erklärung war, dass Sophie beim Rauchen das Bewusstsein verloren hat – das hat der Gerichtsmediziner festgestellt. Deine Mutter wollte niemals in dem schrecklichen Feuer sterben.« Mamaw machte eine Pause. »Ich bete zu Gott, dass sie schnell gestorben ist.«

»Aber ... Aber ich habe immer gedacht ... Du hast mir immer gesagt, dass das Feuer von einem Blitzeinschlag ausgelöst wurde«, sagte Carson.

Mamaw legte ihre Hände im Schoß zusammen. »Ja. Das hatte ich dir gesagt. Es gab ein Unwetter in jener Nacht, das stimmt, mit jeder Menge Blitzen. Edward und ich haben darüber gesprochen und zusammen beschlossen, dass du die unappetitlichen Details nicht zu wissen brauchst. Du warst schließlich erst vier Jahre alt. Deine Mutter war gerade gestorben. Damit zurechtzukommen war für dich schon schwer genug.«

Carson hörte zu, presste die Finger an ihre Augen und versuchte, das Ganze zu begreifen. »Aber später, als ich älter war ... Warum hast du es mir nicht dann gesagt?«

»Was hätte das gebracht? Ich weiß nicht, vielleicht hätte ich es tun sollen. Es schien nur niemals die richtige Zeit zu sein.«

»Meine Mutter war auch eine Alkoholikerin?«, fragte Carson, fassungslos ob der Ungeheuerlichkeit dieser Tatsache. »Das spricht wirklich gegen mich, nicht wahr? Als ich zu dir kam und dir sagte, dass ich fürchtete, ein Problem zu haben – *das* wäre der Zeitpunkt gewesen, mehr von meiner Mutter zu erzählen. Meinst du nicht auch?«

Mamaw seufzte und nickte.

»Aber woher weiß Dora davon?«

Mamaws Augen blitzten. »Sie hätte dir das niemals sagen dürfen. Das war falsch von ihr. Falsch, dass sie das überhaupt wusste. Ihre Mutter muss es ihr erzählt haben. Dieser schreckliche Klatsch. Vergiss niemals, dass es im Leben sowohl Klatsch gibt als auch Familiengeheimnisse. Wir können das Gerede tolerieren, aber die Familienbande zu brechen ist unverzeihlich.«

»Verteidige die Geheimnisse nicht!«, sagte Carson heftig.

»Das tue ich nicht«, entgegnete Mamaw. »Wenn wir diesen Sommer schon sonst nichts gelernt haben, haben wir dann nicht wenigstens begriffen, dass Geheimnisse in einer Familie wie eine Krankheit sind? Eine Lüge auf der anderen. Die Wahrheit kommt am Ende immer ans Licht.«

»Ich habe Geheimnisse in dieser Familie gründlich satt. Warum versuchen wir es zur Abwechslung nicht einmal mit Ehrlichkeit?«

Mamaws Augen füllten sich mit Tränen. »Ich war bei Nate, als er die Haken ausgelegt hat.«

»Was?« Carson erstarrte.

»Letzte Nacht«, sagte Mamaw und hielt die Tränen zurück. »Ich erwischte ihn, wie er sich mit den Angelruten zum Steg hinausschlich. Also bin ich mit ihm gegangen. Ich habe ihm dabei geholfen, den Köder anzubringen und die Schnur auszuwerfen. Wir beide haben die Angeln dort stehen lassen. Ich habe nicht gedacht, dass das schädlich sein könnte. Weißt du, er wollte Fische für Delphine fangen. Er hat versucht, etwas für *dich* zu tun.«

Carson starrte Mamaw an. »Warum hast du mich Nate anschreien lassen, wenn *du* diejenige warst, die ihn die Angeln hat auslegen lassen?«

»Ich ... Ich weiß nicht, ich habe nicht richtig verstanden, worum dieser Aufstand ging, bis es zu spät war ... Ich ... Ich fühle mich so schrecklich«, sagte Mamaw. »Und als ich den armen Delfin sah ... Ich wusste, dass sich der Junge auch schrecklich fühlen musste. Der Delfin bedeutet ihm so viel, und du auch, Carson. Das solltest du wissen.«

Carson stieß ein kehliges Stöhnen aus und erhob sich aus dem Sessel. »Ich weiß nicht, was ich sagen soll. Mein Kopf und mein Herz tun weh«, rief sie. »Sie tun wirklich physisch weh.« Sie starrte Mamaw an, in ihrem Kopf drehte sich alles ob dieser Reihe von Enthüllungen. Ihr wurde alles zu viel. Es fühlte sich so an, als würde das Zimmer immer näher auf sie zukommen, und sie stolperte, während sie vor ihm davonlief.

Bis Carson bei Dunleavy's ankam, waren die Backöfen aufgeheizt, die Bratpfannen in Betrieb und der Kaffee gekocht, und Ashley hatte die Bedienung an den Tischen von ihnen beiden übernommen. Nachdem sie die Stechuhr betätigt hatte, stolperte Carson fast über die Spirituosenlieferung, die diesen Morgen angekommen war. Die oberste Kiste fiel beinahe zu Boden, aber sie erwischte sie gerade noch rechtzeitig.

»Was ist denn mit dir passiert?«, wollte Ashley wissen, als sie in die Küche stürmte, um die Bestellung zu bringen.

Carson band sich gerade die Schürze um. »Frage nicht«, sagte sie. Sie griff sich einen Stapel Speisekarten und rannte hinaus, um sich dem mittäglichen Hochbetrieb zu stellen. Sie musste sich beschäftigt halten, oder sie würde vor Sorge über Delphine verrückt werden.

Brian warf ihr während der Schicht mehrere seiner strafenden Blicke zu, aber Carson fühlte sich zu benommen, um sich darum zu kümmern. Sie arbeitete wie ein Automat, lachte nicht über die abgedroschenen Witze der Gäste und beantwortete die monotonen Fragen, die sie schon Tausende Male gehört hatte, mit matter Stimme. Ashley spürte, dass irgendwas nicht in Ordnung war, und machte während der Schicht einen großen Bogen um sie.

Als der letzte Gast schließlich gegangen war, winkte Brian sie beide zur Bar hinüber. Er trocknete gerade ein Glas mit einem Handtuch ab.

»Ashley, du kannst früher nach Hause gehen«, sagte er. »Du hast die Schicht abgearbeitet. Carson, du machst den Laden zu. Irgendwelche Beschwerden?«

»Es macht mir nichts aus, beim Schließen zu helfen«, sagte Ashley, allerdings eher aus Höflichkeit als aus Selbstlosigkeit.

»Geh schon«, forderte Carson sie auf. »Danke, dass du meine Tische übernommen hast.« Sie fing an, schmutzige Gläser auf ein Tablett zu stapeln.

»Was ist heute mit dir los?«, fragte Brian, nachdem Ashley sie verlassen hatte.

Carson zuckte die Schultern. »Ich wurde aufgehalten. Familiäre Probleme«, erwiderte sie.

Er studierte ihr Gesicht, ließ die Sache dann aber auf sich beruhen. »Okay«, sagte er und fing wieder an, seine Gläser abzutrocknen. »Lass das aber nicht zur Gewohnheit werden.«

Carson schickte die Cocktailtabletts durch die Spülmaschine und packte die sauberen Gläser weg, die so heiß waren, dass sie sie mit einem Handtuch herausholen musste. Danach machte sie das Restaurant für die Abendschicht fertig. Brian hatte die Bar verlassen und holte etwas beim Lebensmittelhändler ab. Carson war allein. Sie füllte die Servicestation für die Bedienung mit Eis auf, wischte jeden Tisch ab und sorgte dafür, dass die Tischgewürze aufgefüllt waren.

Die letzte Aufgabe bestand darin, den Tresen zu reinigen. Sie trat hinter die Theke und polierte das lackierte Holz sauber. Als Nächstes kam das Abwischen der Schnapsflaschen. Ihre Hände fuhren Stück für Stück an den Flaschen entlang, als ein plötzlicher Durst sie befiel, der sich anfühlte, als würde er in ihrer Kehle brennen. Ihre Hände zitterten auf den Flaschen, der Drang war plötzlich so stark. Sie vergewisserte sich mit einem Blick, dass sie noch immer allein war. Dann langte sie vorsichtig unter die Theke nach einem Schnapsglas und nahm eine Flasche Tequila aus dem Regal. Sie füllte das Schnapsglas, ihre Hand zitterte so stark, dass sie etwas verschüttete. Sie atmete tief ein, hielt inne und starrte auf das Glas. Ihr Verstand schimpfte, dass sie nicht trinken solle, die Versuchung, wieder zur Flasche zu greifen, bekämpfen müsse. Doch schon als sie die Stimme in ihrem Kopf hörte, wusste sie, dass sie es tun würde. Sie legte keinen Wert mehr auf Nüchternheit. Was machte es schon aus? Ihre Mutter war eine Trinkerin gewesen. Ihr Vater war ein Trinker gewesen. Und sie jetzt eben auch.

Geduckt stürzte sie den Tequila in einem Zug hinunter. Carson zuckte zusammen. Es fühlte sich plötzlich an, als würden Nadeln in ihren Magen hinunterfließen. Brian würde sie feuern, wenn er sie erwischte. Aber Carson war jetzt weit davon entfernt, sich deswegen Sorgen zu machen. Ohne weiter nachzudenken, schenkte sie sich einen zweiten Tequila ein und stürzte ihn mit geschlossenen Augen hinunter. Sich die Lippen leckend, schraubte sie den Deckel wieder auf die Flasche, spülte das Schnapsglas, trocknete es mit einem Handtuch ab und stellte dann alles wieder ordentlich an seinen Platz zurück. Sie griff nach einer Zitronenscheibe und steckte sie schnell in den Mund, um den Geruch des Alkohols zu überdecken.

Die Uhr über der Bar war eine Neonreklame mit einem Bierlogo um das Gehäuse herum. Brian hatte ihr erzählt, dass die Großhändler ihn mit Dauerkarten für die Baseballmatches der Citadels dazu verführt hätten, sie aufzuhängen. Als Carson darauf blickte, sah sie, dass es Zeit war, nach Hause zu gehen. Sie lief ins Hinterzimmer, um ihre Tasche zu holen und abzuschließen.

Zu Hause. Wo zum Teufel ist das?, fragte sie sich bitterlich, legte die Finger an ihre Stirn und presste sie hart dagegen. Der eine Ort, der für sie immer ihr Zuhause gewesen war – Sea Breeze –, war der letzte Ort, zu dem sie jetzt gehen wollte. Sie fühlte sich, als würde sie ohne Anker dahintreiben. Unglaublich traurig und einsam. Sie wollte diesen schrecklichen Tag einfach nur vergessen. Delphine und Nate und Mamaw vergessen. Blake vergessen.

Und ihre Mutter. Ein schreckliches Bild von ihrer Mutter blitzte vor ihren Augen auf, wie sie in ihrem Bett verbrannte.

O Gott, sie brauchte noch einen Drink. Einen richtigen Drink.

Sie erspähte die Spirituosenlieferung, die darauf wartete, ins Regal gestellt zu werden. Die oberste Kiste war geöffnet und teilweise geleert. Rasch zog Carson eine Flasche Southern Comfort heraus und wickelte sie schnell in eines der schmutzigen Handtücher. Während sie über ihre Schulter blickte, steckte sie sie in ihre Handtasche, verschloss die Hintertür und ging direkt zum Golfmobil. Sie öffnete den kleinen Metallkoffer hinten im

Wagen. Vorsichtig stellte sie die Flasche neben ihre Strandtasche. Als sie sich wieder zum Restaurant umdrehte, tat ihr Herz einen Sprung. Brian war ein paar Meter entfernt auf dem Weg zurück zur Kneipe. Er trug die Post und blätterte die Umschläge durch.

Carson winkte nicht, noch rief sie Hallo. Sie rutschte in den Wagen und startete den Motor, ihr Herz raste. Sie hatte noch nie zuvor in ihrem Leben etwas gestohlen. Noch nicht einmal, als sie ein Kind war und ihre Freunde aus Spaß Ladendiebstähle begingen. Carson war nie dazu in der Lage gewesen, weil sie wusste, dass es falsch war.

Während sie die Straße hinunterfuhr und sich von Dunleavy's entfernte, war sie überrascht, dass sie jetzt, nach einem Morgen voller chaotischer Gefühle, absolut gar nichts fühlte.

~

Der schwimmende Steg war wacklig und bewegte sich auf den kleinen Wellen auf und ab. Carson trat vorsichtig auf das knarrende Holz. Sie hatte den ganzen Nachmittag lang getrunken, wusste, dass sie zu viel intus hatte und es deshalb eigentlich keine gute Idee war, sich auf einem treibenden Stück Holz aufzuhalten.

Sie saß in düsterer Stimmung da und ließ ihre Beine ins Wasser baumeln. Sie hörte einen Fisch springen und drehte ihren Kopf herum, suchte instinktiv nach Delphine. Das schwarze Wasser der Bucht war trostlos und leer.

»Delphine!«, schrie sie auf.

Müde und betrunken legte sie den Kopf auf ihre Arme, von Einsamkeit überwältigt. Sie sehnte sich danach, Delphines nasales Pfeifen zu hören, ihr liebliches Gesicht zu sehen. Carson drehte den Kopf und starrte voller Sehnsucht aufs Wasser. Wie ging es ihr? Was machte sie jetzt? Wann würde Blake anrufen und sie über ihren Zustand informieren?

Carson hielt die Flasche Southern Comfort schützend in ihren Armen. Sie hob sie an die Lippen und trank. Sie hatte keine Ahnung, wie spät es war. Es musste mindestens neun Uhr sein, weil die Sonne versunken war und der Himmel das tiefe Violettgrau annahm, das die Nacht ankündigte. Die Flut ging mit der Tide und wühlte Schlamm und Wasser zu einer brackigen Mischung auf. In weiter Entfernung konnte sie die kleinen, blinkenden Lichter auf der Brücke ausmachen, die Mount Pleasant mit Charleston verband. Carson wünschte sich, wieder ein Kind zu sein, mit ihren Schwestern zu schwimmen, unschuldig und voller Hoffnung für die Zukunft, statt mit einer Flasche Southern Comfort auf einem Steg zu sitzen, eine verbitterte alte Frau mit nur vierunddreißig Jahren, die zu verstehen versuchte, wie alles schiefgegangen war. Sie nahm einen weiteren Schluck SoCo. Würde sie Dora jemals vergeben können, dass sie voller Hass diese Worte wie Steine auf sie geschleudert hatte – *Ehemann stehlende, betrunkene Selbstmörderin.*

Sie lag auf dem Rücken und starrte in die Sterne, noch schwach am lavendelblauen Himmel, aber dennoch pulsierend. Sie hatte gewusst, dass ihre Mutter in dem schrecklichen Brand gestorben war, der das kleine Haus zerstört hatte, das sie auf Sullivan's Island gemietet hatten. Sie hatte akzeptiert, dass ihre Mutter in einem Feuer gestorben war, genauso wie sie es akzeptiert hätte, wenn sie an Krebs oder bei einem Autounfall gestorben wäre. Das Entscheidende für ein Kind war, dass seine Mutter weg war, und nicht, wie sie verschwunden war. An diesem Abend allerdings wurde sie weniger von Doras Worten heimgesucht, sondern vielmehr von Mamaws. Sie trieben in ihrem Bewusstsein, kreierten makabre Bilder. *Ich bete zu Gott, dass sie schnell gestorben ist.*

Carson schloss die Augen und legte ihren Arm darüber, zitternd. Der Feuertod musste eine der schlimmsten Todesarten sein. Sie fühlte sich körperlich krank, als sie an das unaussprechliche Entsetzen dachte, bei lebendigem Leibe zu verbrennen. Carson zitterte, spürte, wie sich auf ihrer Haut feiner Schweiß bildete. Sie schloss die Augen und irgendwo in der Dunkelheit tauchte eine Erinnerung auf. Sie konnte sie fast greifen, wie eine Hand im dicken Rauch. Sie griff danach wie ein verängstigtes Kind. Sie war so nah. Wenn sie sie nur erreichen könnte.

»Dad!«, schrie sie laut.

Der Geruch war übel. Und es gab ein Zischen und laute Geräusche, die sie aufweckten. Carson war erst vier Jahre alt. Sie wusste nicht, woher die Geräusche kamen, aber selbst mit dem Kopf unter dem Laken brachten die schlimmen Gerüche sie zum Husten. Sie machten ihr Angst. Sie zog das Laken von ihrem Gesicht.

»Mama!«, schrie sie. »Daddy!«

Als ihr niemand antwortete, kletterte Carson aus dem Bett und wollte zu ihrer Mutter gehen. Alles fühlte sich heiß an, die Fußböden, die Luft, der Türgriff. Er verbrannte ihre Hand, als sie ihn berührte. Gemeiner grauer Rauch schlich unter der Tür hindurch und machte ihr Angst. Der hätte nicht dort sein sollen. Sie rannte zu ihrem Bett zurück und zog die Decke über ihren Kopf. Sie hörte Glas brechen, als wenn ihre Mutter üble Laune hätte und etwas zerbrach.

»Carson!« Es war die Stimme ihres Vaters.

»Daddy!«, schrie sie, und ihr Herz tat vor Freude einen Sprung. »Daddy!« Sie zog die Decke wieder beiseite und eilte zur Tür. Diesmal öffnete sie sie, verbrannte sich die Hand, als sie den Türknopf drehte. Aber sie musste zu ihrem Daddy.

Rauch ergoss sich ins Zimmer. Er war dick und schwarz und brannte, wenn sie ihn einatmete, ließ ihre Augen brennen. Sie hustete und rieb sich die Augen, aber das machte es nur noch schlimmer. Sie fing an zu weinen. Und sie wusste, dass sie zum Zimmer ihrer Eltern gelangen musste, wo sie in Sicherheit sein würde. Sie ertastete sich ihren Weg durch den Korridor, ihre Handflächen flach an der Wand. Selbst die Wände fühlten sich heiß an.

Dann sah sie ihn, wie er vor seinem Schlafzimmer stand. Er bewegte sich nicht. Sie wollte schreien, dass sie so froh wäre, ihn zu sehen, in dem Wissen, dass sie gleich sicher in seinen Armen sein würde.

»Daddy!«, rief sie, ihre Stimme brach in der trockenen Hitze. Sie stolperte auf ihn zu. Er drehte sich um, aber sie konnte ihn durch den Rauch kaum sehen. Sie streckte den Arm nach ihm aus.

Statt ihre Hand zu nehmen, drehte er sich jedoch in die andere Richtung um und floh. Carsons letztes Bild von ihm war, wie sein Rücken im Rauch verschwand, während er die Treppe hinunterlief.

Sie ließ sich auf die Knie sinken, weinend und hustend. Sie konnte seinen Namen nicht rufen, ihre Kehle war zu wund. Sie konnte an nichts anderes denken, als ihm zu folgen. Sie kroch zur Treppe. Überall flogen Funken. Es tat so schrecklich weh, wenn sie ihre Haut verbrannten, als wenn scharfe Zähne sie bissen. Sie kroch, so schnell sie konnte, zur Treppe. Schließlich sah sie, dass die Vordertür offen war. Dort stand ein Mann mit einem großen Hut.

»Daddy!«, schrie sie, doch es kam nur ein Husten heraus. Aber der Mann mit dem großen Hut hörte sie und rannte die Treppe hoch und nahm sie in die Arme. Sie vergrub ihr Gesicht an seiner Gummijacke, als er sie nach draußen trug.

Plötzlich war die Luft kühler und verbrannte ihre Haut nicht mehr, auch wenn ihr das Atmen immer noch wehtat. Sie hustete wieder und öffnete blinzelnd ihre Augen. Eine Frau nahm sie aus den Armen des großen Mannes entgegen und trug sie zu einem roten Lieferwagen. Sie lächelte sie an, aber Carson hatte Angst und rief nach ihrem Vater.

»Es geht ihm gut«, sagte die nette Frau. »Er ist gleich dort drüben. Siehst du ihn?«

Carson blickte dorthin, wo die Frau hinzeigte. Sie sah ihn, wie er im Gras kniete. Er war völlig verdreckt und sein Körper war gebeugt, mit dem Gesicht in den Händen, als würde er beten. Nur dass er nicht betete. Er weinte.

Sie streckte die Arme nach ihm aus. *Hier bin ich, Daddy*, wollte sie ihm sagen. *Mach dir keine Sorgen um mich, ich bin hier.* Aber ihre Kehle tat zum Sprechen zu sehr weh, und die Krankenschwester trug sie weiter von ihm weg in den kleinen roten Lieferwagen hinein. Die nette Frau legte sie auf ein Feldbett mit sauberem weißem Papier darauf und sagte Sachen wie: *Es wird alles wieder gut.*

»Ich will meine Mama«, krächzte Carson.

Das Gesicht der Krankenschwester wurde starr. Sie hatte plötzlich diesen *Oh-Oh*-Blick in den Augen, der Carson zeigte, dass etwas Schlimmes passiert war. Dann stülpte sie einen Plastikbecher über Carsons Mund und sagte, dass es ihr beim Atmen helfen würde.

»Ruhe dich einfach aus, mein Schatz«, sagte die Frau. »Ich werde mich gut um dich kümmern. Mach dir keine Sorgen. Alles wird gut.«

Aber Carson fühlte sich nicht so, als würde alles wieder gut werden. Sie fühlte, wie eine schreckliche Angst sie verschlang, ihr das Herz zerquetschte, eine Angst, die schlimmer war als der bösartige Rauch im Haus.

Carson hustete und schnappte nach Luft, öffnete die Augen und starrte ziellos in die Nacht, während ihr Herz hart in ihrer Brust schlug. Einen erschreckenden Moment lang wusste sie nicht, wo sie war. Dann, als ihr Herzschlag sich beruhigt hatte, hörte sie das sanfte Schlagen des Wassers und fühlte das Schaukeln des Stegs und erinnerte sich. Sie war draußen, in Sea Breeze, auf dem schwimmenden Steg.

Sie kämpfte sich in Sitzposition hoch – in ihrem Kopf drehte sich alles – und wischte ihr Gesicht mit den Handflächen ab. Sie fühlte sich heiß und verängstigt, als wäre sie immer noch in dem Rauch gefangen, der sie blind machte. Sie erinnerte sich an die schreckliche Nacht des Feuers – erinnerte sich daran, als wäre es gestern gewesen. Es war so lebendig, sie konnte fast wieder das Brennen der Hitze und der Funken auf ihrer Haut spüren. Hatte sie es weit weg in eine dunkle Ecke gesteckt, damit sie nie wieder damit konfrontiert würde? Warum hatte sie diese Erinnerung verdrängt?

Dann, mit einem plötzlichen Schock, wusste sie, warum. Sie schloss die Augen und sah wieder den Rücken ihres Vaters die Treppe hinunter verschwinden. Er hatte sie dort zurückgelassen, im Feuer. Er hatte sein Kind dem Tod überlassen, nur damit er selbst schneller aus dem Haus hinauskam und sich rettete. Welche Art von Vater machte so etwas? Was für eine Art von Mann? Carson spürte einen heftigen Stich des Verrats. Ihre ganze Kindheit lang hatte sie an seiner Seite gestanden. Jeden Tag hatte er ihr gesagt, dass er sie liebte.

Es waren alles nur Lügen. Wie konnte er sie geliebt haben, wenn er sie im Stich gelassen und dem Feuertod ausgesetzt hatte? Und dann, mit einer schmerzlichen Drehung des Messers, wurde ihr klar, dass Weglaufen das war, was er sein ganzes Leben lang praktiziert hatte.

Carson kämpfte sich auf die Füße. Ihr ganzer Körper fühlte sich heiß an, als wäre sie wieder im Feuer. Sie zupfte an ihren verschmutzten Kleidern. Sie waren durchweicht und klebten. Sie musste sich abkühlen. Die Lichter wirkten ein bisschen verschwommener, und der Steg schien ein bisschen stärker zu schaukeln. Sie schlüpfte aus ihrem T-Shirt, öffnete den Reißverschluss ihrer Shorts und strampelte sie mit den Füßen runter zu ihren Flipflops. Am Rande des Stegs schwankend, starrte sie ins Wasser. Die Dunkelheit rief sie. Mit einem Stoß tauchte sie ein.

Das Wasser war glücklicherweise kalt. Sie schlug mit den Beinen und strich ihr triefendes Haar zurück. Sie fühlte sich seltsam schwach, also fing sie mit Brustschwimmen an, beugte die Beine wie ein Frosch. Sie vertraute ihren Schwimmkünsten, immer stark und sicher, und schwamm in Richtung auf den nächsten Steg los. So spät in der Nacht kreuzten hier keine Boote mehr, und es fühlte sich sicher an, die Arme zu strecken und weiter rauszuschwimmen.

Nach mehreren Schwimmzügen bemerkte sie, dass der nächste Steg weiter entfernt war, nicht näher. Sie war zu weit rausgeschwommen. Die Strömung trug sie in die falsche Richtung.

Sie drehte ihren Kopf von links nach rechts, konzentrierte sich auf ihren eigenen Steg und schwamm heimwärts. Aber die Flut war eine beständige und starke Kraft. Sie ermahnte sich, nicht in Panik zu geraten. Sie kannte dieses Stück Wasser wie ihren Handrücken. Aber sie wusste auch, dass sie dumm gewesen war, allein schwimmen zu gehen. In der Nacht. Besonders nachdem sie was getrunken hatte.

Konzentriere dich, befahl sie sich selbst und zwang sich, stärkere Schwimmstöße zu machen. Aber ihre Arme fühlten sich so schwach an, und als sie nach Luft schnappte, schluckte sie einen Mundvoll Wasser. Sie musste anhalten, paddelte, während sie würgte und Wasser ausspuckte, versuchte wieder zu Atem zu kommen. O Gott, jetzt war sie wirklich in Schwierigkeiten. Sie konnte spüren, wie ihr Herz zu rasen anfing, und sie begann, wieder zu schwimmen, diesmal ohne Präzision. Sie versuchte nicht mehr, zum Steg zurückzugelangen. Sie wollte es einfach nur bis zum schlammigen Hügel schaffen, so dass sie rausklettern konnte. Sie schwamm so kräftig, wie sie konnte, aber sie kam überhaupt nicht voran. Sie war wie ein Stück Treibholz in der mächtigen Strömung, das in den offenen Hafen gezogen wurde.

∽

Dora stand auf der hinteren Veranda, schlürfte ihren Kaffee und blickte auf die Bucht hinaus. Es war eine tintenschwarze Nacht. Wandernde Wolken verdeckten den Mond und die Sterne. Was für eine Nacht, dachte sie gähnend. Es hatte Stunden gedauert, Nate zum Schlafen zu bringen. Er hatte sich den ganzen Tag lang zurückgezogen, der arme kleine Kerl. Er wollte nicht reden, wollte nicht essen, wollte sein Zimmer nicht verlassen. Dora wusste nicht, was Carson dazu getrieben haben konnte, ihn so anzufassen. Hatte sie ihr nicht gesagt, dass Nate nicht gern berührt wurde? Nach all dem, was dem verdammten Delfin passiert war, war er außer sich. Sie wünschte sich, dass der Delfin niemals zum Steg gekommen wäre. Sie hatten schon genug familiäre Probleme, um die sie sich kümmern mussten, auch ohne der Melange noch einen wilden Delfin hinzuzufügen.

Allerdings, dachte sie mit einer Anwandlung von Schuldgefühlen, sie hätte niemals sagen dürfen, was sie Carson gesagt hatte. Es war gemein und gedankenlos gewesen. Mamaw war aufgebracht, Lucille hatte ihr den bösen Blick zugeworfen und Harper wollte nicht mehr mit ihr reden. Dora hatte nicht grausam sein wollen. Sie war damit herausgeplatzt, ohne nachzudenken. Sie war so außer sich gewesen, hatte rotgesehen. So wie Carson. Sie hatte ihre Schwester genauso verletzen wollen, wie die ihren Sohn verletzt hatte.

Eine schemenhafte Gestalt auf dem Steg zog ihre Aufmerksamkeit auf sich. Es war eine Frau. Als sie genauer hinsah, erkannte sie Carson. Dort war sie also. Sie war gegen Mittag zur Arbeit gegangen und seitdem hatte niemand sie mehr gesehen.

Dora trat ein paar Schritte bis zum Rand der Veranda und beobachtete die Figur auf dem Steg. Das war seltsam. Carson schien zu taumeln und ... Was tat sie da? Meine Güte, sie zog sich die Kleider aus. Sie dachte doch nicht etwa daran, jetzt schwimmen zu gehen? Allein im Dunkeln?

Dann durchzuckte Dora ein anderer Gedanke. Ihre Schwester war betrunken.

»Carson!«, rief sie. Dora beobachtete, wie sie am Rande des Stegs stand, schwankte und ins Wasser starrte. *Was um alles in der Welt ...?!* »Carson!«

Dora stellte den Kaffeebecher auf den Tisch, und als sie wieder hinsah, war Carson verschwunden. Doras Herz machte einen Sprung und sie rannte zum Steg, wobei ihre Absatzsandalen sie aufhielten. Sie kickte sie beiseite und rannte weiter. Als sie das Ende des langen Stegs erreichte, konnte sie Carson nicht im Wasser sehen. Eine Wolke zog vorbei und ließ durch eine Lücke Mondlicht auf das Wasser scheinen. Dora kniff die Augen zusammen, während sie Ausschau hielt, und erspähte einen Schimmer von Haut im Mondlicht weiter draußen in der Bucht. Dora fluchte. Diese Idiotin war in der Strömung gefangen.

Adrenalin rauschte durch ihre Adern, als Dora in Aktion trat. Sie warf den Motor an, um das Boot vom erhöhten Steg hinunterzulassen, trippelte hin und her, während sie die Gestalt im Wasser im Auge behielt. Der Motor arbeitete heftig, während das Boot sich quälend langsam ins Wasser senkte. Sie bewegte sich jetzt schnell, machte die Leinen los und sprang ins Boot. Sie war immer die Bootsfrau in der Familie gewesen, diejenige, die lieber die Skier oder das Schlauchboot gezogen hatte. Dora drehte den Motor auf und fuhr auf Carson zu. Sie durchsuchte das dunkle Wasser, stoppte abrupt den Motor, als sie sie im Wasser dümpeln sah. Das Boot trieb in der Strömung, als Dora eilig nach dem Rettungsring griff.

»Carson!«, schrie sie über die Seite raus.

»Hier!«, rief Carson zurück.

»Festhalten!« Dora warf den Rettungsring ins Wasser. Er landete in Carsons Nähe. Sie trat und strampelte und hielt sich keuchend daran fest. Dora fluchte und schwitzte, während sie Carson, gegen die starke Strömung kämpfend, zur Seite des Bootes zog.

»Gib mir deine Hand!«, rief Dora.

Carson ließ den Rettungsring los und streckte ihre Hand ihrer Schwester entgegen. Dora hielt sie fest, lehnte sich weit zurück und zog Carson ins Boot. Die landete mit der Anmut eines gestrandeten Seehunds auf dem Sitz.

Carson krümmte sich auf ihren Knien und hustete Wasser aus. Dann lehnte sie sich über die Seitenwand des Bootes und erbrach sich. Dora hielt ihrer Schwester das lange schwarze Haar aus dem Gesicht zurück, während Carson den Alkohol und das Salzwasser aus ihrem Magen hervorwürgte. Als sie fertig war, rutschte sie geschwächt auf die gepolsterte Bank hinunter und stützte die Stirn zitternd in ihre Hände. Dora ging die Notfalldecke des Bootes holen und wickelte sie um Carsons Schultern. Carson war immer die Starke gewesen, die Athletische, und trotzdem war sie jetzt so schwach und verängstigt wie ein ertrinkendes Kätzchen. Und Dora wusste, dass es ihre Schuld war.

19

»Ach, du bist wach.«

Carson schlug die Augen auf, sah die Welt durch einen flaumigen Schleier. Ihre Augen waren trocken und sandig, und sie blinzelte heftig. Die Schattenstreifen auf den geschlossenen Jalousien verrieten das helle Tageslicht.

»Wie lange habe ich geschlafen?«, krächzte sie.

»Dreizehn Stunden«, antwortete Mamaw. »Aber wer zählt das schon?«

Carson zitterte unter ihrem dünnen Baumwolllaken und der Decke. Jeder Knochen im Körper tat ihr weh. »Mir ist so kalt.«

Mamaw legte ihre Hand auf Carsons Stirn und prüfte, ob sie Fieber hatte, so wie sie das getan hatte, als Carson ein kleines Mädchen gewesen war. Carson dachte, dass ihre Hand sich kühl und beruhigend anfühlte, und ihre Augenlider sanken.

»Du hast immer noch Fieber.«

»Ich fühle mich schrecklich.«

»Das ist kein Wunder«, antwortete Mamaw, ging zum Schrank und holte eine Patchwork-Decke heraus. Sie schüttelte sie aus und legte sie dann über Carson. »Du warst morgens stundenlang in dem kalten Wasser, dann gehst du spät in der Nacht noch schwimmen. Was hast du dir nur dabei gedacht? Du weißt, dass das für die Haie die Zeit der Nahrungssuche ist. Und alleine! Meine Güte, es hätte alles Mögliche passieren können! Und das ist es ja auch. Wenn Dora nicht zufälligerweise gerade draußen auf der Veranda gewesen wäre ...« Mamaw griff nach dem Glas Wasser auf dem Nachttisch. »Hier, mein Schatz: ein paar Aspirin, damit das Fieber sinkt. Schauen wir mal, ob du nicht ein bisschen was trinken kannst, hörst du?«

Sie half Carson dabei, sich auf die Ellenbogen aufzurichten. Die Bewegung ließ die Schmerzen in Carsons Kopf widerhallen, aber sie schaffte es, die Tabletten zu schlucken. Nach ein paar Schlucken sank sie wieder auf das Bett zurück.

»Das sollte dir helfen, damit du dich besser fühlst. Glaubst du, dass du etwas essen kannst?«, fragte Mamaw und stellte das Glas ab. »Lucille hat einen Topf Hühnersuppe gekocht, nur für dich.«

»Vielleicht später«, erwiderte Carson und fuhr mit der Zunge über ihre feucht gewordenen Lippen.

Mamaws lange Finger steckten die Steppdecke um das Bett herum fest. »Du bist immer noch so erhitzt. Ich werde dir ein kühles Tuch für deine Stirn holen.«

Carson streckte die Hand nach ihr aus und umklammerte Mamaws Hand. »Geh nicht.«

»In Ordnung, meine Liebe«, erwiderte Mamaw ein bisschen überrascht. »Ich werde bleiben, wenn du willst.« Mamaw saß auf dem Bettrand. Sie trug eine ihrer Tunikas, diesmal eine in einem hellen Korallenrot, das zu den Korallenohrringen an ihren Ohren passte. »Was ist los, Kind?«

»Mamaw, ich ...« Carson verzog das Gesicht. Sie schloss die Augen und sah wieder das albtraumhafte Bild, wie ihre Mutter in ihrem Bett verbrannte, weswegen sie sich die ganze Nacht hin und her gewälzt hatte. Ihr Gehirn fühlte sich wie verbrannt an, als wäre die Erinnerung ein Feuer, das sich die ganze Zeit lang in jeden ihrer Gedanken eingebrannt hatte. Sie schauderte und drehte sich um, um sich enger an Mamaw anzuschmiegen, legte ihre Arme leise weinend um sie.

»Carson!«, rief Mamaw aus, als sie in einem besänftigenden Rhythmus das Haar aus Carsons Stirn zurückstrich. »Du hast dich nicht mehr so an mich geklammert, seit du ein kleines Mädchen warst.«

»Mamaw, letzte Nacht«, sagte sie zitternd. »Ich habe mich an das Feuer erinnert.«

Mamaws Hand erstarrte. »Oh, Kind ...«

»Nach all diesen Jahren habe ich mich erinnert. Ich muss es aus meinem Bewusstsein verdrängt haben.«

»Woran erinnerst du dich?«

»Ich erinnere mich an das Feuer und wie ich in dem schrecklichen Rauch aufwachte. Es war so heiß und es brannte. Ich hörte, wie Dad nach mir rief. Ich ging ihn suchen, aber ich hatte solche Angst. Doch ich bin weitergegangen. Dann, als ich ihn sah ...« Sie brach ab und klammerte sich fester an Mamaw.

»Du hast ihn gesehen? Was ist passiert?«

»Er drehte sich weg. Mamaw, er hat mich dort im Feuer zurückgelassen. Ich war nur ein Kind, und er hat mich dort zurückgelassen. Ich werde nie den Anblick seines Rückens vergessen, wie er die Treppe hinunterrannte.« Ihre Stimme versagte. »Wie konnte er das nur tun?«

»Oh, Carson, Carson«, murmelte Mamaw. »Wie soll ich erklären, was passiert ist?«

»Das kannst du nicht. Es ist so schrecklich. Ich werde ihm nie vergeben.«

Mamaw erhob sich langsam und ging zum Fenster. Sie arrangierte die Jalousien so, dass ein bisschen mehr Licht ins Zimmer hineinkam. Einen Moment lang sah sie aus dem Fenster, auf den sanften Regen, der gegen das Glas prasselte. Die Erde brauchte den Regen, dachte sie. Carsons Tränen waren auch gut für sie. Kathartisch. Wie konnte sie ihr helfen, diesen Sturm zu überstehen?

Sie drehte sich um und legte die Hände zusammen. »Carson, dein Daddy ist nach dem Feuer zu mir gekommen. Er war krank, so wie du jetzt. Körperlich krank und seelisch krank. Er hatte gerade deine Mutter verloren. Auch wenn sie einander nicht wirklich guttaten, sie haben sich geliebt. Er hat um sie getrauert.« Sie machte eine Pause. »Und er war sehr traurig wegen dem, was dir passiert war. Er lag in meinen Armen und weinte wie ein Baby. Er war von Schuld erfüllt, dass er nicht in das brennende Haus zurückgekehrt war und nach dir gesucht hatte. Als er sah, wie der Feuerwehrmann dich raustrug, völlig verdreckt vom Rauch und mit den Brandmalen, sank er auf die Knie und sprach ein Dankesgebet.«

»Aber er hat mich gesehen«, rief Carson aus und drehte sich um, um Mamaw anzublicken. »Du kannst ihn nicht immer verteidigen. Ich war da. Er hat mich gesehen. Und er ist weggelaufen.«

»Nein, Kind, er hat dich nicht gesehen«, sagte Mamaw in resolutem Tonfall. »Parker hat mir erzählt, wie er nach Hause kam und das Feuer in den Fenstern im oberen Stock sah. Er ist in Panik hochgerannt, um dich und Sophie zu holen. Bis er ihr Schlafzimmer erreicht hatte, stand das Zimmer in Flammen. Das Bett.« Sie machte eine kleine, verzweifelte Geste. »Er hat sie gesehen.« Mamaw schüttelte traurig ihren Kopf. »Er hat gesehen, wie ihr Körper auf dem Bett verbrannte. Verstehst du nicht? Er stand unter Schock, mein Schatz. Er wusste nicht, was er tat. Er hat sich einfach umgedreht und ist aus dem Haus gerannt und wäre wahrscheinlich immer weiter gerannt, wenn ihn nicht ein Feuerwehrmann aufgehalten hätte. Er war völlig außer sich, mein Schatz. Er hat dich überhaupt nicht gesehen.«

Carson schloss die Augen und rief sich jene furchtbare Nacht ins Gedächtnis. Sie erinnerte sich daran, wie sie nach ihm gerufen hatte. Wie sie ihn gesehen hatte, wie er vor seinem Schlafzimmer stand, unbeweglich wie eine Statue, bevor er sich umdrehte und die Treppe hinunter floh.

Sie hatte ihn nie erreicht. Er hatte nie die Hand nach ihr ausgestreckt. Was Mamaw ihr gesagt hatte, war möglich. Ihr Herz wollte es glauben, aber ihr Verstand kämpfte dagegen an.

»Er war trotzdem ein Feigling, dass er nicht nach mir gesucht hat. Ich war erst vier Jahre alt.«

»Oh, Carson«, sagte Mamaw resigniert. »Es ist für uns so einfach, jetzt im Rückblick ein Urteil zu fällen. Wir glauben zu wissen, was wir in einem Notfall tun würden. Aber das weiß man nie, bis man auf die Probe gestellt wird. Ich könnte nicht sagen, was ich in der Situation tun würde.«

»*Nichts* würde mich davon abhalten, nach meinem eigenen Kind zu suchen.«

Mamaw tätschelte ihr tröstend die Schulter. »Vielleicht nicht. Du bist stärker als er. Das bist du immer gewesen. Du bist die stärkste Frau, die ich kenne. Kind, du hast in dem Feuer nicht aufgegeben. Du warst erst vier Jahre alt, aber du hast einen Weg nach draußen gefunden. Du bist hart im Nehmen.«

Mamaw seufzte müde. Die vergangenen vierundzwanzig Stunden hatten ihr sehr viel abverlangt. Sie setzte sich in den Sessel neben Carson und streichelte mit den Fingerspitzen noch einmal sanft ihr Haar.

»Ein Trauma ist eine schwere, schwere Bürde. Du hast es erlitten und ertragen. Jetzt, wo du weißt, welches Trauma dein Vater in dem Moment erlebt hat, bist du vielleicht dazu in der Lage, ihm seine Tat zu vergeben. Und deiner Mutter ihren Anteil an dieser Tragödie zu vergeben.«

»Ich vergebe keinem von beiden. Sie haben mich beide im Stich gelassen«, sagte Carson wütend.

»Sophie war eine verlorene Seele. Sie hat ihr Leben und das Leben ihres Kindes in Gefahr gebracht. Und den höchsten Preis dafür gezahlt. Darüber gibt es nicht mehr zu sagen.« Mamaw sah sich im Zimmer um, blickte auf das Porträt, das über Carsons Bett hing. Sie betete, dass sie die richtigen Worte finden würde, um ihrer Enkelin die Zuversicht jener Vorfahrin zurückzugeben.

»Was Parker angeht«, fuhr Mamaw fort, »er hat auch einen hohen Preis für seine Fehler gezahlt. Er hat es sich nie vergeben, dass er Sophie nicht wegen ihrer Trinkerei geholfen oder dass er dich in dem brennenden Haus zurückgelassen hat. Es hat ihn bis zu seinem Todestag verfolgt. Ich fürchte, dein Vater hat es nie wirklich aus diesem Feuer herausgeschafft. Was denkst du wohl, warum er dich nicht bei mir zurücklassen wollte? Ich bettelte ihn an, dich bei mir zu lassen, damit ich mich um dich kümmern konnte, aber er sagte, er sei dein Vater und würde dich nie wieder zurücklassen.«

»Das hätte er mal tun sollen«, stieß Carson gegen Mamaws Schoß aus. »Ich wünschte, er hätte.«

»Ich auch. Aber er war dein Vater und hat dich trotz all seiner Fehler geliebt. Versuche mal, daran zu denken, Schatz, und befreie dich von deinem Zorn.«

Carson fühlte sich geschwächt. Sie schloss ihre Augen. »Ich will nicht darüber nachdenken. Oder über ihn. Ich will das alles einfach vergessen. Wirklich alles vergessen.«

»Das ist Verleugnung, meine Liebe«, sagte Mamaw. »Du bist nicht mehr das kleine Mädchen. Du bist eine Frau. Zumindest kennst du jetzt die Wahrheit, und mit der Zeit wird dir das dabei helfen, alles nüchtern zu betrachten.«

Carson drehte ihren Kopf auf dem Kissen weg.

»Hör mir jetzt zu. Ich weiß, dass du Schuldgefühle hegst, unverdientermaßen, weil du nicht bei deinem Vater gewesen bist, als er starb. Du armes, mutterloses Kind. Wer hat sich denn um *dich* gekümmert? Du warst nicht Parkers Mutter. Das war nicht deine Aufgabe. Das war meine. Lass diese Schuld in deinem Herzen los. Lass deine Wut auf deinen Vater los. Befreie dich von alldem.«

Carson kniff die Augen zu und fühlte die Hitze von Tränen, die sich an ihrem Kissen sammelten. »Ich kann nicht«, sagte sie wimmernd.

»Du musst. Wenn du deine Schuldgefühle und deine Wut weiter in dir gären lässt, werden sie dein Leben vergiften. Du musst deinem Vater tief in deinem Herzen vergeben … und Nate … und deiner armen toten Mutter.« Sie machte eine Pause. »Mir. Und dir selbst. Um deiner selbst willen.«

Mamaw tätschelte Carsons Hand und stand auf, erschöpft. Sie fühlte sich uralt, wie ein altes Relikt, dessen Knochen bald zu Staub zersplittern würden. Bevor sie das Zimmer verließ, drehte sie sich an der Tür um und sah noch einmal zu ihrer Enkelin. »Denk dran, mein Liebling. Dein Vater hat dich nicht gerettet. Aber du hast ihn gerettet.«

∼

Eine Schlechtwetterfront war herangezogen. Drei Tage nonstop Regen. Dora verließ Nates Zimmer und schloss leise die Tür hinter sich. Sie ließ sich gegen die Tür sinken. Er war immer geräuschempfindlich gewesen, und der Donner, der die ganze Nacht lang gegrollt hatte, hatte ihn wach gehalten. Das kam nun noch zu Nates jetzigem Zusammenbruch dazu.

Dora straffte ihre Gestalt, wischte ihr Gesicht mit den Handflächen ab. Sie schaute über den Korridor und sah, dass Carsons Zimmertür geschlossen war. Aus dem Zimmer, das sie sich mit Harper teilte, hörte sie das Klackern einer Tastatur. Dora seufzte verärgert. Harper hatte sich tagelang dort drin verkrochen, entweder an ihrem Telefon oder ihrem iPad oder ihrem Laptop. Hatte sich versteckt.

Dora machte sich auf die Suche nach Mamaw und fand sie im Wohnzimmer sitzend. Sie schien in ihr Buch vertieft zu sein und antwortete nicht, als Dora ihren Namen rief. Als Dora näher kam, sah sie allerdings, dass Mamaw eingenickt war. Dora drehte sich um und wollte gehen, aber ihr Fuß stieß versehentlich gegen den Kaffeetisch. Mamaw schreckte aus dem Schlaf hoch.

»Es tut mir leid«, sagte Dora zerknirscht. »Ich wollte dich nicht stören.«

Mamaw blinzelte heftig. »Nein, nein, ich bin einfach ein wenig eingedöst.« Sie lächelte unsicher. »Das ist der Regen. Dieses beständige Plitschplatsch macht mich immer schläfrig.« Sie holte tief Luft. »Ich liebe einen ordentlichen Sommerregen, liebe den grünen Geruch der Erde und das Grollen des Donners in der Entfernung.« Sie klopfte auf das Sofakissen neben sich. »Komm, setz dich. Es ist schön, ein bisschen Gesellschaft zu haben. Das Haus fühlt sich so still wie ein Grab an.«

Dora setzte sich neben ihre Großmutter. Sie drehte den Kopf und sah, dass Mamaw ihre Kleidung inspizierte. Trotz des regnerischen Wetters trug sie weiße Hosen und eine aquamarinblaue Tunika mit weißen Seesternen. Jetzt, wo sie mit ihren eleganteren Schwestern zusammen war, versuchte Dora, mehr auf ihr Aussehen zu achten. Sie schlüpfte nicht mehr einfach nur in eine Gummibundhose und ein ausgebeultes Oberteil.

»Du siehst heute sehr hübsch aus«, machte Mamaw ihr ein Kompliment. »Fröhlich. Wir könnten hier ein bisschen Fröhlichkeit gebrauchen.«

»Danke«, erwiderte Dora, erfreut, dass ihre Bemühungen bemerkt wurden. »Wie geht es Carson?«

Mamaws Lächeln verschwand. »Nicht sehr gut. Und Nate?«

»Ebenso. Darüber wollte ich mit dir reden. Mamaw, ich habe Angst, dass er Rückschritte macht. Er will sein Zimmer nicht verlassen, sitzt einfach nur auf seinem Bett und liest Bücher über Delfine. Er redet nicht, außer wenn er nach Delphine fragt. Gibt es da eigentlich irgendetwas Neues?«

»Nein«, sagte Mamaw. »Wir haben noch nichts gehört. Blake hat versprochen anzurufen. Ich denke, sie wissen noch nichts Neues.«

Dora überlegte. »Das kann nichts Gutes bedeuten. Mamaw, was, wenn sie sie nicht retten können?«

»Ich glaube nicht, dass wir schon an diesem Punkt angekommen sind.«

»Ich muss mich auf die Möglichkeit vorbereiten. Ich habe gedacht ... Vielleicht ist es das Beste, Nate nach Hause zu bringen, weg von hier, wo er nur an den Delfin denkt. Falls der Delfin sterben sollte, möchte ich ihn nicht hier haben.«

»Macht das einen Unterschied?«

»Alles hier erinnert Nate an ihn.«

»Ich denke wirklich, dass er hierbleiben sollte, zumindest bis er erfährt, was mit Delphine passiert ist. Du weißt, dass er sich fragen und Sorgen machen wird, wenn du ihn nach Hause bringst. Er ist niemand, der das einfach vergisst.«

»Nein, ich denke, du hast recht.« Dora rang unentschlossen die Hände. Sie fühlte sich verloren, nicht dazu in der Lage, durch diese unruhigen Gewässer zu navigieren.

Mamaw machte eine Pause, sie hatte Angst vor diesem Gespräch, aber sie musste es wissen. »Glaubst du, dass Nate begreift, was er getan hat? Das ist eine große Bürde für so kleine Schultern.«

Dora fühlte, wie die Welle der Sorge über ihr zusammenschlug. Sie seufzte tief und sank in die Sofakissen zurück, schüttelte den Kopf in ihren Händen. »Ich weiß es nicht! Ich weiß einfach nicht, ob er weiß, was Schuld ist. Das kann er mir nicht mitteilen.«

Sie atmete tief ein, um sich zu beruhigen, während ihr klar wurde, dass Mamaw nicht richtig verstehen konnte, was sie gerade mit Nate durchmachte.

»Er versteht, dass Delphine verletzt ist«, versuchte Dora zu erklären, »und dass sie im Hospital in Florida ist. Er fühlt sich sehr schlecht deswegen.« Ihre Augen füllten sich mit Tränen. »Er hat normalerweise schon solche Probleme, seine Emotionen zu steuern, und jetzt ...« Sie riss die Hände hoch. »Es ist alles solch ein riesiges Chaos.«

Mamaw tätschelte ihr die Hand. »Es tut immer weh, sein eigenes Kind leiden zu sehen.«

»Ich weiß, Mamaw. Aber es ist so viel intensiver, wenn das Kind unter Autismus leidet.«

»Ich bin sicher, dass das stimmt. Trotzdem, Nate muss lernen, die Konsequenzen für sein Tun auf sich zu nehmen. Du wirst nicht dazu in der Lage sein, ihn vor allen schwierigen Momenten im Leben zu beschützen, weißt du. Das kann kein Elternteil. Alles, was wir tun können, ist, ihn das durchmachen und daraus lernen zu lassen. Ihm die Werkzeuge zu geben, die er braucht ... Dora, ich glaube nicht, dass du abreisen solltest. Das glaube ich wirklich nicht. Nate zuliebe. Sein Tagesablauf hat sich hier sehr gut eingespielt. Und du kannst nicht zu eurem

Haus zurückkehren. Hast du nicht gesagt, dass die Arbeiter dort sind, um es für den Verkauf zurechtzumachen? Wie willst du mit den Dünsten von Farbe und Firnis zurechtkommen? Das kann doch nicht gut für dich und deinen Sohn sein. Denk nur an all den Ärger! Sicher, wir hatten eine Störung in unserer Routine, aber nun müssen wir uns alle zusammennehmen und neu starten.«

»Vermutlich«, erwiderte Dora matt. Sie hatte es nicht durchdacht, aber Mamaw hatte das wie üblich schon.

»Will er Carson sehen?«, fragte Mamaw.

Dora schüttelte den Kopf. »Nein. Er will sie nicht sehen.«

Mamaw machte »ts, ts« und schüttelte den Kopf. »Das ist zu dumm. Sie sind so gut miteinander zurechtgekommen. Haben solche Fortschritte gemacht. Was ist das alles nur für ein Durcheinander geworden?« Sie sah Dora an. »Nun, meine Liebe, du nimmst es jetzt in Angriff und wirfst einen Blick in ihr Zimmer, ob sie schläft. Ich weiß, dass sie sich mies fühlen wird, wenn sie dich nicht sieht.«

Dora zögerte. Sie wollte ihre Schwester nicht wirklich sehen. »Ich möchte sie nicht aufwecken.«

Mamaw zuckte die Schultern. »Du solltest aber. Das Fieber ist weg. Ich mache mir mehr Sorgen über das, was sie in ihr drin quält. Sie schläft einfach und schläft und schläft. Wenn sie wach ist, starrt sie nur an die Wand. Sie öffnet nicht einmal die Jalousien.«

»Ich fühle mich so mies, dass ich böse Erinnerungen aufgewühlt habe«, sagte Dora. »Es war gedankenlos von mir. Ich war so in der Hitze des Gefechts gefangen. Manchmal rede ich erst und denke später nach.«

»Ja ...« Mamaw kniff die Lippen zusammen.

»Ich werde versuchen, das zu ändern.«

»Das ist gut, meine Liebe«, sagte Mamaw und seufzte dann. »Ich denke, es ist nur gut, dass die Wahrheit letztendlich ans Licht kommt. Auch wenn gerade diese Verletzung sehr tief geht. Carson muss das, was geschehen ist, einfach in ihrem eigenen Tempo verarbeiten. Und das wird sie.« Sie tätschelte Doras Hand, diesmal energischer. »Und jetzt geh zu deiner Schwester. Ich denke, sie braucht dich jetzt mehr denn je.«

Dora klopfte an die Schlafzimmertür. »Carson? Bist du wach?«
»Komm rein«, rief Carson ohne Begeisterung.
Sie fand, dass Carsons Stimme schwach klang, und als sie die Tür öffnete, sah Dora sie rücklings auf dem Bett im dämmrigen Zimmer liegen. Ihre Augen waren geschlossen, die Jalousien zugezogen – die Atmosphäre war so düster wie in einem Krankenhauszimmer.
»Hallo, meine Liebe«, sagte Dora und trat ein. »Wie geht es dir?«
»Okay.« Carsons Stimme war matt, teilnahmslos.
Dora stellte sich neben das Bett und starrte auf ihre Schwester. »Schatz, du siehst so aus, wie ich mich fühle.«
Carson öffnete ihre Augen und grinste. »Der war gut.«
Dora setzte sich auf den Bettrand, nahm Carsons Hand und drückte sie. »Ich hasse es, dich in diesem Zustand zu sehen. Sei nicht traurig, Liebes. Es wird alles gut.«
»Ich weiß ...«, erwiderte Carson schwach, ohne Überzeugung.
Dora spürte, wie das schlechte Gewissen ihr das Herz schwer machte. Sie war nicht hergekommen, um eine Szene zu ma-

chen, aber ihre Schwester so zu sehen war mehr, als sie ertragen konnte. »Es tut mir so leid«, rief Dora und brach in Tränen aus. »Es tut mir so leid, dass ich diese schrecklichen Dinge zu dir gesagt habe. Oh, Carson, ich hätte nie gedacht, dass du ...« Sie schniefte und wischte sich die Augen. »Nichts ist es wert, sich dafür das Leben zu nehmen, Carson. Du hast noch dein ganzes Leben vor dir.«

Carson hob den Kopf und sah sie an, als wäre sie verrückt geworden. »Warte. Du denkst ... Denkst du wirklich, dass ich versucht habe, mich dort draußen umzubringen?«

Dora wischte sich die Augen und starrte zurück. »Hast du das nicht?«

»Nein!«, rief Carson aus und entzog ihre Hand Doras Griff. »Gute Güte, nein. Wie kommst nur darauf?«

»Ich – ich weiß nicht«, stotterte Dora. »Ich schätze, nun, du warst so traurig wegen des Delfins und ich habe dir das über deine Mutter erzählt. Ich habe einfach ...«

»Du dachtest, wenn meine Mutter sich umgebracht hat, würde ich das auch tun?«

»Nein, nicht wenn du das so sagst.« Sie hatte es wieder getan. War in den Fettnapf getreten. »Ich weiß nicht, was ich gedacht habe.«

»Meine Güte, Dora ...« Carson sah weg.

»Ich habe dich einfach im Wasser verschwinden sehen und dann brach mein Instinkt durch.«

Carson stieß ein kurzes Lachen aus, das Dora überraschte. Als sie sich wieder zu Dora umdrehte, schien sie nicht wütend oder aufgebracht zu sein. Tatsächlich sah sie leicht amüsiert aus. »Oh, Dora«, sagte sie. »Ich schätze, ich sollte einfach Gott für deinen Instinkt danken.«

Dora stieß einen Seufzer aus.

Carsons Augen nahmen wieder einen gequälten Ausdruck an. »Ich war da draußen in Schwierigkeiten. Ich hätte es eigentlich besser wissen müssen und nicht allein ins Wasser gehen dürfen, aber ich war völlig betrunken und habe es einfach getan. Ich blieb in der Strömung hängen. Es ist ein Wunder, dass ich nicht ertrunken bin. Aber *nein*, Dora. Ich wollte mich *nicht* umbringen.« Sie fuhr sich mit der Hand durch die Haare. »Und lass mich eine Sache klarstellen: Meine Mutter hat *nicht* Selbstmord begangen, in Ordnung? Sie war betrunken und hat geraucht und wurde ohnmächtig. Okay?«

Doras Augen weiteten sich aufmerksam. Sie nickte.

»Scheiße«, sagte Carson mürrisch. »Aber ich schätze, du hast letztendlich recht, was mich angeht. Ich habe wieder zur Flasche gegriffen. Ich bin eine Trinkerin. Genau wie meine Mutter.«

Dora spürte die Scham für ihre gefühllosen Worte wieder brennen. »Vergiss einfach, was ich gesagt habe. Ich kannte deine Mutter nicht. Sie war mein Kindermädchen, aber ich war so jung, ich kann mich an nichts erinnern, außer dass sie hübsch war. Also höre nicht auf das, was ich gesagt habe. Ich war gemein und voller Hass, weil ich so wütend auf dich war, dass du Nate wehgetan hast. Ich wollte dir meinerseits wehtun. Das ist keine Entschuldigung, ich weiß.« Sie sah weg. »Und wer bin ich schon, dass ich über Mütter reden kann? Ich weiß, dass du mich für eine schreckliche Mutter hältst. Überfürsorglich, erstickend.«

»Ich habe nie gesagt, dass du eine schreckliche Mutter bist«, sagte Carson. »Du bist eine ausgezeichnete Mutter. Die beste. Nur ein bisschen ... überfürsorglich.«

Dora gab ein kurzes, verzweifeltes Lachen von sich. »Cal sagt mir dasselbe. Er hat behauptet, dass er mich deshalb verlassen hat. Es war jedenfalls einer der Gründe. Er hat gesagt, dass ich

Nate so viel gegeben hätte, dass ich für ihn nichts übrig gelassen hätte. Und dass nicht einmal Nate ihn mag. Zuerst habe ich das geleugnet. Aber jetzt habe ich ein bisschen Zeit gehabt, um darüber nachzudenken, und mir wurde klar, dass er recht hat. Nicht, dass er ein Märchenprinz gewesen wäre ...« Doras Lippen zitterten, und sie griff in ihre Tasche, um ein Taschentuch herauszuziehen. »... Aber auf einmal verliere ich alles. Meinen Mann, mein Haus, mein Leben.« Sie sah auf ihren Bauch. »Zur Hölle, sogar meine Figur. Alles, was mir wichtig war, rutscht mir einfach durch die Finger. Ich habe Angst. Weißt du, manchmal wenn ich ganz alleine bin, drücke ich mein Gesicht ins Kissen und schreie einfach, bis nichts mehr in mir übrig ist.« Sie schniefte. »Was glaubst du, was das bedeutet? Verliere ich auch den Verstand?«

»Nein«, antwortete Carson und setzte sich auf. »Wen kümmert schon das verdammte Haus? Es ist dir jahrelang ein Klotz am Bein gewesen. Cal offen gestanden auch. Ich war immer der Ansicht, dass er dich nicht verdiente.«

Dora lachte schwach und ungläubig. »Jetzt klingst du langsam wie Mamaw.«

Carson hob die Augenbrauen. »Dann weißt du, dass es stimmt. Mamaw irrt sich nie.«

Dora lachte mit Carson zusammen und spürte, wie die Spannung zwischen ihnen nachließ.

Carson sagte: »Ich meine es ernst. Gut, dass du ihn los bist.«

»Warum bin ich dann so traurig?«, fragte Dora unter Tränen und zupfte am Taschentuch herum.

»Du und ich«, sagte Carson ernst, »wir machen beide gerade schwere Zeiten durch. Harper auch. Aber wir werden das überstehen. Das verspreche ich dir. Dora, du hast mir einen Rettungsring zugeworfen und mich ins Boot gehievt, als ich dich brauchte. Lass mich für dich das Gleiche tun.« Sie griff nach dem Arm ihrer Schwester und schüttelte sie liebevoll. »Ich bin für dich da, in Ordnung? Du bist auch nicht allein.«

⁓

Der lang ersehnte Telefonanruf kam am nächsten Nachmittag um vier Uhr. Carson war aus dem Bett aufgestanden und hatte geduscht. Sie stand an der Verandatür und sah hinaus, als Lucille an der Tür klopfte.

»Da ist ein Anruf für dich. Er ist von dem Delfinfritzen«, sagte Lucille. Sie sah zu, wie Carson zum Telefon sprintete, dann schloss sie mit einem kleinen Lächeln die Tür hinter ihr.

»Hier Carson.«

»Carson, hier ist Blake. Ich rufe vom Mote Marine Laboratory Hospital in Sarasota an.«

Sie umklammerte das Telefon fester. »Wie geht es Delphine?«

»Besser. Für eine Weile stand es auf Messers Schneide, aber sie ist jung und stark und hat sich durchgesetzt. Die Angelschnur hatte tief eingeschnitten und musste operativ entfernt werden. Sie haben sie auf Antibiotika und Flüssignahrung gesetzt. Zu Anfang hat sie kein Interesse an Nahrung gezeigt, aber sie konnte selbstständig schwimmen, was ein gutes Zeichen ist. Sie haben sie ein zweites Mal operiert, um all die Angelschnur rund um den Ansatz ihrer Fluke zu entfernen, die schon von dem Haibiss verstümmelt war. Aber heute hat sich das Blatt gewendet. Ihre Blutwerte haben sich am Morgen deutlich verbessert, und sie hat angefangen zu fressen. Sogar wie sie schwimmt, sieht besser aus. Sie ist noch nicht ganz über den Berg, aber wir sind guter Hoffnung.«

Carson fing an zu weinen. Sie hatte nicht damit gerechnet, dass sie so emotional reagieren würde. Mit dem Telefon fest in der Hand rutschte sie die Wand runter auf den Fußboden, große schwere Schluchzer strömten aus ihr heraus, die sie jetzt, wo sie mit Blake telefonierte, störten, aber sie konnte nicht damit aufhören.

»Es ist in Ordnung, Carson«, sagte Blake mit tröstlicher Stimme. »Delphine ist ein so kämpferischer Delfin.«

»Ich bin so glücklich«, würgte sie heraus. »Du ... Du hast gar keine Ahnung, wie sich das angefühlt hat.«

»Ich habe eine ziemlich gute Vorstellung davon.«

»Danke dir, Blake. Vielen, vielen Dank.«

»Danke nicht mir. Danke dem unglaublichen Team hier im Mote. Es ist ihr Verdienst.«

»Das werde ich. Ich werde ihnen heute schreiben.«

»Es wäre schön, wenn du ihnen eine Spende schicken würdest. Die Kosten für Delphines Versorgung sind sehr hoch.«

»Natürlich«, stimmte sie zu. »Ich bin so dankbar.«

»Nun, ich sollte jetzt lieber gehen. Ich muss ein Flugzeug erwischen. Ich wollte dir nur schnell Bescheid sagen.«

»Du kommst nach Hause?«

»Ich bin hier fertig.«

»Wann wird Delphine zurückkehren?«

»Das kann ich nicht sagen. Wir müssen einfach abwarten, wie es ihr geht. Das liegt jetzt nicht mehr in meinen Händen.«

»Blake ...« Sie zögerte. »Rufst du mich an, wenn du zurückkommst? Ich würde dich gern sehen.«

Er schwieg.

»Bitte«, fügte sie hinzu.

»Ja, sicher«, sagte er, aber es hörte sich nicht so an, als würde er sich freuen. »Ich werde dich anrufen, wenn ich wieder richtig angekommen bin. Auf meinem Schreibtisch hat sich eine Menge Arbeit angesammelt. Aber ich rufe an.«

Carson hörte das Klicken des Telefons und legte auf. Sie war besorgt wegen Blakes Tonfall. Er klang so distanziert. Ihr wäre es lieber gewesen, wenn er wütend geklungen hätte.

Aber Delphine würde wieder gesund werden. Zum ersten Mal seit Tagen lächelte Carson.

~

Carson klopfte an Nates Tür. Niemand antwortete.
»Nate?«, rief sie.
Er sagte nichts.
Carson drückte die Türklinke hinunter und öffnete langsam die Tür. Sie wollte den Jungen weder erschrecken noch war sie sich sicher, wie er reagieren würde, wenn er sie sah. Möglicherweise fing er wieder zu schreien an.

Sein Zimmer war dämmrig. Dora hatte ihr erzählt, dass er die Läden geschlossen hielt und vorzugsweise fernsah oder im Dunkeln an seiner Konsole spielte. Sie fand ihn so, wie Dora vorausgesagt hatte, vor dem Bildschirm sitzend bei einem Videospiel.

»Nate?«

Nate drehte sich um, erschrocken. Sie erkannte wieder das Misstrauen in seinen Augen, die gleiche Vorsicht, die sie gesehen hatte, als sie sich zum ersten Mal trafen. Der Anblick tat ihr weh.

»Darf ich reinkommen?«
»Nein.« Er wandte sich wieder seinem Spiel zu.
Carson zögerte an der Tür. »Ich habe gute Neuigkeiten.«

»Geh weg.«

»Es hat mit Delphine zu tun.«

Nates Finger hörten auf, sein Spiel zu bedienen. »Was?«

Carson machte ein paar Schritte auf ihn zu. »Ich habe einen Anruf von Blake bekommen. Er ist der Mann, der gekommen ist, als Delphine krank wurde. Er hat sie in das Krankenhaus in Florida gebracht.«

Keine Antwort.

»Er sagte, dass es ihr viel besser geht. Delphine wird wieder gesund werden.«

Nate blieb ausdruckslos, aber seine Hand senkte sich, als er die Bedienung für seine Konsole auf dem Boden abstellte. »Was ist mit ihren Schnittwunden?«

»Nun«, sagte Carson, »die Ärzte mussten ihr Medikamente geben, und es wird eine Weile dauern, bis alles heilt, aber sie denken, dass es heilen wird. Es braucht nur einige Zeit.«

Nate sagte nichts.

»Ich wollte dir das sagen. Und dass es mir sehr leidtut, dass ich wütend geworden bin und dich gepackt habe. Das war falsch von mir. Manchmal werden Menschen wütend und tun Dinge, die sie nicht tun sollten. Dinge, die sie bereuen. Es tut mir leid«, wiederholte sie.

Nate sagte nichts.

»Okay also.« Carson wagte ein Lächeln und wandte sich dann zum Gehen. Als sie durch das Zimmer ging, hoffte sie, dass Nate sie zurückrufen und sagen würde, er freue sich darüber, dass Delphines Wunden heilten. Aber das tat er nicht. Der Junge hob nur die Bedienung auf und wandte sich wieder seinem Spiel zu. Als Carson die Tür hinter sich schloss, wurde ihr klar, dass Delphines Wunden nicht die einzigen waren, die heilen mussten.

20

Eine Woche später eilte Carson zum Medley Coffee Shop auf Sullivan's Island. Sie hatte am Telefon gewartet, und Blake hatte sie schließlich angerufen, nachdem er aus Florida zurückgekehrt war. Es gab eine deutliche Veränderung in seiner Haltung ihr gegenüber seit dem Unglück mit Delphine. Am Telefon hatte er formell geklungen, sogar ungeduldig, als sie ihn bat, sie zu treffen.

Sie betrat das Café und sah, dass Blake schon an der Theke stand. Er war wie üblich mit Khakishorts, braunem T-Shirt und Sandalen bekleidet. Er sah verlotterter aus als üblich. Sein dunkles Haar war länger und er hatte mit einem dieser Schnurrbart-Looks angefangen, die sie für den nicht modebewussten Mann so cool fand. Aber so wie sie Blake kannte, hatte er möglicherweise nur das Rasieren satt. Jetzt, wo sie ihn wiedersah, war es verstörend, die Anziehungskraft zu spüren und sich gewahr zu werden, dass sie ihn mehr mochte, als sie sich das wünschte. Er starrte auf die große Tafel an der Wand, auf der mit weißer Kreide die Tagesangebote geschrieben standen.

»Hey«, sagte sie und kam näher.

Blake sah bei ihrer Begrüßung über die Schulter. Seine direkte Reaktion war ein Lächeln, seine dunklen Augen leuchteten auf. Dann schien es, als würde er sich plötzlich daran erinnern, dass er eigentlich böse sein sollte, und sein Lächeln verschwand.

»Hallo«, sagte er mit kühler Stimme. »Schön, dich wiederzusehen.«

Also waren sie jetzt wieder Fremde, dachte sie mit einem Anflug von Bedauern.

»Danke, dass du dich mit dir triffst.«

»Kein Problem«, sagte er gleichgültig. »Das gehört zu meiner Arbeit mit dazu.«

Sie sog die Luft ein. »Musst du so gemein sein?«

»Ich hielt mich jetzt nicht für gemein.«

»Egal«, sagte sie eingeschnappt und wandte sich zum Gehen. »Ich sehe schon, dass dies keine gute Idee war.«

»Warte«, sagte er schnell.

Sie drehte sich wieder um, starrte ihn verletzt an.

»Okay, ich bin immer noch wütend.«

»Und ich bin immer noch am Boden zerstört«, erwiderte Carson, ihre Stimme zitterte.

Blake runzelte nachdenklich die Stirn. Er fragte in versöhnlichem Tonfall: »Möchtest du einen Kaffee?«

Carson ging zu ihm und warf einen kurzen Blick auf die Speisekarte, die mit Kreide auf die riesige Tafel geschrieben war. »Latte, bitte.«

Blake drehte sich zum Bestellen um. Carson presste ihre Hand auf ihren Magen, während sie ihren Atem beruhigte und ihre Fassung wiedergewann.

Die Tassen in der Hand, sahen sie sich im kleinen Raum um. Zu dieser vormittäglichen Stunde an einem wundervollen Strandtag waren nicht viele Menschen im Café. Sie belegten einen kleinen Kaffeetisch am Fenster.

»Blake«, fing sie an. Sie fürchtete sich, dieses Gespräch zu beginnen, aber sie wusste, dass es sich nicht umgehen ließ. Lieber den Stier bei den Hörnern packen, als quälendes Geplauder zu ertragen.« Ich wollte mit dir heute reden, weil ich dir persönlich sagen wollte – muss, wie mies ich mich fühle wegen dem, was Delphine passiert ist.«

Sie blickte zu ihm hoch. Er saß dort und blickte unbeweglich auf seinen Becher, um den er die Hände gelegt hatte.

»Ich konnte nicht atmen, bis du angerufen und mir gesagt hast, dass Delphine wieder gesund würde. Wenn sie gestorben wäre, ich weiß nicht, was ich dann getan hätte. Ich fühle mich so, als hätte man mir eine zweite Chance gegeben«, fuhr sie fort. »Ja, es war Nates Fehler, die Angelleinen draußen zu lassen. Aber ich habe den größeren Fehler begangen, weil ich Delphine überhaupt erst zum Steg gelockt habe. Das weiß ich jetzt. Ich wollte sie dort zu meinem Vergnügen haben. Und aus irgendeinem Grund – ob du mir jetzt glaubst oder nicht – wollte sie auch dort sein. Trotzdem, das ist keine Entschuldigung. Ich weiß jetzt, dass sie dorthin gekommen ist, wo sie einfach nicht hätte sein sollen.«

»Und der Delfin ist verletzt worden.«

»Richtig«, erwiderte sie. »Es tut mir so leid.«

»Ich verstehe, dass solche Sachen passieren«, sagte er. »Was ich nicht verstehe, ist, wie dir das passieren konnte. Ich dachte, du würdest es begreifen. Ich dachte, du wärst auf meiner Seite.«

»Das *bin* ich.«

»Wirklich? Warum dann, trotz all dem, worüber wir geredet haben, trotz all dem, was wir zusammen gesehen haben, hast du nicht ein einziges Mal erwähnt, dass dieser freundliche Delfin zu deinem Steg kommt? Du hast den Delfin gefüttert. Du bist mit ihm geschwommen. Du hast dich nicht besser verhalten als diese Ausflugsboote, die die Gewässer für die Touristen durchpflügen. Ich fühle mich verraten, Carson. Ich fühle mich –«

»Verletzt«, sagte sie an seiner Stelle.

Er kniff die Lippen zusammen und nickte. »Und enttäuscht.«

Carson hatte nichts zu ihrer Verteidigung. Sie konnte mit seiner Wut fertigwerden, aber seine Enttäuschung und seine Verletztheit waren niederschmetternd. »Blake, es tut mir so leid.«

Er sah ihr in die Augen, als würde er ihre Ehrlichkeit messen. Sie sah seine Augen zucken. »Okay.«

Carson wusste, dass *okay* etwas war, was man zu jemandem sagte, wenn man wirklich nichts mehr zu sagen hatte. Sie hatte sich seine Vergebung noch nicht verdient.

»Und jetzt?«, fragte sie.

»Habe ich schon erwähnt, dass es nach dem Bundesgesetz zum Schutz der Meeressäugetiere illegal ist, Delfine zu füttern, und dass man, wenn man das tut, zu einer Strafe von bis zu 22.000 Dollar in einem Zivilprozess oder bis zu einem Jahr Gefängnis und einer Strafe von 25.000 Dollar in einem Strafprozess verurteilt werden kann?«

Carson erbleichte und starrte ihn an. »Hatte ich erwähnt, dass wir eine größere Summe an das Krankenhaus spenden werden?«

Blake lächelte halb. »Schön, das zu hören. Sie brauchen es.«

»Du wirst nicht ...«

»Nicht, solange du nicht weiterhin ...«

»Das werde ich nicht«, versprach Carson.

»Also, wenn Delphine wieder in der Bucht freigelassen wird«, fragte er sie, »wirst du sie nicht wieder zum Steg zurück rufen? Oder sie füttern? Niemals?«

Vor ihrem geistigen Auge blitzte Delphines Bild auf und sie fühlte wieder die Macht ihrer Verbindung. Der reine Gedanke daran, wie es sein würde, diesen Bund nicht fortzusetzen, rief einen wilden Schmerz hervor, den sie nicht erwartet hatte.

»Es wird hart sein«, sagte sie langsam. »Ich fühle mich, als würde ich meinen besten Freund verlieren. Aber ich will sie nie wieder verletzt sehen. Was, wenn sie auf eigene Faust wiederkommt? Kann ich ihr nicht wenigstens Hallo sagen?«

»Natürlich kannst du. Solange du nicht anfängst, sie zu füttern oder mit ihr zu schwimmen. Oder irgendjemand anderen sie füttern lässt.«

»Ich wäre einfach so glücklich, sie wiederzusehen. Ich vermisse sie schrecklich.« Sie hielt inne, als sie gewahr wurde, dass sie unsicheres Gelände betrat. Sie wollte nicht wieder anfangen zu weinen. »Du kannst mich überprüfen, wenn du möchtest.«

Er verweigerte ihr sein schiefes Lächeln. »Es kann durchaus sein, dass ich das tue.« Blake sah auf seine Armbanduhr und schlug seine langen Beine ein. »Ich muss gehen«, sagte er bestimmt, hob seine Tasse und wollte los.

Seine plötzliche Entscheidung, zu gehen, erwischte Carson unvorbereitet. Impulsiv griff sie nach seiner Hand. »Warte.«

Blake hielt inne und lehnte sich dann wieder abwartend in seinem Stuhl zurück.

Carson zog ihre Hand zurück und betrachtete sie auf dem Tisch. »Ja, ich weiß, dass ich dich enttäuscht habe. Wie soll es jetzt mit uns weitergehen?«

Er zuckte die Schultern. »Ich weiß es nicht.«

Carson blickte ihn an und fühlte eine Welle der Angst. In dem Moment wusste sie, dass sie nicht wollte, dass er wegging. Das war ein neues Gefühl für sie. Wenn es in der Vergangenheit irgendwelche Missklänge oder Probleme gegeben hatte, war sie die Erste gewesen, die weggerannt war. Aber jetzt, zum ersten Mal, wollte sie nicht, dass dies endete.

»Ich habe einen Fehler gemacht. Es ist meine Schuld. Hast du niemals einen Fehler gemacht?«

»Natürlich. Daran liegt es nicht.« Er machte eine Pause und es fühlte sich wie eine Ewigkeit an, bis er weitersprach. »Ich weiß nur einfach nicht, ob wir die gleichen Dinge wollen. Ich dachte, das würden wir, aber jetzt ...«

Carson spürte, wie sich ihr Rückgrat versteifte, während sie ihre wirbelnden Gedanken sammelte. »Ich bin heute dieselbe Person, die ich gestern gewesen bin und vorgestern. Aber ich habe in diesen paar Tagen eine Menge durchgemacht. Eine Menge gelernt. So viel.«

Carson fing an zu reden und plötzlich war es so, als hätte sie den Damm geöffnet, und die Worte kamen herausgeflossen. Sie ließ kein Detail aus, als sie ihm erzählte, wie sie von Delphines Schreien aufgewacht war, ihrem Schrecken, als sie die grausamen Verletzungen sah, den Haken in der Schnauze, wie verzweifelt sie war, als Delphine nach Florida geflogen werden musste. Carson erzählte Blake von ihrer Wut auf Nate, weil er die Angelruten draußen stehen gelassen hatte, was Dora über ihre Mutter gesagt hatte und Mamaws Erklärung, und wie sie sich nach all diesen Jahren an die Nacht erinnerte, in der ihre Mutter gestorben war. Und schließlich beschrieb sie ehrlich, wie sie sich voller Verzweiflung auf dem Steg betrunken hatte.

»Ich weiß, dass ich die Vergangenheit nicht ändern kann. Weder meine Fehler noch die Fehler von anderen. Aber ich kann damit anfangen, mich zu ändern. Blake, ich fühle mich, als stünde ich an der Schwelle zu einem neuen Anfang für mich. Es ist die Zeit für zweite Chancen. Sowohl für mich als auch für Delphine.« Sie holte tief Luft. »Ich bitte um diese zweite Chance mit dir.«

Blake rieb sich den Kiefer, er prüfte ihr Geständnis offenbar sorgfältig. Als er sprach, war seine Stimme nicht herablassend. Carson war ihm dafür dankbar.

»Ich weiß, dass ich an dem Tag im Wasser grob zu dir gewesen bin. Es liegt nicht daran, dass ich mit jedem kurzangebunden gewesen wäre, der dort unten gewesen wäre. Ich war einfach besonders sauer, ausgerechnet *dich* dort zu sehen.«

»Ich weiß«, sagte sie, sie fühlte sich geschlagen und sah zum Fenster hinaus. »Weil du dich verraten fühltest.«

»Weil ich Angst hatte.«

Sie wandte den Kopf, um ihn anzusehen. Er zupfte am Rand seines Papierbechers.

»Ich hatte Angst, dass du verletzt werden könntest. Delfine sind mächtige Wildtiere, die sehr aggressiv werden können. Sie können ernsthaft beißen – es gibt eine Menge Aufzeichnungen von solchen Unfällen. Wenn ich wütend klang, war es, weil ich dich im Wasser sah und mir Sorgen machte.«

Sie war sich sicher, dass er die Erleichterung auf ihrem Gesicht sah. »Der Einzige, der mich verletzen kann, bist du.«

»Ich will dich nicht verletzen.«

»Dann lass es einfach.«

Nachdem sie sich von Blake verabschiedet hatte, ging Carson direkt zu Dunleavy's. Sie hatte noch einen weiteren Bußgang vor sich.

Im Lokal war in der Ruhepause zwischen Mittagessen und Cocktailstunde nicht viel los. Ein paar Stammgäste saßen an den Tischen. Sie erblickte Devlin an der Theke. Es war unmöglich, ihn zu umgehen und zu Brian hinter der Theke zu gehen. Er blickte auf, als er sie sah, und hörte auf, das Glas zu polieren.

»Hey«, rief sie, als sie näher kam.

»Carson«, erwiderte er, seltsam zurückhaltend. »Geht es dir besser?«

»Ja, danke«, erwiderte sie nervös, weil er sich so unübersehbar abweisend verhielt.

Devlins Augen leuchteten, als er sie sah. »Hallo, Fremde«, sagte er und lehnte sich über den Tresen. »Schön, dich wiederzusehen. Habe dein hübsches Gesicht vermisst. Es ist hart, immer nur auf Brians hässliche Fresse zu starren.«

Sie sah Devlin an, nicht wirklich überrascht, dass er überhaupt nicht verlegen war wegen seines schlechten Benehmens. Sie fragte sich, ob er sich überhaupt daran erinnerte.

»Hey, Dev«, erwiderte sie lässig und sah dann wieder Brian an. »Kann ich mit dir reden? Privat.«

»Sicher.« Er setzte Glas und Handtuch ab. »In meinem Büro«, sagte er und führte sie zu einer der beiden Kabinen.

Sie folgte ihm zu der Kabine, die am weitesten von der Theke entfernt war, und schob sich ihm gegenüber hinein. Devlin folgte ihnen verblüfft mit den Augen. Carson setzte sich auf die Bank und rang die Hände im Schoß. Sie blickte über den Holztisch hinweg Brian an. Er hatte sich zurückgelehnt, die Hände ineinander verschlungen auf dem Tisch, und wartete.

»Brian, ich schäme mich für etwas, das ich getan habe«, begann sie stockend. »Du hast vielleicht davon gehört, was mit dem Delfin am Steg von Sea Breeze passiert ist?«

Er nickte nüchtern. »Es ist eine kleine Insel. Sehr traurig.«

»Ich liebte diesen Delfin und es war mein Fehler. An dem Tag passierten noch ein paar andere Sachen und ich war verletzt und habe gelitten. So richtig. Als ich zur Arbeit kam, war ich nicht ich selbst. Nicht, dass dies eine Entschuldigung wäre für das, was ich getan habe«, fügte sie eilig hinzu. Sie schluckte schwer. Sie musste aufhören, um die Wahrheit herumzuschleichen, und einfach mit der Sprache herausrücken. »Brian, ich habe dir eine Flasche Southern Comfort gestohlen.«

Brian war für einen Moment still. »Ich fühle mich ein bisschen schlecht deswegen«, sagte er und sah auf seine Hände.

»Dann sind wir schon zu zweit«, sagte Carson. »Würdest du dich besser fühlen, wenn ich dir sagte, dass dies das einzige Mal ist, das ich je etwas gestohlen habe? Ich meine, in meinem ganzen Leben?«

Er blickte auf und erkannte die Aufrichtigkeit in ihren Augen, aber sein Kiefer war angespannt. »Würdest du dich besser fühlen, wenn ich dir sagte, dass das keinen Unterschied macht?«

Sie wurde blasser, und einen Moment lang dachte sie, dass sie sich übergeben müsste. »Ich werde dafür bezahlen«, sagte Carson.

Er sah sie an mit einem ironischen *Ach-komm-schon*-Blick. »Ja klar, dann wird alles wieder gut sein. Dann wird einfach alles wieder so sein wie vorher.«

Carson blickte auf ihre Hände, spürte wie ihr Mut sank. »Nein, ich weiß, dass das nicht so sein wird.«

»Ich weiß, wie Trinken Probleme scheinbar zurückstellen kann.« Er zog an seiner Nase. »Lass das Verschieben, Kind. Du verschließt einfach die Augen davor, das ist alles. Es ist keine Lösung.«

»Das ist mir klar geworden. Du scheinst dich mit diesem Kram auszukennen«, sagte sie vorsichtig.

»Zwanzig Jahre nüchtern«, sagte er. »Und ja, ich bin ein Alkoholiker.«

Sein Geständnis erwischte Carson unvorbereitet. »Warum arbeitest du dann in einer Kneipe?«

Er lächelte halb. »Sieh mal, Kind. Ich habe das schon lange gemacht. Ich weiß, dass ich Alkohol in der Nähe haben kann, ohne zu trinken. Du hast diese Gewissheit nicht. Du kannst keinen Alkohol in der Nähe haben.«

Carson beobachtete, wie er sich in der Kabine zurücklehnte. Er war ein mitfühlender, aufrechter Mann, der nicht verdiente, was sie ihm angetan hatte.

»So, und nun?«, wollte sie wissen.

»Meinst du das Stehlen oder die Trinkerei?«, fragte er mit sanfter Stimme zurück, nicht sarkastisch.

»Beides.«

»Ich werde nicht hier sitzen und dir sagen, dass alles wieder gut werden wird, weil das nicht stimmt«, sagte er. »Ob du es glaubst oder nicht, du bist nicht die Einzige, die hier gestohlen hat. Ich habe das alles schon erlebt. Stecken Sachen, Schnaps und Essen in Plastiktüten. Und tun so, als würden sie den Müll rausbringen. Zum Teufel, ich hatte einen Koch, der hat zwanzig Steaks in einer Plastiktüte in den Müll getan, und sein Freund kam vorbei und hat sie herausgeholt. Schlau, aber extrem. Ich war nicht besonders nett zu ihnen. Ein Restaurant am Laufen zu halten ist eines der härtesten Geschäfte überhaupt. Jeder Cent zählt.«

Wenn sie ehrlich war, hatte sie sich weiter keine Gedanken über die Gewinne oder Verluste des Restaurants gemacht. *Welcher Angestellte macht das schon?*, fragte sie sich. Carson ließ den Kopf hängen. Sie hätte nicht gedacht, dass sie sich wegen des Stehlens noch schlechter fühlen könnte als ohnehin schon.

»Ich beneide dich nicht um dieses Problem«, sagte Brian. »Aber ich brauche dir nicht zu sagen, dass ich dich hier nicht länger arbeiten lassen kann.«

»Ich weiß«, sagte sie. »Ich bin dir dankbar, Brian. Für den Job und für deine Freundlichkeit.«

Im Gegenzug schenkte er ihr noch mehr davon. »Du bist kein kleines Mädchen mehr, Carson. Dies ist deine Entscheidung. Aber wenn du denkst, dass du vielleicht ein Problem mit Alkohol hast, dann hoffe ich – bete ich, dass du die Anonymen Alkoholiker in Betracht ziehst. Ich denke, dass du stark genug bist, um dagegen anzukämpfen. Ich würde dich gern zu einem Treffen mitnehmen. Doch wenn du lieber alleine gehen möchtest – es gibt eine Menge Treffen hier in dieser Gegend. Aber geh hin. Zumindest einmal.«

»Ich werde es in Betracht ziehen, Brian, das verspreche ich. Ich weiß deine Freundlichkeit zu schätzen. Wegen des Stehlens und dass du auch noch so mitfühlend bist, mir Hilfe anzubieten.«

Er ergriff ihre Hand und schüttelte sie. »Ich weiß es zu schätzen, dass du den Mut hattest, zuerst mit mir zu reden. Ich weiß, dass du die Flasche genommen hast.«

Sein Eingeständnis ließ Carson erbleichen, während sie seine Hand schüttelte.

Er lächelte. »Du bist hier jederzeit willkommen. Und bring Mamaw mit. Ich habe diese Abtrünnige seit einer Ewigkeit nicht mehr gesehen.«

21

Ein paar Tage später blickte Carson durch das Fenster und war überrascht, dass Blake vor der Haustür stand. Sie hatte die Nacht mit ihm verbracht, und sie hatten sich diesen Morgen nach dem Kaffee voneinander verabschiedet. Blake war zur Arbeit in Fort Johnson gefahren und Carson war nach Sea Breeze zurückgekehrt. Sie fragte sich, was Blake vergessen haben könnte, dass er wieder zu ihr kam.

»Hey«, sagte sie mit einem einladenden Lächeln und öffnete die Tür.

Blakes Lächeln war angespannt und seine dunklen Augen besorgt. »Hi«, sagte er.

»Komm herein«, sagte Carson. Ihr Gesicht verdüsterte sich, als sie einen Schritt zurück machte. »Was ist los?«

»Hast du eine Minute Zeit zum Reden?«

Jetzt fingen Carsons Gedanken an, sich zu trüben. »Ja, sicher. Wie wäre es gleich hier?«, fragte sie und zeigte auf das Wohnzimmer. Sie folgte ihm ins Zimmer hinein und sie nahmen sich beide einen der Ohrensessel. Blake saß steif, sein blassblaues Jeanshemd war an den Ärmeln ausgefranst und gab den Blick frei auf braungebrannte Hände, die flach auf seinen Oberschenkeln lagen.

Carson wischte sich das Haar aus dem Gesicht und eröffnete das Gespräch. »Es ist so schwül heute. Mamaw will die Klimaanlage nicht auf höherer Stufe laufen lassen. Sie behauptet, dass sie es so mag.«

Blake lachte, aber er war nicht mit dem Herzen dabei. Er schlug die Hände zusammen und starrte darauf.

Sie schlug die Beine übereinander, presste die Lippen zusammen und spürte, wie sich ihr Magen zusammenzog.

»Carson, ich muss dir etwas erzählen.«

»Okay«, sagte sie matt.

»Es geht um Delphine.«

»Was ist mit ihr?«

»Ich bin die vergangenen Tage meine gesamte Kartei mit den Fotos von allen Delfinen hier durchgegangen, die wir in den vergangenen fünf Jahren in diesem Gebiet registriert haben, und habe versucht, sie anhand der Fotos, die du mir geschickt hast, zu finden. Carson, ich habe gesucht, bis es mir vor den Augen verschwamm. Und Erik auch. Wir haben keinen Eintrag von Delphine in unseren Dateien.«

Carson runzelte die Stirn. »Was hat das zu bedeuten?«

»Es bedeutet, dass sie nicht als Bewohnerin des Charleston-Mündungsgebietes eingetragen ist. Sie ist keine von unseren.«

»Wie kann das sein? Sie war doch hier, nicht wahr?«

»Es gibt mehrere Möglichkeiten. Sie könnte einfach die Küste entlanggewandert sein, als sie sich mit dem Hai angelegt hat und verletzt wurde. Dieses Erlebnis hat sie vielleicht für eine Weile in sicherere Gewässer gezogen. Dann hat sie dich und freie Mahlzeiten gefunden und beschlossen, hier zu bleiben.«

»Machen sie das? Wandern Küstendelfine in die Flüsse hinein?«

Er nickte. »Ja. Die meisten bevorzugen entweder das eine Gebiet oder das andere, aber ein paar nehmen beide. Es gibt auch immer diejenigen, die einem Krabbenkutter von der Küste in den

Hafen folgen, und du hast gesagt, dass dort an dem Morgen ein Krabbenkutter war. Ich vermute, dass sie aus irgendeinem Grund in die Bucht hineingewandert und einfach geblieben ist.«

»Sie ist also ganz alleine draußen?«, fragte Carson und fühlte einen plötzlichen Schmerz wegen Delphine. »Es ist kein Wunder, dass sie sich mit mir angefreundet hat.«

»Oder sie ist geblieben, *weil* du dich mit dir angefreundet hast. Das macht einen Unterschied.«

»Du bist immer so schnell dabei, mich an meinen Fehler zu erinnern.«

»Ich wollte gar nicht streng sein. Ich will nur nicht, dass du wieder in diese sentimentale Denkweise hineinrutschst. Um eurer beider willen.«

»So, und was machen wir jetzt? Wenn sie zurückgebracht wird, wird sie letzten Endes ein Mitglied der lokalen Delfingemeinschaft werden?«

Er rieb seine Hände aneinander, als wäre er aufgebracht, dass er die Situation nicht gut im Griff hatte. »Das, Carson, ist das Problem.«

Sie nahm den veränderten Tonfall wahr und spürte die Spannung, die von Blakes Körper ausging. Sie beschwichtigte ihre Gefühle und konzentrierte sich. »Wo ist das Problem?«

»Carson«, fing er auf sicherem Boden an. »Wenn Delphine nicht zu der hiesigen Population gehört, wird das Mote Marine Laboratory's Hospital sie nicht in unser Flussmündungsgebiet zurückbringen.«

»Was? Das können sie nicht machen. Sie gehört hierher. Wir haben sie zu ihnen gebracht, damit sie wieder gesund wird. Sie können sie nicht behalten!«

»Sie werden sie nicht behalten«, sagte er und versuchte, sie zu beruhigen.

»Sie können sie nicht in Florida freilassen! Das ist lächerlich. Sie ist auch dort keine Einheimische. Was soll das also? Hier hat sie zumindest mich. Sie kennt mich.«

»Carson, hör mir zu. Es ist noch komplizierter. Erstens, die Tatsache, dass sie nicht zu unserem Revier gehört, bedeutet, dass sie kein Hilfsnetz hat. Das ist das erste Problem. Das zweite ist genau das, was du gerade gesagt hast: dass du dich um sie kümmern würdest. Das darf nicht passieren. Wir haben darüber gesprochen. Ganz offen, Carson, wegen Delphines extremer Freundlichkeit befürchten wir, dass sie sich schon zu sehr an Menschen gewöhnt hat. Sie wird möglicherweise der nächste Bettler sein, und das ist schlecht für sie. Drittens, und das ist am wichtigsten: Ihre Verletzungen waren schwerwiegend, dazu kommt noch ihre bereits verstümmelte Schwanzflosse, und du hast einen gefährdeten Delfin vor dir.« Blake stieß die Luft aus und seine Augen suchten ihre. »Wir haben alle Faktoren in Betracht gezogen. Die National Oceanic and Atmospheric Administration macht sich die Entscheidung nicht leicht. Wir alle wollen, dass der Delfin nach Hause in die Wildnis zurückkehrt, soweit das möglich ist. Die Entscheidung ist noch nicht getroffen und hängt davon ab, wie weit Delphine gesundet. Und«, fügte er nüchtern hinzu, »du musst dich darauf gefasst machen: Möglicherweise gibt es ein viertes Problem. Delphines Fortschritte sind nicht so groß, wie wir gehofft haben. Sie frisst nicht gut und wirkt zunehmend teilnahmslos.«

Carson war fassungslos. »Wie lange weißt du das schon?«

»Seit ein paar Tagen.«

»Und du hast so lange gewartet, um mir das jetzt zu erzählen?«

»Ich wollte dich nicht aufregen. Wir haben alle gehofft, dass sie sich wieder fängt.«

Carson versuchte, sich Delphine vorzustellen – ihre neugierigen Augen, ihre endlose Freundlichkeit –, teilnahmslos und verletzt in irgendeinem seltsamen Schwimmbecken. Sie fühlte, wie ihre Handflächen klamm wurden und sich Schweißtropfen auf ihren Augenbrauen bildeten. Sie wischte die Feuchtigkeit weg und verfluchte die Schwüle.

Blake sagte: »Manche Delfine werden teilnahmslos, weil sie sich in einer unbekannten Umgebung befinden, und manchmal liegt dem eine medizinische Ursache zu Grunde – aber wir wissen nicht genau, was mit Delphine los ist. Letztendlich müssen sie sie vielleicht in eine andere Einrichtung bringen.«

»Das können sie nicht«, rief Carson. Sie stand auf und lief im Raum auf und ab, entsetzt, bedroht von dieser neuen Entwicklung. »Ich verstehe das nicht. Warum hast du mich mit rausgenommen, um die wilden Delfine zu beobachten? Du hast mir gezeigt, wie viel besser es für sie ist, in der Wildnis zu leben, sich zu sozialisieren, zu jagen. Jetzt erzählst du mir, dass sie Delphine nicht wieder in die Wildnis entlassen werden? Dass sie sie in eine Einrichtung stecken werden? Und du bist damit einverstanden? Sie wird nicht verstehen, warum sie dort hingebracht wurde. Das ist grausam.«

Blake streckte die Hand nach ihr aus. »Carson.«

»Fass mich nicht an!«, rief sie aus und hob abwehrend die Hände. »Ich begreife nicht, warum du das zulässt. Du gehörst zu NOAA. Du kannst das stoppen. Du kannst dafür sorgen, dass sie wieder hierher gebracht wird.«

»Nein, das kann ich nicht. Die Macht habe ich nicht. Und selbst wenn, würde ich es nicht tun.«

»Warum nicht?«, fragte sie durch zusammengebissene Zähne.

»Weil man immer das tun muss, was für den Delfin am besten ist.«

Sie stotterte, als sie ihre Worte hinunterschluckte. Sie wollte ihn anschreien, dass sie ihn hasse, aber natürlich tat sie das nicht. Sie hasste die Situation. Sie hasste ihre Rolle darin. Sie hasste es, Delphine in dieser Situation zu wissen.

Aber sie konnte es immer noch nicht ertragen, Blake anzusehen, in seiner Nähe zu sein. Sie hatte seine Regeln und Bestimmungen satt, seine Unfähigkeit, ihre Beziehung zu Delphine zu verstehen. Seine mangelnde Sensibilität. Sie war fertig mit ihm, fertig mit alldem. Sie hörte auf, hin- und herzugehen, fühlte wieder, wie die Zimmerwände näher kamen. Die alte Panik stieg in ihrer Brust auf und sie wusste nur, dass sie hier rausmusste.

»Ich muss für eine Weile alleine sein«, sagte sie. Ruckartig zeigte sie in Richtung Tür. »Bitte, du kennst den Weg raus.« Carson drehte sich um, eilte aus dem Zimmer und verachtete sich selbst für ihren emotionalen Ausbruch. Sie rauschte durch das schwüle Haus, wollte verzweifelt raus und an die frische Luft, um ihre Fassung wiederzugewinnen. Sie musste zum Wasser.

Der Himmel über dem Festland war wie eine purpurne Regenwand. Auf der Insel war es immer noch sonnig. Blitze zerrissen die Wolken, gefolgt vom lauten Grollen des Donners. Im Kontrast dazu war der Himmel über den Inseln blau. Carson rannte den Steg hinunter, ihre Fersen hämmerten laut und donnernd auf das Holz. Einmal auf dem schwimmenden Steg, riss sie sich die Kleidung bis auf BH und Unterwäsche herunter und stellte sich an den Rand, ihre Zehen hingen darüber.

Carson atmete tief ein und aus und beruhigte sich, während Sonnenstrahlen das Wasser durchdrangen. In der Tiefe, an den moosbedeckten Pfeilern, sah sie einen langen, dunklen Schatten. Ihr Herzschlag setzte einen Moment aus, als sie spontan an Delphine dachte. Sie trat näher an den Rand, um über den Steg hinauszuspähen, und durchsuchte die Wellen. Sie sah nichts Ungewöhnliches, nur das Auf und Ab eines lebenden, atmenden Wasserkörpers.

Etwas Unbeschreibliches geschah mit ihr, als sie in die blauen Tiefen des Ozeans starrte. Sie konnte spüren, wie die Anspannung langsam aus ihrem Körper wich. Es war so, als hätte man für die Litanei von Sorgen, die sie in ihrem Gehirn gespeichert hatte, die Löschtaste gedrückt. Nicht lange und ihr Atem ging im gleichen Rhythmus wie das Auf und Ab der sanften Wellen. Ihre Gedanken wurden ruhig und rational.

Das Meer war, wie sie wusste, Heimat zahlreicher lebender Kreaturen. Kleine Fische schnellten durch die Sicherheit der Pfeiler hindurch und knabberten an den Algen. An der Küstenlinie entlang bildeten die schwarzen, spitzen Schalen der Austern, eine auf der anderen, ein gefährlich köstliches Bett voller Widerhaken. Während sie auf den sandigen Boden in der Bucht starrte, fragte sie sich, ob sie sich den dunklen Schatten eingebildet hatte.

Carson schlang die Arme um ihren Körper und kaute nachdenklich auf ihrer Lippe. Wie lange würde sie zitternd am Rand stehen?

Sie erinnerte sich an die Worte, die Mamaw ihr gesagt hatte. *Du bist das stärkste Mädchen, das ich kenne.* Sie erinnerte sich an den schamlos kühnen, selbstsicheren Blick ihrer Vorfahrin Claire auf dem Porträt. Schließlich dachte Carson an ihre Mutter und den Mut, den die junge Frau gebraucht hatte, alleine nach Amerika zu reisen, um dort ein neues Leben zu beginnen.

Sie musste diesen Mut wieder in sich selbst finden. Sicher, sie hatte immer noch Angst vor dem dunklen Schatten im Wasser.

Sie wäre ein Idiot, wenn sie das nicht hätte. Aber dieses Meer war auch ihr Revier. Vor über 500 Millionen Jahren nannten die Menschen das Meer ihre Heimat. Die Beziehung zum Ozean war etwas Persönliches. Die Verbindung zog sich durch ihr Gedächtnis, inniger als die Muttermilch.

Carson stand auf dem Steg und schüttelte ihre Beine, spürte das Blut fließen. Sie fühlte die Sonne auf ihrem Gesicht, während sie ihre Arme über den Kopf hob und dann einen Punkt im Wasser fixierte. Sie holte Luft, dieser eine Akt, der den wichtigsten evolutionären Unterschied zwischen ihr und den Fischen im Meer darstellte. Und trotzdem war es das gleiche Bedürfnis nach Luft, das sie mit den Delfinen verband. Carson tauchte ins Wasser ein. Die kühle Flüssigkeit umfing sie, hieß sie willkommen.

Heimat, dachte sie, während sie ihre Arme weit ausstreckte und ihr Mund eine Reihe von Luftblasen ausstieß. Mit starken Beinschlägen brach sie durch die Oberfläche und schnappte nach Luft. Wassertropfen flossen ihr lächelndes Gesicht hinunter, während sie die Arme nach vorne warf und wieder mit den Beinen schlug, kräftig. Einen Schwimmzug nach dem anderen bewegte sie sich ohne Pause gegen die Flut vorwärts, berauscht vom Triumph. Sie schwamm direkt zum Steg von Mr Bellow und ruhte sich aus, ihre Arme waren müde nach so vielen Tagen ohne Übung. *Ich habe es geschafft*, dachte sie frohlockend. Sie sah auf den Steg von Sea Breeze, fixierte es, maß die Distanz. Und jetzt zurück.

Sie stieß sich ab und begann, zurückzuschwimmen. Sie schlug diesmal ein etwas gemächlicheres Tempo an, genoss das Gefühl, ihre Arme so weit vorwärtszustrecken, wie sie konnte, das Gefühl der Sonne auf ihrem Gesicht. Sie stellte sich vor, wie Delphine mit ihr schwamm, sah ihre Augen eifrig und leuchtend, neugierig darauf, welches Abenteuer als Nächstes kam. Sie fühlte, wie die Energie des Delfins sie durchströmte. Diese Gewässer hielten Erinnerungen fest, wurde Carson bewusst, und in jenem strahlenden Moment wusste sie, dass Delphine immer bei ihr sein würde.

Während sie sich dem Steg näherte, sah sie dort Blake stehen, wartend, die Hände an seinen Hüften. Er beugte sich hinunter und bot ihr seine Hand, um ihr hochzuhelfen. Der Schmerz und der Zorn, die sie gefühlt hatte, hatten sich aufgelöst, während ein anderer Teil von ihr – der stärkere, zuversichtlichere Teil – seinen Anblick begrüßte. Es gab keinen Platz in ihrem Herzen für kleinliche Kratzbürstigkeit. Sie griff nach seiner Hand und spürte, wie sich seine starken Finger um ihre schlossen.

Blake wickelte ein Handtuch um ihre Schultern, ging dann auf höfliche Distanz, zweifellos immer noch vorsichtig nach ihrem Ausbruch.

»Können wir darüber reden?«, fragte er. »Bitte, Carson. Es ist zu wichtig.«

»Ja, natürlich«, erwiderte sie in versöhnlichem Ton. Sie fing an, ihren Körper mit dem Handtuch abzurubbeln. »Es tut mir leid wegen meines Ausbruchs vorhin. Ich bin immer noch empfindlich, wenn es um Delphine geht. Aber was gibt es noch zu bereden? Du hast mir gerade gesagt, dass alles schon entschieden ist.« Sie machte eine Pause, atmete langsam ein. »Dass sie Delphine in eine Einrichtung bringen werden.«

»Nein, das habe ich nicht gesagt«, erwiderte er betont deutlich. »Ich sagte, dass es Delphine nicht gut geht. Sie *überlegen*, sie in eine Einrichtung zu bringen.«

»Und da man sie nicht als Teil unserer hiesigen Gemeinschaft identifizieren konnte, wäre das wahrscheinlich sowieso passiert«, fügte Carson lakonisch hinzu. Sie seufzte und zog das Handtuch

fester um sich, während sie eine Welle der Depression spürte.
»Wo liegt da der Unterschied?«

»Es gibt einen Unterschied und ich möchte, dass du den begreifst.« Blake verlagerte sein Gewicht und legte die Hände an die Hüften, eine Bewegung, die, wie Carson jetzt wusste, signalisierte, dass er viel über diese Sache nachgedacht hatte und sich selbst erklären wollte. »Der Ort, für den Delphine vorgesehen ist, ist ziemlich einzigartig. Er befindet sich in den Florida Keys und hat natürliche Lagunen, in die das Meer rein- und rausfließt. Sie wird immer noch im Atlantischen Ozean sein, in ihrer Heimat. Es ist kein Betonbecken. Und sie werden sie in ihre Delfinfamilie einführen. Sie wissen, was sie tun. Delphine wird von einer hingebungsvollen Mannschaft und letztendlich auch von den Delfinen begrüßt werden. Wenn sie dorthin geht, wird sie zu einer neuen Familie gehören. Das habe ich schon bei anderen Delfinen erlebt.«

Der Gedanke daran, wie Delphine in einen Familienverband von Delfinen aufgenommen wurde, nahm ihr den Wind aus den Segeln. Es sah Blake so ähnlich, sich ihre Befürchtungen anzuhören, intelligente Antworten zu geben. Seine Reaktion war ruhig, scharfsinnig und überzeugend. Sie ließ sich auf den Steg plumpsen, zog ihre Beine an und wickelte sich fest in das Handtuch. Sie starrte auf die Bucht hinaus, die sich ohne Delphine immer noch so leer anfühlte.

Blake setzte sich neben Carson. Alles war still, abgesehen von dem leisen Grollen des Donners, während die Gewitterwolken näher kamen. Kabbelige graugrüne Wellen schlugen gegen die Stege.

»Ich dachte, du wärst gegen Delphine in Gefangenschaft?«, sagte sie mit leiser Stimme und bemühte sich, fair und realistisch zu sein.

Blake schien ihre Anstrengung zu würdigen zu wissen, verstand endlich, dass dies für sie nicht schwarz-weiß war. Dies war eine Sache, die von komplizierten Emotionen durchzogen war. »Wenn du mich fragst, ob ich dagegen bin, Delphine in der Wildnis zu fangen, würde ich eindeutig sagen: Ja, ich bin dagegen. Kein wilder Delfin sollte aus irgendeinem Grund aus seinem natürlichen Habitat herausgeholt werden. Niemals. Andererseits gibt es Aquarien und Einrichtungen, die einen Platz bieten, wo verletzte Delfine, die man nicht mehr freilassen kann, ihr restliches Leben verbringen können, wohl versorgt und geliebt. Diese Delfine würden wahrscheinlich als Haifutter enden oder verhungern, wenn man sie freiließe.« Er machte eine Pause. »Das Dolphin Research Center ist solch ein Ort. Dorthin werden sie Delphine schicken, wenn sie sie als nicht mehr für die Wildnis geeignet einstufen.«

Ein kühler Windstoß spritzte die Gischt einer Welle über sie. Sie zitterte und ihre Zähne begannen zu klappern.

Blake runzelte die Stirn und legte seinen Arm um ihre Schultern. Sie sträubte sich geringfügig, aber er murmelte sanft ihren Namen und zog sie näher an sich heran. Carson spürte die Stärke seiner Arme und entspannte sich bei ihm, fühlte, wie seine Arme um sie glitten und sie festhielten. Sie atmete tief ein, spürte den schwachen Geruch seines Körpers in dem abgetragenen Hemd. Er sprach nicht und ließ stattdessen sein Kinn auf den weichen Haaren ihres Kopfes ruhen.

Sie griff nach oben, um ihre Haare hinter ein Ohr zu schieben. »Ich habe gegrübelt und gegrübelt ...« Ihre Stimme verlor sich.

»Worüber gegrübelt?«

»Es ist so, als würde ich die Teile eines Puzzles zusammensetzen, ein Puzzle, das mich jahrelang verwirrt hat. Es fängt langsam an, einen Sinn für mich zu ergeben.« Sie machte eine Pause. »Dass ich immer Beziehungen vermeide, mich nie auf irgendjemanden oder irgendetwas verlasse, vor Verpflichtungen davonlaufe – ich war mir dessen vielleicht nicht wirklich bewusst, aber wenn ich so zurückblicke, wie sonst soll ich das erklären? Ich wollte nicht einmal eine Eigentumswohnung haben, um Himmels willen. Ich hatte immer dieses ...« Sie suchte nach dem Wort. »... diesen *Zwang*, unbelastet zu sein, frei von allem und jedem, das mich festbinden könnte.«

Sie holte Luft. »Bis Delphine kam. Diesen Sommer bin ich zum ersten Mal eine richtige Bindung eingegangen, und ausgerechnet zu einem Delfin.« Sie lachte, immer noch erstaunt über das Wunder, das sie erlebt hatte. »Sie hat mich verändert. Ich kann es nicht anders erklären. Ich weiß nicht, wie ich dir das klarmachen kann. Mein ganzes Leben lang habe ich mir so viel vom Leib gehalten – meine Gefühle, die Menschen, an denen mir etwas liegt, meine Pflichten. Bei Delphine konnte ich das nicht. Um mit ihr zu kommunizieren, musste ich aus mir herausgehen.« Sie schüttelte den Kopf.

»Ich konnte sie nicht zum Narren halten. Ich konnte nicht wütend oder traurig zum Wasser kommen. Sie hat mich dazu gezwungen, meine Schwingungen zu intensivieren. Sie hat mich glücklich gemacht.« Carson stöhnte auf und versenkte ihr Gesicht in den Händen. »Es ist mir peinlich, dir diese Dinge zu sagen. Du musst denken, dass ich irgendeine gefühlsduselige Tussi aus L.A. bin.« Sie ließ die Hände sinken und sah ihm in die Augen. »Aber es ist wahr. Und ich bin jetzt noch nicht bereit für ein Leben ohne Delphine.«

»Ich weiß.«

Carson setzte sich auf und wandte sich ihm zu. »Ich fühle mich, als würde ich sie im Stich lassen. Alles, was ich je getan habe, ist, Sachen im Stich zu lassen – Jobs, Beziehungen.« Sie schüttelte den Kopf. »Das werde ich nicht machen. Blake, du weißt, dass das meiner Meinung nach eine Todsünde ist.«

»Sie wird nicht im Stich gelassen, Carson«, sagte Blake. Sein Blick flehte sie um Verständnis an. »Ganz im Gegenteil. Sie sind dort begierig darauf, sie zu bekommen. Und es wäre ja nicht so, als hättest du bei der Entscheidung mitzureden gehabt. Sie war verletzt, und du hast mitgeholfen, ihr Leben zu retten.«

»Kannst du ihr das erklären?«, fragte Carson. »Auf eine Art, die sie verstehen kann? ... Kannst du nicht«, antwortete sie für ihn. »Genauso wie du nicht verstehen kannst, was ich fühle. Du betrachtest Delfine als faszinierende, intelligente Kreaturen. Aber da hört es bei dir auch auf. Du würdest nicht einmal die Möglichkeit in Betracht ziehen, dass Delfine und Menschen eine sehr reale Verbindung eingehen können, die nicht wissenschaftlich ist. Das ist etwas, das ich in meinem Herzen fühle, nicht in meinem Kopf. Ich habe keine Studien, die ich dir zeigen könnte. Aber ich weiß, dass unsere Verbindung besteht. Ich *weiß* es.«

»Aber ich bezweifele nicht, dass du eine Verbindung zu ihr hattest«, erwiderte Blake. Er hielt ihrem Blick stand. »Ich glaube dir.«

Carson seufzte, erleichtert, dass er endlich ihre Gefühle ernst nahm.

»Du zitterst«, sagte Blake. »Wir sollten gehen.«

»Du hast recht«, erwiderte Carson und traf eine Entscheidung, die angefangen hatte, in ihrem Kopf Gestalt anzunehmen, seit Delphine zuerst weggebracht worden war. »Ich sollte fahren. Nach Florida. Ich muss Delphine wiedersehen. Mit meinen eigenen Augen sehen, dass es ihr gut geht.«

»Carson ...«

»Wenn sie deprimiert ist, wird es sie trösten, mich zu sehen.

Sie kennt mich. Ich kann möglicherweise helfen. Ich muss es versuchen.« Sie nahm Blakes Hand. »Kannst du mir wenigstens damit helfen?«

»Du willst zum Dolphin Research Center fahren?«

»Nein, ich will zu dem Hospital gehen. Zum Mote Marine Laboratory, wo Delphine jetzt ist«, erwiderte sie.

»Die Behandlung kann Wochen dauern. Monate.«

»Ich werde nur so lange dort bleiben, wie es braucht, bis sie über den Berg ist.«

»Wo willst du unterkommen? Wie kannst du dir das leisten?«

»Ich suche mir einen Job. Suche mir eine billige Unterkunft. Ich weiß, wie man das macht.«

»Du hast keinen Zutritt. Nur die Mitarbeiter können sie sehen.«

»Dann hilf mir, dort einen Job zu finden. Oder ein Praktikum. Oder eine Arbeit als ehrenamtliche Helferin. Ich werde Fußböden fegen, Becken schrubben, egal, was sie wollen. Alles, das mir die Tür öffnet, damit ich sie sehen kann.«

Er runzelte die Stirn. »Du wirst ihre Entscheidung bezüglich der Einrichtung nicht beeinflussen.«

»Das ist auch nicht meine Absicht. Ich will nur sehen, ob ich mithelfen kann, Delphine zu retten. Ich denke, dass ich ihr das schulde.«

Donner grollte, jetzt näher und lauter.

Blake sah zum Himmel hoch, sein Profil wurde vom Licht eines Blitzes erleuchtet. »Du bittest mich darum, dir bei deiner Abreise zu helfen«, sagte er. »Dabei zu helfen, von hier wegzugehen.«

»Ja.«

»Und dann?«, fragte er und drehte sich zu ihr um. »Jetzt frage ich *dich*. Was ist mit uns?«

Der Wind frischte auf und Carson fühlte sich davon erfüllt, dass sie ein Ziel hatte. Sie griff nach seiner anderen Hand, nahm sie in ihre und sah ihm in die Augen. »Uns will ich auch nicht verlieren«, antwortete sie. »Blake, mir liegt was an dir. Sehr viel. Ich weiß, dass das etwas Besonderes zwischen uns ist. Aber ich weiß in meinem Herzen, wenn ich das nicht tue, wenn ich nicht selbst sehe, dass es ihr gut geht, und ihr verständlich mache, dass ich sie nicht im Stich lasse, werde ich niemals dazu in der Lage sein, weiterzukommen. Ich werde nur weiterhin weglaufen. Verstehst du das nicht? Das mache ich *jedes Mal*. Ich betreibe Schadensbegrenzung und verschwinde. Aber ich versuche, dieses Muster zu durchbrechen. Nur wenn ich dies mit Delphine zu Ende bringe, gibt es irgendeine Hoffnung für dich und mich.«

Er lehnte sich vor, so dass sich ihre Stirnen berührten.

»Sage mir einfach, dass du zurückkommen wirst.«

»Ich komme zurück.«

Er bewegte seinen Kopf, um sie zu küssen, langsam, besitzergreifend.

Ein Donnerschlag grummelte über ihnen und hallte wider, warnte sie, dass das Zentrum des Unwetters über ihnen lag. Blake legte seine Hände schützend um ihr Gesicht, als wollte er ihr Bild festhalten, dann stand er auf und zog Carson auf die Füße. Hand in Hand rannten sie den Steg hinunter in den Schutz von Sea Breeze.

22

»Du wolltest mich sprechen?«

Mamaw sah von der kleinen, fröhlich verpackten Schachtel hoch, die sie in ihrem Schoß hielt. Carson stand an der Tür, ihr Ausdruck neugierig, vielleicht ein bisschen angespannt, dass sie in Mamaws Zimmer gerufen worden war. Carson wollte am nächsten Morgen nach Florida abreisen. Den ganzen Tag lang war sie ein wirbelnder Derwisch gewesen, packte und bereitete sich für die Reise vor. Das Haus war jetzt ruhig, abgesehen vom Murmeln der Mädchen draußen auf der hinteren Veranda und dem Klirren von Eis in ihren Gläsern. Mamaw betrachtete die junge Frau in den Kleidern, die sie inzwischen als Carsons Pyjama akzeptiert hatte – Herrenboxershorts und ein altes T-Shirt. Ihr langes Haar bedeckte ihre Schultern wie ein schwarzer Samtschal.

»Ja, komm herein«, erwiderte Mamaw und winkte Carson mit der Hand, hereinzukommen. Dann klopfte sie auf den Stuhl neben sich.

Carson lächelte und gesellte sich zu Mamaw in das kleine Zimmer, das sich an ihr Schlafzimmer anschloss. Eine kleine Lampe, deren Lampenschirm mit blauen Fransen besetzt war, warf gelbes Licht auf den Chintzstoff, der den Tisch und die dazugehörenden Stühle bedeckte. Dies war Mamaws Lieblingszimmer, ein perfekter Ort für ein Tête-à-Tête. Sie ließ ihre Finger müßig den Kragen ihrer blassrosa Seidenrobe glätten, während sie Carsons Schritte auf sie zu maß.

Carson beugte sich hinunter, um die Wange ihrer Großmutter zu küssen. »Das ist schön.«

»Ich wollte noch ein bisschen mit dir reden, bevor du abreist«, fing Mamaw an.

»Ich habe alles gepackt und bin startbereit, so wie in dem Lied«, sagte Carson.

Mamaw musterte ihr Gesicht und sah die bekannten Anzeichen der bevorstehenden Abreise – die Aufregung in ihren Augen, die Energie, die ihr aus den Poren strahlte. Warum waren ihre geliebten Menschen immer so erpicht darauf, aufzubrechen? Die offene Straße hatte Mamaw nie gereizt. Sie hatte nie verstehen können, warum jemand die sinnlichen gewundenen Bäche, die phänomenalen Sonnenuntergänge oder das Lied der Brandung im Lowcountry hinter sich lassen wollte. Es gab mehr als genug Kultur in Charleston, selbst für die anspruchsvollsten Geschmäcker. Was das Verlockende an fremden Städten war, verstand Mamaw einfach nicht.

Carson musste die Anspannung in ihrem Gesicht gesehen haben, denn sie lehnte sich vor und legte ihre Hand auf Mamaws. »Ich werde bald wieder zurück sein. Ich verspreche es. Ich werde nur für ein paar Wochen weg sein. Ich weiß, wie wichtig dir dieser Sommer ist. Ich werde dich nicht enttäuschen.«

»Oh, Kind«, sagte Mamaw und tätschelte Carsons Hand, »du hast mich nie enttäuscht.«

Carson sah sie misstrauisch an. »Niemals? Aber ich fühle mich, als hätte ich gerade ein großes Chaos angerichtet. Wieder einmal.«

»Niemals«, erwiderte Mamaw bestimmt. Sie hasste jedes Zeichen von Defätismus an ihren Enkelinnen. Sie bemerkte es schnell.

»Ganz das Gegenteil. Darüber wollte ich mit dir reden. Carson«, fing sie an, sah ihrer Enkelin gerade in die Augen, wollte gehört werden. »Dies ist ein sehr schwieriger Monat für dich gewesen. Trotzdem hast du diese emotionale Achterbahn der Familiengeheimnisse überstanden, dich mit deiner Trinkerei auseinandergesetzt, die Verantwortung für diesen schrecklichen Unfall mit dem Delfin auf dich genommen, alles mit einem Anstand und Mut, den nicht viele Frauen besitzen.« Sie machte eine Pause und sah, wie sich Carsons Augen ungläubig weiteten. In dem Moment sah sie wieder das kleine Mädchen, das nach dem Feuer zu ihr gezogen war, ihre verbrannte Haut bandagiert, ihr Haar versengt und ihre blauen Augen groß vor verletzlicher Hoffnung, die ihr Mamaws Mitgefühl einbrachte. »Ich bin stolz auf dich«, sagte sie mit Nachdruck, sie wollte, dass ihre Enkelin diese Worte begriff.

Carson schloss für einen Moment die Augen und öffnete sie dann wieder. »Ich bin mir nicht sicher, ob ich das verdiene«, sagte sie unsicher. »Und was meine Trinkerei angeht – ich kämpfe jeden Tag aufs Neue dagegen an.«

»Mehr kann auch niemand tun, meine Liebe. Wir wachen auf, sammeln unseren Mut und stehen auf, um uns dem neuen Tag zu stellen. Oder bleiben ansonsten im Bett liegen und verschwenden unser Leben.«

Carson nickte und hörte zu. »Jetzt klingst du wie Blake«, sagte sie. »Er ist, sagen wir mal, ein großer Optimist.«

»Oh?«, sagte Mamaw und spitzte direkt die Ohren bei der Erwähnung des jungen Kavaliers. »Wie geht es diesem netten jungen Mann?«

Carsons Lächeln war vielsagend. »Ihm geht es gut, Mamaw.«

Mamaw wartete, aber es kam nicht mehr. Sie konnte es nicht lassen, weiter nachzuhaken. »Du triffst ihn also immer noch? Nach dem Vorfall mit dem Delfin?«

»Ich denke, ich bin auf Bewährung«, erwiderte Carson mit einem leisen Lachen.

»Wie geht es ihm damit, dass du abreist?«

»Er ist nicht glücklich darüber«, erwiderte Carson ehrlich. »Aber er versteht, warum ich das tun muss. Er hat es arrangiert, dass ich Delphine treffen kann. Ohne ihn hätte ich niemals Zugang zu ihr bekommen.«

»Ich verstehe. Nun, er ist ein sehr netter junger Mann.«

»Das hast du schon gesagt, Mamaw«, erwiderte Carson und stupste sie sanft an. »Ernsthaft, er bedeutet mir etwas. Eine ganze Menge. Mehr, als mir je irgendjemand bedeutet hat. Und ich bin mir ziemlich sicher, dass es ihm genauso geht. Es ist so, wie du gesagt hast. Wir kämpfen uns von Tag zu Tag weiter. In Ordnung?«

Mamaw versuchte, ihre Freude über diese Entwicklung zu verbergen, indem sie auf das Päckchen in ihrem Schoß hinuntersah. »*So*«, sagte sie in beschwingtem Ton, straffte sich auf ihrem Stuhl und ergriff die Schachtel. »Ich habe ein kleines Geschenk für dich.«

»Ein Geschenk? Ich habe heute nicht Geburtstag.«

»Ich weiß ganz genau, dass du heute nicht Geburtstag hast, du dummes Mädchen. Und es ist nicht Weihnachten, Nationalfeiertag oder Erntedanktag.« Sie reichte Carson die kleine Schachtel, die in glänzendes blaues Papier mit einer weißen Schleife eingewickelt war. »Kann eine Großmutter ihrer Enkelin nicht ein Geschenk machen, wenn sie das möchte? Öffne es!«

Carsons Gesicht entspannte sich zu einem erwartungsvollen Lächeln, als sie sich über die Schachtel beugte und sorgfältig das Band löste, es zu einer Kugel aufrollte, dann langsam das Klebeband löste, vorsichtig, um nicht das Papier zu zerreißen. Mamaw genoss es, ihr dabei zuzusehen, wie sie das Geschenk behutsam öffnete, was sie wieder einmal an Carson als kleines Mädchen erinnerte. Ganz anders als Harper, die das Papier aufgerissen, es zerfetzt und die Stücke um sich herum verstreut hatte.

Bevor sie den Deckel öffnete, schüttelte Carson die Schachtel an ihrem Ohr, die Augen zum Himmel gewandt, und tat so, als würde sie den Inhalt abschätzen. »Ein Armband vielleicht? Oder eine Brosche?«

Mamaw antwortete nicht und hob nur die Augenbrauen, ihre Hände zusammengepresst, während ihre eigene Spannung wuchs, wie Carson wohl reagieren würde.

Carson öffnete die Schachtel, hob dann die Ecken des vergilbten, brüchigen Baumwolltaschentuchs an, eines, das Mamaw an ihrem Hochzeitstag in den Ärmel gesteckt hatte, fein bestickt mit den Initialen MCM. Dann wurde sie still. In den Baumwollstoff eingewickelt war ein Schlüssel, verbunden mit einem silbernen Schlüsselring in der Form eines Delfins. Carson sah ihre Großmutter ungläubig an.

»Machst du Witze? Ist das ... Ist das der Schlüssel zum Blauen Bomber?«, rief sie.

»Genau ebendieser.«

»Aber ... Ich dachte, du hättest gesagt ... Das verstehe ich nicht«, stotterte Carson.

»Da gibt es nichts zu verstehen«, sagte Mamaw mit einem leisen Lachen. »Dies ist mein Geschenk an dich! Der Cadillac mag zwar alt sein, aber er ist in perfektem Zustand. Er wird dich sicher nach Florida und zurück bringen. Und überallhin, wo du sonst noch hinfahren möchtest. Er gehört jetzt dir. Ich will, dass du ihn bekommst. Du hast ihn dir verdient.«

Sprachlos beugte sich Carson zu ihr, um ihre Arme um Mamaws Schultern zu legen, und drückte sie fest. Mamaw roch den

Duft ihres eigenen Parfüms auf Carsons Haut – jetzt ihrer beider Parfüm – und fühlte die uralte Verbindung, die sie immer zu Carson gespürt hatte.

»Ich weiß nicht, was ich sagen soll«, stieß Carson hervor und rutschte zurück in ihren Stuhl. Sie starrte ungläubig auf den Schlüssel.

»*Danke* ist normalerweise angemessen.« Mamaw zwinkerte.

Carson lachte, denn lächelte sie sie an. »Danke.«

Mamaw spürte, wie eine Welle der Emotionen ihre Augen feucht werden ließ. »Oh, ich hasse es, dich gehen zu sehen. Nun, gib mir einen Kuss zum Abschied, mein kostbares Mädchen«, sagte sie mit gespieltem Weinen. »Und dann ab ins Bett. Du brauchst deinen Schlaf für die lange Fahrt.«

»Ich werde dir heute einen Gutenachtkuss geben und morgen früh einen Abschiedskuss.«

Mamaw schüttelte den Kopf. »Nein, alles jetzt. Ich hasse Abschiede.« Sie seufzte. »Davon gab es in meinem Leben schon zu viele.«

Carson küsste ihre Großmutter auf die Wange, blieb an ihrem Ohr. »Ich bin bald wieder zurück. Das verspreche ich.«

―

Es war ein passender Morgen für eine Reise. Der Himmel war wolkenlos und die Luft war klar, frei von der hohen Luftfeuchtigkeit der Südstaaten, durch die man sich um neun Uhr morgens schon durchnässt fühlte. Mamaw stand auf dem Belvedere, ihre Hände auf dem Geländer, und sah sich die Szene an, die sich unter ihr abspielte.

»Bist du sicher, dass du nicht hinuntergehen und dich ihnen

anschließen willst?«, fragte Lucille an ihrer Seite. »Wir sind wie ein paar alte Hennen, die hier oben rasten.«

»Ganz sicher«, antwortete Mamaw und spürte wieder den Stich im Herzen, den sie bei Abschieden immer spürte. Sie fing sich wieder, straffte ihre Schultern und sagte schelmisch: »Wir haben uns verabschiedet, und du weißt, wie sehr ich Melodramen verabscheue.«

»Ach ja«, erwiderte Lucille mit deutlichem Sarkasmus. »Ganz sicher, dass du alles Melodramatische hasst.«

Mamaw hatte den Anstand, zu kichern. Sie wandte ihren Blick dem Grüppchen junger Frauen zu, die sich um den blauen Cadillac versammelt hatten. Der Wagen war gepackt, das Dach heruntergelassen. Einen Moment lang sah sie wieder sich selbst, wie sie als junge Frau in ebendieser Auffahrt stand, Lachen, Umarmungen, Küsse, während ihrer zahlreichen Verabschiedungen von Parker, der seiner Wanderlust folgte, und das erzwungene Lächeln, das ihren Herzschmerz Lügen strafte, wenn ihre Sommermädchen am Ende jedes Sommers wieder in ihr entferntes Zuhause zurückkehrten. Und auch die schrecklichen, endgültigen Abschiede von ihrem Ehemann und ihrem Sohn. Das war eben die Bürde eines langen Lebens. Es gab zu viele Abschiede, so viele Sonnenaufgänge und Sonnenuntergänge, glückliche und schmerzliche Erinnerungen.

Carson war die Größte, in verblichenen Jeans und einem blassblauen Leinenhemd. Ihre dunklen Haare waren zu einem Zopf geflochten, der ihr wie ein langes Seil über den Rücken fiel. Darüber trug sie einen Fedora aus Stroh mit einem hellblauen Hutband. Sie lehnte sich mit dem Auftreten eines Eigentümers an den großen Wagen und ließ die Schlüssel vor den Gesichtern ihrer Schwestern baumeln. Dora stand neben ihr in rosa Bermudashorts und einem floralen T-Shirt, ihre blonden Haare flossen ihr lose über die Schultern. Sie nippte an dem Becher in ihren Händen, während sie miteinander sprachen. Harper war so geschmeidig wie eine kleine Amsel in knöchellangen Hosen und einem Hemd, ihr kupferfarbenes Haar zu einem Pferdeschwanz zurückgebunden. Mamaw verstand nicht, wie sie in diesen hochhackigen Sandalen stehen konnte.

»Sie sind heute genauso verschieden, wie sie immer gewesen sind«, sagte sie zu Lucille. »Und trotzdem, in den vergangenen paar Wochen haben sie, glaube ich, entdeckt, dass sie gleichwohl einige tiefgreifende Gemeinsamkeiten haben. Glaubst du nicht auch?«

»Wenn du mit Gemeinsamkeiten meinst, dass sie einander nicht an die Kehle gehen und anfangen, sich wieder zu mögen, dann stimme ich dir zu«, erwiderte Lucille.

»Das natürlich auch«, sagte Mamaw mit einem Anflug von Ungeduld. Aber es war so viel mehr als das und dennoch zu schwer, es in Worte zu fassen. Auch wenn die Mädchen immer noch dabei waren, die zerbrechlichen Bande der Schwesternschaft auszuhandeln, in den vergangen Wochen hatte sie in ihren Stimmen gehört und in kleinen Gesten gesehen, wie sie anfingen, sich wieder miteinander zu verbinden. Eine Wiederentdeckung des Zaubers, den sie einst miteinander teilten, wenn sie in diesen Sommern vor langer Zeit zusammen waren – alle drei zusammengedrängt am Strand unter einem einzigen Handtuch, wie sie miteinander in ihren Betten tuschelten, aus drei Strohhalmen ein gemeinsames Vanilleeis in Root-Bier schlürften, die Geheimnisse der Insel und des Strandes erkundeten. Sie betete, dass, während der Sommer voranschritt und die Frauen wieder Zeit miteinander in Sea Breeze verbrachten – der Name allein implizierte schon einen frischen Wind –, sie die Lebenskraft entdecken würden, die ihren Leben Sinn und Zweck geben würde.

Der Klang von Gelächter stieg von unten auf und zog wieder Mamaws Aufmerksamkeit auf sich. Irgendetwas hatte bei den Mädchen dieses Gelächter ausgelöst, bei dem sie sich vor Vergnügen krümmten und die Bäuche hielten und das ihnen die Lachtränen in die Augen trieb. Ihr schrilles Gejohle war lauter als der spitze Schrei des Fischadlers, der über ihnen kreiste. Mamaws Herz schwoll an und ihre Augen wurden wieder verklärt.

»Sieh sie dir an«, sagte sie zu Lucille. »Genau so wollte ich sie *immer* haben. Glücklich, zusammengeschweißt, einander eine Stütze. Wenn wir einmal nicht mehr sind, wird das alles sein, was sie haben. Ist das zu viel verlangt?«

»Ich schätze, das ist das, worum jede Mutter betet.«

»Ich mache mir Sorgen um sie«, sagte Mamaw aus tiefstem Herzen. »Sie sehen im Moment glücklich aus, aber sie sind immer noch wenig gefestigt. Sie alle. Ich frage mich, was ich tun kann, um ihnen zu helfen.«

»Fang jetzt nicht wieder damit an. Erinnerst du dich daran, was das für Probleme verursacht hat? Du hast sie alle hierhergeholt. Du hast sie wieder ins Spiel zurückgebracht. Das ist alles, was du tun kannst. Jetzt liegt es an ihnen, ihre Karten auszuspielen.«

»Aber die Karten werden immer noch ausgeteilt«, warnte Mamaw.

Lucille zuckte die Schultern. »Sicher. Bis das Spiel vorbei ist.« Sie drehte sich zu Marietta um, und sie wechselten einen Blick, der von lebenslang miteinander geteilten Sorgen sprach. »Manchmal gewinnst du, manchmal verlierst du.«

Das symphonische Hupen des Cadillacs lenkte ihre Aufmerksamkeit wieder auf die Mädchen unten. Carson sah zum Dach hoch, streckte die Arme in die Luft und winkte. Mamaw und Lucille hoben die Hände und winkten enthusiastisch zurück. Sie sahen zu, wie der große Wagen langsam die Auffahrt hinausfuhr, während Dora und Harper hinterhertrabten und »Tod den Damen!« schrien. Mit einem letzten Hupen trat Carson aufs Gaspedal. Der Motor dröhnte auf, und sie fuhr los und verschwand um die grüne Hecke.

Dora und Harper blieben am Ende der Auffahrt einige Augenblicke lang winkend stehen. Dann hakten sie sich ein und fingen an, zusammen auf den Strand zuzugehen.

»Na, so was«, murmelte Mamaw bei dem Anblick. Das war für diese beiden eine Premiere. Sie sah in die Ferne zum glitzernden blauen Ozean. Die Wellen rollten in ihrem Metronomrhythmus rein und raus. Vielleicht hatte Lucille recht, dachte sie, obwohl sie das ihr gegenüber nie zugeben würde. Das Leben war wirklich nichts weiter als ein Kartenspiel.

Mamaw drehte sich zu Lucille um. »Es ist Zeit, aus der Sonne rauszugehen. Hast du Lust auf eine Partie Gin Rommé? Ich werde dir zwanzig Punkte schenken.«

Lucille schnaubte. »Der Tag, an dem du mir Punkte schenken musst, ist der Tag, an dem ich auf Dame umschwenke.«

Mamaw lachte und fühlte sich plötzlich voller Hoffnung. Sie griff nach dem Treppengeländer, aber bevor sie das Belvedere verließ, hielt sie kurz inne, sah auf und ließ ein letztes Mal ihren Blick in Richtung Meer schweifen. Der blaue Cadillac war nirgendwo zu sehen, aber in der Entfernung erblickte sie die beiden Frauen, wie sie zusammen den langen, gewundenen Pfad entlanggingen.

DANKSAGUNGEN

Die Welt der Delfine ist faszinierend und komplex, und ich schulde vielen Menschen Dank, die ihr Wissen mit mir geteilt und mich über diese intelligenten und charismatischen Kreaturen aufgeklärt haben.

Ich schulde Dr. Pat Fair, Direktor des Meeressäugerprogramms bei NOAA, eine Menge Dank dafür, dass er mir als Mentor, Freund und Redakteur für alles rund um *Tursiops truncatus* gedient hat. Meine Anerkennung gilt auch Eric Zolman von NOAA für die Erinnerungen auf dem Zodiac-Schlauchboot. Und Justin Greenman und Wayne McFee.

Meine tiefempfundene Dankbarkeit gilt all den engagierten Mitarbeitern im Dolphin Research Center in Grassy Key in Florida dafür, dass sie Herz und Verstand schulen. Mein besonderer Dank geht an Linda Erb, Joan Mehew, Becky Rhodes, Mary Stella, Rita Erwin und Kirsten Donald dafür, dass ihr meine zahlreichen Fragen beantwortet und mir leidenschaftliche Einblicke gewährt habt, für eure Unterstützung und für Delfinerfahrungen, die ich für immer in Ehren halten werde. Und an alle, die mit mir zusammen ehrenamtlich gearbeitet haben – Sarah, Candace, Stacy, Nate, Lindsey, Ryan, Alice, Marissa, June, Clare, Arielle, Abby, Jeanette, Donna, Abby, Debbie, Viv und Misty –, die mir dabei geholfen haben, die Schritte der Tierpflege zu durchlaufen. Eine große Umarmung und ein Dankeschön an Joel Martino, der dafür sorgte, dass mein Aufenthalt in Port Kaya perfekt wurde.

Ein besonderes Dankeschön geht an Stephen McCulloch vom Harbor Branch der Florida Atlantic University – dein Fachwissen und dein Einfallsreichtum sind erstaunlich und inspirierend. Mein aufrichtiger Dank an Lynne Byrd, Randall Wells und Hayley Rutger vom Mote Marine Laboratory und Aquarium, an Shelley Dearhart vom South Carolina Aquarium und Ron Hardy von Gulf World für all ihre Hilfe und ihren Rat in der Zeit, wo ich dieses Buch geschrieben habe.

Und wie immer herzlichsten Dank an das fabelhafte Team von Gallery Books für die kontinuierliche Unterstützung. Ich habe das große Glück, auf das Talent und die Großherzigkeit meiner Lektorinnen, Lauren McKenna und Alexandra Lewis, meine Verlegerin Louise Burke und auf Jean Anne Rose für die Öffentlichkeitsarbeit zählen zu können.

Meine tiefe Wertschätzung gilt meinen Agenten Kimberly Whalen und Robert Gottlieb und dem gesamten Team der Trident Media Group, und Joe Veltre bei Gersh, für den weisen Rat und die Begleitung.

An der Heimatfront meine beständige Liebe und Dankbarkeit an Marguerite Martino, James Cryns und Margaretta Kruesi für all eure Kritik, das Brainstorming und die Unterstützung. Und an mein Team: Angela May, Buzzy Porter, Kathie Bennett, Lisa Laing und Lisa Minnick.

Und zu guter Letzt an Markus – lass mich zählen, in wievielerlei Hinsicht.

LIEBE LESER

Delfine werden rund um die Welt geliebt. Schon am Anfang der Geschichte wurde von der Intelligenz, der Schönheit – das trügerische Lächeln! – und der Neugier der Delfine und ihrer beständigen Verbindung zu Menschen erzählt.

Und dennoch sind wir Menschen trotz unserer Liebe zu Delfinen deren größte Bedrohung. Zu den Gefahren gehören Verletzungen und Todesfälle durch Fischereizubehör wie zum Beispiel Treibnetze, Wadennetze, Schleppnetze; durch Treibgut; durch kommerzielle Langleinenfischerei; und durch Freizeitboote, die Delfine mit Futter anlocken. Weitere Gefahren entstehen durch den Kontakt mit Schadstoffen und Biotoxinen, durch Viruserkrankungen und durch Wildfang.

Wie können Sie ihnen helfen? Seien Sie S.M.A.R.T.

S: Sichere Entfernung – bleiben Sie 45 Meter vom Delfin entfernt.

M: Motor immer in den Leerlauf schalten, wenn Delfine in der Nähe sind.

A: Auf Abstand gehen und sich entfernen, wenn die Delfine sich offensichtlich gestört fühlen.

R: Richtiges Verhalten heißt, nicht mit wilden Delfinen zu schwimmen, sie nicht zu füttern oder anzufassen.

T: Toll ist es, wenn Sie auch anderen zeigen, wie man sich Delfinen gegenüber richtig verhält.

Wenn Sie mehr über Delfine erfahren möchten, können Sie die Website *www.education.noaa.gov* besuchen.

Wir alle können unseren Teil dazu beitragen, diese »Engel der Tiefe« zu schützen.

FAKTEN ÜBER DELFINE

Der Atlantische Große Tümmler (*Tursiops truncatus*) hat eine Größe von zwei bis vier Metern und ein Gewicht von 135 bis 635 Kilogramm.

Delfine leben in unbeständigen sozialen Gruppen, die Schulen genannt werden. Die Größe einer Schule schwankt ungefähr zwischen zwei und fünfzehn Tieren. Die natürliche Ernährung der Tümmler besteht aus Fisch und Krustentieren. Sie kauen ihre Nahrung nicht, sondern schlucken sie als Ganzes hinunter. Delfine suchen üblicherweise in Gruppen nach Futter und benutzen ihre Intelligenz, um bei der Jagd zusammenzuarbeiten.

Küstennahe Tümmler sind sehr soziale Tiere. Gruppen von Weibchen mit Kälbern werden Mutter-Kind-Gruppe oder Müttergruppe genannt. Weibliche Delfine helfen als Babysitter oder »Tanten« mit dabei, die Delfine ihrer Schule aufzuziehen. Erwachsene Männchen sammeln sich in Junggesellenverbänden, und manchmal bilden zwei oder drei Tiere einen sogenannten Männerbund. Solche Männchen bleiben für einen längeren Zeitraum zusammen, wenn nicht sogar ihr ganzes Leben lang. Sowohl junge als auch alte Delfine jagen einander, tragen Objekte herum, werfen sich Seetang zu und benutzen Objekte, um einander zur Interaktion einzuladen.

Die Tragezeit eines Tümmlers beträgt zwölf Monate. Als Säugetiere sind Delfine lebendgebärend und säugen ihren Nachwuchs etwa zwei Jahre lang. Die Mütter bleiben im Durchschnitt fünf Jahre lang bei ihren Jungen und bringen ihnen soziale Fähigkeiten bei und wie man Nahrung sucht.

Die durchschnittliche Lebenserwartung eines küstennahen Tümmlers beträgt fünfundzwanzig Jahre. Auch wenn es eher selten ist, können Delfine über fünfzig Jahre alt werden.

Sehvermögen: Delfine haben hochspezialisierte Augen, die sich an Lichtveränderungen innerhalb und außerhalb des Wassers anpassen. Tümmler können bei guter Sicht unter Wasser bis zu drei Meter weit sehen und bis zu vier Meter in der Luft.

Hörvermögen: Schall bewegt sich im Ozean schneller und weiter fort als das Licht. Delfine haben ein hochempfindliches Gehör. Um Beutetiere oder Raubtiere zu entdecken, zum Navigieren, zum Kommunizieren und um den Standort anderer Delfine festzustellen, stoßen sie Laute aus und lauschen auf Geräusche.

Vokalisierung: Delfine produzieren Klicklaute und Töne, die an Ächzen, Triller, Stöhnen und Quietschen erinnern. Über dem Wasser machen sie Geräusche, indem sie durch ihre Atemlöcher Luft entlassen. Delfine entwickeln einen charakteristischen Erkennungston oder »Namen«.

Echoortung: Die Klicklaute, die ein Delfin ausstößt, prallen in der Unterwasserwelt auf Objekte und werden als Echo zurückgeworfen, welches der Delfin über seinen Unterkiefer aufnimmt. Anhand des zurückgeworfenen Echos kann ein Delfin Größe,

Form, Entfernung, Geschwindigkeit, Richtung und Dichte des Objektes bestimmen, was ihm damit erlaubt, unter Wasser zu »sehen«. Die Delfin-Echoortung wird als das am weitesten entwickelte Ortungssystem auf der Welt betrachtet, an das kein anderes Ortungsverfahren heranreicht, weder ein künstlich geschaffenes noch eines natürlichen Ursprungs.